4권 적벽대전(赤壁大戰)

일신서적출판사

삼국지 4

차례

순욱

조비

사마의

위(魏) 220~265

환관의 양자의 아들인 조조는 기
반이 미약했으나 명신들의 도움으
로 정권을 확고히 할 수 있었고
220년 11월, 그의 아들 조비가 문
제로 즉위, 위를 성립시켰다. 문제
이래 왕권을 계승한 황제들을 보
필했던 사마의가 조상과 외척을
제거하고 실권을 장악하였다. 265
년, 사마의의 손자인 사마염이 진
을 건국함으로써 위는 멸망했다.

조조

촉(蜀) 221~263

장비·관우 등과 함께 오와 연합하여 적벽에서 조조를 이긴 후 221년 제위에 오른 유비는 관우를 죽이고 형주를 빼앗은 오에 보복코자 군사를 일으키나 패해, 장비마저 잃고 결국 223년 병사하였다. 유비의 천하통일의 뜻을 이어 위와 여러 차례 전쟁을 치른 제갈공명마저 234년 병사한 후 환관 황호의 전횡으로 국력이 급격히 약화된 촉은 263년, 사마소가 이끄는 위의 공격을 받아 멸망하였다.

유비

관우

장비

제갈공명

오(吳) 222~280

손견, 손책의 뒤를 이은 손권은 정권을 잡은 후 208년, 적벽에서 조조를 대파해 형주의 중부를 차지했고 여몽의 지략으로 관우를 죽여 남부마저 병합했다. 222년, 손권은 스스로 오왕이라 칭하고 229년, 마침내 황제에 즉위하였다. 손권이 죽은 뒤, 어린 손호가 진에 항복함으로써 280년 멸망했다.

손권

노숙

육손

주유

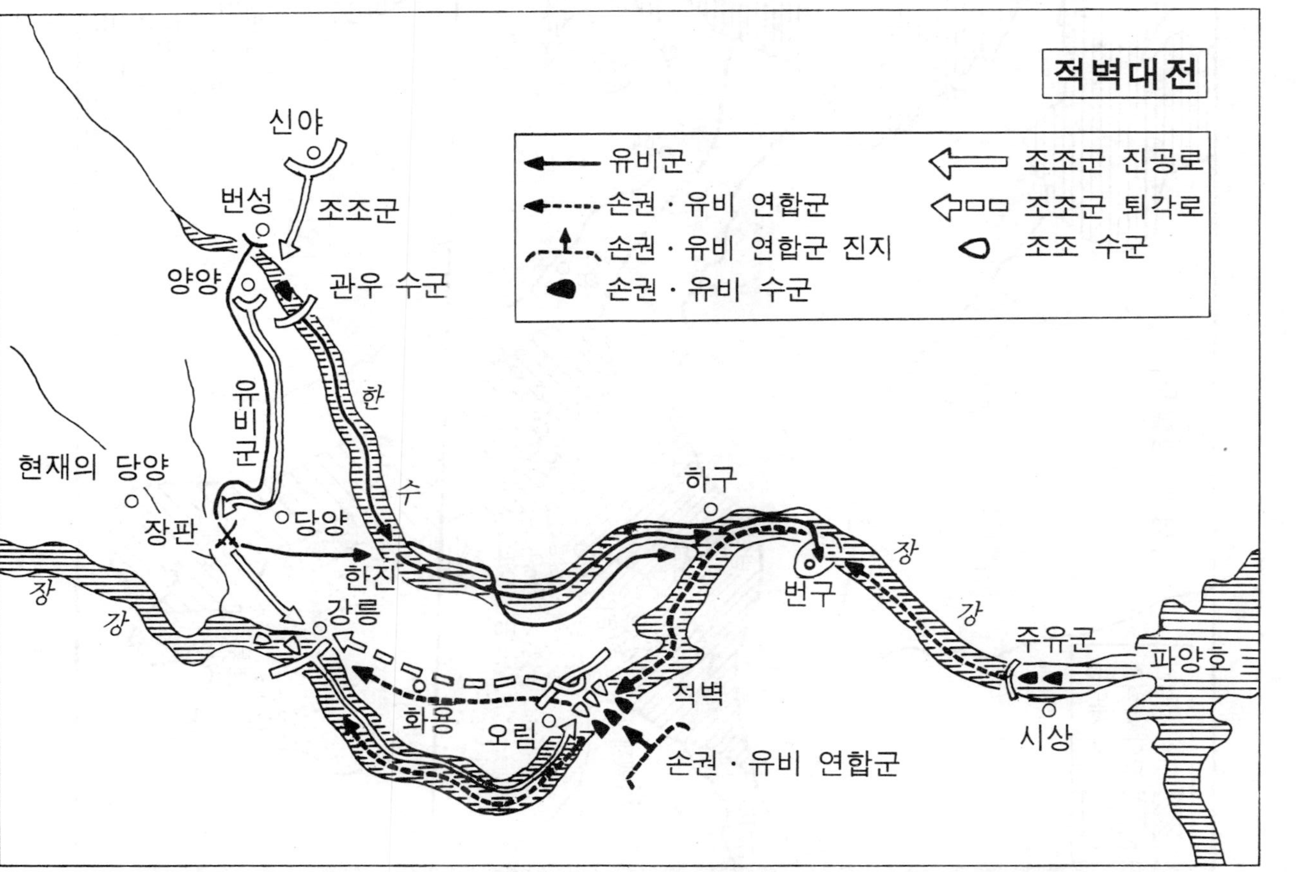

적벽대전
유비군
손권·유비 연합군
손권·유비 연합군 진지
손권·유비 수군
조조군 진공로
조조군 퇴각로
조조 수군
신야
번성
조조군
양양
관우 수군
유비군
현재의 당양
장판
당양
한진
강릉
한
수
하구
번구
장
강
장
강
주유군
파양호
시상
화용
오림
적벽
손권·유비 연합군
장
강

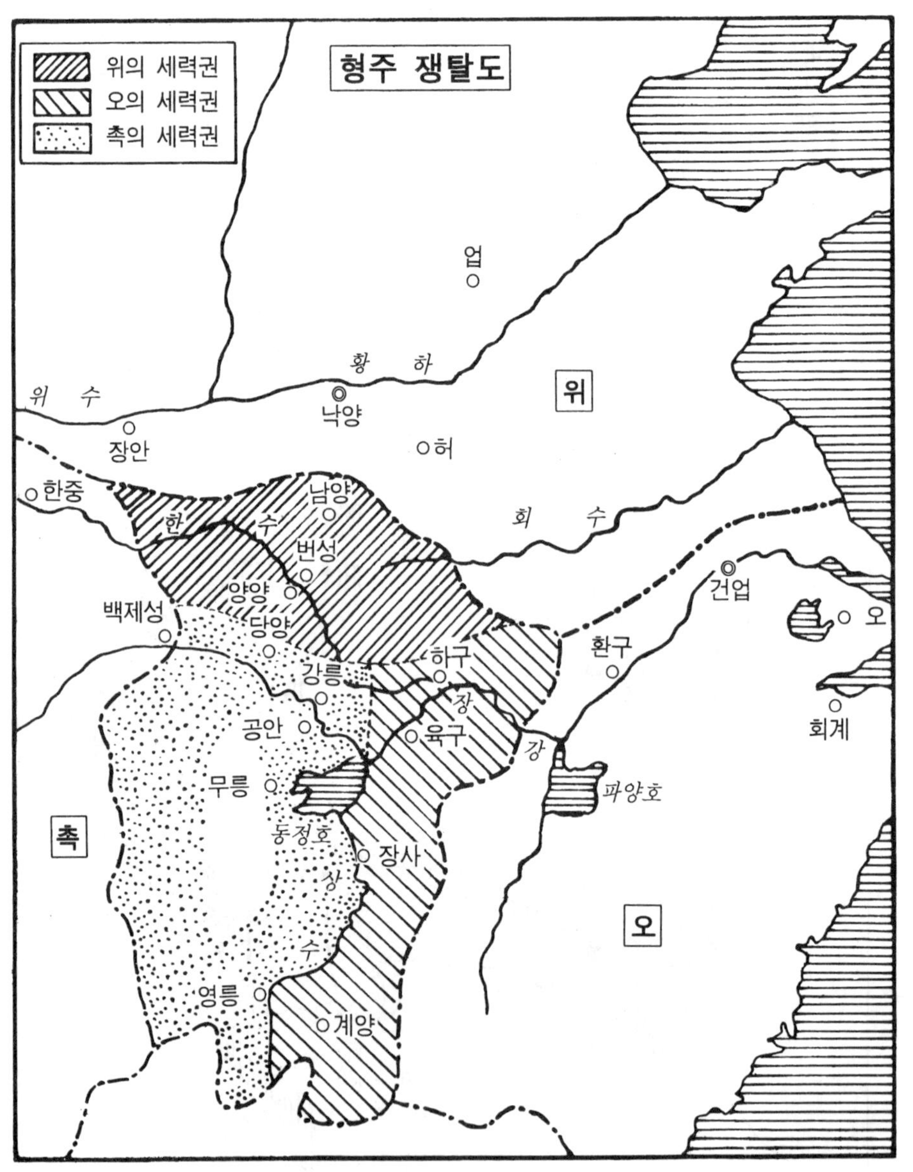
위의 세력권
오의 세력권
촉의 세력권
형주 쟁탈도
위
업
황 하
위 수
낙양
장안
허
한중
회 수
남양
한
수
번성
양양
백제성
당양
건업
오
강릉
하구
환구
공안
장
회계
무릉
육구
강
촉
동정호
파양호
장사
장
오
수
영릉
계양

제 46 회   공명의 지모

용 기 모 공 명 차 전　　헌 밀 계 황 개 수 형
用奇謀孔明借箭　　獻密計黃蓋受刑

공명은 기모를 써서 화살을 얻어내고
주유의 비밀 계략으로 황개는 형을 받다

공명을 죽이기로 한 주유

노숙은 주유의 부탁에 배를 타고 공명의 거처로 그를 만나러 갔다. 노숙이 공명에게 먼저 물었다.

"군무가 다망하여 자주 찾아뵙지 못하였습니다."

공명 역시 반갑게 대꾸하였다.

"저도 역시 바빠서 아직 주 도독께 축하의 인사도 못 드리고 있습니다."

"아니, 축하라니 그게 무슨 말씀이십니까?"

노숙이 시치미를 떼고 묻자 공명 역시 태연하게 대답하였다.

"도독께서 귀공을 이곳에 보내시어 제가 채모와 장윤 사건을 미리 예측하고 있었는지 아닌지를 알아보라고 하신 그 일에 대한 축하 말입니다."

노숙이 깜짝 놀라서 물었다.

"선생께서는 어떻게 그것을 알고 계셨습니까?"

"주 도독께서 장간을 속아넘기시기는 하였지만 조조를 끝까지 속이지는 못합니다. 다만 조조는 자기가 속은 사실을 알아채고도 자기가 어리석다는 것을 보이고 싶지 않아서 겉으로 드러내지 않을 겁니다. 어쨌든 채모와 장윤이 죽었으니 강동 땅은 이제 안심입니다. 그러니 축하를 드리는 것이 당연하지 않습니까? 그리고 조조는 모개와 우금을 수군의 도독으로 임명하였다고 들었는데 이제 두 사람은 의견이 맞지 않아서 분명히 수전에서 크게 패할 것입니다."

노숙이 더 이상 할 말을 찾지 못하고 잠시 동안 이런저런 이야기를 나누다가 작별을 하려 하니 공명이 그에게 당부의 말을 하였다.

"주 도독에게는 제가 미리 알고 있었다고 절대로 말씀하지 마십시오. 그렇지 않으면 그가 저를 시기하여 무슨 일을 저지를지도 모를 테니까 말입니다."

노숙은 알겠노라고 말하고 돌아갔지만 결국 주유에게 털어놓고 말았다. 주유는 낯빛이 파래지며 소리쳤다.

"공명을 더 이상 이대로 살려두었다가는 큰일을 당하고 말 것이니 당장 그를 죽여야겠소."

"만약 공명을 죽였다가는 조조가 비웃을 것입니다."

"아니오. 어설픈 계략 따위가 아니라 공명을 죽여도 아무 할 말이 없을 구실을 붙여서 처치할 것이오."

"어떤 구실을 붙인단 말입니까?"

"그냥 지켜만 보시오. 이제 곧 알게 될 것이오."

화살 십만 개를 요구한 주유

이튿날 주유는 여러 장수들을 막사에 모아놓은 후에 공명을 불러들였다. 공명이 나타나자 주유가 질문을 하였다.

"이제 곧 수상전이 벌어질 텐데 그렇게 되면 처음 병기는 어떤 것을 써야 하겠소?"

공명이 답하였다.

"큰 강에서 싸우려면 우선 화살이 적격일 것입니다."

"나도 같은 의견이오. 그런데 지금 우리의 실정으로는 화살이 많이 모자라니 선생께서 우선 급히 화살 십만 개를 마련할 수 있는 계책을 말해주십시오. 이는 공적으로 말씀드리는 것이니 부디 거절하지 마시기 바랍니다."

"알겠습니다. 그런데 그 십만 개의 화살은 언제까지 필요하신지요?"

"열흘 안으로 해결해주실 수 있겠습니까?"

"조조 군이 오늘이나 내일 공격해올지도 모르는 판에 어찌 열흘씩이나 걸리게 한단 말입니까?"

"그러시다면 선생께서는 며칠이면 족하다고 생각하시는지요?"

"예, 사흘이면 충분합니다. 그 안에 십만 개의 화살을 장만해놓겠습니다."

"결전을 앞둔 마당에 농담은 허용되지 않는다는 걸 아시겠지요?"

"누가 도독 앞에서 농담을 하겠습니까? 제가 만일 사흘 이내에 화살을 마련하지 못한다면 참형이라도 달게 받겠다는 각서를 쓰겠습니다.”

주유는 속으로 크게 기뻐하며 군정의 관원을 불러다가 그 자리에서 각서를 작성케 하고는 연회를 베풀어 공명을 접대하였다.

“이번 일이 제대로 이루어지고 싸움이 끝나면 제가 다시 보답을 하겠습니다.”

“오늘은 이미 시간이 늦었으니 내일부터 일을 시작하겠습니다. 그러니 사흘째 되는 날에 강기슭으로 오백 명의 군사를 보내어 화살을 나르게 해주십시오.”

공명이 이렇게 말을 남기고 물러가니 노숙이 걱정스러운 목소리로 말하였다.

“공명이 엉터리 같은 소리를 늘어놓은 것은 아닐 테지요?”

주유는 냉혹하게 말하였다.

“제 스스로 자처한 일이지 내가 목숨을 요구하지는 않았소이다. 아무튼 여러 사람들 앞에서 각서를 썼으니 혹시나 날개가 달렸다고 할지라도 도망칠 수 없을 것입니다. 군속의 화살 만드는 작업 요원들에게 서두르지 말라고 이르고 자재도 제때 내놓지 못하도록 하면 그 기일 안에 납품을 하지 못할 것이오. 그러니 제 아무리 잘난 척하는 공명이라도 이번에는 빠져나갈 구멍이 없을 것이오. 공께서는 공명을 찾아가 그가 어쩌고 있는지 보고 와주시오.”

화살을 내준 조조

노숙이 공명을 찾아가니 공명이 반가이 그를 맞이하며 말하였다.

“그렇게 공께 신신당부하였는데 끝내 주 도독에게 모두 말씀해 버리셨군요. 덕분에 오늘 제가 어려운 난관에 봉착해버렸습니다.

어찌 사흘 안에 화살 십만 개를 마련하겠습니까? 공께서 좀 도
와주셔야겠습니다.”

“공께서 스스로 맡겠다고 하신 것이 잘못이지요. 그런데 제가
무엇을 도와드릴 수 있겠습니까?”

“부탁이오니, 공께서는 배 스무 척을 마련하여 배에 군병 서른
명씩을 태워주십시오. 그리고 배에는 검은 장막을 치고 장막 양
쪽에 짚단을 일천 개씩 매달아주시기만 하면 됩니다. 그러면 제
가 무슨 수를 써서라도 사흘째에 화살 십만 개를 장만해드리겠
습니다. 그리고 이 부탁만은 주 도독께 절대로 말씀하시지 않기
바랍니다. 만약 그리하셨다가는 주유가 저를 그냥 놔두지 않을
것입니다.”

노숙은 공명의 부탁을 들어주기로 하였지만 도대체 무슨 꿍꿍
이 속인지 알 수가 없었다.

주유에게 돌아온 노숙은 공명이 부탁한 말은 꺼내지 않고 이
렇게 전하였다.

“공명은 화살을 만드는 데에 쓰이는 대나무와 깃털도 필요하지
않고 또 옻칠이며 아교 따위도 필요하지 않다며 따로 화살을 마
련하겠다고만 전해달라고 하더군요.”

주유는 미심쩍었지만 기다려보기로 했다.

“아무튼 모른 체하고 기다려봅시다. 결국 사흘 후에 모든 것이
분명해질 테니까요.”

노숙은 주유가 모르게 배 스무 척을 장만하여 그 배에 서른
명 남짓의 병사들을 태웠다. 그리고 검은 장막과 짚단 등도 주문
대로 준비하였다. 그런데 공명은 첫날이 되었는데도 아무 일도
하지 않았고 둘째날이 되어도 아무 일도 하지 않았다.

그러다가 사흘째 되는 날에, 그것도 한밤중이 되어서 공명은
노숙을 은밀히 자기 배 안으로 불러들였다.

"무슨 일로 부르셨습니까?"

"이제부터 화살을 장만하러 가는 길에 공을 초대하려한는 것이오."

"어디를 가시려고 하는데요?"

"아무 말 말고 따라오십시오."

이리하여 공명은 스무 척의 배를 밧줄로 묶어 연결시키라고 명한 후 북쪽을 향해 저어 갔다. 안개가 자욱이 긴 밤이어서 장강 일대의 수면이 한 치 앞도 가늠할 수 없을 정도로 희뿌옇다. 공명은 모든 배에 명하여 거침없이 저어 가라고 했다. 더욱 짙어지는 안개 속으로 배를 저어 가는 공명의 모습을 후세 사람이 산문으로 읊은 것이 전해진다.

크구나, 장강은	大哉長江
서로는 민아산에 닿아 있고	西接岷峨
남으로는 삼오에 접하며	南控三吳
북으로는 구하를 감싸고 있네	北帶九河
백천은 돌아서 바다로 가고	滙百川而入海
억만 년이 흐르며 파도를 일으키고	歷萬古以揚波
약용백·해약·	至若龍伯, 海若,
강비·수모에 이르네	江妃, 水母
커다란 고래는 천 길이나 되고	長鯨千丈
천오가 아홉 마리라	天蜈九首
기이하고 괴이한 이류들이	鬼怪異類
모두 한 곳에 모여	咸集而有
귀신을 의지할 곳이요	蓋未鬼神之所憑依
영웅들이나 싸워서 지킬 곳이라	英雄之所戰守也
음양의 기운이 뒤섞이는 이때는	時而陰陽既亂

어둠과 밝음이 구별되지 못하네　　　　　　昧爽不分

장공의 일색에 의구심을 갖고　　　　　　訝長空之一色

사둔에는 안개가 뒤덮여　　　　　　忽大霧之四屯

수레에 실은 땔감도 보이지 않고　　　　　　雖輿薪而莫覩

오직 쇠북 소리만 들릴 뿐이네　　　　　　惟金鼓之可聞

처음에 그 기운이 어둡고 몽롱해서　　　　　　初若溟濛

남산에 숨어 있는 범 같았으나　　　　　　纔隱南山之豹

점차 짙어져서 막혀서는 것이　　　　　　漸而充塞

북해의 곤어마저 미혹하려 하는구나　　　　　　欲迷北海之鯤

그 후로는 높은 하늘에 접하고　　　　　　然後上接高天

아래로는 두터운 땅에 미치는구나　　　　　　下垂厚地

아득하고 창망하구나　　　　　　渺乎蒼茫

넓음은 끝이 없구나　　　　　　浩乎無際

고래는 물에서 물결 일렁이며 솟아오르고　　　　　　鯨鯢出水以騰波

교룡은 연못에 숨었다 기운을 토하는구나　　　　　　蛟龍潛淵而吐氣

매실이 익을 무렵 장마는 찌는 듯 덥더니　　　　　　又如梅霖收溽

춘음이 추위를 만들어내　　　　　　春陰釀寒

어둡고 혼몽스럽게　　　　　　溟溟濛濛

넓고 넓게 퍼지도록 하네　　　　　　浩浩漫漫

동으로는 시상의 언덕도 보이지 않고　　　　　　東失柴桑之岸

남으로는 하구의 산도 보이지 않네　　　　　　南無夏口之山

전선은 천 척이 넘어도　　　　　　戰船千艘

바위 구덩이에 좌초되어 버리고　　　　　　俱沈淪於巖壑

한 조각 고깃배　　　　　　漁舟一葉

파도에 휩쓸려 이내 가라앉아 버리네　　　　　　驚出沒於波瀾

심할 때면 하늘의 빛도 보이지 않고　　　　　　甚則穹昊無光

아침 햇살도 빛을 잃어　　　　　　朝陽失色

백주가 도리어 황혼이 되어 버리고　　　　　　返白晝爲昏黃

붉은 산이 변하여 푸른 물이 되는구나	變丹山爲水碧
우왕 같은 지혜로도	雖大禹之智
그 깊고 얕음을 헤아리기 어렵고	不能測其深淺
이루같이 눈이 밝다 한들	離婁之明
어찌 능히 지척을 구별하겠는가	焉能辨乎咫尺
하백만이 풍랑을 가라앉히고	於是馮夷息浪
흐림을 막아 공을 얻겠네	屛翳收功
고기와 자라도 자취를 감추고	魚鼈遁跡
새와 짐승들도 숨을 낮추네	鳥獸潛蹤
봉래산에 있다는 섬도 끊어져 막혀버리고	隔斷蓬萊之島
창합도 어둠 속에 묻혀버렸네	暗圍閶闔之宮
무아경에 빠질 정도로 달려나가다가	恍惚奔騰
소나기라도 만나면	如驟雨之將至
분란되네	紛紜雜沓
찬 구름과 한 덩어리가 되어	若寒雲之欲同
뱃속에 독사가 숨어 있는 것 같아	乃復中隱毒蛇
이것으로 인해 풍토병이 되는구나	因之而爲瘴癘
안에는 요매가 숨어 있는지	內藏妖魅
그로 인해 재앙과 해가 되기도 하네	憑之而爲禍害
인간에게는 질액을 내리고	降疾厄於人間
변방 밖에서는 풍진을 일으키네	起風塵於塞外
소인이 그 기운을 만나면 크게 다치고	小民遇之大傷
대인이 그 기운 만나면 감개하게 되누나	大人觀之感慨
그러다가 원기가 회복되면	蓋將返元氣於洪荒
혼란스러운 천지가 다시 대지가 되는도다	混天地爲大塊

이윽고 동트기 직전에 조조 군이 강물 속에 세운 울타리 가까

이 이르자 공명은 스무 척의 배를 한 줄로 나란히 늘어놓고 뱃머리를 서쪽으로 향하게 하고 후미를 동쪽으로 향하게 하였다. 그리고 병사들로 하여금 북을 치며 요란스럽게 고함을 지르도록 하였다. 이것을 보고 노숙은 기절할 듯이 놀라며 물었다.

"아니, 이것이 무슨 짓이오? 적군들이 뛰어나오면 어쩌시려고 이러시는 것입니까?"

이에 공명이 미소를 지으며 말하였다.

"이렇게 안개가 짙으니 조조가 나오지 못할 것입니다. 그러니 여기서 술이라도 한 잔 나누고 안개가 걷힌 뒤에 돌아가도록 합시다."

한편 조조의 군진에서는 요란한 북소리와 함성으로 모두 단잠에서 깨어났다. 모개와 우금이 허둥지둥 조조에게 알리니 조조가 명령을 내렸다.

"지금 강에는 짙은 안개로 온통 뒤덮여 있는데도 그것을 불구하고 적군이 나타난 것을 보면 거기에는 어떤 속셈이 있을 것이다. 그러니 섣불리 배를 움직여 나가지 말고 수군 가운데 사수들을 시켜 화살을 쏘며 응전하도록 하라."

조조는 이렇게 명하고 나서 장료(張遼)와 서황(徐晃)으로 하여금 육지에 있는 삼천 명의 사수들을 동원하여 강의 수군들과 협력하도록 하였다. 모개와 우금은 안개 때문에 앞이 보이지 않음에도 불구하고 동오의 군사들이 있음직한 곳에 궁수들을 모두 앞세우고 활을 쏘아대기 시작하였다. 게다가 장료와 서황 휘하의 군사들까지 합세하여 활을 쏘아대니 그 숫자는 일만 명 남짓이 되었다. 많은 수의 궁수들이 강물을 향해 필사적으로 활을 쏘아대었다.

이때 공명은 배의 머리를 동쪽으로, 뒤를 서쪽으로 향하도록 돌리고 나서 조조 군의 울타리 쪽으로 더욱 가까이 다가가도록 하였다. 그러자 조조 군의 궁수들은 새벽 어스름 속에서 보일듯 말듯한 배를 향하여 수없이 화살을 쏘아댔다. 공명 역시 스무 척의 배 안에 있는 병사들에게 더 큰 북소리와 함성을 지르게 하였다.

이윽고 새벽의 어스름도 가시고 안개가 걷히기 시작할 무렵에는 스무 척의 배에 실린 짚단에 수없이 많은 화살이 꽂혀 있었다.

공명이 병사들로 하여금 조조 군을 향하여 소리치게 하였다.

"조 승상이 주신 화살을 고맙게 잘 받아가오."

조조에게 이 사실이 보고되었을 때는 이미 공명이 지휘하는 스무 척의 배가 이십여 리나 멀리 도망친 후였다. 조조는 발을 동동 구르며 분개하였지만 어쩔 수 없는 일이었다.

돌아가는 배 안에서 공명이 노숙에게 말하였다.

"배 한 척에 오륙천 개의 화살이 꽂혀 있으니 이를 합하면 십만 개의 화살을 그냥 얻은 셈이 되지요. 그러니 내일 이것으로 조조 군을 공격하도록 합시다."

노숙은 기가 막힌다는 표정으로 말하었나.

"공명 선생은 참으로 신인(神人)이십니다. 그런데 짙은 안개가 낄 것을 어떻게 알고 계셨습니까?"

공명은 태연히 답하였다.

"군에 장수로 있으면서 천문·지리·기문(奇門:병법에서의 속임수)에 통달하지 못하고 음양에 밝지 못하며 진도(陣圖)를 볼 줄도 모르고 군세(軍勢)에 대해서도 밝지 못하다면 어찌 장수라 할 수 있겠습니까? 저는 사흘 전에 이 안개를 예상하였기에 기일을 사흘로 잡은 것입니다. 주 도독은 열흘 동안 여유를 준다고는 했지만 활을 만드는 장인이나 자재를 제대로 대주지 않아 일을 그르치게 하고 그 죄로 나를 참하려 했던 것이 뻔합니다. 하지만 이 몸의 목숨은 하늘에 달려 있거늘 어찌 주유가 나를 죽일 수 있겠습니까?"

노숙은 공명의 지모에 탄복한 나머지 예를 갖추어 절을 올려 경외감을 표하였다.

이윽고 배가 기슭에 닿으니 그곳에는 주유가 보낸 오백 명의 군사들이 기다리고 있었다. 이에 공명은 그들로 하여금 배 안의 짚단에 꽂힌 화살을 뽑아 한 곳으로 모으도록 하였다. 그 결과 십만 개가 웃돌 만큼의 화살이 모였으므로 공명은 즉시 그것을 하나도 남김없이 본진으로 운반시켰다.

노숙이 주유를 찾아가 '초선차전(草船借箭:풀을 싣는 배로 화살을 가져온 일)' 이야기를 낱낱이 보고하였더니 주유가 탄복하며 말하였다.

"공명의 '신기묘산(神機妙算:헤아릴 수 없는 기략과 묘책)'에는 도저히 내가 당해낼 수가 없구려."

한 수 위인 공명

잠시 후 공명이 본진에 있는 주유를 찾아가니 그가 반가이 맞이하며 말하였다.

"선생의 신산(神算)에 경탄해 마지않았습니다."

"아닙니다. 그저 자질구레한 잔재주에 불과할 뿐입니다."

주유는 막사에서 공명에게 술을 대접하며 의견을 나누었다.

"실은 어제 우리 주공께서 싸움을 서두르라는 분부를 내리셨는데 아직까지 작전을 세울 만한 묘안이 떠오르지 않고 있습니다. 그러니 선생께서 제게 가르쳐주십시오."

"범용한 재주를 지닌 제게 어찌 묘계가 있을 수 있겠습니까?"

"얼마 전 조조의 군진을 살펴보니 모든 것이 법도에 준하여 잘 정비되어 있었으므로 좀처럼 공격하기 어렵다고 생각했습니다만 제 나름대로 계책을 하나 세웠습니다. 그러니 선생께서 들어보시고 쓸 만한 계책인지 아닌지 판단해주시기 바랍니다."

이에 공명이 주유에게 제안하였다.

"도독께서는 그것을 제게 말하지 마시고 먼저 각자의 손바닥에 먹으로 쓴 뒤에 두 의견이 서로 맞는지 안 맞는지를 비교해보시는 것이 어떻겠습니까?"

주유가 공명의 말에 동의하여 붓과 벼루를 가져오게 한 후 먼저 자기 손바닥에 뭔가를 쓰고 공명에게 붓을 건네주니 그도 역시 자기 손바닥에 뭔가를 썼다. 그리하여 두 사람이 가까이 다가가서 동시에 손바닥을 펴 보이고는 껄껄대며 웃었다. 주유의 손바닥에 '화(火)'가 씌어 있었고 공명의 손바닥에도 '화(火)'가 씌어 있었다.

주유가 환하게 웃으며 말하였다.

"이것으로 대책이 세워졌으니 부디 이 일이 밖으로 새어나가지 않도록 주의합시다."

"누구에게 이런 말을 누설한다는 말씀입니까? 제 생각에 이미 조조는 두 번씩이나 화에 당했으니 이번에도 또 그러겠는가 하고 방심하고 있을 것이 틀림없습니다. 그러니 조금도 괘념치 마시고 당장 실천에 옮기도록 하십시오."

결국 이날 이루어진 두 사람 사이의 협의는 어느 누구도 알 수 없었다.

조조의 거짓 항복

한편, 조조는 앉은 자리에서 어이없게 십만여 개나 되는 화살을 빼앗긴 것에 화가 나서 미칠 지경이 되었다. 이때 순유(荀攸)가 곁으로 다가와 제안하였다.

"지금 주유와 공명이 서로 협력하여 계책을 세우고 있으니 쉽게 당해낼 수 없을 것입니다. 그러니 여기서 한 사람을 동오로 보내어 거짓으로 투항하게 하면서 그 동안 달리 방도를 취해보는 것이 어떻겠습니까?"

조조가 이 말에 동의하였다.

"좋은 생각이오. 그런데 과연 누구를 동오로 보내는 것이 좋겠느냐?"

"지금 채모는 처형되었지만 그의 일족은 아직 살아 있습니다. 실제로 그의 사촌 동생인 채중(蔡中)과 채화(蔡和)가 현재 부장(副將)으로 있으니 그들을 잘 다루어 동오로 보내면 성공하실 수 있을 것입니다."

조조는 순유의 말에 따라 그날 밤 안으로 두 사람을 은밀히 불러들여서 명하였다.

"너희 두 사람은 군사 몇을 데리고 동오로 가서 거짓 항복을 해라. 그러면서 그곳의 상황을 나에게 보고하도록 하라. 일이 잘 성사되면 후한 상을 내리겠지만 만약 딴 마음을 품었다가는 죽음을 면치 못할 것이다."

두 사람이 이구동성으로 말하였다.

"저희 처자들이 형주에 있사온데 어찌 딴 마음을 먹겠사옵니까? 천부당만부당한 말씀이오니 부디 의심하지 마십시오. 저희가 기필코 주유와 공명의 목을 베어 승상 앞에 나란히 바쳐올리겠습니다."

한편, 주유가 공명과 함께 구체적인 작전을 궁리하고 있던 중 강북에서 배가 왔는데 채모의 아우뻘 되는 채중과 채화가 투항하러 왔다고 알렸다.

주유가 두 사람을 불러들이니 두 사람은 눈물을 흘리며 엎드려 하소연을 하였다.

"죄도 없는 사촌 형님인 채모가 조조의 손에 무참하게 희생되었습니다. 이에 저희들은 형의 원수를 갚고자 이곳으로 도망쳐 투항해온 것이니 부디 저희들을 선봉으로 내세워 써주시기 바랍니다."

주유는 이들에게 후한 상을 내리고 감녕과 함께 전위대에 배속시켰다. 두 사람은 고맙다고 절을 하고 나서 물러나와 자신들의 계획이 잘 진행되고 있는 것에 흡족해했다.

그러나 주유는 그들이 나가자마자 감녕을 불러 은밀히 일렀다.

"저 두 사람은 처자들을 저곳에 두고 왔으니 항복하겠다는 말은 새빨간 거짓말일 것이오. 이는 조조가 두 사람을 첩자로 보낸 것이니 속아넘어가서는 안 되오. 속임을 당하는 척하며 속여준다는 방식을 택할 것이니 장군도 저들을 정중하게 다루되 경계를 소홀히 하지 말도록 주의하시오. 우리가 출병할 때 먼저 저들의 목을 베어 재물로 바치겠소. 그러니 실수 없도록 하시오."

감녕이 명을 받고 물러나자 노숙이 들어와 물었다.

"채중과 채화를 어쩌자고 그냥 놔두시는 것입니까? 저놈들은 첩자임에 틀림없습니다."

주유는 노숙을 꾸짖었다.

"두 사람의 형이 조조의 손에 죽음을 당했기에 우리에게 투항하러 온 것인데 무슨 첩자란 말이오? 귀공과 같이 사람을 의심하였다가는 천하의 선비들을 아무도 받아들일 수 없을 것이오."

노숙은 그만 입을 다물고 물러나와 그 길로 공명에게 달려가 주유에 대한 불평을 늘어놓았는데 공명은 미소만 지었다.

"아니, 공명 선생! 어찌 그리 웃기만 하시는 것입니까?"

"노공께서 주 도독의 계책을 모르시는 것이 우스워서 그럽니다. 아시다시피 장강은 그 폭이 넓고 깊어 첩자를 보내는 일이 쉽지 않습니다. 그러기에 조조는 채씨 형제를 보내어 이쪽을 정탐하려 한 것입니다. 그런데 주 도독은 속임을 당하는 체하여 속여준다는 방법을 택해서 그들을 이용하려는 것입니다. 싸움 중에는 적을 속여도 죄가 아니라는 말이 있습니다. 그러니 주 도독이 하는 일은 나쁜 일이 아니지요."

노숙은 공명의 말을 듣고 비로소 자신의 어리석음이 얼마나 큰지를 깨달았다.

황개의 충의

밤에 주유가 본진에 앉아 생각에 잠겨 있으려니 갑자기 황개가 찾아왔다.

"아니, 이 밤중에 어인 일이시오?"

"적은 대군이고 우리는 그에 비하면 턱없이 약소한 군세이오니 언제까지 대치 상태로만 있을 수는 없습니다. 그런데도 주 도독께서는 왜 화공을 사용하지 않으시는 것입니까?"

주유가 시치미를 떼고 물었다.

"누가 장군에게 그 계책을 말해주었소?"

"아무도 없습니다. 그냥 저 자신의 생각이 그러해서 꺼낸 말입니다."

이 말에 주유가 모든 것을 털어놓았다.

"실은 나도 그럴 셈으로 채씨 형제를 여기에 머무르게 하고 있는 것이오. 그런데 유감스럽게도 이쪽에는 적에게 거짓 투항할 사람이 없어서 걱정이오."

"그렇다면 제가 직접 나서겠습니다."

"잘 생각해보시오. 여기서 투항해 가면 심한 고통을 당할 것이고 웬만하지 않으면 조조가 신용을 하지도 않을 텐데 그래도 갈 수 있겠소?"

"이 몸은 손 장군께 하해와 같은 은혜를 입고 있습니다. 그러니 아무리 혹독한 체벌과 고통을 받는다고 하더라도 결코 변심하지 않을 것입니다."

"장군께서 진심으로 이 어려운 고통을 감수하고 실행해주신다면 우리 강동에 큰 힘이 될 것이오."

주유는 황개에게 감사의 말을 멈추지 않았다.

이튿날, 주유는 북을 울려 장수들을 소집하고 공명도 그 자리에 불렀다. 주유가 명령을 내렸다.

"조조는 일백만 대군을 이끌고 삼백여 리에 걸쳐 진을 치고 있으니 하루 이틀 사이에 그들을 격파할 수는 없는 일이오. 그러니 여러 장수께서는 각기 석 달 동안 사용할 수 있는 식량과 마초를 마련하여 만반의 준비를 갖추도록 하시오."

주유가 이렇게 명하자 느닷없이 황개가 앞으로 나와 아뢰었다.

"석 달은커녕 서른 달치를 마련한다 해도 조조 군을 당해낼 수 없는 일입니다. 만약 조소 군을 이달 인으로 친다면 승리할 수 있을지도 모르지만 석 달씩이나 시간을 끈다면 차라리 장소의 주장대로 머리 숙여 조조에게 투항하는 편이 백 번 나은 짓이라 생각됩니다."

이 말에 주유가 성을 냈다.

"주공의 뜻을 받들어 조조의 군단을 섬멸하려고 하는 것이니 여기서 항복을 권유하는 자는 어느 누구도 가릴 것 없이 용서할 수 없다. 네 이놈, 황개야! 네가 감히 우리 군사들의 사기를 꺾어놓을 말을 함부로 내뱉다니 용서할 수 없는 일이다. 당장 네 놈의 목을 내놓아라."

주유가 이렇게 명을 내리자 좌우에서 장수들이 나와 황개를 붙들었다. 그러자 황개도 가만히 있지 않고 큰소리로 대항하였다.

"나는 파로장군(破虜將軍) 손견 이후로 삼대에 걸쳐 주공을 받들어 모시며 싸움터에서 갖은 고초를 겪은 몸이다. 그런데 너 따위 애송이가 누구한테 감히 큰소리를 치는 것이냐?"

주유가 어서 황개의 목을 치라고 호통을 치자 감녕이 나서서 말렸다.

"안 됩니다. 황개는 오랫동안 동오를 섬긴 신하입니다."

그러나 주유는 더욱 성을 내며 감녕에게 소리쳤다.

"쓸데없는 말로 참견하지 말라."

그러고는 감녕을 그 자리에서 내쫓아버리니 장수들이 무릎을 꿇고 주유에게 간청하였다.

"황개는 죽어도 마땅한 죄를 졌지만 지금은 처벌할 때가 아닙니다. 우선 조조를 섬멸한 후에 참하여도 늦지 않을 터이니 그때까지만 참아주시기 바랍니다."

주유는 한동안 격노해 있다가 간신히 화를 누그러뜨리고는 장수들에게 일렀다.

"황개는 마땅히 목을 벨 만한 죄를 지었으나 여러 장수들의 간청에 의해 목숨만은 살려두겠소. 그 대신 그를 끌어내어 태형에 처하시오."

이에 여러 장수들은 다시 용서를 빌었으나 주유는 자기 앞에 있는 책상을 밀어내 넘어뜨리면서 일동을 향해 꾸짖으며, 빨리 태형을 가하라고 악을 써댔다. 마침내 옷이 벗겨진 황개가 땅바닥에 엎드리니 군사들이 쉰 번의 곤장을 내리쳤다.

이것을 지켜본 장수들이 다시 주유에게 중지할 것을 간청하였으나 주유는 정색을 하며 황개를 향해 욕설을 퍼부었다.

"네 이놈! 나머지 쉰 번도 마저 쳐야 할 것이지만 오늘은 일단 여기서 멈추겠다. 다시 한 번 이렇게 무례하게 굴었다가는 용서하지 않겠다.”

　주유는 이렇게 분연히 말하고 군진으로 들어갔다. 주위 장수들이 황개를 일으켜 간호해보니 살갗이 군데군데 찢어져 떨어져 나갔고 여기저기 피가 묻어 엉망이 되었다. 황개는 숙사로 옮기는 동안에도 몇 번씩이나 까무라쳐 의식을 잃었다. 위문하러 황개의 집에 온 사람들은 그의 모습을 보고 마음 아파하였다.

　노숙도 그를 찾아본 뒤에 공명을 만나러 가서 그 사실을 알렸다.

　“오늘 주 도독이 황개를 태형에 처했으나 우리들은 모두 주유 장군의 부하 입장이라서 드러내놓고 무슨 말을 할 수가 없었습니다만 공명 선생께서는 손님으로 계시면서 어찌 나는 모른다는 태도로 수수방관하시는 것입니까?”

　이에 공명이 웃으며 답하였다.

　“나를 지금 놀리시는 것입니까?”

　“선생께서 이곳에 오신 뒤로 언제 제가 선생을 희롱하였습니까?”

　“공께서는 오늘 주유가 벌인 일이 일부러 꾸민 연극이라고 짐작하셨을 텐데 어찌 이 사람 앞에서 딴전을 부리시는 것입니까?”

　그제야 노숙은 상황을 이해하였다. 공명이 다시 말을 이었다.

　“그런 고육지책(苦肉之策)을 쓰지 않고는 결코 조조를 속일 수 없습니다. 황개를 그토록 혹독하게 처벌한 것은 이곳을 배반하고 적에게 투항할 구실을 만들어주고, 거기에 더하여 오늘의 소동을 채중과 채화로 하여금 조조에게 알리도록 하여 감쪽같이 속이려고 하는 계략입니다. 다만 공께서 주 도독을 만나시더라도 제가 한 말은 비밀로 해주시고 저 역시 주 도독의 조처에 찬성하지 않더라고만 전해주십시오.”

감택의 임무

노숙은 다시 주유를 찾아가 물었다.

"오늘, 왜 황개에게 그리 혹독한 처벌을 내리셨습니까?"

노숙이 물었더니 주유가 되물었다.

"딴 사람들이 뭐라고 하던가요?"

"모두들 불평을 하더군요."

"그럼 공명도 불평하던가요?"

"예, 공명 역시 너무 박정하시다고 말했습니다."

이에 주유가 웃음을 터뜨렸다.

"이번에는 공명도 나의 계략을 눈치채지 못하고 속아넘어가셨군요."

"아니, 그게 무슨 뜻입니까?"

노숙이 시치미를 떼고 물으니 주유가 자초지종을 말하였다.

"오늘 내가 한 일은 사실 조조를 속이기 위한 계책이었소. 그래서 황개를 내세워 화공을 가할 생각으로 일부러 꾸민 일이었소."

노숙은 더 이상 말은 하지 않았으나 공명의 뛰어난 통찰에 완전히 감탄하고 말았다.

한편 황개는 병이 들어 침상에 누워 있었는데 많은 사람들이 그를 문병하러 다녀갔다. 그러나 황개는 말 한 마디 하지 않고 한숨만 내쉬고 있었다. 그러던 어느 날 모사 감택이 찾아왔다. 이에 황개는 주위 사람들을 물리고 그를 맞이하니 감택이 목소리를 낮추어 황개에게 물었다.

"장군은 혹시 전에 주 도독의 원망을 산 일이라도 있었습니까?"

"아니, 없었소이다."

"그러면 얼마 전 주 도독이 문책한 일은 딴 계책이 있어서가 아니었습니까?"

"잘 보셨습니다."

"주 도독의 행동거지를 잘 관찰하고 내린 결론입니다."

"저는 동오에서 삼대째 주공께 은혜를 입고 있으면서 벼슬까지 얻고 있는 처지인데 그 은혜에 보답할 길이 없어서 고민하던 중에 이 고육지계를 택한 것입니다. 저의 이 한 몸은 어떻게 되든지 상관없습니다만 아무리 둘러보아도 심중을 터놓고 일을 의논할 사람이 없는 것이 안타깝고 한스러울 뿐입니다. 그런데 오직 귀공만이 저의 마음을 살피시고 아울러 충의가 있으신 분이기에 제가 이렇게 심중을 털어놓는 것입니다."

이에 감택이 미루어 짐작하여 말하였다.

"그러시다면 공께서는 저에게 공이 투항한다는 밀서를 강북의 조조에게 바쳐달라는 부탁을 하려고 하신 것은 아닙니까?"

"예, 맞습니다. 그렇게 간청드리고 싶은데 공께서 어떻게 받아들이실지 모르겠습니다."

감택은 그의 부탁을 기꺼이 받아들여 응낙하였다. 용맹스러운 장수는 몸을 아끼지 않고 주군의 은혜에 보답하려 하고, 모신(謀臣) 역시 나라를 위해 그에게 협력하려고 하니 이들의 뜻이 통한 것이다.

감택은 과연 황개의 부탁을 잘 수행할 수 있을 것인가?

제 47 회 감택과 방통의 지략

闞澤密獻詐降書　龐統巧授連環計

감택이 위장된 투항서를 바치고
방통은 교묘히 연환계로 속이다

조조를 속인 감택

감택은 자를 덕윤(德潤)이라 하며 회계현(會稽縣)의 산음(山陰)
출신이었다. 그는 가난한 집안에서 태어났으나 학문을 즐겨하여
머슴살이를 할 때 남의 책을 빌려 읽으면 한 번 훑어보더라도
고스란히 외워버리고 말았다. 그리고 구변에도 능란하고, 배짱도
두둑한 인물이었다. 손권은 그를 모사로 삼고 가까이 두었는데
그 동안 감택은 황개와 가장 가깝게 지냈다. 황개가 항복의 편지
에 관한 비밀을 꺼낸 것도 그의 능변과 담력을 믿고 있었기 때

문이었다. 감택은 황개의 부탁을 기꺼이 받아들였다.

"장부가 한번 세상에 나와 아무 공도 이루지 못하고 이름도 빛내지 못한다면 길가에 아무렇게나 피어 짓밟히는 잡초와 같은 법이오. 공이 주공을 위해 목숨을 바치려는 이상 나 역시 목숨을 아까워하지 않고 일에 부딪쳐보겠소."

이 말에 황개는 감격하여 자리에서 일어나 감사의 예를 갖추었다. 감택이 다시 말을 이었다.

"이렇게 머뭇거리고 있을 시간이 없으니 지금 당장 떠나겠소."

이에 황개가 말하였다.

"내가 서신은 이미 써두었소."

감택이 그 서신을 받아 간직하고는 그날 밤에 어부 차림을 하고 작은 배에 몸을 싣고 북쪽을 향하여 노를 저어 갔다. 유난히 맑은 겨울 하늘에는 별들이 가득해 총총히 빛났다. 이윽고 한밤중에 조조 군의 진영 울타리 가까이에 이르자 그곳을 수비하는 경비병이 감택을 발견하고 조조에게 보고를 하였다.

조조가 물었다.

"혹시 그놈은 첩자가 아니더냐?"

"겉으로 봐서는 어부 차림을 하고 있었으나 자신은 동오의 모사 감택이라고 하며 승상께 기밀 사항을 전하고자 찾아왔다고 했습니다."

조조가 그를 데려오라고 명하자 군졸들이 감택을 데려왔다. 막사 안은 불빛으로 환히 밝혀 있었으며, 조조는 높은 의자에 점잖게 앉아 있다가 들어온 감택을 보고 물었다.

"동오의 모사가 내게 무슨 볼 일이 있어서 찾아왔느냐?"

"제가 듣기로 조 승상께서는 인재를 구하시기를 목마른 사람이 물을 찾듯 하신다고 들었사온데 듣던 말과는 다른 것 같습니다."

감택은 이렇게 말하고는 다시 혼잣말로 중얼거렸다.

"황개여! 그대는 잘못 판단하였구나."

조조가 의아스러운 얼굴로 물었다.

"지금은 동오와 전시 중인데 네가 수상한 차림으로 이곳에 왔으니 내 어찌 물어보지 않겠느냐?"

감택은 나직이 입을 열었다.

"황개는 동오에서 삼대째 주군을 섬겨온 신하이옵니다. 그런데 여러 사람들 앞에서 주유로부터 심한 태형을 받고 원통해하는 가운데 조 승상께 투항하여 그 분함을 갚으려 하고 있사옵니다. 그래서 형제나 다름없이 지내온 저에게 자신이 투항하겠다는 밀서를 전해올리고자 하여 이렇게 애써 찾아온 것입니다. 승상께서는 이를 받아주실 것인지요?"

조조가 조금 누그러진 목소리로 다시 물었다.

"그래, 그 편지를 가져왔는가?"

감택이 그 자리에서 편지를 꺼내 조조에게 바치니 조조는 불빛 아래서 겉봉을 뜯어 읽어 내려갔다.

이 몸 황개는 삼대째 손씨를 섬겨 두터운 은혜를 입어온 몸으로, 꿈에도 두 마음을 품을 수는 없는 처지이옵니다만 현재의 시국을 생각해볼 때 강동 땅의 여섯 군으로 중원 땅의 일백만 군사에 맞선다는 것은 무모하기 그지없는 것으로 동오의 장수들로부터 일반 어린 백성까지 모두 그 불가능함을 알고 있습니다. 하온데 주유라는 애송이가 아무런 견식도 없는 주제에 장님이 길가에 있는 뱀 무서운 줄 모르듯이 억지를 쓰며 수레를 밀어대니, 그 결과 죄 없는 자가 형벌을 받고, 공 있는 자가 상을 받지 못하는 모순이 빚어지고 있는 실정이옵니다. 이 몸 역시 동오의 구신임에도 불구하고 까닭없이 주유에게 모욕을 당하여 참을래야 참을 수 없는 지경에까지 이르게 되었습니다. 그러던 중에

승상께서는 성심껏 사람을 대하고 인재를 구하시는 데에도 거리
낌없이 받아들이신다는 얘기를 들었습니다. 그러니 이 몸도 군
사를 이끌고 감히 항복하여 공을 세워 주유에게 받은 모욕을 되
갚고자 하옵니다. 그리고 많은 군량과 마초, 병기 등을 배에 함
께 실어 투항하겠사오니 부디 저의 투항을 의심하지 마시고 받
아주시기 바라옵니다.

조조는 황개의 서신을 몇 번씩이나 되풀이해서 읽더니 마침내
책상을 치면서 노여움에 가득 찬 눈초리로 말하였다.

"이것은 황개의 고육책이다. 너에게 이런 편지를 보내 나를 속
이려 하다니 어리석은 짓이다. 이놈을 당장 끌어내어 목을 베도
록 하라."

조조의 명에 따라 주위에 있던 형리들이 감택을 끌고 나가려
고 하였으나 감택은 얼굴빛 하나 변하지 않고 하늘을 쳐다보며
껄껄거리고 웃어댔다.

이 모습을 본 조조가 그를 불러세우며 물었다.

"네 이놈! 간사한 계략이 발각되었거늘 어찌 그리 무례하게 웃
어대는 것이냐?"

"승상 때문에 웃는 것이 아니라 승상의 인품을 잘못 본 황개
때문에 웃었소이다."

"아니, 그게 무슨 뜻이냐?"

"죽이는 마당에 부질없이 군소리 마시고 어서 처형이나 하시
오."

"나는 어려서부터 온갖 병서를 읽어 이런 허위와 조작을 꾸미
는 속임수에는 훤하니 나에게는 어림없는 소리이다. 너희의 이런
얕은 계략으로는 남은 모를까 나를 속이지는 못한단 말이다."

"그러면 한 가지 묻겠소. 서신의 어디에 그런 계략이 있다는

말이오?”

“좋다. 네가 저승에 가서도 원망하지 않도록 말해주마. 황개가 진심으로 항복한다면 언제, 어느 때, 어떤 방법으로 하겠다는 구체적인 계획이 왜 없는 것이냐? 그 이유를 밝혀봐라.”

조조의 말에 감택이 껄껄 웃으며 대꾸하였다.

“그것도 모르면서 병법서를 읽어냈다고 말하는 것이오? 부끄러운 줄 알고 어서 군사를 데리고 철수나 하시오. 그렇지 않고 강동의 주유에 대항해 싸우면 그의 손에 잡히고 말 것이오. 다만 내가 무식한 당신들 손에 죽는 것이 한이 될 뿐이오.”

“내가 무식하단 말이냐?”

“기모(機謀)도 모르고 도리도 모르니 어찌 무식하지 않다는 말이냐?”

“좋다. 그러면 내가 어찌 기모도 모르고 도리도 모르는지 자세히 설명해보아라.”

“인재를 기다리는 방법을 분간하지도 못하는 사람에게 내 무엇을 말하겠소? 자, 어서 목이나 베도록 하시오.”

“너의 말이 이치에 닿으면 나도 역시 그에 따르겠다.”

“승상은 주인을 등지는 자는 미리 기일을 정하지 않는 법이라는 말도 모르시오? 만약 기일을 정해놓았다가 막상 실행의 단계에서 그렇게 할 수 없게 된 경우를 생각해보시오. 결국 그런 줄도 모르고 당초의 기일대로 행동했다가는 그 계획은 누설되게 마련이고 화를 면치 못하게 될 것이오. 모름지기 기(機)를 보고 모(謀)를 할 일이지 미리 기일을 정하는 것이 아니오. 정도의 도리도 모르면서 함부로 남을 의심하다니 이것은 곧 승상께서 무식한 것이 아니고 무엇이오이까?”

이에 조조가 표정을 누그러뜨리고 자리에서 일어나 예를 갖추며 말하였다.

"내가 생각이 짧아 실례하였네. 너무 나쁘게 생각하지 말게나."

감택도 낯빛이 부드러워지며 대답하였다.

"황개와 이 몸은 진심으로 승상께 심열성복(心悅誠服:충심으로 기뻐하며 성심을 다해 순종함)하려 하오니 이는 곧 어린아이가 부모를 따르는 것과 같사온데 어찌 거짓이 있겠사옵니까?"

조조가 이 말을 듣고 크게 기뻐하며 말하였다.

"자네들이 큰 공을 세워준다면 장차 남들보다 높은 벼슬과 녹을 내리겠소."

"저희는 작록(爵祿)을 기대하고 투항하려는 것이 아니라 오직 시류(時流)의 올바름에 따르고자 할 뿐이옵니다."

조조는 감택을 위해 연회를 베풀었다. 그때 누군가가 들어와 조조에게 귀엣말로 소근거렸다. 그러자 잠자코 듣고 있던 조조가 그에게 물었다.

"그래? 그렇다면 그 서신을 빨리 보여다오."

그 사람이 밀서를 바치니 조조가 그것을 읽어보고는 희색이 만면해졌다. 이를 지켜본 감택은 마음속으로 회심의 미소를 지으며 생각하였다.

'저것은 필시 채중(蔡中)과 채화(蔡和)의 편지일 것이다. 황개를 태형에 처한 사실을 알린 것이 분명하니 이로써 조조는 우리의 투항이 진심이라고 믿게 된 것이고 그래서 저렇게 기쁨의 빛을 감추지 못하는 것이다.'

이윽고 조조가 감택을 향해 말하였다.

"일단 공께서는 강동 땅으로 돌아가서 황개와 은밀히 협의한 후 귀순하려는 날짜와 방법을 알려주시기 바라오. 그러면 그에 따라 이쪽에서 군사를 보내어 맞이하겠소."

"말씀은 고맙사오나 저는 이미 강동을 떠나온 몸이라 돌아갈 수가 없는 처지이오니 승상께서는 부디 다른 누구를 은밀히 보내시는 것이 바람직할 것 같사옵니다.”

“아니오. 그랬다가는 기밀이 누설되기 쉬울 것이오.”

감택은 재삼 사양하다가 결국 마지못해 수락하는 척하였다.

“정 그러시다면 더 늦기 전에 다녀오겠습니다.”

조조는 감택에게 금과 비단을 선물로 주려고 하였으나 그는 그것도 사양하고 바삐 조각배에 몸을 싣고 동오로 돌아갔다.

새로운 계략

감택이 그 즉시 황개를 만나 조조를 만난 일을 자세하게 이야기하니 황개는 그에게 감사의 말을 건네었다.

“고맙소. 공이 아니었던들 나는 헛수고만 했을 것이오.”

이에 감택이 제안하였다.

“감녕의 성채를 찾아가 채중과 채화의 동태를 보고 오겠소이다.”

“그래주시면야 더욱 감사할 뿐이오.”

감택이 감녕의 성채를 찾아가니 그가 반갑게 맞이해주었다. 감택이 감녕의 일을 위로하며 말하였다.

“어제 장군께서 황개를 도우려다가 주유에게 모욕을 당하시는 것을 보고 이 몸은 심히 가슴이 아팠습니다.”

이 말에 감녕은 살짝 미소만 보일 뿐 대꾸를 하지 않았다. 이때 채중과 채화가 들어서니 감택이 감녕에게 눈짓을 하였다.

이것을 알아차린 감녕이 일부러 음성을 높여서 떠들어대었다.

“주유는 지금 자기가 제일 잘난 줄 알고 안하무인(眼下無人)격으로 우리를 무시하고 있소이다. 내가 그렇게까지 모욕을 당하다니 너무 부끄러워 강동 사람들을 만나볼 체면이 서질 않소이다.”

이렇게 말한 감녕이 아직도 분이 가시지 않는지 이를 갈며 씩씩대었다. 그러자 감택이 그에게 귀엣말로 무엇이라고 속삭이자 감녕이 고개를 숙이고 아무 말 없이 길게 한숨만 내쉬었다.

이를 지켜본 채중이 이 두 사람이 모반을 계획하는 것이라고 생각하고 넌지시 물었다.

"두 분께서는 무엇을 그리 은밀히 의논하십니까? 무슨 불평이라도 있으신 것입니까?"

감택이 태연히 대답하였다.

"우리의 괴로움을 자네들은 모를 것일세."

채화가 기다렸다는 듯이 물었다.

"혹시 조 승상께 귀순할 마음을 두고 계시는 것은 아닙니까?"

순간 감택은 낯이 시퍼렇게 변하더니 그 자리에서 벌떡 일어나 칼을 뽑아들고 소리쳤다.

"이 일을 눈치챈 이상 네 놈들을 그대로 살려둘 수 없다."

이에 채중과 채화가 당황하며 해명하였다.

"진정하십시오! 모든 사실을 이실직고하겠습니다."

"어서 말해보아라."

"실은 저희 두 사람은 조 승상의 첩자이옵니다. 그러니 두 분이 조 승상께 귀순할 뜻이 계시다면 저희들이 힘을 모아 도와드리겠습니다."

"그게 정말인가?"

감녕이 물으니 두 사람이 이구동성으로 대답하였다.

"물론입니다. 여기가 어디라고 감히 거짓말을 하겠습니까?"

감녕이 매우 기뻐하는 체하며 말하였다.

"그렇다면 잘 되었구나."

채중과 채화가 다시 입을 모아 말하였다.

"저희들은 사실 황개와 감녕 두 장군이 주유에게 곤욕을 치르고 모욕을 당하신 일도 이미 조 승상께 알려드렸습니다."

그러자 감택도 이에 질세라 사실대로 말하였다.

"나는 사실은 황개 장군을 위해 조 승상께 은밀히 밀서를 전해 올리고 왔다네. 그리고 이렇게 이곳을 찾아온 것은 감녕 장군께도 함께 귀순하자고 권하기 위함이었다네."

감녕도 맞장구를 쳤다.

"훌륭한 주군을 모시게 된 이상 우리 모두가 충성을 다해 받들어 섬겨야 할 일일세."

이리하여 네 사람은 술좌석을 마련하여 공동 모의를 꾸몄다. 채중과 채화는 즉시 서신을 보내어 조조에게 일의 진행을 보고하였는데 감녕도 함께 귀순한다는 사실을 추가로 알렸다. 감택도 따로 서신을 보냈는데 거기에는 황개가 가고 싶어하지만 아직 그럴 처지가 못 되며 만약 여기를 떠나게 된다면 뱃머리에 파란 깃발을 꽂고 갈 테니 그것이 바로 황개의 배임을 알아주기 바란다고 썼다.

서산의 초려에 갇힌 장간

조조는 이 두 통의 서신을 받았지만 아직도 마음의 의혹이 가시지 않은 상태였으므로 모사들을 불러놓고 의논하였다.

"강동 땅에서는 감녕이 주유에게 모욕을 당했다며 이곳으로 오고 싶어하고 황개 역시 주유에게 태형을 당해 감택을 통해 항복 밀서를 보내왔지만 어느 쪽이나 안심하고 믿을 수가 없네. 그러니 누가 주유의 본진으로 들어가 진상을 알아볼 자가 없겠느냐?"

이에 장간(蔣幹)이 자청하며 나섰다.

"저는 지난번에 동오에 가서 아무 공도 세우지 못하고 돌아왔으니 부디 저를 보내주십시오. 그러면 이 목숨을 걸고 사실 여부를 탐지하여 알아오겠습니다."

이리하여 장간은 다시 거룻배를 타고 주유의 진중으로 들어갔다. 그러다가 수비병의 눈에 띄자 주 도독을 만나게 해달라고 요구하였다.

이 보고를 들은 주유는 크게 기뻐하며 어쩔 줄 몰라했다.

"내가 성공하느냐 못 하느냐의 여부는 이놈 장간의 손에 달려 있다."

주유는 은밀히 노숙에게 일렀다.

"어서 방통(龐統)을 불러 이런저런 일을 부탁해주시게."

그 무렵 자를 사원(士元)이라고 하는 양양 출신의 방통이라는 사람이 싸움터가 된 고향을 떠나 강동에 머물고 있었다. 노숙은 그를 주유에게 천거하였지만 두 사람이 직접 대면하지는 않았다. 그래서 주유는 노숙을 통해 조조를 무너뜨릴 계략을 방통에게 물어보았다.

"조조를 어떤 수를 써야 물리칠 수 있겠소이까?"

이에 방통이 노숙에게 은밀히 알려주었다.

"물론 조조를 칠 방법은 화공밖에는 없습니다만 넓은 강이라 한 척의 배에만 불을 붙이게 되면 나머지 배들은 모두 흩어져 헛수고만 할 것입니다. 그러니 그 배들이 흩어지지 않게 배와 배를 쇠사슬로 엮는 연환지계(連環之計)를 써야만 성공할 수 있을 것입니다."

노숙이 방통의 말을 주유에게 전하니 주유도 감탄하여 말하였다.

"이 계획을 실행시킬 사람은 방통 이외에는 없을 것이오."

그러나 노숙이 우려하는 말투로 말하였다.

"하오나 조조는 여간한 속임수에는 넘어가지 않는 자이오니 일을 거기까지 추진하기가 여간 어렵지 않을 것입니다."

그리하여 주유가 선뜻 결정을 내리지 못하고 있는 사이에 장간이 찾아왔다는 보고를 받고 주유는 그를 만나는 동시에 방통에게 그 계책을 더욱 구체적이고 자세하게 알려달라고 부탁하였다.

주유는 마중도 나가지 않고 본진에 앉아 명령을 내렸다.

"장간을 데려오너라!"

장간은 주유가 자신을 마중나오지 않은 것을 꺼림칙하게 여기고 거룻배를 호젓한 강기슭에 대놓고 본진을 찾아갔다. 그를 맞이한 주유는 매우 불쾌한 표정을 지으며 말을 꺼냈다.

"자네는 왜 나를 속이려고 하는가?"

이에 장간이 웃으며 답하였다.

"우리는 오랜 벗 사이로 자네와 격의없는 이야기를 나누려고 찾아왔는데 내가 자네를 속이려고 한다니, 무슨 서운한 말을 그렇게 하는가?"

"자네는 날더러 조조에게 투항하라고 권할 심산이지만 맹세코 그 짓은 못 하겠네. 지난번에 자네가 찾아왔을 때는 옛정을 생각해서 자네와 같이 마시고 함께 자기까지 했는데 그 결과가 무엇인가? 내 문서를 몰래 훔쳐 조조에게 갖다 바치고, 채모와 장윤을 죽게 하여 내 계획을 모두 망쳐놓지 않았는가? 그런데 오늘 다시 그 장본인이 불쑥 나타났으니 반드시 어떤 흉계가 또 있을 것이네. 자네가 내 옛 벗이 아니었던들 당장 한칼에 처치했을 것이지만 차마 그러지는 못하겠으니 돌려보내겠네. 다만 내가 며칠 안으로 조조를 타도할 계획이라서 자네를 여기 붙들어두어 비밀이 새어나가지 못하도록 할 작정이니 그리 알도록 하게."

이렇게 말한 주유는 주위 사람들에게 명하였다.

"이 사람을 서산의 초려에 모셔 며칠 묵게 하고 그 사이 바깥 출입을 하지 못하게 경비를 세우도록 하라. 그리하여 우리가 조조를 처치한 뒤에 강북으로 돌려보내도록 하라."

장간이 무엇이라 항변하려 했지만 주유는 들은 척도 하지 않고 안으로 들어가버렸다. 결국 장간은 말에 태워진 채 서산의 초려로 끌려가 갇혀버리는 신세가 되었는데 군사들을 두 명이나 붙여 감시하도록 하였으니 이는 영락없이 감금 생활을 하게 된 것이었다.

장간은 최악의 경우 일이 이렇게 될 수도 있다고 예측하지 않은 것은 아니었지만 막상 갇혀버린 신세가 되니 마음이 심란해졌다. 밤이 되어 별들이 유난히 빛나니 장간은 감시병의 승낙을 얻어 산책을 나섰다. 그렇게 주위를 걷고 있노라니 어디선가 책 읽는 소리가 희미하게 들려와 소리가 들리는 쪽으로 따라가 살펴보니 바위 사이에 한 채의 초려가 있었는데 목소리는 그곳에서 들려오고 있었다.

장간이 그곳으로 다가가 안을 들여다보니 벽에 칼 한 자루가 걸려 있었고 방에는 웬 사나이가 불빛 아래에 단정히 앉아 손자(孫子)와 오자(吳子)의 병법서를 읽고 있었다. 장간이 속으로 보통 인물이 아니라 직감하고 문을 두드려 만나기를 청하니 그가 방문을 열고 나오는데 과연 보통 인물이 아님을 한눈에 보아도 알 수 있었다.

장간이 정중히 인사를 드리고 누구냐고 물으니 그도 정중하게 대답하였다.

"나는 방통이라는 사람으로 자를 사원이라고 합니다."

"아니, 그러시다면 봉추(鳳雛) 선생이 아니십니까?"

"그러합니다."

이에 장간은 놀라고 기쁘기도 하여 어쩔 줄 모르는 표정을 짓다가 겨우 정신을 차리고 물었다.

"선생의 명성을 들어 잘 알고 있었사온데 어찌하여 이런 산 속에서 홀로 계시옵니까?"

"주유가 모든 일을 독단적으로 처리하여 주위 사람들의 진언을 들으려고 하지 않기에 이렇게 이곳에 은거하며 지내고 있습니다. 그런데 공께서는 뉘시지요?"

장간이 자신의 정체를 밝히자 방통이 그를 방 안으로 청하고 나서 한동안 이런저런 말들을 주고받았다. 그러다 어느 정도 시간이 지나자 장간이 넌지시 제안해보았다.

"선생같이 뛰어난 분이시라면 어디를 가시더라도 귀한 대접을 받을 수 있습니다. 어떠신지 모르겠사오나 만약 조 승상을 섬기실 의향이 있으시다면 불초한 제가 인도해드리겠습니다."

방통이 쾌히 응낙하였다.

"이 몸도 이미 오래 전부터 강동 땅을 떠날 작정이었습니다. 만약 공께서 친히 인도해주신다면 당장이라도 같이 떠나겠습니다. 괜히 여기서 머뭇거리다가는 주유가 알게 되어 해를 당하고 말 테니까 말입니다."

이리하여 두 사람은 어둠을 틈타 산을 내려와 강변으로 달려가 장간이 숨겨둔 거룻배에 몸을 싣고는 환한 달빛을 받으며 그대로 강북 땅으로 노를 저어 갔다.

연환계를 제안한 방통

그들이 조조의 진영에 이르자 장간은 우선 조조를 찾아가 봉추 선생을 모셔왔다고 보고하였다. 조조는 이 말을 듣고 친히 마중 나가 그를 반갑게 맞이하였다. 방통을 안으로 모시고 들어가 자리에 앉힌 조조가 먼저 말을 꺼냈다.

"주유는 아직 나이가 어려 안하무인격으로 남의 말을 들으려 하지 않고 업신여기며 독단으로 일을 처리하는 자입니다. 저는 오래 전부터 고명하신 선생의 존함을 익히 들어왔습니다. 그런데 이렇게 어려운 걸음을 하시어 이곳에 오셨으니 부디 좋은 계책을 가르쳐주십시오.”

방통은 잠자코 듣고 있다가 천천히 입을 열었다.

“승상께서는 작전에 능수능란하시다고 알려져 있습니다. 어디 포진 상황을 한번 구경시켜주시겠습니까?”

조조가 말을 대령케 하여 방통과 함께 말에 올라탄 후에 군진 안의 높직한 곳에 올라 말머리를 나란히 하고 진지 안을 굽어보았다.

잠시 후 방통이 말하였다.

“산을 가까이 두어 숲을 등뒤로 하고 퇴로로 협곡을 이용한 이 포진법은 옛날의 손자나 오자 또는 사마양저(司馬穰苴)*와 같은 병법의 천재들도 하등의 하자를 지적할 수 없을 것이옵니다.”

이 말에 조조가 겸연쩍어하며 말했다.

“그렇게 과찬의 말씀만 하지 마시고 부족한 점을 솔직하게 가르쳐주십시오.”

조조는 다시 방통을 수중의 진지로 안내하였다. 남쪽에는 스물네 개의 수문이 설치되어 있었고, 대형 함선이 성곽 모양으로 늘어서 있었으며 그 사이에는 조각배를 띄워 소식을 전하게 하는 등 모두 질서정연하게 위치하고 있었다.

이를 지켜본 방통이 환하게 웃음을 지어 보이며 말하였다.

“소문에 듣사온대로 승상께서는 용병(用兵)의 천재이십니다.”

그러고는 남쪽을 향해 외쳤다.

“주유, 너는 이제 망하는 줄 알아라.”

이를 본 조조는 득의만만한 자세가 되어 본진으로 돌아와 술좌석을 마련하고 전략을 논하였다. 조조는 방통의 웅변에 탄복하

---

* 사마양저(司馬穰苴):춘추시대 제(齊)나라의 병법가로 그의 병법은 사마법(司馬法)이라고 전해오고 있다.

여 정중히 대우하였다.

방통이 조심스럽게 물었다.

"혹시 군단에 용한 의원이 있습니까?"

"아니, 갑자기 그것은 왜 묻습니까? 어디가 아프시기라도 하십니까?"

조조가 놀라 반문하니 방통이 미소를 지으며 답하였다.

"아닙니다. 수군에는 환자가 많게 마련이니 뛰어난 의원이 없어서는 말이 되지 않는 법이지요."

사실 조조의 군사들은 그 무렵에 낯설고 물에 익숙하지 않아 이곳의 풍토에 심하게 배앓이를 하고 토하며 죽는 경우가 많이 발생하던 터라 조조는 전전긍긍하며 속만 태우고 있었는데 이렇게 방통의 말을 들으니 귀가 번쩍 트이는 듯하였다.

방통이 다시 말하였다.

"이곳 수군의 훈련은 잘 되어 있습니다만 유감스럽게도 부족한 점이 있는 것 같습니다."

"아니, 무엇이 부족합니까?"

조조가 자세히 알려달라고 재촉하자 방통이 천천히 말하였다.

"저에게 한 가지 방책이 있사온데 그것을 실행하신다면 수군들이 질병의 고통에서 벗어나 안심하고 활동할 수 있을 것입니다."

조조가 방통에게 매달려 그 묘안을 채근하였더니 방통이 설명하기 시작하였다.

"장강은 파도가 심한 곳입니다. 게다가 바람도 자주 불고 물결도 거칠어서 북방 출신의 군사들은 배가 흔들릴 때마다 멀미를 하고 병을 얻는 것입니다. 그러니 만일 크고 작은 군선들을 서른 척이나 쉰 척씩을 한 묶음으로 해서 쇠고리를 잇대어 박아 흔들림을 방지하고 배와 배 사이에 폭이 넓은 널빤지를 깔아놓는다면 그 위로 군사들은 물론이고 기마도 오고갈 수 있기에 편할 것입니다. 그쯤되면 아무리 풍랑이 세고 조수가 심하다 해도 전혀 겁낼 것이 없을 것입니다.”

조조는 이 말에 자리에서 벌떡 일어나 희색이 가득한 얼굴로 방통에게 감사의 말을 건네었다.

“선생 덕분에 동오를 이길 수 있겠습니다.”

“아닙니다. 그저 문득 생각이 떠올라 아뢴 것이니 더 깊이 고찰해주십시오.”

그러나 조조는 즉시 명령을 내려 군단 소속의 대장장이들에게 쇠고리를 만들도록 한 후 배와 배 사이를 연결시켜 고정하였다. 그러자 군사들도 편하게 다닐 수 있게 되어 매우 기뻐하였다.

방통은 조조에게 덧붙여 건의하였다.

“강동 땅의 호걸들은 모두 주유를 미워하고 있습니다. 그러니 제가 그 호걸들을 설복시켜 승상의 편을 들도록 하여 투항하도록 하겠습니다. 그러면 주유는 결국 고립되어 승상의 손에 사로잡히게 되고 말 것입니다. 그렇게만 되면 유비를 잡는 것은 문제도 안 되지요.”

조조는 얼굴에 기쁨이 가득해 말하였다.

“봉추 선생께서 그렇게만 해준다면 제가 황제께 상주하여 삼공(三公)의 벼슬을 내리시도록 하겠습니다.”

방통은 짐짓 사양하는 자세로 말하였다.

“이 몸은 부귀영화를 바라고 한 일이 아닙니다. 그러니 원하옵건대 오직 만백성을 구해주시기 바랍니다. 그러니 앞으로 승상께서 장강을 건너가시더라도 백성들을 살육하는 일은 없도록 하십시오.”

“물론입니다. 이 몸이 하늘을 대신하여 도를 이루려고 하는 마당에 내 어찌 백성들을 함부로 죽이겠습니까?”

방통이 조조에게 자기 일족들의 안전을 보장하는 문서를 써달라고 간청하니 조조가 물었다.

"선생의 일족들은 지금 어디에 계십니까?"

"지금 강변에 있습니다. 그러니 승상께서 안전을 보장하는 문서를 내려주신다면 제가 마음이 놓일 것입니다."

조조는 그의 청대로 문서를 작성하고 서명하여 그에게 건네주었고 방통이 이를 황공스럽게 받으며 말하였다.

"주유가 눈치를 채기 전에 어서 속히 진군하십시오."

이리하여 조조와 작별한 방통은 강변에 이르러 배에 올라타려 하는데 도사 차림에 머리에는 죽관을 쓴 사람이 서 있다가 방통을 향해 호통을 쳤다.

"대담무쌍하구나! 황개는 고육책을 써서 감택을 통하여 밀서를 보내고, 그대는 또 연환계로 조조의 군사를 섬멸하려고 하다니! 조조는 그대의 꾀에 속아넘어갈지도 모르지만 나만은 속이지 못할 것이다."

이 말에 방통은 깜짝 놀라 그를 쳐다보았다. 강동 땅이 기선을 제압하여 승리를 하려는데 어찌 강북 땅이라고 대적할 인걸이 없겠는가! 과연 두포와 죽관 차림을 한 인물의 정체는 누구인가?

제 48 회　위풍당당한 조조

연 장 강 조 조 부 시　　쇄 전 선 북 군 용 무
宴長江曹操賦詩　　鎖戰船北軍用武

장강의 달밤에 조조가 시까지 읊어대고
전선을 쇠사슬로 묶어 위세를 떨치며 나아가다

서서를 살린 방통

이렇게 말한 이는 다름 아닌 방통의 옛 벗 서서(徐庶)였다. 방통은 안도의 숨을 내쉬고 주위에 다른 사람이 없음을 확인하고 나직하게 말하였다.

"자네가 만약 이 모계를 폭로해버린다면 강남 땅의 여든한 주 백성들이 모두 죽음을 당할 것이니 나를 이대로 보내주게."

서서가 빙긋 웃으며 말하였다.

"그러면 이곳 강북의 팔십삼만 장졸들은 어쩌라는 말인가?"

"그렇다면 자네는 정말 내 모계를 폭로할 작정인가?"

"나는 오래 전부터 유 황숙의 은혜를 입어 한시도 그것을 잊지 못하고 있네. 그리고 조조는 나의 어머니를 죽음으로 몰아넣은 장본인인데 내 어찌 그를 위해서 계책을 알려주겠는가? 그런 생각은 또 아예 갖고 있지도 않았는데 어찌 방해를 할 수 있단 말인가? 다만 나는 이쪽에 묶여 있는 처지이니 이러다가 패전을 하게 되면 여러 사람들과 같이 그 자리에서 같이 당하는 수밖에 없다는 것이 한스러울 뿐이네. 그러니 자네가 나에게 살아남을 수 있는 방법을 가르쳐주면 나 역시 자네의 계략에 대해 함구하고 있겠네."

"자네는 나보다 식견이 높고 사려도 깊은 사람인데 무슨 곤란한 일을 당하겠는가?"

"아닐세. 자네가 좀 가르쳐주게나."

이에 방통이 서서에게 귀엣말로 무엇인가를 속삭이니 서서는 크게 기뻐하며 감사의 말을 전했다. 그리고 방통은 그대로 배를 저어 강동으로 향하였다.

그날 밤 서서는 몰래 사람을 써서 진중에 헛소문을 퍼뜨리도록 하였다. 밤이 지나고 날이 새자 군병들이 삼삼오오 떼를 지어 자기들끼리 속닥거렸다.

이런 분위기를 눈치 챈 감찰병이 상황을 파악하고 조조에게 보고하였다.

"지금 심상치 않은 소문이 들리고 있사온대 그 소문인즉슨, 한수(韓遂)와 마등(馬騰)이 서량 땅에서 모반을 꾀하여 허도로 쳐들어오리라는 것입니다."

조조는 이 말에 크게 당황하여 모사들을 불러모아 대책을 협의하였다.

"내가 이렇게 남정을 하면서도 항상 마음속에 염려해온 것은 한수와 마등이었네. 이번 풍설의 진위는 알 수 없지만 그렇다고 모른 척하고 내버려둘 수도 없는 노릇일세."

조조의 말에 느닷없이 서서가 앞으로 나서며 아뢰었다.

"제가 그 동안 승상께 큰 은혜를 입고 있었으면서도 아직까지 아무런 보답도 하지 못하여 부끄럽게 여기고 있었사오니 저에게 보병과 기병을 합해 삼천 병력을 주신다면 산관(散關)으로 급히 달려가 그곳의 요새를 수호하고 위태로운 경우가 생기면 다시 돌아와 보고를 올리겠습니다."

조조는 기뻐하며 말하였다.

"그대가 가준다면 내가 마음이 놓이겠소. 지금 산관에는 약간의 군사들이 수비를 하고 있으니 그곳을 자네에게 일임하겠소. 그리고 지금 삼천 병력을 준비시켜 내줄 것이니 장패를 선봉으로 삼아 더 늦기 전에 급히 출병하기 바라오."

이리하여 서서는 조조에게 작별을 고하고 장패와 더불어 산관으로 향하니 이것이 바로 방통이 서서에게 가르쳐준 탈신(脫身)의 술(術)이란 계책이었다.

호연지기를 품은 조조

조조는 일단 마음을 놓고 말을 타고 나가 강기슭의 군진을 돌아본 후 수군의 진지를 시찰하였다. 그러고는 큰 배 한 척을 띄워 그에 올라탔는데 배 한복판에는 '수(帥)'자가 씌인 대장기를 꽂았으며 배 양옆에는 수군의 궁노수(弓弩手)들을 전면 배치하였고 활과 쇠뇌도 일천 개나 마련하여 배치시켰다.

때는 건안 13년 겨울 동짓달 보름이었다. 날씨는 쾌청하고 바람도 한 점 불지 않았으며 물결도 잔잔하였다.

조조가 주위 측근들을 향해 명하였다.

"오늘은 내가 여러 장수들을 위하여 이곳에서 잔치를 열겠으니 술상을 마련하고 풍악을 울려라."

이윽고 해가 지고 동녘 산마루 위로 둥근 달이 떠오르니 휘영청 밝은 달빛 아래 흘러가는 장강의 물결이 마치 흰 비단 같았다. 조조가 한복판에 마련된 술상의 상석에 앉자 수백 명의 시신들이 좌우로 늘어 앉았는데 그들은 모두 비단옷차림에 수놓은 전포를 걸치고 손에는 창과 칼을 들고 있었다. 그들은 각자의 위계에 따라 서열대로 자리에 앉았다.

조조가 고개를 들어 주위를 둘러보니 풍경이 마치 병풍을 두른 듯이 펼쳐 있었는데 동쪽으로는 시상(柴桑)의 경계가 한눈에 들어왔고 서쪽으로는 하구의 강줄기가, 남쪽으로는 번산이, 북쪽으로는 오림(烏林)이 자리잡고 있었다.

이를 바라보던 조조는 자기도 모르는 사이에 호연(浩然)한 기개가 되어 휘하 문무백관들에게 호탕한 목소리로 말하였다.

"내가 하늘의 뜻을 갈음하여 군사들을 일으킨 뒤로 오늘날까지 나라를 위해 흥한 일을 쫓고 해로움을 물리쳐 세상을 평정하여 천하를 다스리겠다고 맹세해왔소. 아직 강남 지역이 내 손에 들어오지 못했지만 나에게는 백만 대군이 있고 제공들의 지모가 있어 조만간에 강남을 손에 넣을 수 있을 거라 생각하니 마음이 든든해지오. 그리하여 강남을 함락하여 천하를 평정하게 되면 제공들과 더불어 풍족하게 살 것이며 주공들은 태평성대를 누리게 될 것이오."

조조의 말에 일동이 기립하며 입을 모아 아뢰었다.

"하루 빨리 승리를 거두소서! 저희들 모두 평생토록 승상의 은혜를 입고 살아가고 싶습니다."

조조는 시신들에게 명하여 제공들을 위해 술을 따르도록 하였다.

그렇게 밤이 깊어지자 조조는 어느 정도 취기가 올라 멀리 남쪽 기슭을 가리키며 큰소리를 쳤다.

"주유나 노숙은 하늘의 때를 판별하지 못하는 어리석은 자들이다. 그런 판에 그쪽의 인걸들이 강북 땅으로 등을 돌려 내 신하가 되겠다고 하니 이는 곧 하늘이 나를 도우는 것이 분명하도다!"

이에 순유가 간언하였다.

"승상께서는 그런 말씀에 주의하십시오. 자칫 밖으로 새어나갈까 두렵습니다."

순유의 말에 조조가 배를 움켜쥐고 크게 웃어대다가 겨우 진정한 후에 말하였다.

"이 배에 있는 여러 문무백관들과 시중 드는 자들은 모두 내가 안심하고 믿는 심복들인데 무슨 일이야 생기겠는가?"

조조는 의기양양해진 태도로 이번에는 하구 쪽을 가리키며 다시 소리쳤다.

"유비와 공명아! 너희같이 벌레보다도 못한 자들이 감히 내게 덤벼들려 하다니! 그 얼마나 어리석고 가소로운 소행이더냐!"

조조는 다시 여러 장수들을 바라보며 말하였다.

"내 나이가 올해 쉰넷일세. 만일 강남 땅이 내 손에 들어온다면 내가 기뻐할 일은 사실 따로 있네. 다름 아니라, 옛날에 내가 강동의 교공(喬公)이란 사람과 친분이 있었는데 그에게는 딸이 둘 있었네. 그 둘은 하나같이 절세가인(絶世佳人)인데 불행히도 각기 손권과 주유의 아내라네. 내가 얼마 전에 장수의 물가에 동작대를 세웠는데 이번에 강남을 정복하면 먼저 교공의 두 딸을 데려다놓고 내 만년을 느긋하게 즐길 심산일세."

이렇게 말한 조조는 홍소를 터뜨렸다.

유복을 죽인 조조

조조가 이렇게 웃어대며 떠들어댈 때 어디선가 까마귀가 울면서 남쪽으로 날아갔다.

"이 밤중에 까마귀가 왜 울면서 날아가느냐?"

조조는 불길한 생각이 들어 좌우의 시신들에게 물으니 그들 중 한 사람이 대답하였다.

"달이 하도 밝아서 날이 샌 줄로 잘못 알고 숲속의 둥지에서 날아올랐나 봅니다."

조조는 다시 크게 웃어대고는 술이 몹시 취했음에도 불구하고 느닷없이 삭(槊:세모창)을 손에 들고 뱃머리에 서서 술잔을 들어 그것을 강물에 쏟아부어 강신(江神)에게 바치더니 다시 큰 잔이 넘치도록 술을 가득 부어 연거푸 석 잔을 들이켰다.

그러고는 삭을 가로눕혀 장수들에게 일렀다.

"나는 이 삭으로 황건적을 물리쳤고 여포도 잡았으며 나아가 원술과 원소도 처치했을 뿐만 아니라 멀리 만리장성의 북방으로 가서 요동 땅을 종횡무진으로 달리며 호연지기를 마음껏 누렸다네. 이제 이 강 위에서 이곳의 경치를 둘러보니 실로 감개가 무량해졌다네. 내가 노래 한 수를 지어 부를 테니 제공들도 같이 따라 불러주게나."

이렇게 말한 조조는 그 자리에서 즉흥적으로 노래를 지어 불렀다.

술이 있으니 노래 부르자꾸나   對酒當歌

인생이 길어야 얼마라더냐   人生幾何

비유컨대 아침 이슬 같은데   譬如朝露

지난날에는 괴로운 일이 많았고　　去日無多
지난 시절을 생각해보면　　慨當以慷
우울해지고 심란해지는구나　　憂思難忘
무엇으로 이 시름을 풀어보리오　　何以解憂
그저 술이 있으니 다행일세　　惟有杜康
그대의 고운 옷 바라보니　　青青子衿
내 마음도 젊어지는구나　　悠悠我心
다만 너로 인한 시름　　但爲君故
그칠 줄 모르누나　　沈吟至今
사슴들은 짝을 찾아 울며　　呦呦鹿鳴
들에 핀 풀을 뜯는구나　　食野之苹
반가운 친구 나를 찾아왔으니　　我有嘉賓
풍악을 울려서 맞이하자꾸나　　鼓瑟吹笙
밝디 밝은 저 달은　　皎皎如月
어느 때에는 안 비추었는가　　何時可輟
마음속에 가득한 서러움　　憂從中來
끊어버릴 길이 가이 없구나　　不可斷絶
몸은 비록 천 리나 떨어져 있어도　　越陌度阡
마음만은 서로 함께 있어　　枉用相存
서로 담소를 나누며　　契濶談讌
옛정을 생각하며 그리워하네　　心念舊恩
달이 밝으니 별의 수가 적어지누나　　月明星稀
까마귀 울면서 남쪽으로 날아가니　　烏鵲南飛
나무 주위를 세 바퀴나 돌아도　　遶樹三匝
의지할 만한 가지 하나 없구나　　無枝可依
산은 높아야 좋고　　山不厭高
물은 깊어야 좋은 것이니　　水不厭深
주공의 어질고 밝음을 알고　　周公吐哺

천하의 인심이 모두 모였구나   天下歸心

　조조가 시 읊기를 마치자 일동이 일제히 따라 부르고 나더니 환호하며 기뻐하였다.

　이 절정의 분위기 속에서 한 사람이 자리를 박차고 일어나 말했다.

　"아니, 싸움을 앞두고 장수들과 군사들 모두가 용기백배해 있는 이때에 승상께서는 어찌 그러한 불길한 노래를 읊으시는 것입니까?"

　이렇게 말한 이는 양주(揚州)의 자사로 패국상인(沛國相人) 유복(劉馥)이었는데 자를 원영(元穎)이라 하였다. 그는 합비(合淝)에 있을 때 입신의 기회를 잡더니 뒤에 양주를 다스리게 되자 난리를 피해 뿔뿔이 흩어져 있던 백성들을 다시 불러모아 학교를 세워 이들을 가르치는가 하면 둔전(屯田)을 넓히는 등 조조 휘하에서 오랫동안 근속하며 많은 공적을 쌓은 인물이었다.

　조조는 손에 든 세모창을 가로로 들고 그에게 물었다.

　"어느 문구가 불길하다는 것이냐?"

　"이 노래 가운데 '월명성희(月明星稀)'*라는 구절이 특히 그렇사옵니다."

　듣고 있던 조조가 버럭 성을 내며 말했다.

　"모처럼 흥겨운 판을 깨려고 하다니 괘씸하구나."

　조조는 이렇게 말하더니 한순간에 세모창을 들어 유복을 찔러 버리고 말았다. 그러자 좌중에 있던 일동이 놀라 잔치는 파장하

＊월명성희(月明星稀):달이 밝으니 별의 수가 적게 보임. 대현(大賢)이 나타나서 소인(小人)의 모양이 희미해진다는 비유의 말. 촉(蜀)나라의 유비가 도망간 것을 비꼬아서 한 말. 위무제(魏武帝)·단가행(短歌行)에서 보면, '오작남비(烏鵲南飛), 요수삼잡(繞樹三匝), 무지가의(無枝可依) 즉, 까마귀가 울면서 남쪽으로 날아가니 나무 주위를 세 번이나 돌아도 의지할 만한 가지 하나 없구나'로 이어진다.

고 말았다.

이튿날 조조는 술에서 깨어나 간밤에 자신이 한 행동을 몹시 후회하였다. 죽은 유복의 아들 유희(劉熙)가 아버지의 유해를 고향 땅으로 옮겨 장사 지내겠다고 간청해오자 조조는 눈물을 흘리며 말하였다.

"어젯밤에 내가 술이 너무 과해 그만 너의 부친을 찔러버렸구나. 지금 내가 얼마나 후회하고 있는지 모르나 이미 벌어진 일이니 미안한 마음을 달랠 길 없구나. 그러니 삼공(三公)의 예를 갖추어 정중히 장사 지내도록 하여라."

조조는 군사들을 보내 유복의 영구를 고향으로 호송케 하여 장사 지내도록 하였다.

출전하는 초촉과 장남

며칠 후 수군의 도독 모개(毛玠)와 우금(于禁)이 본진으로 조조를 찾아와 보고하였다.

"명하신 대로 군선들을 모두 쇠사슬로 연결시켜 묶어놓았고 깃발과 병기도 모두 갖추어놓았습니다. 그러니 이제 각 부의 임무를 정해주시고 출병 명령을 내려주십시오."

조조는 이들을 따라 대형 군선에 올라 모든 장수들을 모아놓고 각 부서에 배치하여 임무를 맡겼다. 그리고 각자에게 명을 내렸는데, 먼저 모든 수중의 요새와 육지의 요새를 다섯 가지 빛깔의 오색 기로 구분하여 수군의 본대에는 황기(黃旗)를 꽂게 하고, 이들은 모개와 우금이 지휘하도록 하였다. 그리고 전위대는 홍기(紅旗)를 꽂아 장합에게, 후위대는 흑기(黑旗)를 꽂아 여건에게, 그 밖에 좌익의 부대는 청기(靑旗)를 꽂아 문빙에게, 우익의 부대는 백기(白旗)를 꽂아 여통에게 각각 지휘를 맡겼다. 한편, 보병과 기병은 전위대가 홍기를 꽂아 서황이, 후위대는 흑기를 꽂아 이전이, 좌익은 청기를 꽂아 악진이, 우익은 백기를 꽂아 하후연이 지휘하도록 배치하였다. 그리고 그 밖의 수륙연합군의 유격부대는 하후돈과 조홍이 거느리고, 독전부대(督戰部隊)는 허저와 장료가 맡았으며, 그 외의 여러 장수들에게도 각기 부서가 맡겨졌다.

이렇게 군사들의 배치와 장수들의 지휘권이 완료되자 이번에는 열병식을 행하였다. 수중의 요새에서 한바탕 북소리가 세 차례 울리자 각 부대의 군선들이 일제히 돛을 올리고 물결이 치는 파도를 헤치며 앞으로 전진하였다. 모든 군선들은 쇠사슬로 엮여 있었기 때문에 마치 평지를 가듯이 전혀 흔들림이 없었다. 배의 갑판에서는 군사들이 용솟음치는 용기를 억누르지 못하는 듯 창과 칼을 휘둘러댔다. 전후좌우의 각 선대는 각 깃발의 색으로 구분되어 훌륭하게 통제가 유지되고 있었다. 그리고 그 밖에 소형 전선 쉰 척이 군선 사이를 왕래하며 각 선대의 경비와 독전의 임무를 수행하였다. 조조는 선교(船橋)에 우뚝 서서 모든 군선들을 둘러보며 단연코 승리하리라는 예감을 눈으로 확인하고 있었다. 이윽고 조조는 각 선대로 하여금 일제히 돛을 내리게 하고 차례로 수중의 요새로 철수시켰다.

본진으로 돌아온 조조는 여러 모사들을 불러 모아놓고 말하였다.

"만일 하늘이 나를 돕고 있는 것이 아니라면 아마 봉추를 통해 계략을 내려주시지는 않았을 것이다. 이제 군선들을 쇠고리로 연결시켜놓았으니 아무리 파도가 높은 강물에서라도 뭍을 가듯 평탄하게 갈 것이다."

이때 정욱이 나서서 이견을 제기하였다.

"과연 배들은 흔들리지 않습니다만 만약에, 적이 불을 질러 쳐들어온다면 모든 군선들이 한꺼번에 타버려 큰 낭패를 당할 것이니 이 점에 관해서 대책이 있어야 할 것으로 생각됩니다.”

조조는 정욱의 말을 비웃듯이 껄껄대며 웃어버리고는 묵살해 버리려고 하였다.

“공은 총명하네만 생각이 미치지 못하는 부분이 있네그려.”

그러자 순욱이 끼어들어 말하였다.

“정욱 공의 우려는 당연한 것인데 승상께서는 왜 웃으십니까?”

조조가 확신에 찬 목소리로 말하였다.

“좋아, 그럼 내가 말해주겠네. 귀공들도 알다시피 화공의 계(計)는 바람의 힘을 빌려야만 효과가 나타나는 법일세. 그런데 지금은 한겨울이라 서풍과 북풍만 불어오지 않는가. 동풍과 남풍은 봄이 되어야 불어오는 법이 아닌가. 우리 북군은 지금 서북에, 적군은 남쪽 기슭에 있네. 그러니 적군이 만일 불을 지른다면 그것은 자기 몸에 불을 지르는 격이 아니고 무엇인가? 지금이 만약 시월 소춘(小春:음력 시월의 딴 이름)이라면 일찌감치 다른 대책을 세웠을 것이네.”

조조의 말에 일동은 모두 감탄하였다.

“승상의 고견에는 저희가 도저히 따르지 못하겠습니다.”

조조는 다시 말을 덧붙였다.

“청(靑)·서(徐)·연(燕)·대(代) 등의 북방 출신이 대부분인 우리 군사들은 물에 익숙하지 못하니 연환계가 없었더라면 장강을 도저히 건널 수 없었을 것이다.”

이때 두 장수가 나서며 말하였다.

“저희는 유(幽)와 연(燕)나라 출신들이지만 배를 잘 탈 수 있습니다. 그러니 승상께서 저희에게 스무 척의 배를 내주신다면 적군에게 일격을 가하여 북방 출신자라고 반드시 물에 약하지는 않다는 것을 입증해 보이고 오겠습니다.”

조조가 그들을 유심히 보니 예전에 원소의 부하였던 초촉(焦觸)과 장남(張南)이었다.

"북방 태생의 자네들이 해전을 한다니 어림도 없는 말이다. 강남 땅의 군사들은 물에 익숙한데다가 훈련도 잘 되어 있어 함부로 대적할 수 없는데 스무 척의 배를 낭비하면서 불보듯 뻔히질 싸움에 내줄 수는 없다."

조조가 이렇게 타일러도 그들은 막무가내로 물러서지 않았다.

"저희들이 만약 이기지 못하고 돌아오거든 군법대로 처벌하십시오."

"군선들은 모두 쇠고리로 엮여 있어 엮이지 않은 배라고는 고작 스무 명 정도 탈 수 있는 거룻배 몇 척 뿐이니 싸움에 쓸모가 없네."

조조가 이렇게 만류하였으나 이들은 끝까지 포기하지 않았다.

"상관없습니다. 큰 배로 싸운다면 당연히 기이할 것도 없습니다. 그러니 부디 그 조그만 거룻배 스무 척만이라도 내주십시오. 그러면 그 배를 이끌고 즉시 강남의 수중 요새를 습격하여 공을 세우고 돌아오겠습니다."

조조는 결국 그들의 고집에 허락을 하고 말았다.

"좋다! 그러면 초계선 스무 척에 창과 활로 무장한 군사 오백 명을 내주도록 하겠다. 내일 새벽녘에 큰 군선을 강 위로 띄워 보내 자네들의 출진을 고무시켜주고 또 문빙 장군으로 하여금 서른 척의 초계선을 이끌고 자네들의 귀환을 환영토록 하겠다."

조조는 그들의 사기를 북돋아주니 초촉과 장남은 기뻐서 소리치고 날뛰며 물러갔다.

다음날 그들은 새벽에 일찍 아침을 먹고 출발하기로 하였다. 그리하여 일찌감치 징과 북소리를 울려대고 대형 군선들을 내보내어 강 위에 줄지어 세우니 청홍의 깃발이 뒤섞여 펄럭였다. 그런 가운데 초촉과 장남이 초계선 스무 척을 이끌고 강남으로 항하였다.

쓰러진 주유

한편, 이쪽 동오 군영에서는 전날부터 강북 쪽에서 들려오는 북소리를 들었고, 멀리서 조조가 수군들의 열병식을 주관하는 모습도 볼 수 있었다. 이것을 감시병이 주유에게 보고하여 그가 산꼭대기에 올라갔을 때는 이미 북군의 선단들이 철수한 뒤였다. 그런데 오늘 새벽에 다시 하늘마저 울리는 듯한 북소리를 듣고 감시병이 망루에 올라가 살펴보니 어슴푸레하게나마 파도를 헤치고 이쪽으로 저어 오는 거룻배 한 떼가 눈에 들어왔다. 감시병이 즉시 본진에 보고하였더니 주유가 좌우의 장수들에게 물었다.

"누가 나가서 싸울 텐가?"

이에 한당과 주태가 나서서 말하였다.

"저희들이 갔다오겠습니다."

주유는 이를 허락하고 각 진지에 경계령을 내리며 명하였다.

"일체 움직이지 말도록 하라."

한당과 주태는 각기 초계선 다섯 척씩을 거느리고 좌우로 나누어 전진하였다. 이때 초촉과 장남은 자신들의 용기만 믿고 무조건 앞으로 전진하였다. 한당은 엄심갑(掩心甲:갑옷의 가슴받이 부분)만을 걸쳤을 뿐, 손에 창을 들고 뱃머리에 서 있었다. 그러자 이를 본 초촉이 한당을 향해 마구잡이로 화살을 쏘아대도록 하였다. 한당이 방패로 화살을 막자 초촉은 창을 들고 덤벼들었으나 도리어 한당의 창에 찔려 그 자리에서 목숨을 잃고 말았다.

뒤이어 장남이 저어 오는데 옆에서 주태가 나타났다. 장남은 뱃머리에서 창을 비껴들고 서 있었고, 조조의 군사들은 주태를

향해 비오듯 화살을 쏘아대었다. 주태는 한쪽 팔에 방패를 들고
또 한 손에는 칼을 들고 서 있었다. 쌍방의 초계선이 아주 가까
이 근접하였을 때 느닷없이 주태가 허공을 날듯이 건너뛰어 장
남의 배에 내려앉는가 싶더니 칼을 후려쳤다. 이에 장남은 주태
의 단칼에 목이 떨어져 강물 속에 빠졌다. 이어서 주태가 활을
쏘아대던 군사들을 닥치는 대로 베어죽이자 나머지 조조의 군사
들은 배를 저어 부랴부랴 퇴각하였다. 한당과 주태가 그들을 뒤
쫓다가 강 한가운데쯤 이르렀을 때 문빙이 이끌고 온 서른 척의
북군 초계선과 맞부딪쳐 강은 순식간에 수라장이 되어 버리고
말았다.

한편, 강남의 본진에서는 주유가 여러 장수들과 더불어 산꼭대
기에 서서 살피고 있었는데 멀리 강북쪽을 보니 군선의 대군이
정연하게 늘어서서 기치(旗幟)도 선명하게 전력을 과시하고 있는
것이 보였다. 그가 다시 눈을 돌려 강의 상류 쪽을 보니 한당과
주태가 이끄는 열 척의 초계선이 강북의 수군 초계선을 상대로
맹공격을 가하고 있었다. 마침내 문빙이 강남 수군을 당해내지
못하고 달아나자 한당과 주태가 다시 그 뒤를 쫓으려 하였다. 그
것을 본 주유는 그들에게 더 이상 뒤쫓아가지 말도록 백기를 흔
들고 징을 울려서 신호를 보내니 한당과 주태가 그 신호를 보고
되돌아왔다. 주유는 다시 북군의 대형 군선들이 거대한 집단을
이룬 채 당당히 대오를 갖추고 요새 안으로 들어가는 광경을 두
눈으로 확인하고는 측근의 장수들을 돌아보며 일렀다.
"저렇듯 적군의 군선들은 물가에 있는 갈대처럼 그 수가 엄청
난데다가 조조는 속임수의 계략에 능한 전략가이니 과연 그들을
어떻게 격파해야 할지 모르겠소."
일동이 주유의 말에 답할 말을 찾지 못하고 망설이고 있을 때

강북의 수중 요새 한복판에 있던 황기 하나가 바람에 깃대가 꺾여 허공을 날더니 장강의 수면 위에 떨어져 내렸다.

주유가 그 광경을 눈여겨보고 있다가 큰소리로 웃으며 말하였다.

"저것은 적군에게는 불길한 조짐이오."

주유가 이렇게 말하고 계속 지켜보고 있는데 갑자기 세찬 바람이 불어닥치고 수면에는 거대한 파도가 기슭으로 밀어닥치더니 물거품이 하늘 높이 치솟았다. 그 순간 주유 곁에 세워져 있던 깃대가 넘어지면서 주유의 얼굴을 후려치고 떨어졌다. 그러자 주유는 외마디 소리를 지르더니 입에서 피를 토하면서 쓰러졌다. 이를 본 주위 장수들이 깜짝 놀라 부랴부랴 주유를 일으켜 안았지만 그는 정신을 잃은 채 죽은 사람처럼 꼼짝하지 않았다.

웃음을 띠고 승리를 예감하던 주유가 느닷없이 쓰러졌으니 남군이 북군을 쉽게 무찌를 수가 없게 되었다.

과연 주유의 목숨은 앞으로 어찌될 것인가?

제 49 회 동남풍을 불게 한 공명

칠성단제갈제풍　삼강구주유종화
七星壇諸葛祭風　三江口周瑜縱火

제갈량이 칠성단을 쌓아 동풍을 기원하고
주유는 삼강에서 화공의 계략을 쓰다

주유의 화병

주유가 조조의 요새를 살피다가 갑자기 피를 토하고 까무라치자 주위에 있던 장수들이 그를 둘러메고 본진으로 돌아왔다. 그러자 다른 여러 장수들이 문병을 하러 와서 걱정하며 한 마디씩 했다.

"강북에서는 백만 대군이 우리를 호시탐탐(虎視耽耽) 노리고 있는데 도독께서 이렇게 되시니 우리는 이제 어찌합니까? 이러다가 조조가 갑자기 들이닥치면 우리는 장차 어떻게 대처해야 되겠습니까?”

이렇게 말하면서 서로의 얼굴을 마주 처다볼 뿐이었다. 그리고 부랴부랴 손권에게 사자를 보내어 이 사실을 알리고, 한편으로는 의원을 찾았다. 이러는 동안 노숙도 주유를 만나러 왔다가 쓰러져 누워 있는 것을 보고 근심하며 공명을 찾아가서 주유가 쓰러진 사실을 말했다.

그러자 공명이 침착하게 물었다.

“그래, 공께서는 이를 어찌 생각하시오?”

“조조에게는 기막힌 요행(徼幸)이요, 우리 강동 땅에는 큰 횡액(橫厄)이지요.”

공명은 노숙의 대답을 듣고 웃음을 터뜨리며 말했다.

“도독의 병은 내가 고칠 수 있소이다.”

“진정 그러하시다면 나라에 더없는 다행입니다.”

이리하여 노숙은 그 길로 공명을 본진으로 모시고 갔다. 노숙이 앞서 들어가니, 주유는 이불을 뒤집어쓰고 누워 있었다.

노숙이 조심스레 물었다.

“주 장군께선 심기가 좀 어떠하신지요?”

“가슴에 통증이 심하고 가끔은 징신이 혼미해지듯 아찔해진다네.”

“약은 드셨습니까?”

“먹었지만 별 효과도 보지 못했고 그나마 먹은 약도 토해버렸네.”

“실은 공명을 모시고 왔는데 그가 도독의 병환을 고칠 수 있다고 합니다. 지금 밖에서 기다리고 있는데 이 안으로 들어오라고 할까요?”

주유가 그를 불러들이라 명하는 사이 측근들은 주유의 몸을 일으켜 앉혔다. 방 안으로 불려들어온 공명이 말했다.

"며칠 찾아 뵙지 못한 사이에 이렇게 병을 앓으시다니 뜻밖입니다."

"사람에게는 아침 저녁으로 화복(禍福)이 있다고 했는데 내가 그 처지인 것 같소."

주유가 말하자 공명이 웃으며 응답하였다.

"하늘에도 예측할 수 없는 풍운이 있다고 했습니다. 그러니 한낱 사람에 지나지 않는 우리가 어찌 자신의 일을 예측할 수 있겠습니까?"

주유는 '예측할 수 없는 풍운'이라는 말에 흠칫 놀라면서 신음 소리를 냈다. 공명이 물었다.

"가슴에 무엇인가 막힌 것이 있습니까?"

"그렇소이다."

"그러시다면 해독제로 그 응어리를 풀어버리심이 어떨는지요?"

"복용했소만 별 효과가 없었소이다."

"먼저 기(氣)를 다스리셔야 합니다. 화기(禍氣)가 진정되면 호흡하는 동안 저절로 쾌유되실 겁니다."

주유는 공명의 말에 뜻이 있음을 알아차리고 조심스레 물었다.

"화기를 가라앉히는 약에는 어떤 것이 있소이까?"

그러자 공명이 웃으며 말했다.

"주 도독의 화기를 단숨에 다스릴 수 있는 좋은 처방약이 있습니다."

"부디 그것을 가르쳐주시구려."

이에 공명은 지필묵을 청하고는 주위에 둘러 앉은 사람들을 물러가도록 부탁한 다음 붓을 들어 써내려갔다.

조조를 무찌르려면 화공법을 써야 하는데, 온갖 조건이 갖추어져 있건만 동풍이 불지 않아 탈이로다.

공명은 이렇게 몇 자를 적어 보이며 물었다.

"주 도독의 병은 이것 때문이 아닙니까?"

공명의 글을 받아든 주유는 속으로 깜짝 놀랐다.

'이 얼마나 무서운 인물인가! 내 속마음을 속속들이 꿰뚫어보고 있구나. 그러니 어찌 감히 이자를 속일 수 있겠는가!'

주유는 억지 웃음을 지으며 공명에게 말했다.

"잘 알아보셨소. 약으로는 무엇이 좋겠소? 일이 급하게 되었으니 빨리 가르쳐주시오."

공명이 천천히 입을 열었다.

"저는 특별한 재주는 없지만 일찍이 이인(異人)을 만나 기문둔갑(奇門遁甲:고대의 주술적 병법)의 천서(天書)를 물려받아서 비바람도 마음대로 다스릴 수 있게 되었습니다. 이제 도독께서 동남풍이 불기를 원하신다면 남병산(南屛山)에 축대를 쌓으시되, 그 이름을 칠성단(七星壇)이라 짓고 높이는 아홉 자에 세 단으로 하십시오. 그리고 그 둘레를 일백스무 명의 군병으로 하여금 기를 들고 둘러싸게 하십시오. 그러면 제가 그 축대 위에 올라가 하늘에 사흘낮 사흘밤 동안 기도드려 동남풍을 불게 하여 도독의 작전에 협력해 드리리다."

주유가 말했다.

"사흘까지 갈 것도 없이 하룻밤으로도 족할 것이오. 다만 그 바람을 하루 빨리 불게 해주시오. 때에 늦지 않도록 말이오."

"그러시다면 동짓달 스무날 갑자일에 바람을 불게 하고 스무이튿날 병인일에 바람을 멎게 하지요. 그러면 만족하시겠습니까?"

주유의 기쁨은 이루 말할 수 없었다. 즉시 병상에서 벌떡 일어나 오백 명의 장정을 동원하여 남병산에 단을 쌓도록 명령했다. 또 일백스무 명의 군병들로 하여금 기를 들고 단을 에워싸게 해서 공명을 돕도록 지휘했다.

동남풍을 기원하는 공명

공명은 본진을 떠나 노숙과 함께 말을 타고 먼저 남병산의 산세를 시찰한 후 동남쪽의 붉은 진흙으로 단을 쌓도록 했다. 둘레는 스물네 장(丈)이요, 각 단의 높이는 석 자이므로 세 단을 합치니 아홉 자 높이의 단이 되었다. 맨 아래 단에는 천문(天文)의 이십팔수(二十八宿)를 본떠 기를 세웠다. 곧 동면의 파란 기가 동방칠수(東方七宿)로, 각(角)·항(亢)·저(氐)·방(房)·심(心)·미(尾)·기(箕)의 청룡(靑龍)이었고, 북면의 일곱 검은 기는 북방칠수(北方七宿)로, 두(斗)·우(牛)·여(女)·허(虛)·위(危)·실(室)·벽(壁)의 현무(玄武)였으며, 서면의 일곱 흰 기는 서방칠수(西方七宿)로 규(奎)·누(婁)·위(胃)·묘(昴)·필(畢)·자(觜)·참(參)의 백호(白虎)요, 남면의 일곱 분홍 기는 남방칠수(南方七宿)로 정(井)·귀(鬼)·유(柳)·성(星)·장(張)·익(翼)·진(軫)의 주작(朱雀)으로 각기 형상 지어 세워졌다. 가운데 단에는 노란 기 예순네 개가 꽂혔으니 이는 주역에서의 64괘에 맞춘 것으로 여덟 개씩 여덟 쌍으로 꽂았다.

맨 위의 단에는 머리를 묶고 관을 쓴 모습에 검은 빛깔의 엷은 명주 옷을 안에 입고 자수를 놓은 겉옷을 걸치고 넓은 띠를 두르고 붉은 신을 신고 치맛자락을 길게 늘어뜨린 옷차림을 한 네 명이 한 면에 서 있도록 했다. 또한 윗단의 앞 왼쪽에 서 있는 사람은 바람이 부는지 아닌지를 알 수 있게 닭의 깃으로 만든 기다란 장대를 들고 서 있게 했다. 또 오른쪽에도 바람의 속도를 알 수 있도록 북두칠성 무늬가 있는 천을 장대에 매단 사람을 서 있도록 했다. 그리고 뒤의 왼쪽에는 보검을 든 병사가, 오른쪽에는 향로를 든 병사가 바른 자세로 서 있었다. 또 단 아

래에도 스물네 명이 각기 정기(旌旗)·보개(寶蓋)·대극(大戟)·장
모(長矛)·황월(黃鉞)·백모(白旄)·주번(朱旛)·조독(皂纛)을 받들고
서 있었다.

　이리하여 11월 20일 갑자의 길일에 공명은 목욕재계를 하고 도
사복으로 갈아입은 후 맨발에 머리를 풀어헤친 산발의 모습으로
나타났다.

　그가 단 앞으로 걸어나와 노숙에게 당부했다.

　"귀공께서는 주유 장군과 더불어 출전의 준비를 하면서 바람을
기다리도록 하시오."

　노숙이 작별을 고하고 떠나가자 공명은 단을 지키는 장병들에
게 일렀다.

　"여러분, 여러분들은 각기 자기 자리를 떠나지 마시오. 잡담을
해서도 안 되고, 성을 내어서도 안 됩니다. 그리고 성급히 행동하
거나 덤비듯이 서두르지 마시오. 이 명령을 거스르는 사람은 모
두 참형에 처하겠소."

　공명은 이렇게 말하고는 단을 향해 엄숙한 자세로 올라갔다.
그는 방위(方位)를 살피고 향로에 향을 지피는가 하면 잔에 물을
따르고 하늘을 우러러 묵도를 하는 듯하더니 잠시 후 단에서 내
려와 장막 안으로 들어가 쉬었다. 그러는 동안 군병들로 하여금
번갈아가며 밥을 먹게 했다. 공명은 하루에 세 번씩 빠짐없이 단
을 오르내렸으나 동남풍이 불 것 같은 기색은 전혀 없었다.

　한편 주유는 정보·노숙 등의 군관 일동을 본진에 모아놓고
동남풍이 불기만을 학수고대했다. 바람만 불어준다면 즉시 출진
하고 손권과도 연락하여 합류하기로 작정하고 있었다. 이때 황개
도 화공을 위해 배 스무 척을 대기시키고 있었는데 그 배들은
뱃머리에 큼직큼직한 쇠못을 빽빽이 박아 넣은 것들이었다. 배
안에는 마른 갈대와 장작을 가득 채우고 그 위에 기름을 부은

뒤 유황과 염초(焰硝)를 붓고 검은 유단(油單)을 덮어놓았다. 그리고 뱃머리에는 청룡의 기를 꽂았으며, 배의 뒤쪽에는 작전 가운데 사용할 작은 거룻배들을 묶어놓았다.

이렇게 만반의 준비를 해둔 황개는 본진으로 와서 오직 주유의 명령만을 기다리고 있었다.

한편, 감녕과 감택은 강물 속에다 요새를 만들어놓고 볼모로 잡은 채화와 채중을 상대로 거푸 술을 권하며 누구도 배 근처에 얼씬하지 못하도록 했다. 또 그들이 이끌고 온 병사 가운데 어느 누구도 기슭에 오르지 못하도록 해서 군사기밀이 새어나가지 않도록 했다. 그들 역시 동오의 군병들로 무장해서 물샐 틈 없이 경계하며 본진의 지령만이 떨어지기를 기다리고 있었다.

이러는 동안 본진에서는 주유가 작전회의를 주재하고 있었는데 이때 염탐꾼이 돌아와서 보고했다.

"우리 주공의 배가 강에 있는 요새 팔십 리 밖까지 와서 정박한 후 이쪽으로부터의 좋은 소식을 기다리고 계시옵니다."

주유는 노숙을 각 예하 부대로 파견하여 장병들에게 명령을 전하게 했다.

"모든 일에 한치의 착오도 없도록 하라. 내 호령 하나로 일제히 진격하도록 하고 만의 하나 뒤처지는 자가 있다면 군법으로 엄하게 처단할 것이다."

모든 군사들은 사기충천하여 기다리고 있었다.

동남풍과 공명

이윽고 해가 졌지만 하늘은 청명하여 산들바람조차 불어오지 않았다.

주유가 초조해하며 노숙에게 말했다.

"공명을 믿을 수 없을 것 같소. 이 한겨울에 어떻게 동남풍이 불어오게 할 수 있겠소?"

노숙은 자기 생각을 굽히지 않고 대답했다.

"저는 그래도 공명을 믿습니다."

이렇게 해서 애타게 기다리는 가운데 한밤중이 되어서 갑자기 바람 소리가 들렸다. 밖에 내건 기라는 기가 모두 펄럭이기 시작했다. 주유는 허둥지둥 밖으로 나가보았다. 기의 현수대가 서북쪽으로 나부끼는가 싶더니 눈깜짝할 사이에 동남풍으로 변하면서 바람이 불어댔다.

주유는 깜짝 놀라며 속으로 생각했다.

'공명은 천지조화의 기량을 통달해서 귀신도 예측하지 못하는 술법을 구사하는 놈이다. 그러니 그냥 살려두었다가는 반드시 우리 동오에 화근이 되고 말 테니 뒷날의 후환을 없애기 위해 처단해야겠다!'

이렇게 결심을 굳힌 주유는 호위대장 정봉(丁奉)과 서성(徐盛)을 불러들여 은밀히 명했다.

"너희들은 각기 일백 명의 병력을 거느리고 서성은 장강의 수상으로, 정봉은 육상의 길로 남병산의 칠성단으로 달려가 아무 소리 없이 다짜고짜 공명을 잡아 그의 목을 베어 가지고 오너라."

두 장수는 즉시 행동을 개시했다. 서성은 일백 명의 칼잡이들과 배를 타고, 정봉은 일백 명의 활잡이들과 말을 타고 수륙 양면으로 일제히 남병산으로 급행했다. 그러는 가운데에서도 동남풍은 정면으로 계속 불어닥쳤다.

이 상황을 두고 후세 시인이 이렇게 읊었다.

칠성단 위에 올라 와룡이 기도하니　　　　　七星壇上臥龍登
하룻밤 동풍이 불어 물결이 일더라　　　　一夜東風江水騰

주유의 재간이 아무리 뛰어났다 한들   不是孔明施妙計
단 위에 그보다 더 뛰어난 인물이 있도다   周郞安得逞才能

말을 타고 육로로 간 정봉의 부대가 먼저 당도해보니 단 위에는 동남풍을 맞으며 군병들이 기를 받들고 서 있었다. 정봉이 검을 들고 단 위로 올라갔으나 공명은 거기에 없었다.

정봉이 공명의 행방을 물으니 병사들이 대답했다.

"바로 조금 전에 내려가셨습니다."

정봉은 낭패한 얼굴로 단에서 내려와 그 일대를 샅샅이 뒤졌다. 이때 배를 타고 온 서성 등이 도착했다. 강기슭에서 두 장수가 공명의 행방을 찾고 있을 때 군사 하나가 전했다.

"어젯밤에 조각배 한 척이 바로 저기 모래밭에 정박해 있었는데 조금 전에 머리를 풀어헤친 공명께서 내려와 그 배를 타고 상류를 향해 저어 갔습니다."

정봉과 서성은 지체없이 수륙으로 추적하였다. 배는 돛을 높이 올리고 순풍을 타고 달려, 얼마 지나지 않아서 문제의 조각배를 발견할 수 있었다.

서성은 뱃머리에 우뚝 서서 크게 외쳤다.

"도독께서 뵙고자 기다리고 계십니다. 선생님! 어서 돌아오십시오."

공명은 배의 후미에서 일어서더니 깔깔하고 웃어댄 뒤에 말했다.

"도독께 훌륭하게 싸움을 벌이시라고 전해주십시오. 제갈공명은 일단 하구로 돌아갑니다. 어차피 다시 만나뵐 작정이오만……."

"아니, 아무튼 잠깐만 기다려주시오. 중요한 이야기를 드려야 하니까요."

"도독이 이 사람을 살려두지 않으려고 하는 것을 알고 있소이다. 그래서 내가 조운으로 하여금 배를 가져오라고 일러놓았소. 그러니 장군은 쓸데없이 나를 추적할 생각은 하지 마시오.”

서성은 공명의 배가 닻을 올리지 않은 것을 보고 추적을 중단하기는커녕 순식간에 접근을 시도하였다. 이 광경을 조운이 보고 있다가 활을 들고 외쳤다.

“나는 상산(常山) 땅의 조운이다! 군사님을 모시고자 왔는데 네가 섣부른 짓을 하니 단숨에 이 활로 너를 죽일 수도 있지만 그랬다가는 우리와 강동 땅이 원수 사이가 되니 차마 그럴 수는 없는 일이지…… 좋다. 여기서 내 솜씨를 보여줄 테니 눈을 똑바로 뜨고 보아두어라!”

순식간에 화살이 날아와 서성이 탄 배의 돛줄을 끊어버리자 돛이 물에 떨어져 배가 균형을 잃고 휘청거렸다. 그러는 사이 조운이 재빠르게 자기 배에 돛을 올리고 쏜살같이 달아나기 시작했다. 도저히 추적이 불가능했다.

이때 강기슭에서 정봉이 서성을 부르면서 말했다.

“이것은 하늘이 내린 공명의 신기(神機)요, 묘산(妙算)이라네. 그런데 어찌 우리가 당해내겠는가? 게다가 저 조운은 혼자 만 명을 대적할 수 있는 용사라고 들었네. 당양(當陽)과 장판(長坂)에서 저자가 얼마나 용맹스럽게 분전했는가를 자네는 듣지 못했나? 자, 그러니 그냥 돌아가서 사실 그대로를 보고하도록 하세.”

두 장수가 그 길로 주유에게로 돌아가서 사정을 있는 대로 알리니 주유는 간담이 서늘할 정도로 놀라면서 두려움에 몸을 떨었다.

“이토록까지 앞지름을 당한대서야 내가 안심하고 잠자리에 누울 수도 없겠구나.”

그러자 옆에 있던 노숙이 그를 타일렀다.

“우선 지금은 조조를 상대하는 일에만 전념하시지요.”

주유는 노숙의 진언을 받아들여 장수들을 모아놓고 일동에게 작전을 명하였다. 먼저 감녕으로 하여금 채중·채화와 함께 항복해온 군병들을 이끌고 남쪽 기슭을 따라 배를 전진시키도록 했다.

"채중이 가진 북군의 기를 내걸고 조조 군사의 군수품이 저장되어 있는 오림(烏林)으로 가거라. 그곳에 깊숙이 들어가서 봉화를 올려 신호로 삼고, 채화는 내가 따로 부릴 일이 있으니 여기에 남아 있도록 하라."

다음에는 태사자를 불렀다.

"급히 삼천 명의 병력을 이끌고 황주로 가거라. 거기서 합비(合淝)에서 오는 조조의 원군(援軍)을 막고 조조 군의 본대로 달려가 봉화를 올리도록 하라. 그리고 붉은 기가 보이거든 우리 주군 손권께서 원조하러 온 것인지를 알아보도록 하라."

감녕과 태사자의 선대(船隊)가 향하는 목적지가 가장 멀었기 때문에 우선 선발대로 먼저 보냈다. 세 번째로 여몽으로 하여금 삼천 병력을 이끌고 역시 오림으로 가서 감녕과 합류하여 조조군의 군진을 불태우도록 명령하였다. 네 번째로는 능통(凌統)으로 하여금 역시 삼천 병력을 거느리고 이릉(彝陵)의 경계 지역으로 달려가 대기하고 있다가 오림에서 봉화가 오르면 즉시 그곳으로 달려가도록 했다. 다섯 번째로는 동습(董襲)으로 하여금 역시 삼천 병력을 이끌고 한양(漢陽)으로 가게 하여 한천 쪽에서 조조군의 진지로 쳐들어가되 백기가 눈에 띄거든 그 부대와 합류하도록 하였다. 다음에 여섯 번째로는 반장(潘璋)으로 하여금 삼천 병력을 주고 이들에게는 백기를 휴대케 해서 한양으로 보냈다. 동습의 부대와 합류하는 병력이었다. 이렇게 여섯 개의 선대로 나뉘어 출발하도록 명령을 내렸다.

한편 황개에게는 화공선(火攻船)을 가동시킬 임무를 내렸다. 먼저 군사 한 명을 조조에게 보내 오늘 밤에 투항한다는 밀서를 전하게 한 후 화공선을 끌고 나가고, 전선 네 척을 마련하여 황개의 선단을 엄호하도록 조처하였다. 이상의 선대 외에도 강동군의 주력으로는 첫째 부대가 한당(韓當), 둘째 부대가 주태(周泰), 셋째 부대가 장흠(蔣欽), 넷째 부대가 진무(陳武)를 사령관으로 두어 전선 삼백 척씩을 거느리되 각 부대마다 선두에는 황개의 선단과는 별도로 스무 척씩의 화공선을 내세우게 하였다.

이와 같은 진용의 독전(督戰)을 위해 주유는 정보와 더불어 기함(旗艦)에 올랐으며 그의 좌우를 서성과 정봉이 호위하도록 했다. 본진에는 노숙과 감택을 비롯하여 몇몇의 모사들이 남아 있을 뿐이었다. 정보는 주유의 전략과 전술에 완전히 매료되어 감탄을 금하지 못했다.

이윽고 손권이 보내온 병부(兵符)를 가진 전령이 도착했다. 그것은 육손(陸遜)을 선봉으로 해서 기주·황주로 진군하고 손권이 뒤따라간다는 내용이었다. 손권의 계획을 받은 주유는 서산에 화전(火箭)을 설치하고 남병산에 기를 올리도록 하여 출진의 신호가 되도록 준비시켰다.

이제는 모든 준비를 완료시키고 해질 무렵의 행동개시를 기다릴 뿐이었다.

공명의 전술

한편 유비는 하구에서 공명이 돌아오기를 고대하고 있었다. 그때 갑자기 한 떼의 배가 도착하는 것이 보였는데 이들은 강하로부터 상황을 살피고자 찾아온 유표의 아들 유기가 이끌고 온 배였다. 유비가 그들을 데리고 망루로 올라갔다.

"동남풍은 아까부터 불고 있는데 조운이 공명을 마중하러 가서 아직 안 돌아오니 걱정이 되네그려.”

이때 한 군사가 반구의 선착장을 가리키며 소리쳤다.

“배가 한 척 보이는데 틀림없이 군사님의 배이옵니다!”

유비는 유기와 함께 망루에서 내려갔다.

잠시 후 배가 닿고 공명과 조운이 내려서니 공명은 유비에게 여유를 주지 않고 물었다.

“자세한 말씀은 나중에 드리기로 하고 우선 제가 전에 말씀드린 군마와 배는 준비되셨습니까?”

“되어 있소. 이제 군사의 지령을 기다릴 뿐이오.”

이에 공명은 유비·유기와 같이 본진으로 들어가 조운에게 일렀다.

“그대는 삼천 병력을 이끌고 육로로 오림의 소로로 나가 숲속에서 잠복하시오. 오늘 한밤중에 조조가 그 소로를 반드시 지날 것이니 그때 군사들이 반쯤 지나가면 그 숲에 불을 지르시오. 그러면 완전히 섬멸하지는 못할 테지만 절반은 소탕할 수 있을 것이오.”

조운이 물었다.

“그런데 오림의 소로는 두 갈래 길로 한 곳은 남군(南郡)으로, 또 한 곳은 형주로 통합니다. 그렇다면 조조의 군대가 어디로 올 것인지는 잘 모르지 않겠습니까?”

“남군 쪽으로는 아니오. 조조는 반드시 형주로 가서 병력을 정비한 후 허도로 향할 것이니 형주로 가는 길을 막으시오.”

조운이 공명의 명을 받들고 물러간 후 장비가 불려왔다.

“삼천 병력으로 장강을 건너 이릉의 길을 차단한 후 호로곡(葫蘆谷)에 잠복하도록 하시오. 조조는 남이릉을 피해 반드시 북이릉으로 갈 것이오. 그리고 내일은 비가 올 것이니 그러면 비가 갠 뒤에 취사를 할 텐데 그때 연기가 보이면 산의 높직한 곳에 불을 지르시오. 조조는 잡히지 않겠지만 이 공은 작은 것이 아닐 것이오.”

장비가 물러간 후 미축·미방·유봉을 불러들였다. 이들에게는 강으로 배를 타고 나가 붕괴되어 혼란스러워하는 조조 군을 덮쳐 무기를 빼앗으라고 명했다.

세 장수도 명을 받들고 물러나자 공명은 유기에게 정중히 말했다.

“강하(江夏)는 아주 중요한 요충지입니다. 그러니 그곳으로 돌아가서서 강기슭에 병력을 배치해주십시오. 조조 군이 패하면 반드시 그쪽으로 피해가는 무리들이 많을 것이니 그때 사로잡으십시오. 그리고 성을 함부로 떠나서는 안 되니 주의하십시오.”

유기가 작별을 고하고 떠난 뒤, 공명은 유비에게 예를 갖춰 아뢰었다.

“주공께서는 오늘 밤 반구에서 주유가 승리하는 전투를 구경이나 하시지요.”

그러자 지금까지 곁에 있었던 관우는 공명이 자신을 본 체도 하지 않자 참다 못해서 큰소리로 말했다.

“이 몸은 형님과 함께 다년간 싸움에 나가 싸워서 남에게 뒤진 적이 없었습니다. 그런데 지금 큰 적군을 눈앞에 두고 군사께서는 어찌하여 저를 무시하시는 것입니까?”

공명은 웃으며 말했다.

“언짢게 생각하지 마시게. 장군에게 꼭 부탁하고 싶은 중대한 임무가 있소이다만 그 임무를 완수할 수 있을지가 걱정이 되어서 망설이고 있는 중이라오.”

“걱정이 되다니요? 그것이 무슨 뜻인지 분명히 말씀해주시오.”

“전에 조조가 장군에게 아주 후한 친절을 베푼 일이 있었소. 그런데 오늘 조조가 패배하게 되면 화용도(華容道)를 통해 달아날 것이오. 그래서 장군께 그 길목을 지켜달라고 부탁하고 싶지만 장군은 지난날 조조의 호의를 무시할 수 없어 그를 놓아주지나 않을지 걱정이 되오.”

“군사께서는 부질없는 걱정을 하십니다. 조조는 사실 저에게 후한 친절을 베풀어주었습니다만 그 은의에 대해서는 저도 이미 안량과 문추의 목을 베어 백마(白馬)의 포위망에서 그를 풀어준 일이 있으므로 충분히 보답했다고 생각하고 있습니다. 그러니 이제 조조를 만나게 되면 그를 놓칠 리가 없습니다.”

“그러나 만일 그를 놓칠 경우에는 어찌하겠소?”

“군법으로 처벌해주십시오.”

“그렇다면 그런 취지의 서약서 한 통을 적어주시겠소?”

관우는 공명의 주문대로 각서를 쓴 뒤 다짐을 받으려고 물었다.

“만일 조조가 화용도를 지나지 않을 경우에는 어찌하겠습니까?”

“그렇다면 저도 각서 한 통을 쓰겠소. 그 책임은 내가 지기로 하고 말입니다.”

관우가 이에 만족하자 공명이 다시 새로운 명령을 지시했다.

“장군께서는 화용도의 소로 높은 곳에서 마른 풀과 나뭇가지를 태워 연기를 내어 조조를 그곳으로 유인하시오.”

“조조가 그 연기를 보면 도리어 복병이 있다고 눈치채고 다른 곳으로 갈 텐데요.”

공명이 웃으며 천천히 말했다.

“병법에는 허허실실(虛虛實實)이 있소이다. 조조와 같이 싸움에 능한 사람은 이런 술수가 아니고서는 유인할 수 없소이다. 조조는 연기를 보고 이곳에 복병이 있다고 위장한 것으로 알 것이오. 곧 ‘실’이 아니라 ‘허’라고 판단하여 반드시 그 길로 올 것이니 장군은 부디 조조를 놓치지 않기를 부탁할 뿐이오.”

이리하여 관우는 관평·주창과 함께 큰 칼을 든 오백 병력을 이끌고 화용도의 소로로 향하였다. 이 모습을 지켜본 유비는 걱정스러운 얼굴로 공명에게 말했다.

"관우는 의로운 사람이오. 조조가 화용도로 피해가면 아마 틀림없이 조조를 지나쳐가게 할 것이오."

공명도 이에 동조했다.

"저도 그렇게 생각하고 있습니다. 하지만 밤중에 천문을 살펴보니 조조는 아직 죽을 때가 아니라고 나타났기에 실은 일부러 이렇게 조처하여 관우에게 보은의 기회를 마련해준 것입니다."

유비는 탄복하며 말했다.

"선생의 깊으신 생각은 도저히 당할 수 없군요."

이러하여 공명은 유비와 더불어 주유의 전략과 전술을 살피려고 번구로 향하였고 하구의 성에는 손건과 간옹을 남겨두었다.

한편, 조조는 본진에 장수들을 모아놓고 황개로부터의 연락을 기다리고 있었다. 이날은 동남풍이 세게 불었다.

이때 정욱이 들어와서 조조에게 보고했다.

"동남풍이 심하게 부니 경계해야 합니다."

조조는 웃으면서 말했다.

"오늘은 동지로 음(陰) 속에 처음으로 양(陽)이 움트는 날이니 동남풍이 부는 데에는 조금도 이상스러울 것이 없소."

이때 군사 하나가 들어와서 보고하였다.

"강동에서 배가 한 척 왔는데 황개의 밀서를 가지고 왔다고 합니다."

밀서에는 이렇게 적혀 있었다.

　주유의 감시가 심해서 탈출할 수가 없습니다. 이번에 파양호에서 식량을 반출하는데 제가 경비를 맡았으니 이제 탈출할 기회를 얻을 수 있을 것입니다. 아무튼 강동 땅의 장수 한 놈의 목을 베어 가지고 가겠습니다. 오늘 밤중에 뱃머리에 청룡기를 내걸고 가는 배가 보이시거든 그것이 식량 운반선임을 알아주십시오.

조조는 기뻐하며 장수 일동을 거느리고 해안의 요새에 있는 큰 배로 옮겨 황개가 도착하기를 기다렸다.

강동에서는 주유가 해질녘에 채화를 불러내어 다짜고짜 오라를 치게 하니 채화가 몸부림을 치며 반항하였다. 그러자 주유가 준엄하게 다그쳤다.

"네 이놈! 괘씸하게 누구를 속이려들었느냐? 거짓으로 투항해 온 네 죄를 모르느냐? 마침 제단에 바칠 희생물이 없던 참이니 네 놈의 목을 제물로 삼으련다."

채화도 이제는 포기한듯 덤벼들었다.

"이쪽의 장수 감택과 감녕도 나와 뜻을 같이 했다."

"배반하기로 했다구? 그것은 내가 시킨 일이다."

채화는 원통했지만 이미 때는 늦었다. 주유는 그를 강변으로 끌어내어 군기 밑에 꿇어앉히고는 술을 따르고 부적을 태운 후 격식대로 의식을 치른 뒤에 채화의 목을 쳐 그 피로 군기에 제사를 지냈다.

드디어 황개는 세 번째 화공선에 탔다. 그는 갑옷을 입고 손에 칼을 빼어 들고 '선봉장 황개'라고 크게 씌어진 기를 달고는 순풍에 돛을 올려 적벽을 향해 출항하였다. 동풍이 세차게 불었다. 물결이 흐름을 거슬러 용솟음쳐 강물이 온통 부풀어 오를 것 같았다.

조조를 먼저 공격한 황개

강의 북쪽 기슭에서는 조조가 큰 배를 타고 강 위로 떠오른 달을 보고 있었다. 달빛이 파도에 비껴 마치 무수히 많은 황금빛 뱀이 춤추는 듯이 보였다. 조조는 맞바람을 쐬며 크게 가슴이 부풀어 오름을 느끼고 있었다.

이때 군사 하나가 손가락으로 강 쪽을 가리키며 크게 외쳤다.

"저기, 바람을 타고 한 떼의 배들이 이리 옵니다."

조조가 배의 높은 곳으로 올라가 살펴보는데 뒤이어 군사가 외쳐댔다.

"배들은 모두 청룡기를 꽂고 있는데 그 가운데 가장 큰 배의 큰 기에는 '선봉장 황개'라고 씌어진 것이 보입니다."

조조는 무척 기뻤다.

"황개가 와주니 이야말로 하늘의 도우심이로다!"

선단이 점점 가까이 다가오는데 한참 동안 주시하고 있던 정욱이 조조에게 귀띔을 했다.

"무엇인가가 수상합니다. 이곳 요새로 접근케 해서는 안 될 것 같습니다."

"그것은 무슨 까닭인가?"

"저 배들이 양곡을 실었다면 물에 많이 잠겨 천천히 올 것이 당연한데 물 위에 뜬 듯이 가볍게 오고 있습니다. 또한 오늘 밤은 동남풍도 세차게 부니 만의 하나 적군의 어떤 계략이 있으면 어떻게 하시렵니까?"

조조는 뜨끔한 듯 놀라서 외쳤다.

"누가 저 배들을 멈추러 나가겠는가?"

이때 문빙이 나서서 말했다.

"저는 물에 익숙하오니 제가 나가겠습니다."

그러고는 조각배를 타고 손을 들어 지시하자 열 척의 작은 배들이 그의 뒤를 따랐다. 문빙은 뱃머리에 우뚝 서서 소리쳤다.

"승상의 분부시다. 강남의 배들은 거기 그대로 멈추어라! 더 이상 가까이 오지 말도록 하라!"

군사들도 모두 소리쳤다.

"돛을 내려라, 돛을!"

순간 저쪽에서 일제히 활시위를 퉁기는 소리가 들려오는가 싶더니 화살 하나가 문빙의 왼쪽 팔뚝을 맞혀 그는 배 안에서 쓰러져 기절해버렸다. 그러자 문빙을 따라온 배들은 순식간에 아수라장이 되었고 끝내 그 배들은 모두 흩어져 도망쳤다. 황개의 배는 조조 군의 수중 요새 바로 가까이까지 접근했다. 황개가 칼을 뽑아들고 신호하자 앞에 가던 배가 먼저 불을 당겼고, 이내 불은 바람을 타고 순식간에 맹렬한 불길이 되어 조조의 요새로 다가갔다. 마침내 이십여 척의 화선이 앞을 다투어 요새로 돌진하여 뱃머리에 박아놓은 쇠못으로 조조 군의 배들을 들이받았다. 그러자 불이 순식간에 조조의 군선에 옮겨붙었다. 배들은 쇠고리와 쇠사슬로 서로 매여 있었기 때문에 자유로이 움직일 수가 없었으므로 불길은 거침없이 옮겨붙어 타오를 수밖에 없었다.

그럴 때 강의 남쪽 기슭에서 화전(火箭)을 올려 신호를 보냈다. 그러자 대기하고 있던 네 개의 선대와 그 소속의 화선들이 일제히 출동했다. 장강의 뿌연 강물 위에 미친 듯이 바람이 불었고 불이 붙은 화염이 날아다녀 강물의 위아래 할 것 없이 시뻘겋게 물이 들었다.

조조는 육지 쪽의 요새를 돌아보았는데 거기에도 이미 불길이 솟구쳐올라 있었다. 황개는 조각배로 옮겨 탄 다음 군사 서너 명으로 하여금 노를 젓게 하고 연기와 불더미 속을 헤치며 조조를 찾는데 혈안이 되어 있었다. 조조는 이젠 끝장이라는 생각에 부리나케 기슭 쪽으로 올라가려 했다. 그때 장료가 조각배의 뱃머리를 돌려 조조를 태웠다. 조조가 타고 있었던 큰 배는 이미 불더미가 되어 있었다. 장료는 조조를 호위하여 부랴부랴 강기슭으로 향했다.

이때 황개는 주홍빛 도포를 걸친 사람이 큰 배에서 작은 배로 옮겨 타는 광경을 목격하고는 크게 소리쳤다.

"저게 틀림없이 조조렷다!"

그러면서 조각배를 그쪽으로 돌려 쫓아갔는데 그의 손에는 빼어든 칼이 단단히 쥐어져 있었다.

"조조, 기다려라. 나는 황개다!"

조조는 이 소리에 심장이 멎는 듯하였다. 그러자 장료가 즉시 활을 들고 쫓아오는 황개를 겨냥해서 시위를 당겼다. 그러나 마침 바람이 크게 일어 세차게 불어닥쳤으므로 황개는 시뻘겋게 내비치는 불빛 속에서 날아오는 활시위 소리를 듣지 못했다. 그 활은 황개의 어깨를 관통했고 그는 뒤로 쓰러지듯이 물 속에 곤두박질치고 말았다. 몽둥이질을 당한 상처가 겨우 나은 이때 불로 공격하다가 물에 떨어져 화살의 재난을 맞고 말았다.

물에 빠진 황개의 운명은 앞으로 어떻게 될 것인가?

제 50 회 조조를 보낸 관우

제갈량지산화용　　관운장의석조조
諸葛亮智算華容　　關雲長義釋曹操

제갈량은 화용도의 일을 꿰뚫어보고
관운장은 의리로 조조를 놓아주다

적벽에서의 대승

장료는 황개를 쏘아 강으로 떨어뜨리고 조조를 구하여 기슭으로 안내한 후 말 한 필을 구해 쏜살같이 달아났다. 싸움은 엄청난 혼전을 이루었다.

한당이 연기와 불 속을 헤치고 배로 조조의 요새로 돌진하니 한 병사가 큰소리로 외쳤다.

"누군가 배 뒤의 키에 매달려 장군님을 부르고 있습니다."

한당이 귀를 기울였다.

"한 장군, 나요. 나 좀 살려주시오."

"아니 이게 누구요, 황 장군 아니오?"

한당은 황급히 그를 강물에서 건져올리고는 어깨에 박힌 화살을 조심스럽게 살펴본 후 우선 물에 빠져 젖은 옷을 벗겨주고 칼로 화살촉을 도려냈다. 그리고 군기를 찢어 상처 부위를 동여맨 뒤에 자신이 입고 있던 전포를 벗어 그에게 입히고 치료를 계속하라는 명령을 하고는 딴 배에 태워 본진으로 돌려보냈다. 황개는 헤엄을 칠 줄 알았기 때문에 그 추위 속에서 갑옷 차림으로 물 속에 빠졌어도 목숨을 건질 수 있었던 것이다.

이날 밤은 강물이 시뻘건 불바다로 변하고 함성 소리와 함께 뒤범벅이 되었다. 왼쪽에 한당·장흠의 양군이 적벽의 서쪽에서 쇄도하였고, 오른쪽에는 주유·진무군이 적벽의 동쪽에서, 가운데에는 주유·정보·서성·정봉 등의 본대로 하여 일제히 출격하였다.

군사들과 불이 한몸, 한떼가 되어 장강을 훤히 밝혔다. 이것이 세상에 이름을 떨친 적벽에서의 오전(鏖戰:적을 모두 섬멸할 때까지 싸움)이었다. 조조 군의 무수한 군사들이 불에 타 죽고 물에 빠져 죽었다.

후세의 시인이 이 적벽 싸움을 이렇게 읊었다.

위와 오가 자웅을 겨루는 싸움을 벌이니　　魏吳爭鬪決雌雄
적벽의 누선들은 갈 곳이 없어졌구나　　赤壁樓船一掃空
시뻘건 불길이 구름과 바다를 비추고　　烈火初張照雲海
주유가 여기서 조조를 격파하도다　　周郎曾此破曹公

이 외에도 다른 시 한 수가 전해진다.

산은 높되 달이 어두운 망망한 강 위에 山高月小水茫茫
전날의 조정을 차지하려고 바쁘기만 하구나 追歎前朝割據忙
남쪽의 모사들 조조를 막을 길이 없더니 南士無心迎魏武
동남풍도 뜻 있어 주유의 편을 들었도다 東風有意便周郎

한편 감녕은 채중을 데리고 적진 깊이 잠입하여 단칼에 그를 처치해버린 뒤 즉시 봉화로 신호를 올렸다. 그러자 멀리서 여몽이 이것을 바라보고 그도 또한 열 몇 군데에 불을 질러 감녕의 신호에 응답하더니 반장과 동습도 봉화를 올리고 돌진하였다. 모두들 공격의 북소리가 요란하게 울렸다.

조조는 장료와 더불어 일백여 기를 거느리고 불타는 숲속을 달렸다. 그러나 가도가도 사방이 불바다라 어찌 해야 좋을지 몰라 당황하고 있는데 모개가 문빙을 구한 후 조조를 도우려고 뒤따라왔다.

조조가 달아날 길을 찾아보게 했더니 장료가 주위를 살피다가 말했다.

"오림은 넓은 지역이니까 그곳으로 나가시지요."

이에 조조 일행이 그쪽을 향해 가고 있는데 뒤쪽에서 한 부대가 쫓아오며 소리쳤다.

"조조야, 게 섰거라!"

불길 속에서 여몽의 군기가 보였다. 조조는 일행을 전속력으로 달리게 하고 장료를 후위로 남겨 여몽과 대적하게 하였다. 한참을 달리다보니 앞쪽에 또다시 불길이 보였다.

그러고는 골짜기에서 숨어 있던 한 부대가 모습을 나타내며 소리쳤다.

"여기에 능통이 있다!"

조조는 등줄기가 오싹함을 느끼고 어찌할 바를 몰라 하고 있는데 산등성이에서 누군가가 달려나오면서 외쳤다.

"승상께서는 염려하지 마십시오. 서황이 여기 왔습니다."

순식간에 일대 혼전이 벌어지니 조조는 그 혼란을 틈타 북쪽으로 간신히 빠져나갔다. 멀리 만길 고갯마루에 진지가 눈에 띄었지만 조조는 적군인지 아군인지 알 길이 없어 초조해했다. 서황이 달려가보니 옛날 원소의 부하로 조조에게 투항해온 마연(馬延)과 장의(張顗)가 삼천 병력을 거느리고 진지를 구축하고 있었다. 하늘마저 놀란 이날 밤의 불바다를 보고 섣불리 움직일 생각을 못한 그들은 그 자리에 꼼짝 않고 있다가 조조를 만난 것이었다. 조조는 두 장수에게 일천 명의 기마병을 붙여서 앞장 서게 하고 나머지 이천 명의 기병은 호위대로 삼았다. 이렇게 하여 조조는 다소 침착과 안도감을 되찾을 수 있었다.

마연과 장의가 나는 듯 달려가노라니 앞을 가로막는 또 한 부대가 나타났다.

맨 앞에 선 장수가 자기 이름을 댔다.

"나는 동오의 감녕이다!"

마연이 덤벼들었으나 그의 칼에 단번에 몸이 두 동강 났다. 이에 장의가 창을 들고 대항하려 하자 감녕이 큰소리로 외치니 장의가 그 기세에 놀라 어쩔 줄 몰라 하는 사이에 다시 감녕이 칼을 휘두르니 그의 몸 역시 두 동강이 났다.

조조는 합비에서 오기로 되어 있는 구원군에 희망을 걸고 있었으나 이내 그 기대는 물거품이 되고 말았다. 왜냐하면 손권이 합비로 통하는 길을 제압하고 있었기 때문이었다. 손권은 그곳에서 강에서 불길이 치솟는 것을 유심히 살펴보고 아군이 승리했다고 판단하고는 서둘러 육손(陸遜)으로 하여금 봉화를 올리게 하였다. 그러자 태사자가 이를 보고 달려와서 육손과 한패가 되어 조조를 향해 달려왔다.

조조는 하는 수 없이 이릉으로 향하였다. 가는 도중에 장료를 만나자 조조는 그를 후위로 삼고 그대로 말에 채찍질을 가해 새벽녘까지 달려 도망쳤다. 그러다가 숨을 돌리려고 문득 뒤를 돌아보니, 과연 불길에서 상당히 멀리 떨어져 나와 있었다.

조조는 일단 마음을 가라앉히고 주위에 있는 군사에게 물었다.

"여기가 어디냐?"

"오림의 서쪽이자 의도(宜都)의 북쪽입니다."

조조가 그 일대의 울창한 나무숲과 산천의 형세를 살피고는 갑자기 말 위에서 호탕하게 웃어젖혔다. 장수들이 이를 보고 의아해하며 물었다.

"승상께서는 무엇 때문에 웃으시는지요?"

"주유의 잔꾀와 공명의 얄팍한 계략 때문에 웃는다. 나 같으면 여기에 미리 복병을 배치해 적의 숨통을 확실하게 끊어버렸을 것이다."

조조가 신이 나서 말하고 있는 순간 길 좌우에서 일제히 공격의 북소리가 울려왔고 이어서 '화공의 불'이 타올랐다. 조조는 혼비백산해서 넋을 잃을 지경이었다.

이윽고 한 장수가 한 떼의 기마병을 이끌고 옆에서 뛰어나왔다.

"조운이 여기 왔다. 군사님의 지령에 따라 그대를 지금까지 기다리고 있었다."

조조는 서황과 장합으로 하여금 상대케 하고 자신은 불길의 연기 사이로 미친 듯이 몸을 숨겼다. 조운은 굳이 그의 뒤를 쫓지 않고 군대의 깃발 등만 빼앗았을 뿐 조조가 달아나게 그냥 내버려두었다.

계속 도망치는 조조

날이 훤하게 밝았지만 검은 비구름이 드리워져 있었고 동남풍은 아직도 그치지 않았다. 그러더니 잠시 후 억수 같은 소낙비가 내리 퍼부었다. 조조는 물에 빠진 생쥐 꼴이 되어 흠뻑 젖어버렸다. 그는 차가운 몸으로 덜덜 떨면서 허기진 배를 움켜잡고 빗속을 헤쳐 나갔다. 조조는 결국 군사들을 마을로 보내어 식량을 약탈해오도록 했는데 얼마 뒤에 불씨를 구해 밥을 지으려고 하니 또다시 한 부대가 밀어닥쳤다. 조조가 놀라 조심스레 살피니 다행히도 이전과 허저가 모사들을 보호하며 달려오는 것이 보였다.

조조는 조마조마했던 마음이 놓여 군사들에게 전진을 계속하게 하면서 물었다.

"저기 갈림길은 어디로 통하는 것이냐?"

"하나는 남이릉으로 가는 큰길이고, 또 다른 하나는 북이릉으로 향하는 산길입니다."

"그러면 남군 강릉으로 가려면 어느 쪽이 가까운 길이냐?"

"남이릉에서 호로구(葫蘆口)로 나가는 길이 지름길입니다."

이리하여 조조는 남이릉으로의 길을 택해 그곳으로 향했다. 그런데 호로구까지 가니 군사들이 배가 고파서 더 이상 앞으로 나아가지 못할 지경이었다. 말들도 극도의 피로에 지쳐 여기저기에서 푹푹 쓰러졌다. 조조는 일행을 쉬어가도록 했다. 군사들 가운데는 말에다 냄비를 매달고 온 자도 있었고, 마을에서 쌀을 약탈해 가지고 숨겨 온 자들도 있었다. 이에 산기슭의 건조한 땅을 파서 화덕을 만들고 거기에 냄비를 걸쳐놓고 밥을 짓게 하고 또, 말을 죽여서 그 고기를 먹게 하였다. 한쪽에서는 군사들이 흠뻑 젖은 옷을 벗어서 바람에 말리고 있었다. 말도 안장을 벗기고 고

삐를 풀어주어 겨울 들판에 듬성듬성 난 마른 풀뿌리를 뜯어먹
도록 했다.

한쪽 나무 숲속에 앉아 있던 조조가 또다시 하늘을 바라보며
크게 웃음을 터뜨렸다. 그 모습을 의아하게 여긴 측근의 장수들
이 물었다.

"얼마 전에 승상께서 주유와 공명의 어리석음을 비웃으시자마
자 조운이 나타나서 당하셨는데 이제 또 무엇 때문에 웃으십니
까?"

"공명이나 주유의 지혜에 한계가 있음을 생각했다. 나 같으면
이곳에도 미리 군사들을 풀어놓고 느긋하게 쉬게 하였다가 지치
고 지쳐 비틀거리면서 겨우 당도한 적군들을 혼내줄 것이다. 그
러니 거기까지 생각이 미치지 못한 두 멍청이를 생각하니 웃음
이 나올 수밖에……."

조조의 얼굴에 웃음이 채 사라지기도 전에 별안간 커다란 함
성 소리가 사방에서 들려왔다. 심상치 않은 사태가 벌어졌다. 조
조는 너무 놀라서 미처 갑옷도 입지 못한 채 말 위에 올랐다. 군
사들도 풀어놓은 말들을 챙길 틈조차 없었다. 이미 일대는 온통
불바다가 되어 있었다. 조조는 정신을 가다듬고 앞을 살펴보았다.
산비탈에 한 부대가 머물러 있는 것이 보였고 그 선두에 연나라
사람 장비가 우뚝 서 있는 것이 보였다.

장비는 쌍날이 선 창을 가로로 들고 말 위에 앉아서 큰소리로
호통을 쳤다.

"역적 조조, 이놈! 절대로 놓치지 않을 테다."

조조의 군사들은 장비가 왔다는 말만으로도 이미 위축될 대로
위축되어서 겁부터 먹었다. 그래도 허저는 안장도 없는 말을 타
고 장비에게 맞섰다. 이어 장료와 서황도 나서서 세 곳에서 협공
을 가하였다. 조조는 그러는 북새통에 다시 달아나버렸다. 그러

자 몇몇 장수들도 뿔뿔이 흩어져 달아났다. 장비가 조조의 뒤를 쫓았고 조조는 필사적으로 달려 끝내는 추격의 손에서 벗어났지만 휘하의 많은 장수와 군사들은 부상당하고 죽었다.

얼마를 달아나서였을까? 앞질러 가던 군사가 보고했다.

"길이 두 갈래로 갈려져 있습니다. 어느 길로 갈까요?"

"어느 쪽 길로 가야 가까우냐?"

"큰길은 노면이 평탄해 가기 편하지만 오십 리쯤 멉니다. 산길은 화용(華容)으로 통하는 길로, 이 길로 가면 오십 리쯤 빨리 갈 수 있습니다만 노폭이 좁고 험난하여 행군하기가 힘들 줄 아옵니다."

조조는 산 위로 군사를 올려보내서 지형을 살피도록 하였다. 잠시 후 그가 보고했다.

"산길에서는 산기슭 쪽으로 몇 군데에서 연기가 나고 큰길에는 아무 것도 눈에 띄지 않습니다."

조조는 이 말을 듣고 산길을 택했다. 그러자 장군들이 의아해하며 물었다.

"연기는 복병이 있다는 증거입니다. 그런데 왜 구태여 산길로 가자고 하시는지요?"

"병서에 가로되, '허(虛)는 이를 실(實)로 하고 실은 이를 허로 하라'고 하였다. 너희들은 이런 책략도 모르느냐? 공명은 꾀가 많은 자다. 일부러 이런 구석진 곳에 연기를 피워대지만 사실은 큰길 쪽에다 병력을 매복해놓은 것이다. 나는 그것을 훤히 꿰뚫어 볼 수 있다. 내 어찌 그런 얄은 속임수에 넘어갈 수 있느냐!"

일동은 탄복하며 말했다.

"승상은 우리가 도저히 따를 수 없는 생각을 갖고 계십니다."

곤경에 빠진 조조

이윽고 조조의 군사들은 화용도를 향해 떠나기 시작했다. 군사들은 모두 하나같이 굶주렸고, 말들도 기진맥진해서 헐떡거렸다. 불에 머리를 데어 크게 화상을 입은 자는 지팡이 하나에 온몸을 의지하여 걸었고, 화살과 창에 맞은 부상자들도 걸음을 한 발자국씩 겨우 옮겨가고 있었다. 옷과 갑옷도 모두 너덜너덜거렸고 더욱이, 한겨울 비에 맞아 모두 젖어 추위에 떨고 있었다. 게다가 호로구에서의 장비 군대의 기습으로 말미암아 무기와 군기들이 엉망이 되었다. 목숨만 살겠다고 안장도 얹지 못한 말을 집어타고 허둥지둥 도망쳐 왔으니 그 모습은 무엇이라 말할 수 없이 참담한 몰골들이었다. 앞서가던 일행이 갑자기 행군을 멈추기에 조조는 웬일이냐고 물었다.

"이 앞은 좁은 산길입니다. 오늘 아침의 비로 땅이 진흙탕이 된데다가 물이 괴어 있기 때문에 말의 발이 빠져 전진할 수가 없습니다."

이 말을 듣고 조조는 벌컥 성을 냈다.

"군사들이 행군을 할 때는 산에 길이 없다면 길을 만들고, 다리가 없는 강가에는 다리를 놓고 가는 법이다. 진흙길이라고 해서 가질 못하겠다고 하니, 이 무슨 얼빠진 소리냐?"

이렇게 말한 조조는 늙거나 어린 군사들을 비롯하여 부상자 일행을 뒤쪽으로 보내 천천히 걷게 하는 한편, 건장한 군사들에게는 마른 흙덩이와 장작더미를 비롯해서 마른 풀이나 갈대잎 등을 구해 오게 하여 진흙길에 깔아 고르게 했다. 명령에 따르지 않는 자는 참수하겠다고 명령하니 일행은 말에서 내려 작업에 착수하기 시작했다. 그들은 길가에 우거진 나무라든가 대나무를 베어다가 진탕길에 깔았다.

조조는 무엇보다도 적군의 추격이 두려웠다. 그래서 장료·허저·서황 등에게 기마병 일백 명을 붙여 뒤처진 군사들은 가차없이 죽이라고 명했다. 군사들은 굶주린 지가 오래여서 일하다가 푹푹 쓰러지는 자가 부지기수였다. 조조는 사망자들을 밟고 넘어서게 하면서 일행들을 앞으로 전진시켰다. 계속해서 많은 사망자들이 생겨났으므로 가는 길에 그들의 울음소리가 끊이질 않았다.

그러자 조조는 화를 내며 소리쳤다.

"어차피 인간은 죽게 마련이 아니더냐! 이 판국에 울다니 어쩌란 말이냐? 또 우는 놈이 있으면 단칼에 처단하리라."

결국, 일행의 삼분의 이는 낙오하여 진창길에 쓰러져 목숨을 잃었고, 나머지 삼분의 일만이 겨우 조조를 따라갔다.

한참만에 평탄한 길에 이르렀다. 거기서 조조가 뒤돌아보니 따라오는 병력은 삼백여 명밖에 되지 않았다. 더구나 제대로 된 모습을 갖춘 병사는 하나도 눈에 띄지 않았다. 조조는 다시 그들을 재촉하여 빨리 걷게 했다.

그러자 장수들이 조조에게 간청했다.

"말이 걷지를 못합니다. 조금 쉬었다 가도록 하시지요."

그러나 조조는 그들의 말을 일언지하에 거절해버렸다.

"형주까지 가서 쉬도록 하자."

한참을 가는 도중에 조조가 말 위에서 채찍을 휘두르며 크게 웃었다.

"승상님께서는 왜 또 웃으시는지요?"

"모두가 주유와 공명이 뛰어난 두뇌의 소유자라고 생각하고 있겠지만 나는 그렇게 생각하지 않는다. 저들은 별것도 아닌 무능한 멍청이들이다. 만약 이 일대에 그들이 병력을 매복해놓았더라면 우리는 꼼짝 못 하고 사로잡히게 될 것 아니냐?"

이렇게 말하고 있는데 갑자기 화전을 쏘는 소리가 들리더니 좌우에서 칼잡이 오백여 명이 눈앞에 나타났다. 그리고 그들의 맨앞에서 청룡도를 들고 적토마 위에 올라 앞을 가로막은 장수는 바로 관우였다.

조조를 살려준 관우

조조 일행은 자포자기 상태로 모두 사색이 되었다. 넋이 빠져 서로 얼굴을 마주 보면서 파랗게 질려 있었다. 조조가 절망적인 목소리로 되뇌었다.

"이렇게 된 바엔 이제 목숨도 소용없다. 여기서 결전을 벌이는 수밖에!"

휘하의 장수들이 난색을 표하며 말했다.

"사람은 둘째 치고 말들이 도저히 싸울 수 없습니다."

정욱이 나서서 말했다.

"제가 듣기로 관우는 윗사람에 대해서는 거스르나 아랫사람에게는 따사롭고, 강자에게는 맞서서 대적하나 약한 자에게는 부드러우며 은혜와 원한을 분명히 구별하는 신의가 두터운 인물이라고 들었습니다. 승상께서는 예전에 그에게 은혜를 베푸신 일이 있으시니, 이제 여기서 몸소 그에게 말씀해보시면 해결의 방안이 나오지 않을까 생각됩니다."

조조는 정욱의 제안을 듣고 깊이 생각하더니 잠시 후 말을 타고 관우 앞으로 가서 먼저 가볍게 인사를 한 뒤 말을 꺼냈다.

"장군, 그 동안 별고 없으셨소?"

관우도 답례를 보낸 뒤에 입을 열었다.

"군사님의 명령에 따라 여기서 승상을 기다리고 있었소이다."

이에 조조가 넌지시 제의했다.

"보시다시피 싸움에 패하여 이 꼴이외다. 장군, 부디 전날의 옛 정을 생각해주시구려."

"전날의 은혜는 이미 안량과 문추의 목을 베고 백마에서의 위난을 풀어드림으로써 보답하였소. 그러니 어찌 오늘 여기에서 사사로운 정에 이끌려 일을 그르칠 수 있겠소이까?"

조조는 단념하지 않고 말했다.

"장군은 지난날 다섯 관문을 통과하면서 우리 장수들을 베어 죽였소. 그 사실도 기억하시오? 모름지기 남아대장부는 신의를 지켜야 한다고 생각하오. 장군은 《춘추좌전》*을 애독하는 것으로 아는데 거기에 유공지사(庾公之斯)가 자탁유자(子濯孺子)를 쫓던 이야기**를 기억하실 테지요?"

관우는 진정 의로운 사람이었다. 조조가 베풀어준 옛날의 은혜라든가 다섯 관문에서 장수들을 벤 일을 상기시키자 자기도 모르게 고개를 떨구고 말았다. 더욱이 눈앞에는 조조의 군사들이 잔뜩 겁먹은 얼굴로 울상을 짓고 있는 것이 보였다. 관우는 마음이 움직이기 시작했다.

그는 느닷없이 말머리를 돌려 뒷걸음질치더니 오백 명의 군사들에게 명하였다.

"길을 비켜라!"

이것은 두말할 것도 없이 조조에게 지나가라는 신호였다. 이에 조조는 휘하의 군사들과 더불어 그 틈을 놓치지 않고 재빨리 빠

---

* 《춘추좌전(春秋左傳)》:춘추를 해석한 책. 좌구명저(左丘明著)의 《춘추좌씨전(春秋左氏傳)》, 공양고저(公羊高著)의 《춘추공양전(春秋公羊傳)》, 곡량적저(穀梁赤著)의 《춘추곡량전(春秋穀梁傳)》을 이름. 《춘추전(春秋傳)》 또는 《삼전(三傳)》이라고도 함. 여기에 호안국(胡安國)의 《춘추호씨전(春秋胡氏傳)》을 합하여 《춘추사전(春秋四傳)》이라고도 함.

** 춘추시대의 고사로, 위(衛)나라가 유공지사에게 명하여 자탁유자를 추적하게 하였다. 둘은 모두 활의 명수였는데 마침 자탁유자가 병들어 활을 쏠 수 없자 유공지사는 화살을 부러뜨려 촉없는 화살을 쏘아 그를 죽이지 않고 돌아가게 하였다고 함.

조조를 보낸 관우 97

져나가기 시작했다. 관우가 뒤돌아보니 조조 일행의 절반이 지나가고 있는 참이었다. 관우가 건성으로 뭐라 한마디만 해도 조조의 군사들은 일제히 말에서 내려 땅바닥에 납작 엎드려서 살려달라고 애걸했다. 그때 마침 장료가 한 걸음 늦게 말을 몰아 달려왔는데 이 광경을 본 장료는 어찌할 바를 몰랐다. 그러나 관우는 장료와의 사이에서도 옛 우정이 생각나서 크게 꾸짖기만 하고는 한 명도 남김없이 달아나게 해주었다.

조조는 가까스로 화용의 위난을 벗어나 골짜기 입구로 나갔다. 뒤따르는 군사들은 고작 기병 서른 명쯤이었다.

해질녘에 남군 바로 가까이까지 이르자 활활 타는 관솔불을 든 한 부대가 앞을 가로막았다. 조조는 이번에야말로 끝장이라고 체념했는데 막상 눈앞에 다가오는 군사들을 보니 조인(曹仁) 휘하의 군사들이었다. 조조는 안도감으로 가슴을 쓸어내렸다.

조인이 조조에게 보고했다.

"패전 소식은 듣고 있었습니다만 멀리 나갈 수가 없어 여기서 기다리고 있었습니다."

"다시는 못 만날 뻔했네."

이윽고 일동은 남군으로 들어가 휴식을 취하였다. 한 걸음 늦게 도착한 장료는 관우의 덕을 칭송했다. 조조가 군사들을 점호해보니 부상자가 너무 많아 우선 그들을 쉬게 하였다. 조인은 술상을 차려 조조를 위로하였다. 모사들도 거기에 동석하였다. 그 자리에서 조조는 하늘을 우러르며 몸을 떨고 울음을 터뜨렸다.

모사들이 그 모습을 지켜보다가 물었다.

"승상께서는 극도의 위험 속에서도 잘 피하시어 이제 안전한 성에 들어와 이렇게 군사들은 양식을 얻고 말들에게도 먹이를 주어 새롭게 전열을 가다듬게 되었는데 어찌하여 그리 슬피 우시옵니까?”

조조가 숙연한 표정으로 말했다.

“곽가 생각이 났다. 만일 그가 살아 있었더라면 내가 이런 큰 실수는 저지르지 않았을 것이다.”

그러고는 주먹으로 자기 가슴을 치면서 말했다.

“가련하구나, 곽가여! 애통하고 애석하구나, 곽가여!”

모사들은 겸연쩍어 더 이상 아무 말도 하지 못하였다.

이튿날 조조는 조인을 불러서 일렀다.

“내 일단 허도로 돌아가서 앞으로의 거사를 도모할 작정이니 너는 남군을 단단히 지켜라. 내게 계략이 하나 있는데 그것을 적어서 봉해놓고 갈 테니 평상시에는 절대로 개봉하지 말고 위급할 때 뜯어보거라. 그 계략을 쓰면 제아무리 동오가 기를 써도 남군을 어쩌지는 못할 것이다.”

조인이 물었다.

“합비(合淝)와 양양(襄陽)은 누구에게 맡기실 것인지요?”

“너에게는 형주를 맡기고, 양양은 하후돈에게 맡겨놓았다. 합비는 가장 긴요한 곳이어서 장료를 대장으로 하고 악진과 이전을 부장으로 임명해서 수비하도록 할 것이다. 그리고 만일의 위급한 상태가 벌어지면 즉시 알리도록 하라.”

조조는 장수들에게 임무를 부여하고 허도로 돌아갔는데 그때 형주에서 투항해온 문무백관들도 같이 허도로 데리고 가서 관직을 배당해주었다. 조인은 또 조홍을 파견하여 이릉과 남군을 수비하며 주유에 대비하도록 조처했다.

한편, 관우는 조조를 놓아주고 돌아왔기 때문에 다른 부대들은 저마다 노획한 적군의 물건을 가지고 하구로 돌아와 있었지만 관우의 부대만은 적군의 말 한 필도 얻지 못한 채 빈손으로 돌아왔다.

때마침 공명은 유비와 더불어 전승의 축하연을 벌이고 있었는데 관우가 돌아왔다는 전갈에 공명은 술잔을 들고 그를 마중하였다.

"장군! 온 천하를 뒤덮고도 남을 빛나는 이번 무공을 축하하오. 그리고 천하를 위해 큰 재앙의 근원을 제거해주시어 감사합니다. 실은 성대한 의식으로 장군을 환영하려던 참이오."

관우가 시무룩한 표정으로 묵묵부답으로 서 있자 공명이 좌우를 돌아보며 힐책했다.

"흐흠, 우리가 멀리까지 마중나가지 않아서 장군께서 못마땅하신가 보구나. 왜 좀더 일찍 나에게 알리지 않았느냐?"

참고 있던 관우가 공명의 말을 가로막고 나섰다.

"아닙니다. 이 몸에 대한 처분을 청원합니다."

"그럼, 조조는 화용도로 나오지 않았더란 말씀이오?"

"아니, 조조는 분명 그 길로 왔습니다. 그런데 저의 실책으로 그를 놓치고 말았습니다."

"그럼, 그 밖에는 누구를 잡아왔소?"

"아무도 없습니다."

"그렇다면 장군은 조조가 전날 베푼 은혜를 모른 체하지 못하여 고의로 그를 방면해준 것 아니오? 여기 장군이 출정 전에 써둔 서약서가 있으니 군법을 따르지 않을 수는 없을 것이오."

마침내 공명은 관우를 처단하리라고 선언했다. 의리로 인해 죽음의 대가를 치르니 천추에 길이 이름을 남길 것이다.

과연 관우의 목숨은 어찌될 것인가?

제 51 회 주유의 승리와 패배

조인대전동오병　　공명일기주공근
曹仁大戰東吳兵　　孔明一氣周公瑾

조인은 동오 군들과 크게 싸우고
공명은 주유를 성나게 하다

유비를 설득한 주유

공명이 관우를 베겠다고 하니 유비가 조심스럽게 말했다.

"예전에 우리 세 사람은 죽을 때 같이 죽자고 맹세한 사이오, 이제 관우를 죽게 하면 그 맹세를 어기는 결과가 되니 오늘의 죄는 뒷날 군공으로 벌충하도록 해주시기 바라오."

유비가 이렇게 간곡히 청하니 공명도 결국 그렇게 하기로 동의했다.

한편, 주유는 부대를 재정비하고 군사들의 공훈을 적어 손권

앞으로 상신했다. 그리고 항복하여 포로가 된 군사들은 강동 방면으로 보내는 한편, 전군을 크게 위로하고 잇달아 남군을 공략하기 위해 전위 부대를 이끌고 강기슭까지 갔다. 그곳에 이르자 주유는 부대를 앞뒤 다섯 진영으로 나누어 자신이 한가운데를 지휘하기로 하고 진군의 방책을 궁리하고 있었다. 그때 전령의 보고가 들어왔다.

"유비께서 도독님의 전승을 치하하는 사자로 손건(孫乾)을 보내왔습니다."

주유가 사자 손건을 불러들여 만나니 손건이 축하의 예물을 꺼내놓았다. 주유가 물었다.

"그런데 지금 유비 공께서는 어디에 계신지요?"

"군사를 이끌고 유강구(油江口)로 옮겨가셨소이다."

주유는 이 말에 뜨끔하여 물었다.

"공명도 같이 갔소?"

"그렇소. 우리 주공과 함께 가셨소이다."

"그렇다면 먼저 돌아가십시오. 몸소 답례로 찾아뵙겠습니다."

손건이 떠나자 노숙이 주유에게 물었다.

"방금 왜 그리 놀라셨습니까?"

"유비가 유강구에 병력을 주둔시켰다는 것은 곧 남군이 그들의 목표라는 뜻이 되오. 우리는 아낌없이 병력을 동원하고 막대한 군비를 소비하였는데 이는 남군이 우리 것이라 생각했기 때문이오. 그런데 그곳을 이제 와서 가로채려 하다니 이런 괘씸할 데가 어디 있느냐 말이오. 어디 내가 그것을 허용하는지 두고 보시오."

"그러시다면 당장은 어찌하실는지요?"

"내 친히 나가서 담판하고 결말을 짓겠소. 그래서 결말이 나면 다행이고 그렇게 안 될 경우에는 남군을 빼앗기 전에 유비의 목을 치겠소."

"그러시다면 나도 동행하리다."

이렇게 해서 주유는 노숙과 더불어 경기병(輕騎兵) 오천을 거느리고 유강구로 향했다.

한편 손건이 돌아와 유비에게 주유의 말을 전하자 유비는 그 즉시 공명을 찾아가 물었다.

"주유가 답례하러 몸소 오겠다는 본심이 무엇인지 아시오?"

그러자 공명이 웃음을 터뜨리면서 말했다.

"답례는 무슨 답례입니까? 그의 머릿속은 온통 남군 생각으로 가득할 텐데요."

"그렇지만 만약 그가 병력을 이끌고 쳐들어온다면 어떻게 해야 할지 모르겠소."

공명은 유비에게 가까이 다가가 귀엣말로 무엇인가를 속삭이고 당부하였다. 유비는 그의 말대로 유강의 어귀에 전선을 배치하고 강기슭에도 군병을 배치하였다. 그럴 때 보고가 들어왔다.

"주유와 노숙이 군병을 이끌고 왔습니다."

공명은 조운으로 하여금 너더댓 명의 전사를 데리고 마중하러 나가게 했다. 유비의 진중으로 들어서는 주유는 강 어귀의 전선과 기슭에 위치한 군병들의 빈틈없는 위세를 보고 미음속으로 불안감을 금치 못하였다.

이윽고 영문(營門)을 들어서서 본진을 방문하여 서로 인사를 나눈 뒤에 연회가 벌어졌다. 유비가 술잔을 높이 들어 적벽오병(赤壁鏖兵)의 전공에 대해 감사의 뜻을 나타내었다.

이렇게 술잔이 몇 순배 돌았을 때 주유가 넌지시 물었다.

"귀공께서 이 고장에 주둔하신 것은 혹시 남군을 얻기 위함이 아니오이까?"

유비가 시치미를 떼고 답했다.

"도독께서 남군을 차지한다는 소리를 듣고 도와드리려고 왔소이다. 혹시 도독께서 차지하지 않으신다면 기꺼이 이 몸이 차지하지요."

주유가 웃음 지으며 말했다.

"우리 동오는 전부터 한강(漢江:양자강) 일대의 땅을 차지할 계획으로 있었다오. 그러니 이제 남군이 우리 것이나 다름없는데 어찌 차지하지 않겠습니까?"

"그러나 싸움에서 이기고 지고는 미리 정해져 있는 것이 아니오. 조조는 허도로 물러가기 전에 남군 일대를 조인에게 맡기고 갔다 하니 거기에는 필시 어떤 깊은 계략이 있으리라 생각되오. 더구나 조인은 여간 용맹스러운 장수가 아니니 남군을 쉽게 점령할 수는 없을 것이오."

"제가 만약 점령하지 못하거든 그 뒤에 귀공에게 양도하리다. 어떻소?"

"이 자리에 같이 있는 노숙과 공명이 증인이오. 그 말씀은 틀림없으시겠지요?"

노숙은 이 말에 망설였지만 주유가 분명히 단언했다.

"대장부가 한 말에 어찌 틀림이 있겠소이까?"

이때 공명이 나서서 말했다.

"당당한 의견이시오. 처음에는 동오측이 점령을 시도하되 실패했을 경우에는 우리에게 양도하신단 말씀이시지요?"

주유와 노숙은 이 약속 뒤에 그들의 본진으로 돌아갔다.

유비가 공명에게 난처한 듯이 물었다.

"선생의 말에 따라 그렇게는 말했소만 곰곰이 생각해보니 난처할 것 같습니다. 왜냐하면 나는 지금 외톨이의 초라한 신세라. 꼭 남군을 손에 넣고 싶소만 그것을 주유가 먼저 차지해버리면 그곳이 동오 땅이 될 테니 나는 과연 무엇을 할 수 있겠소?"

공명은 웃음을 터뜨리고는 천천히 말했다.

"언젠가 제가 형주 땅을 차지하시라고 진언했을 때는 듣지 않으시더니 지금은 어찌 그런 말씀을 하시는지요?"

"아니오. 그때는 그 땅이 유표의 영지였기 때문에 차마 빼앗을 수가 없었지만 이제는 조조의 것이니 빼앗는 것에 망설일 이유가 없지요."

"아무튼 마음 푹 놓으십시오. 먼저 주유로 하여금 만족할 만큼 수고를 하게 한 뒤 그곳을 우리가 고스란히 차지하도록 하지요."

"어떻게 그곳을 차지할 수 있다는 말씀이오?"

"제게 좋은 생각이 있습니다."

공명은 유비에게 책략을 귀띔했다. 그러자 유비는 희색이 만면해지며 유강구에 병력을 배치한 채 꼼짝하지 않았다.

주유와 조인의 대립

주유와 노숙은 본진으로 돌아왔다. 노숙이 주유에게 물었다.

"왜 유비에게 남군을 양도한다고 말씀하셨습니까?"

주유는 여유있는 목소리로 말했다.

"남군은 내 손가락 끝 하나로 마음내로 주무를 수 있네. 유비에게 그렇게 말한 것은 사실 인심을 써본 것뿐일세."

주유는 휘하의 장수들에게 물었다.

"누가 남군으로 선봉이 되어 갈 사람이 없는가?"

그러자 장흠(蔣欽)이 단번에 뛰어나왔다. 그러자 주유는 흡족해하며 말했다.

"좋다. 오천 병력을 줄 테니 그대가 선봉이 되고 서성(徐盛)과 정봉(丁奉)이 부장으로 정흠을 보좌해서 먼저 강을 건너가라. 그러면 내가 원군을 이끌고 뒤따라가겠다."

한편, 조인은 남군에서 이릉을 조홍으로 하여금 지키게 하고 침략을 당하면 서로 돕자는 협약 체제를 취하고 있었다. 이때 전령의 보고가 들어왔다.

"동오의 군대가 한강을 건너 쳐들어오고 있습니다."

조인이 군사들에게 명령을 내렸다.

"굳게 진지를 지키고 상대하지 마라. 이곳에 있는 것이 최상책이다."

그런데 옆에 있던 대장 우금(牛金)만이 가만히 있지 못하고 말했다.

"적군이 육박해오고 있는데 이런 명령을 내리시는 것은 비겁한 태도이옵니다. 더욱이 우리는 패전 직후이온데 여기서 한바탕 멋지게 싸워야 군사들의 사기도 올라갈 것입니다. 그러니 저에게 오백 병력을 빌려주십시오."

조인도 이 제의에 반대할 수는 없었다. 이에 허락하여 우금이 병력을 이끌고 출전하니 주유의 군대 쪽에서는 정봉이 말을 타고 달려나왔다. 두 장수가 한바탕 치고받고 하다가 정봉이 거짓으로 패한 체하고 달아났다. 우금이 군사들과 함께 그를 뒤쫓아 적진으로 들어가니 정봉이 재빨리 그들을 포위해버렸다. 우금은 사방으로 동오 군에 둘러싸여 빠져나올 수가 없었다. 조인은 성벽 위에서 덫에 걸린 쥐 꼴이 된 우금을 바라보았다. 그를 그냥 내버려둘 수는 없는 일이었으므로 수백의 기병을 거느리고 오군의 진지로 쳐들어갔다. 서성이 가로막았지만 조인의 상대가 되지 않았다. 이에 조인은 적진 깊숙이 쳐들어가서 우금을 구출해내는 데 성공했다.

그를 구출해서 나오려는데 사방을 살펴보니 아직 탈출하지 못하고 있는 아군이 한둘이 아니었다. 그는 다시 말머리를 돌려 쳐들어가 가까스로 그들의 두터운 포위망을 뚫고 구출하였다. 그때 장흠이 나타나 육탄전을 벌여왔다. 조인과 우금은 결사적으로 분전하였다. 이때 조인의 아우 조순(曹純)도 달려와 싸우니 한참 동안 혈전이 계속되다가 결국 조인이 이기고 돌아갔다. 장흠은 주유의 손에 처단될 지경이었으나 여러 장수들이 구명을 청원하여 간신히 살아남았다.

주유는 몹시 조바심이 나서 직접 조인과 맞서 결전을 벌이겠다고 했지만 감녕이 그를 말렸다.

"도독님, 무모한 행동은 삼가십시오. 조인은 조홍으로 하여금 이릉을 지키게 하여 서로가 기각(掎角)*의 태세로 앞뒤에서 우리들을 견제하고 있습니다. 이제 이 몸에게 삼천 병력을 주시면 이릉을 점거하겠으니 도독님께서도 뒤따라 남군을 점령하십시오."

주유는 그의 의견이 합리적이라 생각하고 찬성하여 감녕에게 삼천 병력을 붙여서 이릉으로 보냈다.

조인은 첩자의 제보로 이 사실을 알고 진교(陳矯)와 상의했다. 이에 진교가 말했다.

"이릉이 함락되면 남군은 지키지 못합니다. 그러니 이릉을 먼저 구해내야 합니다."

조인은 그의 말에 따라 조순과 우금을 이릉으로 급파시켰다. 조순은 먼저 조홍에게 밀사를 보내 일단 성에서 나와 적군을 유인하라고 권했다.

감녕은 이릉으로 육박해왔다. 조홍이 나와서 그와 교전하다가 때를 보아 달아나니 감녕은 손쉽게 이릉으로 입성할 수 있었다. 그런데 얼마 지나지 않은 황혼 무렵에 조순과 우금이 서로 합류해서 성을 포위해버렸다. 전령이 이 사실을 주유에게 보고하니 낯빛이 파래졌다.

---

*기각(掎角):기각지세(掎角之勢). 사슴을 잡을 때 뒷발과 뿔을 아울러 잡는다는 뜻으로, 적을 앞뒤에서 몰아치는 태세를 이름.

이에 정보가 건의했다.

"병력을 나누어 서둘러 저쪽을 구조하십시오."

그러나 주유는 단호히 말했다.

"이쪽도 중요하오. 병력을 쪼개어 저쪽을 지원하다가 그 틈에 조인이 이곳으로 공격해오면 어쩌려고 그러오?"

그때 옆에 있던 여몽이 나섰다.

"감녕은 우리 강동 땅의 대장입니다. 그러니 모른 체하고 내버려둘 수는 없는 줄로 아룁니다."

주유가 선언했다.

"좋다. 내가 직접 나가겠다. 그런데 이곳에는 누구를 남겨놓아야 하겠소?"

여몽이 즉시 대답했다.

"능통(凌統)이 적임자이옵니다. 제가 공격에 앞장 서고 도독께서 뒤따라 와주신다면 열흘도 안 가서 승리할 수 있을 줄로 아룁니다."

"어떻소? 나를 대신 해서 이곳을 맡아주겠소?"

능통이 대답했다.

"열흘 동안이라면 맡아보겠습니다만 그 이상은 도저히 감당할 수 없을 것 같습니다."

주유는 이에 만족하여 능통에게 일만여 병력을 주어 지키게 하고 자신은 그날 즉시 대군을 이끌고 이릉으로 향하였다. 가는 도중 여몽이 말했다.

"이릉의 남쪽에 남군으로 통하는 샛길이 있습니다. 그러니 오백 병력을 거기에 보내 나무를 베어 막아보십시오. 적군이 일단 패하면 반드시 그곳으로 도주할 텐데 말을 타고 갈 수는 없으니 틀림없이 버리고 갈 것입니다. 그러면 결국 말은 우리 차지가 될 것입니다."

주유가 여몽의 말대로 조처하고 계속 진군하면서 물었다.

"누가 포위망을 뚫고 성 안으로 들어가 감녕을 구출할 자 없느냐?"

이에 주태가 나서며 자원했다. 그가 손에 칼을 빼들고 말을 몰아 달려드는 조조 군을 무찌르며 성 아래까지 가자 감녕이 내려다보고 있다가 성 밖으로 나와 그를 맞이하였다. 주태가 말했다.

"도독께서 친히 이곳까지 오셨소."

감녕은 군사들에게 언제든지 성에서 나갈 수 있도록 무장을 갖추고 충분히 먹어두라고 명했다.

한편, 조홍·조순·우금 등은 주유가 직접 출정했다는 소식을 듣고 우선 남군의 조인에게 이 사실을 알려 바로 요격의 준비를 갖추었다. 마침 두 부대가 백병전을 벌이려는 아슬아슬한 판국에 성 안에 있던 감녕과 주태가 뛰어나왔다. 그러자 조조 군은 대열이 흐트러졌다. 이 사이에 동오의 군사들은 이리 뛰고 저리 뛰고 했다. 아니나다를까 조홍·조순·우금 등은 샛길로 달아나려는데 베어놓은 나무들로 길이 막혀 있자 말을 버리고 도망쳤다. 이리하여 동오 군은 오백 필이나 되는 말을 손에 넣게 되었다.

조조의 계략에 넘어간 주유

주유가 쉬지 않고 계속하여 남군을 향해 가다가 이릉으로 구원하러 가는 조인과 마주쳤다. 한참 동안 혈전을 계속하다가 해가 져서야 싸움이 중단되었다.

조인은 남군으로 되돌아와 작전 회의를 열었고 조홍이 먼저 입을 열었다.

"이릉이 함락되면 정말 위험해집니다. 그런데 왜 장군은 승상께서 남기신 그 서신을 개봉하지 않으십니까?"

조인도 동의했다.

"음, 나도 그런 생각이 들었네."

조인은 부리나케 뜯어보고는 얼굴에 희색이 만면하여 기뻐하면서 어쩔 줄 몰라 했다. 그러고는 곧 성을 지키던 군사들에게 동이 트기 전에 아침을 마치고 성벽에는 깃대를 가득 꽂아 사람이 있는 것처럼 위장하고 모두들 세 문을 통해 빠져나가라고 명령했다.

한편, 감녕의 구출에 성공한 주유가 몸소 망루로 올라가보니 허리에 보퉁이를 찬 적군이 성을 빠져나오는 것이 보였다. 다시 성벽 위를 바라보니 낮은 울타리 근처에 기를 꽂아놓았지만 그곳을 지키는 군사들은 눈에 띄지 않았다. 주유는 조인이 도망치는 것이라고 판단하고는 즉시 내려와 지령을 내렸다. 군사를 좌우로 나누고 전방이 이기면 종을 칠 때까지 뒤를 돌아보지 말고 전진하라고 했다. 그리고 정보 장군에게는 후위 부대를 맡기기로 했다. 주유는 이렇게 배치한 뒤 직접 출정하였다.

이윽고 싸움을 알리는 북소리가 울리니 조홍이 나섰다. 주유도 진지의 문 앞까지 나가 조홍의 상대자로 한당을 내보냈다. 한동안 불꽃 튀는 접전을 벌였지만 끝내 조홍이 당해내지 못하고 도망치자 그 대신 조인이 나섰고 동오 군 쪽에서도 주태를 내보냈다. 다시 접전이 계속되다가 조인이 또 달아나자 그 일대는 순식간에 일대 혼전에 빠졌다. 주유는 좌우에 돌진을 명하여 조조 군을 강타하고는 친히 남군의 성 아래까지 육박하였다.

그러나 조조 군은 성 안으로 들어가지 않고 그저 서북쪽을 향해 도망칠 뿐이었다. 이를 한당과 주태가 맹렬히 추격하였다. 주유는 성문이 활짝 열려 있고 성벽 위에도 군사 한 명 눈에 띄지 않자 휘하 부대에게 성 안으로 들어가라고 명했다. 그러자 먼저 수십 기가 들어갔고 주유는 그 뒤를 따라 말에 채찍질을 가하면서 옹성 안으로 돌진했다.

이때 옹성의 망루 위에 숨을 죽이고 숨어 있던 진교가 들어서는 주유를 보고는 혀를 내둘렀다.

"승상의 묘책은 귀신도 놀랄 만하구나."

그러고는 진교가 딱딱이를 치자 성문 양쪽에서 일제히 활과 쇠뇌를 쏘아대니 결국 앞 다투어 들어왔던 동오 군은 하나도 남김없이 함정에 빠지게 되었다. 주유가 고삐를 당겨 서둘러 후퇴하려 하는 순간 어디선가 날아온 쇠뇌의 화살이 왼쪽 겨드랑이를 관통했다. 주유는 말에서 떨어지면서 나자빠졌다. 이에 우금이 성 안에서 뛰어나와 주유를 생포하려 하는 순간 서성과 정봉이 목숨을 걸고 그를 구출했다. 이때 성 안에 숨어 있던 조조 군이 일제히 모습을 나타냈다. 그러자 동오 군의 군사들은 자기들끼리 서로 밟고 밟히고 하면서 무수히 많은 도랑과 구덩이 속에 빠져 죽었다.

그때 정보는 부대를 퇴각시킬 작정이었는데 갑자기 조홍과 조인이 역습해왔다. 동오의 군사들이 정신없이 허둥거리는데 요행히도 능통이 측면에서 공격해와 적을 무찔러주어서 가까스로 조조 군을 막아냈다. 조인은 싸움에 이기고 남군의 성으로 돌아갔다. 정보는 패군을 정비해서 진지로 돌아갔고, 정봉과 서성은 주유를 막사로 모시고 가서 종군의원을 불러들였다. 의원이 살 속에 박힌 화살 촉을 가까스로 쇠집게로 뽑아낸 뒤 외상 약을 바르게 했으나 심한 고통으로 인해 주유는 식음을 전폐한 채 앓아누웠다.

의원은 자기 소견을 말했다.

"화살 촉에 독약을 발라놓았기 때문에 상처가 빨리 아물지 않을 것이오. 그래서 심하게 성을 내거나 흥분하시면 상처가 곪아 터질 우려가 있으니 각별히 조심하십시오."

정보는 모든 군사에게 진지를 굳게 지키도록 하고 절대로 밖
으로 나가는 일이 없도록 명했다.

중상을 입은 주유

사흘 뒤 우금이 나와서 싸움을 걸어왔으나 정보는 계속해서
진지를 지키라고만 했다. 우금은 하루 종일 욕설을 퍼부어대며
비아냥거리다가 돌아갔다. 그러더니 이튿날도 또다시 싸움을 걸
어왔다. 정보는 주유가 흥분하지 않도록 일부러 이 사실을 보고
하지 않았다. 우금은 사흘째 날에도 또다시 진지의 문 앞에 나타
나 기필코 주유를 생포하고야 말겠다고 소리치며 싸움을 걸어왔
다. 정보가 장수들을 모아놓고 협의해본 결과 일단 부대를 철수
시키고 뒷일은 손권과 만나 숙의하여 정하자는 의견이 나왔다.

한편 주유는 통증으로 누워 있으면서도 조조의 군사들이 와서
욕을 하며 싸움을 걸어올 것이라는 생각이 머리에서 떠나지 않
았지만 어느 누구도 보고하지 않는 것이 안타까웠다.

그러던 어느 날 조인이 대군을 이끌고 쳐들어왔다. 공격의 북
소리에 이어 돌격 소리가 들려왔다. 주유가 장수들을 불러들여
물었다.

"밖의 저 소리는 무슨 소리냐?"

장수들은 슬쩍 얼버무렸다.

"우리 부대가 군사 훈련을 하고 있는 소리입니다."

주유가 성을 버럭 냈다.

"거짓말 말아라! 적군이 쳐들어온 사실을 내가 뻔히 알고 있는
데 너희들은 나를 속이려고만 하는구나. 그리고 정보는 나와 같
이 병권을 맡고 있는 몸이면서 어찌하여 꼼짝하지 않고 있는 거
냐?"

그러자 불려들어온 정보가 해명했다.

"의사의 소견이 도독의 상처에는 흥분이 절대 금물이라고 하옵기에 적이 싸움을 걸어왔어도 보고드리지 않았던 것입니다."

"설사 내 생각을 하여 그랬다고 할지라도 어찌하여 싸우지를 않느냐?"

"장수들의 생각이 일단 강동 땅으로 돌아갈 작정이었습니다. 도독께서 부상이 쾌유되시면 다시 남군을 치려 했습니다만……."

이 말에 주유는 병상을 박차고 일어나 소리쳤다.

"남아 대장부로 태어나 주군을 섬기는 몸일 바에는 싸우다가 쓰러져 주검으로 돌아가도 그것이 애초의 소망이 되어야 하거늘 나 하나 때문에 중요한 싸움을 게을리하다니!"

그리고서 주유는 갑옷을 입고 말에 올라탔다. 장수들은 어안이 벙벙해 어쩔 줄을 몰랐다. 주유는 그 길로 수백 기를 거느리고 군영 밖으로 모습을 드러냈다. 적진을 살펴보니 이미 조조 군이 진을 치고 있는 상태였는데 조인이 진두에서 말을 타고 채찍을 휘두르면서 욕설을 퍼부어대었다.

"죽다 못 죽은 주유 이놈! 어디 감히 낯짝을 내보이느냐?"

주유가 말을 몰아 앞으로 나서며 소리쳤다.

"주유가 여기 있으니 내 얼굴을 배알케 하리라!"

조조 군은 주유를 보자 깜짝 놀랐다. 그러자 조인이 군사들을 부추겼다.

"자, 어서 욕설을 퍼부어라."

이에 조조 군의 진지에서는 일동이 더욱 거칠고 지저분한 욕설을 퍼부어댔다. 주유도 듣고 있자니 성이 나서 반장(潘璋)을 내보내어 싸우게 했다. 드디어 반장이 조인과 맞붙어 격투가 벌어지는 찰나, 갑자기 주유의 입에서 '으악!' 하는 외마디 소리가 터져 나오더니 입에서 시뻘건 피 한 줌을 토해내며 말에서 떨어졌다.

"덤벼라!"

조조 군이 호기를 놓칠세라 공격해와 한바탕 혼전이 벌어졌다. 그러는 동안 여러 장수들이 주유를 구하여 막사로 옮겨왔다.

정보가 물었다.

"좀 어떠신지요?"

주유가 목소리를 낮춰 속삭였다.

"계략일세. 계략이야."

"그러시다면……."

"별고통은 없네. 그저 적의 눈에 내가 위독한 것으로 보이게 하려고 연극을 꾸민 것일세. 이제 믿을 만한 군사를 투항시켜 성 안으로 보내 '주유가 죽었다'고 말하게 하면 조인 이놈이 오늘 밤에 틀림없이 야습을 해올 것이니 그때 조인을 생포하면 될 것이오."

"과연 뛰어난 계략입니다."

정보가 감탄하며 고개를 끄덕이고는 곧 본진으로 사람을 보내 주유가 죽었다는 소문을 퍼뜨리게 하였다. 장수들이 소리 높여 애곡하자 군사들이 그 곡소리를 듣고 웅성웅성해졌다. 이에 정보가 도독께서는 독화살의 상처가 도져 돌아가신 것이라고 말하자 군사들도 모두 상복을 입고 곡을 해대기 시작했다.

조인은 성 안에서 장수들을 모아놓고 회의를 하고 있었다.

"주유가 흥분해서 성을 내는 통에 화살의 상처가 터진 듯했고 입에서 피를 토했소. 그러니 보나마나 이제 곧 저승사자의 밥이 될 것이 틀림없소."

이때 전령의 보고가 들어왔다.

"동오의 군사 수십 명이 투항해왔습니다. 그 가운데 두 명은 전에 우리 편에 있다가 납치된 군사들임이 밝혀졌습니다."

조인은 그들을 불러들여 심문했다.

"주유가 죽었습니다. 그래서 모두 상복을 입고 엉엉 울고들 있습니다. 저희들은 정보 장군이 하도 투덜거리고 꾸짖는 통에 그것이 참기 힘들어서 이런 소식을 가지고 투항해왔습니다."

조인은 몹시 신이 났다. 주유의 주검을 덮쳐서 그의 목을 베어 허도로 보낼 생각을 하니 가슴이 벅차왔다.

진교가 말했다.

"기왕 한다면 즉시 실행해야지요."

조인은 우금을 선봉장으로 명하고 자신이 본대를 이끌기로 한 다음 조홍과 조순을 후위로 돌리고 성에는 진교를 남겨두기로 하였다. 얼마 뒤 해질녘이 되자 전군이 서둘러 성을 나섰다.

주유의 본진까지 이르러서 살펴보니 한 사람도 눈에 띄지 않고 창과 기가 나란히 꽂혀 있는 것만 보였다.

"아차, 계략에 걸렸구나!"

조인은 그제야 깨닫고 허둥지둥 퇴각하려 했지만 여기저기서 화전이 날아왔다. 그와 동시에 동쪽에서는 한당과 장흠이, 서쪽에서는 주태와 반장이, 남쪽에서는 서성과 정봉이, 북쪽에서는 진무와 여몽이 쳐들어왔다. 두말할 것도 없이 조조 군이 크게 패하여 싸움이 일단락되었다. 부대가 산산조각이 나서 저마다 살려고 아우성쳤지만 어떻게도 손을 쓸 수가 없었다. 결국 조인은 겹겹의 포위망을 간신히 뚫고 도주하다가 중간에 후위에 있던 조홍을 만나 패잔병을 이끌고 줄행랑을 쳤다. 전투는 새벽녘까지 이어졌다.

이렇게 남군 근처까지 도망쳐서 한시름 놓으려는데 난데없이 북소리가 울리며 능통의 부대가 달려와 앞길을 가로막았다. 조인이 이를 피해 다른 방향으로 달아나는데 이번에는 감녕과 정면으로 맞닥뜨렸다. 결국 조인은 남군으로 돌아갈 생각을 포기하고 양양을 향해 큰 길로 치달렸다.

허탈감에 빠진 주유

주유와 정보가 부대를 정비해서 남군의 성 밖에 이르러보니 깃발들이 성벽을 빙 둘러 꽂혀 있었고 망루에서 어느 장수 하나가 크게 소리쳤다.

"도독은 들어라. 군사님의 지령에 따라 이 성은 이미 우리 차지가 되었다. 나는 상산의 조운이다!"

주유가 화를 내며 휘하 장수들에게 어서 성을 공격하라고 명했지만 성 안에서는 빗발치는 화전으로 응수했다. 주유는 일단 퇴각해서 작전 회의를 열었다. 그는 감녕으로 하여금 수천 병력을 이끌고 형주로 가게 하고 능통도 그만한 병력을 거느리고 양양으로 가게 하여 먼저 이 두 고장을 차지한 뒤에 남군을 공략하도록 명했다.

그때 염탐꾼 하나가 달려와 보고했다.

"공명은 남군을 탈취하자마자 조인의 병부(兵符)를 사용해 형주에 있는 군사들에게 남군으로 원군을 가라 해서 그 틈을 타 장비에게 형주·땅을 점거케 했습니다."

그때 또 다른 염탐꾼이 와서 보고했다.

"양양의 하후돈도 당했습니다. 공명이 조인의 병부를 사용해 지원군을 보내달라고 요청해왔기에 하후돈이 조인을 구하려고 성을 나서자 기다렸다는 듯이 관우가 성 안으로 들어가버렸습니다."

결국 형주와 양양이 손쉽게 유비의 수중으로 들어갔다.

주유는 믿을 수 없다는 표정으로 물었다.

"어떻게 조인의 병부가 공명의 손에 들어갔을까?"

그러자 정보가 속시원하게 알려주었다.

"남군에서 진교를 덮쳤으므로 병부를 감쪽같이 이용할 수 있었던 것 같습니다."

주유가 이 말을 듣다가 외마디 소리를 질렀다. 화살 맞은 상처가 한꺼번에 터진 것이었다.

동오는 남군을 비롯한 어느 한 고을도 손에 넣지 못하고 일체의 애쓴 보람도 없이 참으로 어이없는 결말을 맞게 되었다. 과연 주유는 어떻게 될 것인가?

제 52 회 여러 성을 얻은 유비

제갈량지사노숙　　조자룡계취계양
諸葛亮智辭魯肅　　趙子龍計取桂陽

제갈량이 노숙을 설득하고
조자룡은 계책으로 계양을 손에 넣다

공명을 만난 노숙

주유는 남군도 차지하지 못하고 형주와 양양도 모두 공명의 손에 넘어갔다는 사실에 도저히 분을 참을 수가 없었다. 주유는 머리가 뜨거워진 다음 순간 상처가 재발하여 실신해버렸다.

그는 얼마 후에 깨어나서 다시 흥분하며 소리쳤다.

"공명, 이 촌놈! 내 어찌 네 놈을 죽이지 않고 참을 수 있겠느냐. 정보는 부디 나를 도와 남군을 빼앗아주게."

그때 노숙이 들어오자 주유는 노숙에게도 매달렸다.

"내가 유비·공명과 자웅을 겨루어 남군·형주·양양 땅을 회복하려 하니 그대도 힘을 보태주게나."

그러나 노숙은 그를 말렸다.

"안 됩니다. 아직 조조와의 사이에 승패가 나지 않았고 우리 주공인 손권께서도 합비를 쳐서 아직 마무리를 못 짓고 있는 이런 판국에 유비와 사이가 나빠지면 조조 군이 허를 찌를 것입니다. 더구나 유비는 예전에 조조와 사귄 바 있는 사이이니 지금 그를 궁지로 몰아넣으면 빼앗은 성을 조조에게 넘겨주고 둘이 힘을 합쳐 우리 동오를 공격할지도 모릅니다."

"우리는 지금까지 더할 나위 없이 머리를 쓰고 군비를 소모하며 숱한 병력을 희생해왔소. 그런데 그 전과를 고스란히 도둑 맞았으니 어찌 내가 진정할 수 있겠는가?"

이에 노숙이 설득했다.

"조금만 참으십시오. 제가 유비를 직접 만나서 사리를 따져보고 설복하겠습니다. 그래도 응하지 않을 때는 하는 수 없이 싸우는 방법을 강구하는 것이 좋겠습니다."

여러 장수들이 이 의견에 동의했다.

노숙은 이 임무를 띠고 남군성으로 향했다. 그 앞에 이르자 조운이 무슨 일로 왔느냐고 물었다. 이에 노숙이 유비를 만나러 왔다고 하자 조운이 다시 그에게 군사님과 함께 지금 형주에 있다고 알렸다. 노숙이 그 길로 형주 땅을 찾아가 당도해보니 성에 깃발이 가지런히 꽂혀 있었고 군사들은 기세 등등한 자세로 지키고 있었다.

노숙은 속으로 감탄했다.

'공명은 과연 보통 인간이 아니로구나.'

공명은 노숙이 왔다는 소리에 성문을 활짝 열어젖히고 청사로 그를 맞아들였다. 격식을 갖춘 인사말들이 오고간 뒤에 노숙이 먼저 말을 꺼냈다.

"저는 우리 주공 손권과 도독 주유의 대리자로 여기에 찾아왔습니다. 지난번에 조조가 일백만 대군을 동원하여 강남을 정벌하려 한 것은 사실 유 황숙을 잡으러 온 것이 목적이었다고 봅니다. 그리고 다행히도 우리 동오가 조조 군을 격멸한 덕분에 유황숙께서는 무사하셨습니다. 그러니 형주의 아홉 군은 당연히 동오의 것인데 황숙께서는 위계를 써서 형주와 양양 땅을 빼앗으셨으니 강동의 우리로서는 공연한 헛수고만 한 꼴이 되고 이익은 모조리 황숙께서만 얻으신 결과가 되었습니다. 이것은 아무래도 이치에 맞지 않는 경우가 아닌가 여겨지는 바입니다."

공명이 한참 동안 경청하다가 입을 열었다.

"노공은 사리에 밝은 분이시오. 그럼에도 불구하고 어찌 그런 답답한 말씀을 하십니까? 속담에 물건은 마땅히 그 물건을 가져야 할 사람에게 돌아간다는 말이 있소이다. 애초에 형주 땅의 아홉 군은 동오에 속해 있던 것이 아니라 유표에게 속해 있었소. 그리고 우리 주공 유비께서는 유표의 아우뻘 되는지라, 설사 유표가 이미 없다 하더라도 그 아들 유기를 도와 형주 땅을 손에 넣었는데 숙부가 조카를 도운 것이 이치에 어긋난단 말입니까?"

"일리가 있는 말씀이기는 하지만 유기가 이 고장에 있다면 모를까 그는 지금 강하에 있지 여기에는 없지 않소이까?"

"그러면 여기서 직접 유기를 만나보시겠소?"

공명은 이렇게 묻고는 종졸에게 유기를 모시고 나오라고 명했다. 그러자 병풍 뒤에서 두 종졸에게 몸을 의지하면서 유기가 나타나서는 노숙에게 말을 건넸다.

"하필 병중이어서 인사도 제대로 차릴 수 없음을 이해하시오."

이렇게 말하고는 다시 부축을 받으며 사라졌다.

노숙은 할 말을 잊고 한동안 침묵을 지키다가 얼마 후에 공명을 향해 말했다.

"만약 유기가 돌아가시면 어찌하겠습니까?"

"글쎄요. 그때는 또 그때 가보아야 알 일이지요."

"그러면 그때는 우리 동오에게 형주를 양도해주실 수 있겠습니까?"

"글쎄올시다. 그럴지도 모르지요."

마씨 형제의 조언

노숙이 얼마 뒤에 돌아와 주유에게 교섭한 내용의 자초지종을 보고하니 주유가 말했다.

"유기는 아직 젊으니까 갑자기 죽을 리는 없소. 그러니 그렇게 말도 안 되는 소리를 해대면 언제 형주 땅을 차지할 수 있단 말이오?"

"그런 일이라면 마음 놓으십시오. 이 노숙이 책임 지고 형주 땅을 되찾겠습니다."

"아니, 공은 무엇을 믿고 그렇게 말하는 것이오?"

"유기는 아직 젊지만 술과 계집질에 빠져 몸이 상해 있습니다. 제가 보니 유기는 여의고 기운이 없이 바짝 말라서 형편없는 몰골이었고, 피조차 토하는 듯했습니다. 그 꼴로 보아서는 반년도 지나기 전에 명이 다할 듯 싶으니 그때 가서 형주를 달라고 요구하면 유비도 군말은 없을 줄로 압니다."

주유는 그래도 납득이 가지 않았다. 그때 손권의 사자가 와서 보고했다.

"주공께서는 합비를 포위하고 여러 차례 공격을 하셨으나 고전하고 계십니다. 그러므로 도독께 군을 강동으로 철수시키고 일부를 합비로 서둘러 보내 공격을 도우라는 명령을 내리셨습니다."

주유도 사태가 이쯤 되니 대군을 철수하는 수밖에 없었다. 일단 시상으로 돌아가서 상처받은 몸을 치유하는 데 힘쓰기로 하고, 합비에 있는 손권에게는 정보로 하여금 병력 외에 선대를 딸려 보내기로 했다.

한편 유비는 형주·남군·양양이 수중에 들어왔기 때문에 매우 만족해하고 있었다. 이제 어떻게 이를 지켜가느냐가 문제였다. 그때 누군가가 나서서 계책을 말하겠다는 이가 있었다. 누군가 하고 살펴보았더니 예의 이적(伊籍)이었다. 유비는 예전에 입은 은혜를 상기하고 정중히 그를 대하였다.

그가 이야기를 꺼냈다.

"형주를 유지하려면 먼저 자문을 구할 수 있는 상대자를 찾으십시오."

"어디에 그런 인물이 있소?"

"형주에서 유명한 마씨(馬氏) 오 형제입니다. 그 가운데에서 막내는 마속(馬謖)으로 자는 유상(幼常)이라고 하지만, 가장 현명하기로는 눈썹이 허옇게 쉰 마량(馬良)이라는 자를 따를 수가 없다고 합니다. 이 고장 사람들의 입에 오르내리는 말에도 '마씨의 다섯 형제 가운데 첫째는 백미(白眉:흰 눈썹)'라고 하오니 부디 이 마량을 불러보심이 좋을 것입니다."

유비는 즉시 사람을 보내어 마량을 정중히 초빙하여 그의 의견을 들어보았다.

"형주 땅의 지형은 사방이 탁 트여 있어서 적군의 공격을 받기 쉽습니다. 그러므로 먼저 유기를 여기에 머무르게 하여 요양하도록 하는 한편, 황제께 상주하시어 그를 형주 땅의 자사로 임명토록 하시고 옛 신하들을 불러모아서 치안을 담당하게 하십시오. 그리고 유 황숙께서는 남진하시어 무릉(武陵)·장사(長沙)·계양(桂陽)·영릉(零陵)의 네 군을 점거해버리는 것이 곧 영구적인 모

계인가 하옵니다.”

유비가 물었다.

“그 네 군 가운데 먼저 어디부터 손에 넣어야 하겠소이까?”

마량이 대답했다.

“상강(湘江)의 서녘 영릉이 이곳에서 가장 가까우니 첫째로 그곳을 차지하십시오. 그 다음은 무릉, 그리고 상강의 동녘 계양과 장사, 이런 순서로 해나가심이 합리적이라 생각하옵니다.”

유비는 마량을 종사(從事:서무주임관)로 임명하고, 이적을 그 부관으로 삼았다.

이윽고 유비는 맨 먼저 영릉을 공격하기 위해 군대를 편성했는데 우선 장비를 전위로, 조운을 후위로 삼고 공명과 유비는 본대를 지휘하기로 했다. 모두 일만 오천 명을 출병시키고 관우는 형주에 남겨 수비케 했으며 미축과 유봉에게는 강릉을 맡겼다.

영릉을 공략한 유비

영릉의 태수 유도(劉度)는 이 소식을 접하자 아들 유현(劉賢)과 상의했고 이에 아들이 자신있게 건의했다.

“아버님, 염려하지 마십시오. 적군에는 장비·조운과 같은 용장이 있습니다만 우리 쪽에도 형도영(邢道榮) 장군이 있습니다. 그는 혼자서도 일만 병력과 맞설 수 있는 훌륭한 장수이니 조금도 걱정하실 것 없습니다.”

유도는 아들의 의견에 따라 유현과 형도영에게 일만 병력을 거느리게 하고 출동시켰으며 그들은 성 밖 삼십 리 지점의 냇가 가까운 산기슭에 진지를 구축하였다.

잠시 후 염탐꾼이 보고했다.

“공명의 군사들이 진격해옵니다!”

형도영이 이 말을 듣기 바쁘게 말에 올라타 진지를 뒤로 한 채 달려갔다. 그의 손에는 커다란 도끼가 들려 있었고 달려나가면서 지르는 소리 또한 엄청나게 컸다.

"역적 놈들! 네 놈들이 가까이 오도록 내버려둘 줄 알았다가는 큰 오산이다."

그때 눈앞에는 황기(黃旗)를 앞세운 한 부대가 이쪽을 향해 빠른 속도로 달려오고 있었다. 점점 가까이 다가오자 황기들이 좌우로 나뉘면서 그 중앙에 바퀴가 넷 달린 수레 한 대가 나타났다.

그 수레 위에는 한 사람이 서 있었는데 머리에는 관건을 쓰고 학창의(鶴氅衣:흰 창의 가장자리를 돌아가며 검은 헝겊으로 넓게 꾸민 옷으로 지체 높은 이가 입었던 옷)를 걸쳤으며, 손에는 공작깃으로 만든 부채를 들고 형도영을 향해 말했다.

"나는 남양 땅의 제갈공명일세. 조조가 백만 대군을 동원해서 쳐들어왔지만 내 조그만 계략으로 전멸시켜버렸네. 그런데 하물며 자네 따위가 어찌 감히 나를 적대할 수 있겠나? 내 이제 자네의 투항을 권고하러 왔는데 어떤가? 내 의사에 따르겠는가?"

그러자 형도영이 입을 크게 벌리고 소리 높여 껄껄 웃어댔다.

"적벽에서 벌어진 섬멸전은 전적으로 주유의 모략이 주효한 것인데 어디 감히 네 놈 따위가 아는 체를 하느냐? 그런 허무맹랑한 거짓말은 집어치워라!"

그러면서 그는 도끼를 휘두르며 마치 수차가 돌아가듯 공명을 향해 돌진해가자 공명은 수레를 뒤로 물려 제 진지 안으로 들어가서 진문을 닫아버렸다. 형도영이 물러설 기세 없이 계속 돌진해가는데 별안간 진지가 둘로 갈리더니 동시에 후퇴하기 시작했다. 형도영은 그 가운데에서 황기를 내세운 한 부대에 눈독을 들였다. 틀림없이 그 속에 공명이 있으리라 확신하며 미친 듯이 그 뒤를 쫓았다. 그렇게 계속 산기슭을 한 바퀴 돌았더니 황기를 앞세운 부대가 갑자기 멈춰 서며 좌우로 나뉘었다. 그런데 안에는 예상했던 공명의 네 바퀴 수레가 없었다. 그 대신 장수 하나가 말 위에서 쌍날의 창을 겨누고 형도영을 향해 덤벼들었다. 그는 다름 아닌 장비였다. 형도영은 자신의 커다란 도끼를 들고 장비와 맞춰 한동안 각축전을 벌였지만 체력에서 장비에게 밀렸다. 그는 하는 수 없이 퇴각하기 시작했고 장비는 그를 뒤쫓았다.

형도영이 정신없이 달아나는데 갑자기 고함 소리가 나며 복병들이 양쪽 길 옆에서 뛰어나왔다. 형도영이 죽을 힘을 다해 달아나는데 다시 앞길을 가로막는 장수가 있었다.

그가 큰소리로 외쳤다.

"이놈! 상산의 조운을 모르느냐?"

형도영은 그만 주눅이 들어버렸다. 그러나 마땅히 달아날 곳도 없었으므로 그는 말에서 내려 말했다.

"항복이오."

조운은 그에게 오라를 지워 유비와 공명 앞으로 데리고 갔다. 유비가 형도영의 목을 치라 했지만 공명이 반대하며 그에게 제안했다.

"자네가 유현(劉賢)을 사로잡아 넘겨주면 항복을 받아주겠네."

공명의 말에 형도영은 유현을 잡아오겠다고 거듭 말하며 두 손을 싹싹 빌어댔다. 공명이 다시 물었다.

"어떤 방법으로 잡겠느냐?"

"이 몸이 풀려 돌아가면 그를 안심시키고 감쪽같이 속이겠습니다. 오늘 밤에 이쪽에서 공격을 가하면 제가 어김없이 유현을 사로잡아 바치겠습니다. 그래서 아들만 잡게 되면 유도는 두말 없이 투항해올 것입니다."

유비는 이 말을 믿지 않았지만 공명은 태연스럽게 말했다.

"거짓말은 아닐 테지?"

그러면서 공명은 그를 방면해주었다.

형도영은 유현에게 돌아가서 모든 경위를 낱낱이 실토해버렸다. 그러자 유현이 근심하며 물었다.

"어쩌면 좋겠는가?"

"저쪽 계략을 역이용해야 할 것입니다. 오늘 밤 진지 밖에 군사들을 매복시키고 진지에는 군기만 세워놓습니다. 그리고 공명이 공격해오면 불시에 복병이 덮쳐버리도록 하지요."

유현은 이 방안에 동의했다.

그날 밤이 되자 과연 한 부대가 야습을 실행해왔다. 모든 병사들이 짚더미를 들고 와서 일제히 불을 놓았다. 이에 유현과 형도영이 맞아 싸우려고 나가자 그들은 방화하다 말고 일제히 달아났다. 그래서 군사들을 이끌고 십여 리나 뒤쫓았는데 한참을 가다보니 도망가던 병사들이 보이지 않음을 느꼈다.

불길한 예감 속에 부랴부랴 진지로 돌아와보니 아직 꺼지지 않은 불더미 속에서 장수 하나가 뛰어나왔는데 그는 바로 장비였다.

유현이 형도영을 제지하며 말했다.

"진지 안으로 들어가지 말고 이 길로 공명을 치러 가도록 하시오."

형도영의 군사들은 그 길로 공명의 진을 향하여 말을 몰았다. 이렇게 한참을 달려가는데 길 옆에서 창을 휘두르며 한 장수가 뛰어나왔다. 형도영은 그가 휘두르는 창에 단번에 말에서 굴러떨어졌다. 그 창의 주인은 바로 조운이었다. 형도영은 그 자리에서 곧바로 죽음을 맞이했다. 이를 본 유현은 말에 박차를 가하며 사력을 다해 도망치는데 등뒤로 장비가 덤벼들어 그를 생포해버렸다.

결국 유현은 공명 앞으로 끌려나가서 죽은 목숨처럼 손발을 빌었다.

"형도영이 이렇게 하라고 해서 했을 뿐 절대로 제 본심이 아니었습니다. 그러니 제발 용서해주십시오."

공명은 그의 오라를 풀게 하고 새옷으로 갈아입힌 뒤 술을 대접하여 위로해주었다. 그리고 호위병을 붙여서 성으로 그를 돌려보냈다. 그의 아버지에게 투항을 권고하도록 설득하고 그래도 거부하면 성을 공격해 유도와 유현 일족 모두를 투옥시킬 것이라고 위협했음은 물론이었다.

유현은 영릉성으로 돌아와서 먼저 아버지 유도에게 공명이 말한 이야기를 전하고 그의 인덕을 찬양하며 투항을 권하였다. 이에 유도는 아들의 진언을 받아들여 성채에 항복의 뜻으로 기를 꽂고는 성문을 열어 인수를 들고 성을 나섰다. 이윽고 유비의 본진에 이르러 그가 공손히 고개를 숙이며 인수를 바치니 공명은 그를 원래의 직분인 태수 자리에 그대로 있게 해주었고 아들 유현은 형주로 보내 군무에 취임하도록 조처했다. 이 소식이 알려지자 영릉 땅의 백성들은 모두 흐뭇해하며 유비 군을 칭송하고 기뻐했다.

계양성을 얻은 조운

영릉성에 들어간 유비는 성 안의 백성들을 선무한 뒤 휘하 군사들을 위로하고 나서 여러 장수들을 모아놓고 말했다.

"이로써 영릉 일은 해결이 났소. 다음은 계양이오. 누가 가겠소?"

조운이 자신이 가겠다고 나서자 장비도 분연히 뛰어나와서 소리쳤다.

"아니오. 내가 가겠소!"

둘이 서로 양보하지 않으니 공명이 판정을 내리듯 말했다.

"조운의 대답이 앞섰으니 먼저 조운이 가도록 하시오."

장비가 불복하며 한사코 자기가 가겠다고 고집을 부렸으므로 결국 제비를 뽑아 결정하도록 했다. 추첨을 해보니 조운이 당첨 되었다.

그러자 장비가 버럭 성을 내면서 말했다.

"나는 누구의 도움도 필요없소. 삼천 병력으로 충분하단 말이 오. 그리하여 거뜬히 계양성을 빼앗아보리다."

조운 또한 지지 않고 말했다.

"저도 삼천 병력으로 족하오. 만약 제가 계양성을 탈취하지 못 하면 군법에 의한 처단을 달게 받겠소이다."

공명이 승낙하며 조운으로 하여금 각서 한 통을 써내게 하고 정예의 삼천 병력을 배속해주었다. 장비가 그래도 여전히 복종하 지 않는 것을 유비가 가까스로 꾸짖고 타일러 진정시켰다.

조운이 삼천 병력을 거느리고 계양으로 출발하니 계양성에서 는 태수 조범(趙範)이 이 소식을 접하고 장수들을 모아 회의를 열었다.

각 부대의 장인 진응(陳應)과 포륭(鮑隆)이 코웃음 치며 말했다.

"까짓것, 맞서서 싸우지요."

두 장수는 본디 계양령(桂陽嶺)의 산촌에 살던 사냥꾼들이었다. 진응은 비차(飛叉:던져 날리는 옛날 무기)를 잘 썼고 포륭은 한꺼번 에 두 마리의 호랑이를 화살 하나로 쏘아 맞추는 활의 명수였다.

둘은 모두 자신감이 넘쳐 말했다.

"만약 유비가 여기 온다면 우리가 맨 먼저 달려나가지요."

"어쨌거나 유비는 한나라의 황숙일세. 그리고 공명은 모략의 천재요, 관우와 장비는 희대의 용사이며, 이번에 싸우러 오는 조운 역시 당양의 장판교 싸움에서 백만의 적군 진지를 마치 아무도 없는 들판을 달리듯이 달렸던 맹장일세. 반면에 우리 계양에는 대체 얼마만큼의 군비가 갖춰져 있느냔 말이오? 그러니 여기서 우왕좌왕할 것이 아니라 아예 항복하는 것이 나을 듯 싶소.”

그러나 진응은 여전히 자신감에 넘쳐 말했다.

“지레 겁먹을 것 없이 저는 한바탕 신명나게 싸워보겠습니다. 그러다가 역부족이라 생각되면 그때 가서 항복하면 되지 않습니까?”

조범은 진응의 자신감을 막을 수 없었다. 마침내 진응은 삼천 병력을 이끌고 성을 나섰다. 앞에서 조운 휘하의 부대가 다가와 드디어 결전이 시작되었고 진응은 비차를 손에 들고 말을 달려 나왔다.

조운은 창을 잡고 그에게 소리쳤다.

“우리 주공 유비께서는 유표의 아우뻘 되는 분이시다. 고인의 아드님 되는 유기와 같이 형주 땅을 다스리시게 되었기에 이 조운이 선무하러 왔거늘 네 놈의 그 꼴이 무엇이냐?”

진응이 지지 않고 응수했다.

“조 승상의 명이라면 따르겠네만 유비라니? 그런 별것도 아닌 놈을 내가 알게 뭐냐?”

조운은 화가 머리끝까지 나서 창으로 공격했고 이에 진응이 비차로 맞서 여러 차례 일진일퇴를 했으나 결국 그가 당해내지 못하고 뺑소니 치니 조운이 재빨리 그를 뒤쫓았다. 진응이 기회를 보아 비차를 던졌더니 조운이 이를 손으로 받아 다시 던졌다.

진응이 당황해서 몸을 피하는데 그 순간을 놓치지 않고 조운이 덤벼들어 그의 멱살을 잡고는 그대로 말에서 끌어내려 땅바닥에 냅다 팽개치며 부하 군사들에게 명했다.

“묶어라!”

이윽고 조운이 묶인 진응을 끌고 진지로 돌아갔는데 진응이 끌고 나온 삼천 병력은 이미 산산이 흩어져 달아나거나 투항해서 남아 있지 않았다.

조운이 진응을 향하여 말했다.

"네 놈이 감히 나에게 대적하려 하다니! 오늘은 이대로 살려서 돌려보낼 테니 돌아가서 조범에게 전해라. 어서 속히 항복하라고 말이다."

진응은 흡사 생쥐꼴로 부랴부랴 줄행랑을 쳤다. 그는 성 안으로 돌아와 조범에게 사실을 보고했다.

"내 뭐라 했더냐? 투항하자고 했더니 굳이 싸우겠다고 나서서 이 꼴이 되다니!"

진응을 크게 나무란 조범은 스스로 태수의 인수를 받들고 성에서 나와 투항하였다.

조운에게 형수를 바치려는 조범

조운은 조범을 빈객으로 정중히 맞아 술을 대접하고 인수를 접수하여 그의 투항을 받아들였다. 두 사람이 어느 정도 술에 거나하게 취했을 때 조범이 제안했다.

"장군께서도 성이 조씨이고 저도 조씨입니다. 옛날에는 아마 틀림없이 서로 일족이며 일가였겠지요. 게다가 장군이나 저나 모두 진정(眞定) 출신이니 동향입니다. 그러니 우리가 여기서 의형제를 맺으면 어떻겠습니까?"

조운이 매우 흡족해하며 나이를 물으니 마침 두 사람은 동갑이었다. 따라서 넉 달 먼저 태어난 조운이 형이 되고 조범이 아우가 되어 의형제를 맺었다. 동향에 동년일 뿐 아니라 동성이니 두 사람의 마음이 충분히 통했다.

조범이 밤이 되어 성으로 돌아갔다가 이튿날 조운을 성으로 초대해 백성들을 안심시키도록 요구했다. 그리고 성 안의 백성들로 하여금 성대히 환영 의식을 갖게 하고 싶다는 생각을 말하자 조운은 부대를 움직이지 않고 다만 오십여 기만 거느리고 입성하였다. 백성들이 길에 무릎을 꿇고 앉아서 향을 피우며 맞이해 주니 조운은 그들을 위로하며 선무했다.

조범은 자기 관사로 조운을 모시고 환영의 잔치를 베풀었다. 술잔이 몇 순배 돌고 나자 은밀한 안사랑으로 자리를 옮겨서 서로 마음을 터놓고 다시 술잔을 권하였다. 어느 정도 분위기가 무르익자 조범이 그 자리에 미인 하나를 불러들였다. 그 여자는 흰 비단 상복을 입고 있었는데 얼굴이 요염하기 이를 데 없는 미녀였다.

"웬 여인이오?"

조운이 궁금히 여기며 물었다.

"저의 형수가 되는 분으로, 번씨(樊氏)라 하옵니다."

조운이 자세를 가다듬고 머리를 숙이자 번씨가 술잔을 바쳤다. 조범이 그대로 형수를 동석시키려 했으나 조운이 한사코 이를 거절하였다. 번씨가 하는 수 없이 물러간 뒤, 소운이 따지듯이 물었다.

"어쩌려고 형수를 불러내셨소?"

조범이 웃음 지으며 답하였다.

"말씀드리지요. 실은 여기에 사연이 있습니다. 가형이 죽은 것이 세 해 전으로 그 동안 형수는 상을 치루고 있었지요. 그러나 그렇다고 언제까지나 수절과부로 지내라고 하기에는 너무 심한 요구인 것 같아 제가 재혼을 권해왔습니다. 그랬더니 형수는 세 가지 조건이 갖추어져 있지 않으면 응할 수 없다고 하더군요. 첫째는 문무쌍전(文武雙全)으로 천하에 이름이 널리 알려진 인물이

어야 하고, 둘째는 풍채가 당당하고 훌륭한 생김새의 인물이어야 하고, 셋째는 죽은 형과 같은 성씨의 인물이라야 한다는 것이죠. 대체 어디에 그런 조건을 두루 갖춘 인물이 있겠는가 하고 저는 많은 고민을 해왔습니다. 그러던 차에 장군을 만나뵙게 되었지요. 형님이야말로 세 조건에 딱 들어맞는 분이십니다. 어떠십니까? 이의가 없으시다면 즉시 혼례 채비를 하여 예식을 올리시도록 준비를 시키고 싶습니다.”

조운은 이 말을 듣고 순식간에 낯이 뻘개지며 크게 성을 내고는 그 자리에서 벌떡 일어나며 말했다.

“자네와 의형제를 삼은 이상 자네의 형수는 나에게도 형수일세. 그런데 형수를 아내로 맞이하라니, 이런 망측한 일이 어디 있단 말인가?”

조범도 낯이 벌개져서 답했다.

“제가 모처럼의 호의로 제안한 것인데 그렇게 성을 내다니 너무하시는군요!”

이렇게 말하는 조범의 눈가에 살의가 번득였다. 조운은 정신이 번쩍 들어 그 자리에서 조범을 밀치고 뛰어나가 말을 집어타고 성 밖으로 빠져나왔다.

조범은 당황하여 부랴부랴 진응과 포륭을 불렀다. 그러자 진응이 먼저 말했다.

“별수 없소. 그를 해치웁시다!”

“그렇지만 조운은 여간내기가 아니오.”

포륭이 다른 제안을 했다.

“우리 둘이 거짓 투항을 할 테니 태수께서는 즉시 출병해서 싸움을 벌이시오. 그러면 그 북새통에 우리가 조운을 생포하지요.”

그날 밤 진응과 포륭은 오백 명의 군사를 거느리고 조운의 진지로 찾아가 투항을 청했다.

‘멍청이 같은 놈들, 나를 속이려고 하다니!’

조운은 그들의 저의를 꿰뚫어보았지만 짐짓 모른 체하고 그들을 불러들였다. 두 장수가 조운에게 말했다.

"태수 조범은 미인계를 써서 장군을 취하게 한 뒤 목을 베어 조조에게 바치려 하였던 것입니다. 우리는 그런 태수가 분개하며 나오는 것을 보고 그런 악독한 놈의 술수에 말려들고 싶지 않아서 이렇게 어렵게 도망쳐 나왔습니다."

조운은 거짓으로 기쁜 체하며 그들에게 술을 대접하였다.

이윽고 그들이 만취하자 조운은 부하를 시켜 그들의 손발을 결박해버리고 말았다. 그리고 그들과 같이 온 오백 명의 군사들을 조사해보니 위장 투항이었던 것이 명백히 드러났다.

조운은 이 군사들에게 향응을 베풀며 말하였다.

"괘씸한 것은 진응과 포륭 두 놈이지, 너희들은 아무 죄가 없다. 그러니 내 명을 따르라. 그러면 상도 내리리라."

일동은 고개를 숙여 복종을 맹세했다. 이어 조운은 진응과 포륭의 목을 쳐버린 뒤 오백 명을 앞세워 계양성으로 향하게 하고 자신도 일천 병력을 거느리고 뒤따라갔다.

한밤중에 성 아래에 이르러 성문을 두드리니 안에서 정체를 묻자 군사들에게 ‘우리는 진응과 포륭 장군의 부대로 적장 조운을 치고 돌아오는 길로 태수께 보고드려야 한다’고 말하도록 했다. 성 안의 경비병이 횃불로 비춰보니 과연 성 안에 같이 있던 병사들의 얼굴이었다. 태수 조범도 이에 속아서 성문을 열도록 명했다. 그러자 순식간에 조운이 뛰어들어 조범을 치고 성을 점거해버렸다. 그리고 유비에게 이 사실을 보고했다.

이에 유비와 공명이 나란히 계양으로 달려가니 조운이 조범을 마당으로 끌어냈다. 공명이 경위를 조사하는데 조범의 입에서 형수 번씨에 관한 이야기가 나왔다. 공명이 물었다.

"들고보니 반가운 이야기였는데 왜 받아들이지 않았소?"

"조범은 저와 의형제를 맺은 처지입니다. 그런데 그의 형수를 아내로 맞아들이면 세상 사람들이 뭐라 하겠습니까? 이것이 거절한 첫째 까닭입니다. 또 그 부인이 재가한다면 죽은 남편에 대한 정절에 위배되니 둘째 까닭입니다. 셋째는 조범은 투항했을 뿐 아직 그의 본심을 정확히는 알 수 없었던 까닭입니다. 이상의 세 가지 생각으로 거절하였습니다. 더구나 주공께서 어렵게 형주 땅을 손에 넣은 후 아직 안정을 찾을 겨를도 없는 마당에 이 몸이 혼인을 생각하다니 어불성설(語不成說)입니다."

유비가 미소 지으면서 말했다.

"이제 대략 사태가 수습되어 가고 있으니 혼인도 생각해볼 적절한 시기가 아닌가 하오."

그래도 조운은 승복하지 않았다.

"여자는 세상에 얼마든지 있습니다. 그러니 섣불리 꺼림칙한 혼인은 하지 않는다는 것이 제 소견입니다."

유비는 감탄하며 말했다.

"과연 그대는 장부다운 장부요."

그러고는 조범을 용서해주고 지금처럼 계양의 태수로 머물러 있게 하였고 조운에게는 후한 상을 내려 공을 치하했다.

이쯤 되니 장비가 가만히 있지를 않았다. 그는 큰소리로 말하며 나섰다.

"조운 혼자서 공을 세우도록 하고 이 장비는 그저 불 구경하듯이 바라보고 있으란 말입니까? 무릉성을 빼앗아 태수 김선(金旋)을 끌어올 테니 저에게 삼천 병력을 내주십시오.!"

공명이 껄껄 웃으며 말했다.

"좋소. 그렇게 원한다면 기회를 주겠소. 그러나 다만 한 가지 조건이 있소."

 공명은 반드시 승리할 수 있는 계책만을 세웠기 때문에 여러 장수들은 앞을 다투어 전공을 세우려고 했다.
 공명이 제시한 조건은 과연 무엇일까?

제 53 회 태사자와 유기의 죽음

관 운 장 의 석 황 한 승　　손 중 모 대 전 장 문 원
關雲長義釋黃漢升　　孫仲謀大戰張文遠

관운장은 의에 따라 황충을 놓아주고
손권은 합비의 싸움에서 곤욕을 치르다

무릉성을 공략한 장비

공명이 장비에게 말했다.

"조운이 계양성을 공략했을 때 각서를 써놓았으니 장군도 그렇게 해주시오."

장비는 공명의 요구대로 각서를 쓰고 삼천 병력을 이끌고 나는 듯이 무릉의 경계 지역으로 출격했다.

소식을 들은 태수 김선이 군사들을 모으고 무기를 갖추어 항전의 채비를 차렸다.

이에 공사관 공지(鞏志)가 간언했다.

"유비는 한나라 황숙이며 인의로 천하의 이치를 대하는 인물입니다. 또 장비는 어디에서도 손색이 없는 맹장입니다. 그러니 여기서 항전하느니보다는 귀순하는 것이 상책이라고 생각합니다."

"네 이놈! 적과 내통한 것이 아니냐?"

김선은 격노하여 공지를 죽이겠다고 펄펄 뛰기까지 하였다. 이에 주위의 관원 일동이 아뢰었다.

"싸움 초반에 우리 편 참모의 목을 베는 일은 삼가십시오."

그러나 김선은 버럭 소리를 질렀다.

"썩 물러가 있거라!"

그러고는 공지를 멀리 물리고 자신이 친히 출전하였다. 성 밖 이십 리가 되는 지점에 이르렀을 때 정면에서 진격해오는 장비와 맞닥뜨렸다.

김선은 부하 장수들을 향하여 말했다.

"누구든 나가서 싸워라!"

그러나 모두들 상대가 장비인 것을 보고는 겁을 먹고 그 자리에 얼어붙은 채로 멈칫거릴 뿐이었다. 하는 수 없이 김선 자신이 뛰어나갔다. 그러자 장비가 뭐라고 외쳐댔는데 그 소리는 벼락이라도 떨어진 듯한 우렁찬 음성이었다. 그 소리에 김선은 몸이 오싹해지고 얼굴이 사색이 되어 미친 듯이 뺑소니를 쳤다. 장비가 이를 놓칠세라 뒤쫓았다.

김선이 성 안으로 도피하려고 성 밑에 다가갔더니 성벽 위에서 화살이 비 오듯 쏟아졌다. 김선이 깜짝 놀라 쳐다보니 공지가 성벽 위에 올라서서 외쳐대고 있었다.

"태수 김선은 들으시오! 그대는 하늘의 뜻을 거슬러 스스로 자기에게 파멸을 가져왔소. 나 공지는 성 안의 백성들과 더불어 유비 공에게 귀순할 결심이오."

공지가 미처 말을 마치기도 전에 김선이 얼굴에 화살을 맞고 말에서 떨어졌다. 그러자 병사 하나가 덤벼들어 그의 목을 베어서 장비에게 바쳤다.

이윽고 공지는 성문을 열어 장비를 맞아들이더니 장비에게 태수의 인수를 넘겼고, 장비는 그 인수를 사자를 시켜 계양성의 유비에게 보내었다. 그러자 유비는 김선의 후임자로 공지를 앉혔다.

얼마 뒤 유비가 친히 무릉을 찾아와 주민들을 선무하는 한편, 관우에게 편지를 써서 장비와 조운이 각기 성을 차지했다고 알렸다. 이에 관우가 곧 답장을 보내왔다.

아직 장사가 남아 있다고 들었습니다. 저를 무시하지 않으신다면 부디 저를 장사로 보내주십시오.

유비는 이 편지를 읽고 서둘러 장비를 돌려보내어 형주를 수비케 하고 관우를 장사로 보내기로 했다. 관우가 우선 무릉을 찾아와 유비와 공명을 만나뵈었더니 공명이 말했다.

"조운은 계양을 빼앗았고, 장비는 무릉을 빼앗았는데 둘은 모두 삼천 병력으로 공을 세웠소. 장사는 태수 한현(韓玄)이 다스리고 있는 성으로, 한현은 별볼일없는 존재이나 그의 부하인 남양 사람 황충(黃忠)이 주의를 요하는 인물이오. 자를 한승(漢升)이라 하는 황충은 본디 유표의 막하에서 중랑장을 지냈던 장수로, 유표의 조카 유반(劉磐)과 둘이서 장사를 맡아 다스리다가 나중에 한현을 섬기게 되었소. 나이는 올해 예순쯤 되었으나 만 명을 상대하는 용장이니 굉장히 조심하셔야 하고 병력은 삼천으로는 모자라니 더 많이 거느리고 가도록 하시오."

관우는 이 말에 자존심이 상해 말하였다.

"군사님, 그렇게 적군의 장수를 마냥 칭찬하셨다가는 우리 쪽의 사기를 떨어뜨리는 결과가 됩니다. 상대는 고작 늙어빠진 대장이니 두려울 것이 못 된다고 생각합니다. 삼천 병력은 과하고 저의 직속 오백 병력으로도 족합니다. 그래서 황충과 한현의 목을 기필코 베어 보이겠습니다.”

유비는 계속 염려하는 말로 주의를 주었지만 관우는 듣지 않고 끝내 오백 명의 부대만 이끌고 장사로 떠났다.

공명이 유비에게 일렀다.

“관우가 황충을 너무 얕보고 있으니 어쩐지 염려스럽습니다. 그러니 주공께서 지원 병력을 이끌고 가보시는 것이 어떻겠습니까?”

이래서 유비가 관우의 뒤를 좇아 장사로 출발했다.

장사를 공략한 관우

장사의 태수 한현은 매우 성급한 사람으로 예사로이 사람을 죽이곤 하였으므로 여러 사람들의 미움을 사고 있었다.

이때 관우가 공격해온다는 소식을 듣고 노장 황충을 불러 상의하였더니 황충이 장담하며 말하였다.

“염려 놓으십시오. 이 한 자루의 칼과 한 채의 활로 일백 명이 오면 일백 명을, 일천 명이 오면 일천 명을 모조리 죽이겠습니다.”

원래 황충은 두 사람의 힘으로 시위를 걸치는 강궁(强弓)을 쏘아 백발백중시키는 궁술의 달인이었다. 그런 황충의 말이 채 멎기 전에 불쑥 나서는 장수 하나가 있었다.

“어찌 노 장군께 직접 수고를 끼치게 하겠습니까? 이 몸 하나로도 충분합니다. 제가 기필코 관우를 생포해오겠습니다.”

이렇게 말한 이는 부대장인 양령(楊齡)이었다. 이에 한현이 매우 기뻐하며 일천 명의 병력을 붙여서 성 밖으로 내보냈다.

그가 오십 리쯤을 가다보니 저쪽에서 흙먼지를 일으키면서 다가오는 관우의 부대가 눈에 띄었다. 양령이 얼굴을 내보이고 온갖 욕설을 퍼부어대며 매도했다. 그러자 관우가 불끈 성을 내며 아무 대꾸도 없이 말을 달리며 칼을 휘둘렀다. 양령은 창으로 맞서 두세 차례 응수하다가 이내 몸이 두 동강 나고 말았다. 관우는 그 길로 성 아래까지 달렸다.

한현은 당황하여 황충에게 명했다.

"장군, 어서 나가시오!"

그러고 나서 한현은 구경을 하기 위해 성벽의 높은 망루로 올라갔다. 황충은 외날 칼을 집어들고 말을 몰아 달려나갔다. 뒤따르는 병력은 오백 기로 일동은 조교(弔橋)를 건너 전진했다.

관우는 노장수가 달려오는 것을 보고 그가 황충이라는 것을 알아보았다. 그는 오백 기의 부하를 횡으로 나란히 서게 하고는 예의 청룡언월도를 비껴들고 말 위에서 말을 건넸다.

"네가 황충이렷다?"

"내 이름을 알고도 감히 나에게 덤벼들려고 하느냐?"

"그렇다. 나는 너의 목을 가져가기 위해 왔다."

이 말이 오가자마자 황충과 관우가 단독으로 결전을 벌였다. 둘이 치고 찌르기를 백여 차례나 했으나 승패가 나지 않았다. 한현이 황충의 노쇠함을 염려하여 종을 쳐서 성으로 철수시켰다.

관우도 일단 물러나 성에서 십여 리 떨어진 지점에 보루(堡壘)를 설치하고는 혼자 생각했다.

'과연 노장 황충은 이름뿐인 맹장이 아니구나. 백여 차례 맞붙어 싸웠건만 결판이 나지 않다니……. 좋다, 내일은 한달음 달아나다 단번에 돌아서서 기습하는 전법을 사용하도록 하자.'

이튿날 관우는 다시 성 아래로 나갔다. 한현은 어제와 마찬가지로 성벽 위에서 관전하는 태세였고, 황충은 수백 명의 기마병력을 거느리고 성 밖으로 나와서 조교를 건너왔다.

관우와 황충의 의리

이윽고 어제처럼 관우와 맞붙어 오륙십 차례나 접전을 벌였는데도 승패가 나지 않았다. 적진과 아군진에서 일제히 환호성이 울리고 공격 신호의 북소리가 크게 울려 퍼졌다.

이때 관우가 등을 돌려 달아났다. 황충이 관우의 계략을 아는지 모르는지 뒤쫓아왔다. 그러다가 관우가 말머리를 돌릴 것인지 말 것인지를 결정하려는 순간 갑자기 등뒤에서 쿵 하는 소리가 났다. 그가 놀라 뒤돌아보니 황충이 땅바닥에 나뒹굴고 있었고, 그의 말은 앞다리가 부러진 채 쓰러져 있었다.

관우가 말을 후퇴시켜 가까이 다가가 두 손으로 칼을 높이 들며 큰소리로 말했다.

"너를 비겁하게 여기서 베지는 않겠다. 말을 바꿔 타고 와서 다시 승부를 내도록 하자."

관우의 말에 황충이 일어나 절뚝거리는 말을 일으켜 세워 올라타고는 성으로 돌아갔다.

성벽 위에서 이를 지켜본 한현은 짐짓 놀라며 돌아온 황충에게 연고를 물었다.

"이 말이 오랫동안 싸움터에 나가지 않다보니 그만 실수를 저질렀습니다."

"그건 그렇다고 치고, 장군은 백발백중의 궁술의 명수이신데 어찌하여 관우를 쏘지 않았소?"

한현이 이렇게 물고 늘어지자 황충이 그 자리에서 맹세를 해

보였다.

"칼과 칼의 대결에 활을 쓰는 것이 마땅치 않아서 하지 않았습니다만 내일은 제가 진 체하고 달아나 조교 가까이까지 그를 유인해놓고 쏘아 보이겠습니다."

한현은 자기가 타던 검은 말을 그에게 주며 격려하였다. 황충은 사의를 표하고 물러나왔으나 그의 마음속에는 갈등이 일어났다.

'관우는 과연 훌륭한 의인이로다. 그때 나를 죽일 수 있었건만 차마 그런 방법으로 나를 죽이고 이기긴 싫었던 게다. 어떻게 그런 그를 유인하여 화살을 맞혀 죽일 수 있겠는가? 그렇다고 쏘지 않으면 주공의 명령을 어기는 결과가 되고……'

그날 밤 내내 황충은 이리저리 궁리하며 결정을 내리지 못하고 잠을 설쳤다.

이튿날 날이 새자마자 관우는 일찌감치 나타났고 황충도 때에 맞추어 나갔다. 관우는 이렇게 하루 이틀 싸우는 동안 적지않게 조바심이 났다. 이날도 스스로 용기를 북돋아 황충과 겨루기를 서른 차례쯤 했다. 그런데 느닷없이 황충이 달아나기 시작했고 그 뒤를 관우가 따라갔다. 황충은 달아나는 체하면서 어제 관우가 베푼 불살(不殺)의 은혜를 상기하자 도저히 활을 쏠 엄두가 나지 않았다. 그래도 외날 칼을 허리에 꽂고 활을 집어들어 시위를 당겼으나 화살은 쏘지 않았다. 관우는 활시위가 떨리는 소리에 재빨리 몸을 피했지만 화살이 날아오지 않았으므로 다시 뒤쫓았는데 황충이 다시 시위를 당겼다가 놓는 소리가 났다. 관우가 다시 급히 몸을 피하였으나 화살은 역시 날아오지 않았다. 관우는 황충이 차마 자신에게 화살을 쏘지 못한다고 생각하여 안심하고 그를 뒤쫓아 조교 가까이까지 달렸는데 그 다리 위에서 황충이 활에 화살을 메겨 한껏 시위를 당겼다가 퉁기는 소리와

더불어 화살이 날아왔다.

다음 순간 화살은 관우의 투구 끈 아래에 푹 꽂혔다. 그러자 적진에서 일제히 환호성이 터져 나왔다. 관우는 대경실색을 해서 화살을 뽑을 생각도 하지 않고 부대를 후퇴시켰다. 그는 황충이 일백 보 떨어진 곳에서 버드나무 잎을 쏘아 맞혔다는 일화를 기억하고는 그렇게 뛰어난 기량을 가진 이가 자기의 투구 끈을 쏜 것은 어제 자신이 황충을 죽이지 않은 것에 대한 보답이었음을 알아차렸다. 황충이 성으로 돌아왔더니 태수 한현이 그를 붙잡아 결박 짓게 하였다.

이에 황충이 소리쳤다.

"이것이 무슨 경우입니까?"

그러나 한현은 노기 등등하여 고래고래 악을 쓰면서 말했다.

"내가 사흘 동안 대전을 살펴본 결과 네 놈이 처음부터 제대로 싸우지도 않았으니 필시 두 마음을 먹고 있는 증거렷다? 어저께 네 놈이 넘어졌을 때 관우가 네 놈을 죽이지 않은 것도 물론 서로 공모한 일이고, 오늘 또 네 놈이 두 차례나 화살 없이 활을 쏘고, 세 번째에 이르러서야 고작 투구 끈을 쏘아 맞힌 것도 사기극의 일부임에 분명하다. 그러니 네 놈을 이대로 놓아두었다가는 언제 무슨 일을 할지 모르는 일이 아니냐?"

마침내 한현은 도부수에게 명했다.

"저놈을 성 밖으로 끌어내어 목을 쳐라!"

여러 장수들이 중재에 나서며 간언했지만 한현은 막무가내였다.

끝내 성 밖으로 그를 몰고 나와 처형하게 되었을 때였다. 난데없이 장수 하나가 뛰어나오더니 단칼에 도부수를 베어 버리고는 크게 소리쳐 말했다.

"황충 장군은 우리 장사성의 대들보시오. 그런 장군을 죽임은 곧 장사의 백성을 죽임과 같소. 태수 한현은 잔인하고 냉혹한 인간이오. 자, 한현을 등지고 의롭게 일어설 사람은 이 사람의 뒤를 따르시오.”

백성들의 시선이 일제히 그의 얼굴로 쏠렸다. 잘 익은 감 빛깔 같은 시뻘건 얼굴에 샛별 같은 눈을 가진 장수로, 의양(義陽) 출신의 위연(魏延)이라는 인물이었다.

위연은 예전에 양양에 있었는데 일찍이 채모·장윤을 배반하여 유비를 양양성으로 맞아들이려 하다가 실패해서 하는 수 없이 달아나 이곳에 와서 한현 밑에 몸을 의탁하고 있었다. 그러나 한현은 오만불손하고 자신에게 도무지 굽신거리지 않는다는 이유로 그를 미워하며 중용하지 않았다. 그런 위연이 이날 여기서 황충을 구출한 것이었다.

그가 백성들을 부추기며 말했다.

“자, 우리 모두 한현을 처단하러 가자.”

이 말에 순식간에 오륙백 명이 뛰어나와 술렁이기 시작하였다. 황충이 말리려 했으나 듣지 않고 끝내 위연이 앞장서 성 안으로 쳐들어가서 한칼에 한현을 두 동강으로 만들어버렸다. 위연은 당당한 자세로 한현의 목을 베어 손에 든 채 말을 타고 성을 나섰다. 그는 백성들을 뒤에 거느리고 행진하여 그 길로 관우의 진지를 찾아가 항복했다.

관우는 기쁨을 감추지 못하며 즉시 입성하여 성 안의 질서를 회복하는 데 힘썼다. 황충을 불러보았으나 그는 신병을 구실로 나타나지 않았다. 관우는 유비와 공명에게 사자를 보내어 사태의 진전을 보고하였다.

유비의 장수가 된 위연과 황충

유비는 관우를 장사성으로 보낸 뒤 공명과 같이 응원부대를 이끌고 출동했었으나 도중에 무슨 영문인지 청기(靑旗)가 거꾸로 말려 올라가고 까치 한 마리가 세 번 울더니 북쪽에서부터 남쪽으로 날아갔다.

유비가 이를 궁금히 여겨 공명에게 물었다.

"이것은 무슨 징조입니까?"

공명이 말 위에서 점을 쳐보더니 말했다.

"장사가 함락되고 대장이 수중에 들어왔습니다. 주공께서는 뜻밖의 장수를 얻게 되었으니 오늘 오후가 되면 보다 분명하고 자세히 알게 될 것입니다."

과연 이때 관우가 보낸 전령이 와서 보고했다.

"관우 장군께서는 장사성을 얻으시고 황충과 위연이라는 두 장군이 항복하였습니다. 이에 관우 장군께서는 지금 주공께서 오시기를 고대하고 계십니다."

유비는 희색이 만면하여 행군을 서둘러 움직여 장사로 입성하였다.

관우가 태수의 청사로 맞아들여서 황충에 관한 자초지종을 보고했다. 유비가 그 말을 듣고 몸소 황충을 위문하니 그도 끝내 귀순하였다. 황충은 유비의 양해를 얻어서 한현을 장사성의 동쪽 교외에 매장해주었다.

후세 시인이 황충의 이런 의리를 시로 남겨 칭송했다.

장군의 기개는 하늘처럼 높고   將軍氣槪與天參
백발의 모습에서도 오히려 당당하구나 白髮猶然困漢南

죽음도 달게 받아 원망치 않고	至死甘心無怨望
항복에 임해서도 부끄러움으로 생각했네	臨降低首尙懷慚
보석 같은 칼 눈처럼 빛나 신용을 빛냈고	寶刀燦雪彰神勇
철기 타고 바람 속 누비며 과거를 더듬네	鐵騎臨風憶戰酣
천고에 높은 이름 기필코 사라지지 않으니	千古高名應不泯
길이길이 외로운 달처럼 상수에 비추리라	長隨孤月照湘潭

유비는 황충을 후대하였는데 관우가 위연을 데려오자 공명이 엄하게 명했다.

"위연을 참형에 처하도록 하십시오."

유비가 놀라서 물었다.

"위연은 무죄일 뿐만 아니라 유공자인데 군사께서는 어찌하여 그를 참하라 하시는지요?"

공명이 조리있게 답했다.

"장사성에서 태수가 주는 녹을 받는 사람이 그 주인을 죽이니 이는 곧 불충입니다. 또한 그 토(土)에 있으면서 그 지(地)를 바치니 이는 곧 불의입니다. 그리고 위연의 머리에는 배반의 기미가 보이니 언젠가는 반역할 자입니다. 그러니 그럴 바에는 지금 화근을 끊어버림이 상책이 아닌가 하옵니다."

그래도 유비는 반대하였다.

"이제 만약 그를 죽인다면 항복한 다른 장군들에게 불안감을 안겨줄 뿐이니 군사께서는 다시 한 번 재고해주시지요."

공명은 유비의 간청에 못 이겨 위연에게 타일렀다.

"주공의 분부가 계시니 이번에는 용서하겠소. 그러니 그럴수록 충성을 다하도록 하시오. 만일에 흑심을 품는다면 기필코 내가 그대의 목을 치고야 말겠소이다."

위연은 간담이 서늘해져서 황공스럽게 고개를 숙이고 물러갔다.

한편, 황충은 유현(攸縣)에 한거(閑居)하고 있는 유표의 조카 유반(劉磐)을 천거하였고 유비는 이를 받아들여 그를 불러내어 장사의 태수로 임명하였다. 이렇게 하여 무릉 이하의 네 군이 모두 평정되었고, 유비는 형주로 군대를 철수시켰다. 유강구를 공안(公安)으로 개칭하니 경제적인 기초가 확립되어 많은 인재가 모여들었다. 그리고 여러 지리적 요충지에는 군대를 배치시켰다.

손권에게 닥친 위기

한편, 주유는 시상에서 요양하고 있었다. 그는 감녕으로 하여금 파릉(巴陵)군을, 능통으로 하여금 한양군을 수비케 하여 군비의 충실화를 기하도록 하고, 그 밖에 합비에는 정보의 부대를 주둔시켰다.

손권은 적벽의 싸움 뒤에 줄곧 합비에서 조조 군을 상대로 크고 작은 싸움을 수십 차례나 했으나 도무지 판가름이 나지 않았다. 따라서 성의 가까이에는 진지를 설치하는 일이 불안해서 오십 리나 떨어진 곳에 병력을 주둔시키고 있었다. 그때 정보가 응원하러 온다는 소식에 접한 손권은 몸소 말을 타고 마중나갔는데 정보에 앞서 노숙이 왔다는 보고가 들어왔다.

손권은 말에서 내려 땅에 서서 그를 기다렸다. 달려오던 노숙이 놀라 부리나케 말에서 내려 예를 갖추어 절을 하였다. 다른 장수들이 이 광경을 보고 기이하게 생각했다.

'손권이 왜 저렇게 노숙에게 정중히 대하는 것일까?'

잠시 뒤 손권과 노숙은 말머리를 나란히 하고 걸어갔다. 걸으면서 손권이 나직이 속삭였다.

"내가 그렇게 말에서 내려 귀공을 맞이했으니 공의 체면도 이

만하면 충분히 섰겠지요?”

노숙의 답은 뜻밖에 그게 아니었다.

“아닙니다. 아직 서지 않았습니다.”

“그러면 어떻게 대해야 되겠소?”

“주공께서 일천사해(一天四海)를 손에 넣어 황제가 되시어 이름이 역사에 길이 남아야만 그때 비로소 저의 체면이 서는 것이지요.”

손권이 이 말에 박수를 치며 웃었다. 그런 뒤에 막사에 들어가 술을 권하며 군사들을 위로하고 격려하였다. 그리고 나서 합비를 공격할 전략을 상의했다. 그때 조조 군의 장수 장료가 도전장을 보내왔다. 꾸물거리지 말고 빨리 싸움에 임하라는 오만한 내용의 글이었다.

“장료, 이놈! 건방지게 네 놈이 나를 만만하게 보다니 가만두지 않겠다.”

손권은 분연히 결의했다.

“정보의 지원군이 온다는 말을 듣고 일부러 나에게 싸움을 걸어오려는 속셈이구나. 좋다, 정보의 도움에 의지할 것 없이 내일 내가 몸소 나가 상대해주지!”

그날 밤 손권은 새벽이 오기 전에 합비를 향하여 진군을 개시하였다. 날이 새고 아침이 되자, 조조 군이 일찌감치 출격해왔다. 손권은 금빛 투구에 금빛 갑옷 차림으로 진두에 나타났다. 왼쪽에는 송겸(宋謙), 오른쪽에는 가화(賈華)가 버티고 섰는데 둘은 모두 방천화극(方天畵戟)을 손에 들고 있었다.

전투의 개시를 알리는 북소리가 세 차례에 걸쳐 울린 다음 조조 군의 진지에서 전신을 무장한 세 장수가 나왔다. 가운데가 장료, 왼쪽이 이전, 오른쪽이 악진이었다.

먼저 장료가 말을 달려와서 손권에게 결전을 걸어왔다. 손권의 동오 군 진지에서도 한 장수가 창을 들고 뛰어나갔는데 그는 태사자였다. 둘은 칠팔십여 차례나 싸움을 벌였으나 결판이 나지 않았다.

조조 군 쪽에서 조금 전부터 손권을 살펴보고 있던 이전이 악진에게 소곤거렸다.

"저기, 정면의 금빛 투구를 쓴 놈이 손권일세. 우리 팔십오만 대군의 앙갚음으로 먼저 저놈을 사로잡도록 하세."

미처 이 말이 끝나기도 전에 악진이 칼 한 자루만을 들고 달려나가 다짜고짜 손권에게 덤벼들어 칼로 내리치려고 했다. 그때 좌우에서 손권을 호위하던 송겸과 가화가 화극으로 그 칼을 막자 칼이 땅에 떨어지고 화극은 두 동강이 나고 말았다. 그래도 두 장수는 달아나지 않고, 손에 남은 화극 자루로 악진의 말머리를 내리쳤다. 그러자 말이 날뛰니 악진은 후퇴하였다.

송겸은 화극을 잃은 뒤 병사의 손에서 창을 빼앗아 들었다. 그 순간 이전이 활로 그의 가슴을 노리고 있다가 활시위를 놓는 소리가 들렸다. 잠시 후 송겸은 그 화살에 맞아서 말에서 굴러 떨어졌다. 태사자는 장료와 겨루어 싸우다가 뒤에서 어느 장수가 말에서 떨어져 뒹구는 것을 보고는 장료를 그냥 두고 본진으로 쏜살같이 달렸다. 장료가 그를 뒤쫓으니 동오 군은 혼란의 소용돌이 속에 빠졌다.

장료는 황금빛 갑옷을 입은 이가 손권임을 알아채고는 질풍과 같이 돌진해갔다. 드디어 한달음에 손권을 따라잡아 낚아채려는 순간 옆에서 한 부대가 나타났다. 정보를 대장으로 하는 지원군이 도착한 것이었다. 죽고 죽이는 대혈전이 지속되는 가운데 정보는 손권을 구출해냈다. 장료는 하는 수 없이 합비로 돌아갔다.

정보의 호위를 받으며 본진으로 돌아온 손권은 송겸의 죽음을 슬퍼하면서 울음을 터뜨렸다. 장사(長史:군정관) 장굉이 간언했다.

"주공께서 당신의 혈기만 믿고 강력한 적군을 경시하시니 저희들은 모두 걱정을 하고 있습니다. 설사 적군의 대장을 목 베신다든가, 군기를 빼앗으신다든가, 싸움터에서 큰 무공을 세우신다고 하여도 그런 것은 밑의 군사들이 할 일이지 주공께서 직접 나서서 하실 일이 아닌 줄 아옵니다. 그러니 부디 옛 용사의 무모한 용맹은 삼가시고 천하를 쟁패할 왕패지계(王霸之計)에 유념하십시오. 오늘 송겸이 전사한 것도 주공께서 적군을 너무 얕보신 탓인 줄 아셔야 하오니 부디 자중하소서."

손권이 진심으로 말했다.

"알았네. 내 잘못이었소. 앞으로는 그러지 않도록 유의하겠소."

태사자의 죽음

얼마 뒤 태사자가 손권 앞에 나와서 진언하였다.

"저의 부하 중에 과정(戈定)이라는 군사가 하나 있는데 그는 장료의 말을 지키는 적병과 형제 사이입니다. 그의 말에 따르면 그 말지기가 장료의 꾸중을 들었다 하여 원한을 품고 있다고 하오니 과정이 오늘 밤에 그 말지기와 짜고 불을 지른 뒤, 그 북새통에 장료를 죽여 송겸 장군의 원수를 갚는 것이 어떻겠느냐고 제안해왔습니다. 이에 제가 군사를 이끌고 지원하러 갈 작정입니다."

손권이 여전히 반신반의하며 물었다.

"그래, 그 과정이라는 군사는 지금 어디에 있소?"

"그자는 벌써 합비성 안으로 잠입해 있으니 저에게 오천 병력을 내주십시오."

이때 제갈근이 진언했다.

"장료는 계략에 능하니 각별히 조심해야 합니다."

그렇지만 태사자는 한사코 가겠다고 우겨댔다. 손권 역시 송겸의 죽음을 애도한 나머지 그 앙갚음을 위해 조바심이 나 있었으므로 끝내는 태사자에게 오천 병력을 붙여서 출병을 허락하고야 말았다.

과정은 태사자와 동향인이었다. 그날 과정은 혼전을 틈타 합비성 안으로 잠입해 들어가서 말지기 형제를 찾아갔다.

"나는 이미 태사자 장군과 연락을 취하고 왔네. 오늘 밤에 반드시 두 장군이 와주실 텐데, 문제는 자네일세. 어떻게 할 작정인가?"

"여기서 부대까지는 상당한 거리라서 한밤중에 갈 수는 없네. 그러니 우선 말먹이 풀에 불을 지른 다음 자네가 앞에 나가서 모반이 일어났다고 떠들어대게. 그러면 성 안은 발칵 뒤집힐 것이니 그때 장료를 해치우세. 그러면 나머지 측근들은 뿔뿔이 달아날 게 뻔하네."

과정이 고개를 끄덕이며 말했다.

"그럴듯한 계책이네."

그날 밤 장료는 싸움에 이기고 성 안으로 돌아와 군사들을 위로해주는 한편, 투구도 벗지 말라 하고 취침도 허용하지 않는다는 엄명을 내렸다. 이에 주위의 장수들이 의아해하며 물었다.

"오늘의 완전한 승리로 동오 군이 멀리 달아나버렸는데 왜 느긋하게 휴식을 취하게 하거나 잠을 자지 말라고 하시는지요?"

"장수된 자의 길은 이기고도 우쭐대지 않고 지고도 비관하지 않는다고 했다. 동오 군이 만일 우리 진지에 대비가 없다는 것을 꿰뚫어보고 쳐들어오면 어쩔 텐가? 그러니 여러 장수들은 오늘 밤 각별히 조심하도록 하게."

그때 진지의 후방에서 불길이 솟더니 누군가가 외치는 소리가 들렸다.

"모반이다! 모반이야."

연달아 보고가 들어오자 장료는 막사 밖으로 나가서 말을 타고 호위 장교 여남은 명을 거느리고 노상에 섰다.

이에 주위 사람들이 말했다.

"소동이 심상치 않습니다. 가보시겠습니까?"

그러나 장료는 태연했다.

"성 안의 군사들이 일시에 병란을 일으키는 법은 없네. 저렇게 떠들어대는 것은 일부러 소란을 크게 하려는 속셈이니 우선 저것들을 처치해야겠다."

그때 마침 이전이 과정과 말지기를 잡아 끌고왔다. 장료가 심문해보니 진상이 환히 드러났다. 장료는 서슴없이 그들을 사람들 앞에서 베어 버렸다.

이때 성 밖에서 징과 북소리가 요란하게 울리며 함성이 들려왔다. 장료는 그 자리에서 결정을 내렸다.

"동오 군이 성 안의 병란에 밖에서 호응하러 왔다. 우리가 거꾸로 계략에 걸려주는 척하자!"

그러고는 일부러 성문 안에 불을 지르게 하고는 이어서 성문을 활짝 열어제치고 조교를 내렸다.

태사자는 과정과 말지기의 모계가 원만히 성사된 줄로 믿고 오천 병력의 맨 앞에 서서 공격해왔다. 그 순간 요란한 소리를 내며 화전이 날아다녔고, 성벽 위에서는 일시에 수천 발의 화살이 빗발치듯 내리퍼부었다. 태사자는 허둥지둥 퇴각을 시도했으나 이미 몸에는 온통 화살이 꽂혀 있었다. 또한 뒤에서는 이전과 악진 두 장수가 돌진해와서 동오 군의 태반을 쓰러뜨리고 그 기세로 손권의 본진까지 육박해갔다. 동오 군이 이렇게 절대절명의 위기에 빠져 있을 때 육손과 동습이 달려와 태사자를 가까스로 구출해갔고 조조 군은 물러갔다. 손권은 중상을 입은 태사자를 위문하니 더욱 마음이 아팠다.

이에 장소가 진언했다.

"싸움을 중지하시지요."

손권도 그래야겠다는 생각이 들었다. 병력을 가지런히 하여 배에 태운 뒤 남서(南徐)의 윤주(潤州)로 돌아갔다. 얼마 뒤 동오 군의 각 부대는 안정을 찾았다. 이때 태사자의 병세가 위독하여 손권은 장소를 비롯한 측근들과 같이 문병을 갔다.

태사자가 병상에 누운 채 말했다.

"난세에 남아된 몸으로 태어나 삼척 칼을 휘둘러 천하에 이름을 드날려야 할 텐데 그 소망도 이루지 못한 채 이제 이렇게 저승길을 가야 하다니 그것이 분할 뿐입니다."

그는 흐려져가는 의식 속에서 마지막 힘을 내어 이렇게 말하더니 그대로 숨을 거두었다. 그의 나이 향년 마흔한 살이었다.

유기의 죽음

손권은 낙심천만이었다. 남서의 북고산(北固山) 기슭에 태사자를 후하게 장사 지내주고 그의 아들 태자형(太子亨)을 자택으로 데려다 키웠다.

한편 유비는 형주에서 군비의 충실화를 위해 전력하고 있었는데 손권이 합비에서 싸움에 패하여 남서로 돌아갔다는 말을 듣고 공명을 만나 이것저것 물어보았다.

이에 공명이 문득 얘기하였다.

"제가 밤에 천문을 읽어보니 서북의 하늘에서 별 하나가 땅으로 떨어졌습니다. 이것은 분명히 한나라 황족의 어느 한 분이 돌아가실 징조입니다."

잠시 후 이들에게 유기의 부음이 전해졌다.

"이는 어쩔 수 없는 일입니다. 너무 애도하다가 주공께서 건강을 해쳐서는 안 될 줄 압니다. 우선 서둘러 양양으로 사람을 보내 그곳을 수비케 하고 장례 채비를 진행시켜야 합니다."

"누구를 보내면 좋겠소?"

공명이 슬퍼하는 유비를 위로하며 말하였다.

"물론 관우 장군이어야 합니다."

이리하여 관우가 양양으로 파견되었다.

그러자 유비가 공명에게 또다시 물었다.

"유기가 작고했으니 동오는 틀림없이 또 형주를 넘겨달라고 요청할 텐데 어떻게 대답해야 하겠소?"

공명은 침착하게 답하였다.

"그때는 제게 대답할 방법이 있습니다."

그로부터 반달이 지나 동오에서 유기의 죽음을 조문하기 위해서 노숙이 찾아오겠다고 통보해왔다.

계책은 이미 세워져 있고 이제 동오의 사자가 오기를 기다릴 뿐…….

공명은 과연 노숙에게 어떤 방법으로 대처할 것인가!

제 54 회 유비의 혼인

오국태불사간신랑　유황숙동방속가우
吳國太佛寺看新郞　劉皇叔洞房續佳偶

오 부인이 감로사에서 사위될 유비를 보고
유비는 동방에서 새 부인을 얻다

공명의 계략에 넘어간 노숙

　공명은 노숙이 도착했다는 소식을 듣고 유비와 더불어 마중나
가 그를 청사로 맞아들였다.

　"우리 주공 손권께서는 조카 되시는 유기 공자께서 세상을 떠
나셨다 하기에 이렇게 조문을 하기 위해 저를 보내셨습니다. 주
유 도독께서도 황숙과 공명 두 분께 부디 문안을 여쭈라고 분부
하셨습니다."

　노숙이 먼저 인사를 하자 유비와 공명은 고맙다는 인사를 하

고 조문을 위해 보내온 물건들을 받았다. 이어서 연회가 베풀어 졌고 그 분위기가 무르익어갈 때 노숙이 넌지시 말을 건넸다.

"전에 황숙께서 말씀하시기를 '유기가 세상을 뜨면 형주를 반환하리라'고 약속하셨습니다. 이제 유기 공자는 이미 이승 분이 아니시니 약속을 이행해주실 줄 믿습니다만, 문제는 그 시기입니다. 그것을 여쭈어보고 싶어서 이렇게 찾아왔습니다."

"자, 우선 한 잔 드신 다음에 천천히 얘기하도록 합시다."

유비가 술을 권하고 또 권하여 노숙이 몇 잔을 들이키고는 또다시 같은 말을 꺼내려 했다. 유비가 다시 대답하려 하자 공명이 앞질러 정색을 한 얼굴로 응수했다.

"노숙의 이치에 맞지 않는 그런 말씀이라면 이쪽에서도 말씀을 아니 드릴 수 없소이다. 우리 고조 황제 유방께서 뱀을 베어 혁명을 일으키시고, 한나라의 기틀을 마련하신 뒤 오늘에 이르기까지, 불행히도 간웅들이 여기저기서 일어나 각기 한 지방을 점령하여 살면서 싸웠소만 달이 가고 해가 바뀌어 가면 결국 세상은 정의로 돌아오게 마련이오. 우리 주공 유비께서는 중산정왕(中山靖王)의 말엽인 효경 황제의 현손(玄孫)이자 금상(今上:지금의 황제)의 숙부뻘이 되는 몸이시오. 그러니 어찌 그 영토를 타지인에게 넘겨주겠습니까? 더구나 유표는 주공의 형님 되시는 분이시니 그 분의 뒤를 아우가 이어나간다는 것에 아무런 무리도 없을 줄 압니다. 하온데 노숙의 주인이신 손권은 본래 전당(錢塘:절강성 항주시 지방)의 하급관리 집안에서 태어난 몸으로 평소에 조정을 위해 아무런 공로도 안 세우면서 그 기세를 기화로 여섯 군의 여든한 주를 통치하고자 하고 있소. 더욱이 그것으로도 성이 다 차지 않아서 한나라 땅을 집어삼키실 작정인가 보군요. 한나라는 고조 유방의 손으로 창시된 유씨의 천하로 우리 주공께서는 성이 유씨시오. 그런 주공께서는 형주 땅에 아무런 권리도 행사하지 못하시는 반면에 유씨와는 아무 관련도 없는 손씨 성의 손권이라는 자가 도리어 그쪽의 영주라는 것은 도무지 이치에 맞지 않는 경우요. 그리고 또 적벽 싸움에서도 우리 주공께서 크게 힘을 보태셨고, 휘하의 군사들도 참으로 열심히 싸웠소. 절대로 동오 혼자의 힘으로 이긴 것이 아니오. 실제로 제가 동남풍이 일도록 하지 않았더라면 주유 도독이 무슨 일을 이룩할 수 있었겠소? 그때 만일 패전하였더라면 그야말로 이교는 조조의 동작대에 끌려가 애첩살이 신세가 되어 있을 뿐 아니라 귀공의 가족들도 어찌 되었을지 알 수 없는 일이오. 방금도 우리 주공께서 답을 피하신 것은 귀공이 명석한 두뇌의 소유자이니 말을 직접 안 해도 알아주겠지 하고 생각하셨기 때문인데, 어찌 그런 심정을 통찰하지 못하셨소이까?"

노숙은 지탄을 받은 꼴로 일언반구(一言半句)도 항변할 수가 없었다. 그러다 한참 뒤에 가까스로 입을 열었다.

"자, 그 말씀이 이치에 맞든지 아니든지 간에 제 입장이 난처하게 되었습니다."

"그것은 무슨 말씀이신지요?"

"옛날에 황숙께서 당양에서 고전하시던 그 당시의 일 말입니다. 제가 공명 당신을 인도하여 강을 건너게 한 후 오후 손권을 만나게 해드린 바 있었습니다. 그 뒤 주유가 무력으로 형주를 차지하자고 하는 것을 억제한 것도 이 사람이었고 유기가 돌아가면 당연히 형주 땅은 동오로 되돌아온다고 보장한 것도 이 사람이었습니다. 그런데 이제 이야기가 이렇게 진전되어 가니 이 사람의 체면은 말이 아니게 되었습니다. 또 손권이나 주유께서도 이 상황으로는 도저히 납득할 수 없을 것이고 결국 저를 문초하시어 죽일 것입니다. 저 하나 죽어도 한으로 여기지는 않겠지만 장차 우리 동오의 분개를 사서 서로간에 충돌이 일어난다면 황숙께서도 이대로 편안히 형주 땅에 앉아 계실 수는 없을 것이며 천하의 웃음거리가 되지는 않을까 심히 염려됩니다.”

그러나 노숙의 말에도 공명은 태연자약했다.

“조조가 백만 대군과 황제를 빌려 아무리 위협해도 우리는 끄떡도 하지 않았소이다. 그런데 이제 주유라니, 그 애송이 주유가 대체 무엇입니까? 귀공이 정말 체면이 안 선다고 말씀하신다면 이렇게 합시다. ‘형주는 일단 우리 기지(基地)로 맡아 있다가 장차 딴 고장에 기지를 얻으면 그때 형주를 돌려준다’라는 내용의 각서를 우리 주공에게서 받아 동오로 돌아가시면 어떻겠습니까?”

“딴 고장에 기지를 마련하다니, 가령 어느 곳인지요?”

“중원 땅에는 섣불리 손을 댈 수가 없으니 우선 당장은 촉나라 땅의 서쪽에 있는 서천(西川)을 얻고자 합니다. 그곳의 유장(劉璋)이 매우 어리석고 허약하여 우리 주공께서도 그 땅에 뜻을 품고 계시오. 그러니 서천 땅을 차지하면 형주를 반환한다는 것으로 이 문제를 매듭 짓는 것이 어떻겠습니까?”

노숙은 다른 도리 없이 승낙하는 수밖에 없었다. 유비가 약정서를 써서 인장을 찍고 공명도 그곳에 인장을 찍었다. 공명은 노숙에게 약정서를 내보이며 말했다.

“황숙과 나는 한집안 사람이라고 할 수 있으니 저만 인장을 찍는다는 것도 우스워질 것이오. 그러니 귀공의 인장도 여기 함께 찍으신다면 믿을 만한 약정이 되지 않겠습니까? 그래야 오후(吳侯) 손권께 보고 드림에 있어서도 편할 것입니다.”

“황숙께서는 인의를 귀히 여기는 분으로 세상에 소문이 자자하니 이 일은 틀림없는 줄로 알겠습니다.”

노숙은 이렇게 말하며 약정서에 서명하였다. 이렇게 문서가 작성되고 연회도 끝이 나자 유비와 공명이 노숙을 선착장까지 배웅하며 말했다.

"오후께 문안 드린다고 전해주시오. 그리고 결코 경거망동하지 마시도록 말씀드리시오. 만약 이 문서에 불만이 있으시더라도 이제는 별수 없소이다. 만약 이 약정서를 받지 않으신다면 강동 땅 여든한 개 주도 고스란히 이쪽 차지로 해버리겠소. 아무튼 이 시점에서 우리가 싸우면 기뻐할 자는 조조 하나뿐임을 명심하시오!"

공명이 작별에 앞서 다시 한 번 노숙에게 다짐하였다.

동오로 간 유비

노숙이 먼저 시상으로 가서 주유를 만나니, 주유가 궁금히 여기며 물었다.

"교섭은 어찌 되었소?"

노숙은 약정서를 꺼내보였더니 그것을 일독한 주유가 펄펄 뛰었다.

"뭐요, 도대체 이것이! 명의는 조차(租借)이지만 사실은 형주 땅을 가로채인 격이오. 서천을 점거하면 반환한다지만 언제 서천을 차지한단 말씀이오? 그러니 십 년이 걸려서도 점거하지 못하면 형주 역시 십 년 동안 우리에게 돌아오지 않는다는 소리잖소. 필경 이 문서는 전혀 필요없는 것이오. 게다가 귀공은 보증을 서는 자격으로 서명까지 하셨으니 끝내 형주가 우리에게 돌아오지 않으면 주공께서 귀공도 문책하실 테니 그리 알고 계시오."

노숙은 한참 동안 망연자실하고 있다가 입을 열었다.

"유비가 설마 그렇게 사람을 속이지는 않을 줄 압니다."

"그 무슨 바보 같은 소리요? 그런 고지식한 소리는 그만 하시오. 유비는 효웅(梟雄)이며, 공명은 간지(奸智)의 인물로 모두 처치곤란한 사람들이오."

“그렇다면 어찌하여야 하겠습니까?”

“귀공은 나에게는 은인이오. 옛날에 내가 거소(居巢)의 현장(顯長)이던 시절에 귀공이 삼천 석의 쌀을 희사하여 난국을 구제해 준 사실을 잊지는 않고 있소. 내가 어떻게든 궁리를 해볼 테니 귀공은 이곳에서 며칠 동안 꼼짝 말고 기다리시오. 그러면 강북 땅에 보낸 첩자가 무엇인가 좋은 소식을 가지고 올 듯 싶소.”

노숙이 불안감에 사로잡혀 안절부절못하고 있는 사이 며칠이 지나 첩자가 돌아와 보고했다.

“형주의 성 안에는 곳곳에 조기가 꽂혀 있고 온통 장례를 치르느라고 법석들입니다. 또 성 밖에는 새로 무덤 하나가 생겼고, 군사들은 모두 상복을 입고 있었습니다.”

“누가 죽었다고 하더냐?”

첩자가 유비의 아내 감 부인이 작고하여 급히 매장하였다고 하자 주유는 이 대답을 듣고 쾌재를 불렀다.

“옳거니, 잘 되었소. 이제 유비를 사로잡고 형주를 감쪽같이 빼앗아 보이겠소.”

“아니, 어떤 계략으로 말입니까?”

“유비의 아내가 죽었으니 그는 필시 후처를 원할 것이오. 그린데 요행히도 주공께 여동생 한 분이 계시는데 그분은 수백 명의 시녀를 거느리고 평소에도 칼을 몸에서 놓지 않으시며 방 안에도 무기를 가득히 늘어놓고 지낸다는 여장부시지요. 내가 이제 주공께 편지를 쓰고 형주에도 누군가를 사자로 보내어 중매를 서도록 하여 유비를 매제로 맞이한다는 구실로 남서로 유인해오는 것입니다. 물론 주공의 매씨를 실제로 줄 리야 없지. 그때 유비가 나오자마자 당장 붙잡아 감옥에 쳐넣고 형주 땅과 교환 조건으로 유비의 몸을 넘겨주겠다는 교섭을 벌이는 것이오. 그렇게 해서 형주 땅을 되찾으면 그 뒤는 내게 따로 생각이 있으니 이로써 귀공도 무사할 수 있는 것 아니겠소?"

노숙은 깊이 감사해 마지않았고, 주유는 즉석에서 편지를 써서 빠른 배를 마련하여 노숙을 손권에게로 급파하였다. 노숙이 손권을 만나 형주에서 만든 약정서를 보였더니 손권은 버럭 성을 내며 소리를 질렀다.

"어리석은 짓 좀 이제 그만 하시오. 이것이 약정서란 말이오?"

노숙이 쩔쩔매며 간신히 말했다.

"여기 따로 주유 도독의 편지가 있습니다. 여기에 적힌 대로 실행한다면 형주를 탈환할 수 있을 것입니다."

손권은 주유의 편지를 읽고서야 기쁜 듯이 고개를 끄덕였다.

'그러면 사자로 누구를 보내지?'

손권은 잠시 궁리를 하더니 한 생각을 떠올렸다.

'그렇지, 여범을 보내야겠구나.'

그러고는 여범을 급히 불러들여 명했다.

"유비가 상처를 하였다고 하오. 마침 나에게 누이동생이 하나 있으니 유비를 매제로 삼아 합심해서 조조를 타도할 작정인데, 중매자로는 공이 적임자라고 생각이 되오. 그러니 공이 형주에 가서 일을 성사시키기 바라오."

여범은 쾌히 승낙하고 그날 중에 군사 몇 명을 데리고 형주를 향해 배를 타고 떠났다.

형주에서는 감 부인을 잃은 유비가 비탄에 젖어 있었다. 공명이 그를 달래며 이런저런 이야기를 나누고 있을 때 동오에서 여범이라는 사자가 왔다고 알려왔다.

그러자 공명이 웃으며 말했다.

"보나마나 주유의 잔재주입니다. 문제는 형주지요. 제가 병풍 뒤에서 엿듣고 있겠사오니 어떤 이야기든 그저 좋다고만 답하십시오. 말씀이 끝나시거든 일단 그를 숙사에서 쉬게 하고 나서 따로 의논드리도록 하겠습니다.”

유비는 공명이 권하는 대로 하기로 하고 여범을 맞아들였다. 서로 인사를 나눈 후에 유비가 물었다.

“그래, 무슨 일로 여기까지 오셨소?”

여범이 공손히 말했다.

“듣사옵건대 상을 당하셨다 하니 얼마나 상심이 크십니까? 삼가 조의를 표하오며 사실인즉 더할 나위 없는 좋은 혼담을 가지고 찾아왔습니다. 황숙께서는 어떠하실는지요?”

“글쎄, 이 나이에 상처를 하여 외롭게는 되었지만 그렇다고 장례를 치른 지 얼마 되지도 않았는데 기다렸다는 듯이 재혼이라니 차마 그럴 수는 없소.”

“옳으신 말씀이옵니다. 하오나 ‘남자에게 아내가 없음은 집안에 들보 없음과 같다’는 말이 있습니다. 마침 오후께 여동생이 한 분 계시온데 뛰어난 미모에 현명함 또한 비할 데 없사오니 두 분이 아주 잘 어울리실 것입니다. 두 분을 통해 동오와 이 고장이 결합되면 조조도 꼼짝 못 하게 될 것입니다. 집안과 나라 모두를 위해서 아주 좋은 기회라 생각되니 황숙께서는 부디 이번 일에 적극적으로 나서주시면 감사하겠습니다. 다만 자낭 되시는 오 부인께서 막내 따님을 무척이나 귀여워하시어 먼 곳으로는 시집을 보내지 않겠다고 하던 중이었으니 부디 황숙께서 몸소 동오로 오시어 혼인식을 거행하셔야 할 것입니다.”

“그러면 오후께서도 이 혼담 내용을 알고 계십니까?”

유비가 넌지시 물었더니 즉시 대답했다.

“오후의 양해 없이 제가 어찌 여기까지 올 수가 있겠사옵니까?”

“내 나이 이미 쉰이고 머리에도 이제 흰서리가 내리기 시작하였으나 오후의 여동생은 묘령의 나이라 도저히 어울리지 않을 것 같소."

"아닙니다. 그분께서는 남자 못지않는 여장부로 천하의 영웅이 아니고는 낭군으로 모실 수가 없다고 늘 입버릇처럼 말씀하고 계시지요. 황숙께서는 그 점에 관해서 더 이상 염려하지 않으셔도 될 줄로 여겨집니다. 또한 굳이 연령이 조화를 이루고 못 이루고는 그리 문제가 안 됩니다."

유비는 결국 어떤 결정을 내리지 못한 채 내일 대답하겠다고 한 후 여범에게 술자리를 베풀어 대접하고 숙사에 묵게 했다.

밤이 되어 그가 숙사에 묵자 공명이 찾아와 유비와 의논하였다.

"여범이 왜 왔는가는 제가 이미 꿰뚫어보았으니 걱정마십시오. 사실 좀전에 점을 쳐보았더니 대길(大吉)하다고 나왔지 무엇입니까? 그러니 이번 일은 즉시 승낙하셔도 괜찮습니다. 그리고 손건을 여범과 같이 동행하도록 해서 오후를 직접 만나 혼담을 나누게 하십시오. 그리고 결정이 되는 대로 예식의 날짜를 정하도록 하십시오."

"주유가 나를 죽일 작정으로 이 책략을 꾸민 것인데 그런 위험한 곳으로 들어가서 과연 무사할 수 있을지 심히 걱정이 됩니다."

유비가 주저하자 공명이 크게 한바탕 웃고 나서 입을 열었다.

"주유가 어떤 책략을 꾸며도 이 제갈공명을 무너뜨릴 수는 없습니다. 제가 반드시 주유를 혼쭐 나게 하고 손권의 영매(令妹)를 주공의 영부인으로 삼아올려 보이겠습니다. 그러니 형주는 절대로 염려하실 것이 없습니다."

그러나 유비는 여전히 결심이 서지 않았다. 공명은 괘념치 않고 혼담을 추진하기 위해 손건을 여범에게 딸려보내어 강남 땅을 찾아갔다.

여범을 따라간 손건이 손권을 만나보았더니 손권은 흔쾌히 혼담에 관해서 언약하였다.

"유 황숙을 내 누이동생의 배우자로 삼는 데에는 다른 뜻이 없소. 내 기꺼이 현명한 유비 공을 매제로 삼고 싶소."

손건은 이 말을 듣고 형주로 돌아와 유비에게 오후가 강동에서 기다리고 있다고 보고하였다. 유비가 아직도 결심을 굳히지 못하고 있는데 공명이 다가와 말했다.

"채비는 다 되어 있사오니 조운을 데리고 가십시오."

공명은 유비에게 이렇게 진언한 뒤에 조운을 불러다가 귓속말로 당부하였다.

"여기에 비단 주머니 세 개가 있으니 이것을 가지고 주공과 함께 동오에 다녀오시오. 주머니 속에는 각각 하나씩, 세 개의 계략이 있으니 이것을 차례대로 써 있는 바에 따라 실시하도록 하시오."

이렇게 당부하고는 세 개의 비단 주머니를 조운의 몸 깊숙이 간직하도록 하였다. 그러고는 약혼의 증표가 되는 물품을 동오에 보내고 준비를 하나씩 추진해갔다.

오 부인의 격분

건안 14년 10월에 유비는 조운·손건과 더불어 열 척의 쾌속선을 타고 오백 명의 군사를 수행하고서 형주를 떠나 남서로 향하였다. 물론 형주의 모든 일은 공명에게 맡긴 상태였다. 유비는 떠나면서도 아직까지 마음을 정하지 못한 상태였다.

이윽고 배가 남서의 강기슭에 닿자 그때 조운은 문득 생각이 났다.

'군사께서 주머니 순서대로 차례차례 실행하라고 말씀하셨으니 먼저 여기서 첫째 주머니를 열어보도록 하자.'

조운이 첫째 비단 주머니를 열어보고 찬찬히 읽어보더니 오백 명의 군사들에게 일일이 무엇이라고 일러주었다. 그러자 군사들은 각자 뿔뿔이 흩어져서 어디론가 모습을 감추었다. 그리고 유비로 하여금 우선 교국로(喬國老)를 방문케 하였다.

교국로는 이교(손책과 주유의 아내)의 부친으로 남서에 살고 있었다. 유비는 선물을 준비해가지고 교국로를 찾아가 여범이 중매를 서서 혼담이 성립된 사연을 알려주었다. 수행한 오백 명의 군사들도 혼례를 축하하기 위해 붉은 옷에 붉은 장식을 몸에 붙이고 남서의 성 안을 돌아다니며 혼례식을 위한 물품들을 사느라고 법석을 떨었다. 또 유비는 유비대로 동오에 들어가서 데릴사위가 되기 위해 왔다고 소문을 퍼뜨렸다. 이 소문은 순식간에 성 안에 퍼져나갔다. 손권은 유비가 왔다는 말을 듣고 여범으로 하여금 접대를 하게 한 후 숙사로 맞아들였다.

한편 유비의 방문을 받은 교국로는 오 부인을 찾아가 축하의 인사를 건넸다. 오 부인은 손권의 모친인 오 태부인의 아우로, 손권의 부친 손견(孫堅)의 둘째 부인이며 오 태부인이 타계한 뒤로는 손권에게 계모가 되는 몸이었다.

그러자 오 부인은 깜짝 놀라면서 물었다.

"그게 무슨 말씀이신지요?"

"영애께서 유 황숙과 혼인하신다고 들었습니다. 유비 공이 벌써 이곳에 와 계시는데 어찌하여 모르고 계십니까?"

오 부인은 계속 당황하며 말했다.

"전혀 모르고 있었소."

오 부인은 즉시 손권을 부르도록 이르고 아울러 집안의 하인들을 시켜 성 안의 동태를 탐지케 하였다. 그들이 돌아와서 모두 이구동성으로 아뢰었다.

"거짓말이 아닙니다. 신랑 되시는 분은 지금 숙사에 묵고 계시고 따라온 오백 명의 군사들은 혼례식에 쓸 돼지나 양, 과일 따위를 사 모으느라고 야단들입니다. 중매를 선 사람은 동오의 여범과 형주의 손건이라고 하며 그들 역시 숙사에서 접대 준비를 하느라고 바쁘게 움직이고 있습니다."

이 말에 오 부인은 더욱더 놀라 정신을 잃을 지경이 되었다. 그때 손권이 들어왔다. 그러자 오 부인은 가슴을 치며 울어댔다.

"어머님, 무엇 때문에 그리 슬퍼하시는 겁니까?"

"내가 이렇게 멀쩡하게 살아 있는데도 없는 사람 다루듯하니, 그런 법이 어디 있단 말이오? 내 형님께서 임종하실 때 무어라고 유언을 남기셨소?"

오 태부인이 자신에게 오 부인을 친어머니로 알고 모시도록 하라는 말을 남겼음을 상기하자 손권은 그 말을 듣고 매우 난감해졌다.

"어머님, 분명히 말씀해주십시오. 대체 무슨 일로 그러시는지요?"

오 부인은 표정이 굳어지며 따져 물었다.

"남자나 여자나 할 것 없이 나이 차고 때가 되면 으레 시집이나 장가를 가는 것이 고금의 상리(常理)입니다. 그런데 제가 누구입니까? 명색이 주공의 모친이 아니오? 그러니 무슨 일이 있으면 내게도 알려주는 것이 도리일 텐데 어째서 유 황숙을 주공의 매제요, 내 사위로 삼으려 하면서 내게는 숨기고 있었습니까? 그 애는 주공의 누이동생이기에 앞서 내 딸이 아닙니까?"

손권은 소스라치게 놀란 듯 말했다.

"그런 이야기를 대체 어디서 들으셨지요?"

"남에게 알려지게 하고 싶지 않은 일은 당초부터 하지 말아야지요. 성 안의 사람 모두가 알고 있는 사실을 왜 그렇게 감추려 하시오?"

이때 교국로가 말을 거들었다.

"저도 벌써부터 알고 있었습니다. 그래서 오늘은 축하를 드리러 왔지요."

"그것이 아닙니다. 사실 이것은 주유가 생각해낸 일로 형주를 탈취하기 위한 모략입니다. 누이동생을 미끼로 유비를 덮쳐 그의 몸과 형주를 교환하자는 계략입니다. 만약 이 말을 듣지 않을 경우에는 유비를 참살해버릴 생각이지 절대로 유비를 매제로 삼을 생각은 없습니다."

오 부인은 더욱 납득할 수 없어서 펄펄 뛰며 주유를 꾸짖었다.

"주유는 들으시오. 그대는 여섯 군과 여든한 주의 도독이면서 형주 하나 어쩌지 못해 내 딸을 미끼로 써서 유비를 죽이겠다는 말이오? 그러면 우리 딸은 약혼만 한 생과부가 되어 밤낮 독수공방하는 신세가 되어 다른 곳으로 시집도 못 가게 되지 않소? 딸의 일생을 망쳐버리는 일을 그렇게 멋대로 결정해버릴 수가 있느냔 말이오."

교국로도 곁에서 오 부인의 편을 들었다.

"그와 같은 계략으로는 설령 형주 땅이 수중에 들어와도 천하의 웃음거리가 될 것이니 이는 얼토당토 하지 않은 일이오."

손권은 아무런 대꾸도 하지 못했고 오 부인은 더욱 화를 내면서 주유를 나무랐다. 그러자 계속 오 부인을 진정시키려던 교국로가 타협안을 내놓았다.

"일이 이렇게까지 진척되고 말았으니 차라리 그냥 진행시키십시오. 유 황숙은 황실의 혈통을 이어받은 몸이니 차라리 정식으로 사위를 삼으시는 것이 나을 듯합니다."

손권이 이의를 제기했다.

"둘은 너무 나이 차가 큽니다."

교국로는 주장을 굽히지 않았다.

"유 황숙은 당대의 호걸입니다. 이런 인물을 낭군으로 맞는다면 영매께서도 더 바랄 것이 없을 줄로 압니다."

오 부인이 불만스러운 듯이 말했다.

"나는 아직 유 황숙을 직접 만나보지 못했소. 그러니 내일 감로사(甘露寺)에서 만나보도록 주선해주시오. 만약 내 마음에 들지 않는다면 유비를 어떻게 하든 상관하지 않겠지만 만약 내 마음에 들면 내가 직접 나서서 내 딸을 유비의 배필로 주겠소."

손권은 효성이 지극한 사람이었다. 비록 오 부인이 의붓어머니일지라도 이렇게 되자 반대할 수가 없었다. 나중에 여범에게 일러 오 부인과 유비를 만나게 하기 위해 감로사의 방장(方丈:절 주지의 처소)에 연회석을 마련하라고 명했다.

이 얘기를 듣고 있던 여범이 제안했다.

"어떻습니까? 가화로 하여금 양쪽 복도에 오백 명의 군사들을 숨어 있게 해서 만약 오 부인이 유비를 마음에 들어하시지 않는 기색이 보이면 일제히 덮쳐 사로잡아버리도록 하는 겁니다."

손권은 이 제의를 받아들여 즉시 가화를 은밀히 불러 수배했다. 이제 오 부인의 기색을 엿보는 일만 남아 있었다.

한편 교국로는 오 부인 방에서 불러나오자 유비에게 사람을 보내어 이 사실을 알려주었다.

"내일 손권과 오 부인이 유 황숙을 만나기로 했으니 부디 조심하시어 일을 잘 진행시키시기 바랍니다."

이에 유비는 손건과 조운을 불러 의논하였다. 조운이 근심스러운 듯이 말했다.

"내일의 회견이 위험하다고 생각되니 제가 오백 명의 병력으로 주공을 호위하겠습니다."

유비와 오 부인의 대면

이튿날, 먼저 오 부인과 교국로가 감로사 주지의 방으로 들어 갔다. 잠시 후 손권도 한 떼의 모사들을 거느리고 도착하여 여범 을 숙사로 보내 유비를 모셔오게 했다. 유비는 비단 도포 밑에 호신용의 간단한 갑옷을 입고 있었고 종졸들은 칼을 은밀히 품 고서 일동 모두 말을 타고 감로사로 향했는데 조운도 완벽하게 무장하여 오백 병력을 데리고 갔다. 절 입구에서 유비 일행은 말 에서 내려 우선 손권을 만나니 손권은 유비의 비범한 생김새를 보고 마음속으로 짐짓 두려움을 느꼈다.

유비와 손권은 첫 대면의 인사를 나눈 후 주지의 방으로 들어 갔다. 오 부인은 유비를 살펴보더니 매우 기뻐하며 교국로에게 소감을 말했다.

"내게는 훌륭한 사윗감으로 보이네."

교국로 또한 동조하였다.

"유 황숙은 용과 봉황을 닮은 귀인의 상이시고 또 그 인덕이 천하에 널리 알려져 있는 분이지요. 이 같은 사위를 얻게 되시다 니 참으로 경하스럽기 이를 데 없사옵니다."

유비는 오 부인에게 사례를 올렸고, 잠시 후 주지의 방에서는 연회가 베풀어졌다. 그런 가운데 조운이 칼을 품고 들어와 유비 곁에 섰다. 오 부인이 물었다.

"저분은 누구요?"

"예, 상산의 조운이라는 장군이옵니다."

"아니, 그러면 당양(當陽)의 장판교(長坂橋) 싸움에서 아두(阿斗) 를 구출했던 장군이시란 말이오?"

"그렇사옵니다."

"과연 훌륭한 장군이시군요."

오 부인은 조운을 위해 술을 따르도록 하였다. 그러자 조운이 유비에게 나지막히 속삭였다.

"방금 제가 복도를 살펴보았더니 양쪽 옆방에 무장한 도부수들이 숨어 있었습니다. 아예 주공께서 오 부인에게 이 사실을 말씀하심이 어떨지요?"

유비는 오 부인 앞에 나가서 무릎을 꿇고 아뢰었다.

"이 몸을 죽이실 생각이라면 이 자리에서 죽여주십시오."

오 부인이 깜짝 놀라서 물었다.

"아니 왜 갑자기 그런 말씀을 하시오?"

"옆방에 무장한 도부수들을 숨어 있게 하심은 필시 저를 죽이려는 뜻이 아니고 무엇이옵니까?"

이 말을 들은 오 부인은 분노하며 손권을 불러 꾸짖었다.

"유 황숙은 이제 내 사위요, 내 아들과 마찬가지인데 복도의 도부수들은 무슨 말이오?"

손권이 시치미를 떼며 여범을 불러다 조사해보는 척하니 여범은 가화의 짓이라고 발뺌하였다. 다시 오 부인은· 가화를 불러들여 심하게 문책하였으나 가화는 굳게 입을 다문 채 말이 없었다. 오 부인은 매우 화를 내며 말했다.

"저자의 목을 베라!"

이때 유비가 다급히 끼어들었다.

"축하의 자리에서 장수 하나를 죽이시면 이 몸은 민망해서 여기 오래 있을 수 없게 됩니다."

교국로도 같이 간언하였다. 오 부인은 하는 수 없이 가화를 크게 꾸짖어 물러가게 하였다. 그러자 잠복해 있던 도부수들도 모두 슬며시 머리를 긁적거리면서 사라져버렸다.

유비와 손권의 암투

유비는 숙사로 물러나와 편한 옷으로 갈아입은 후 정원을 산책하였다. 무심코 정원을 살피다보니 커다란 정원석이 눈에 띄었다. 그는 종졸이 차고 있는 검을 빌려 높이 들고는 하늘을 우러러 마음속으로 기원하였다.

'내 만약 형주로 무사히 돌아가서 왕패(王霸)의 업을 이룰 수 있거든 이 바위를 두 동강 나게 하시고, 만약 이 고장에서 명이 다한다면 이 바위가 쪼개지지 않도록 하소서.'

그리고 나서 유비는 검을 머리 위로 한 바퀴 휘둘렀다가 내리쳤다. 검과 바위가 부딪치며 불꽃이 튀더니 이내 바위가 두 동강으로 금이 갔다.

이때 등뒤에서 이 광경을 지켜보고 있던 손권이 말했다.

"이 바위에 무슨 원한이라도 있으신가요?"

"내 나이 이미 쉰입니다. 그런데 아직도 국적(國賊)을 제거하지 못하고 있어 그것이 참으로 유감스러웠습니다. 그런데 이번에 오 부인께서 나를 사위로 맞아주시게 됨은 하늘의 뜻이라 생각하고 방금 하늘에 기도를 드리고 점을 쳐보았습니다. 만일 제 힘으로 동오 군과 합해 조조를 격파하고 한나라를 중흥시킬 수 있거든 이 바위가 두 동강이 나게 해달라고 했습니다. 그랬더니 이렇게 두 동강이 나지 않았겠습니까?"

손권은 속으로 유비를 의심스러워했다.

'이자가 거짓말을 하여 나를 구슬릴 작정은 아닌가 모르겠군.'

그러더니 손권 자신도 검을 빼들고 말했다.

"나도 하늘에 기도하고 점을 쳐보겠소. 만일 조조를 쳐부술 수 있다면 바위여, 두 동강이 나거라!"

입으로는 분명히 이렇게 말했지만 마음속의 생각은 달랐다.

'형주가 내 손아귀에 떨어지고 우리 동오가 번영한다면 바위가 두 동강 나게 하소서.'

이렇게 속으로 기원하며 검을 높이 휘둘러 올렸다가 순간 바위를 내리쳤다. 이번에도 역시 바위가 두 동강으로 금이 갔다.

바위에는 지금도 금이 간 십자 무늬가 새겨져 있고 '한석(恨石)'이라는 이름으로 불리며 그대로 남아 있다고 한다.

이 일을 두고 후세 시인이 시로 읊었다.

보검을 내리치니 바위가 두 동강 나고	寶劍落時山石斷
칼고리 울리며 석화가 번쩍하였네	金環響處火光生
두 조정의 왕성한 기운을 천수가 맞네	兩朝旺氣皆天數
이제 세 나라가 세력을 겨루리라	從此乾坤鼎足成

두 사람은 검에서 손을 떼고 나란히 방장의 연회석으로 돌아왔다.

술잔이 몇 순배 돌았을 때 손건이 유비에게 눈짓을 보내니 유비가 술을 사양하는 말을 했다.

"제가 술에 좀 약합니다. 그러니 이만 먼저 실례할까 합니다."

손권이 그를 배웅하여 절의 입구까지 따라나왔다. 둘은 나란히 거닐며 주위의 경치를 바라보다가 유비가 먼저 말을 건넸다.

"천하 제일의 강산이군요."

두 사람이 그대로 먼 곳을 바라보고 있노라니 장강의 수면에 바람이 일면서 넘실거리는 물결의 파도가 흰 눈처럼 반짝였다.

그때 조그만 배 한 척이 눈에 띄었다. 배는 거칠게 파도 치는 물 위를 마치 평지 위를 가듯이 막힘없이 활주하고 있었다.

유비가 무심결에 말했다.

"속담에 남인은 배를 잘 다루고 북인은 말을 잘 탄다고 했는데 참 그럴듯한 말입니다."

유비의 말을 들은 손권은 자신의 약점을 놀리는 줄 알고 심기가 불편해졌다.

'유비는 내가 말을 못 타는 줄 알고 얕보는구나.'

손권은 좌우에 명하여 말 한 필을 끌고 오게 하더니 말 위로 재빠르게 올라타자마자 채찍질을 해가며 쏜살같이 산허리를 내려갔다가 다시 가파른 언덕으로 달려올라와 웃으면서 유비에게 말했다.

"이래도 남인이 말을 못 탄다고 합니까?"

이에 유비도 옷을 걷어 올리고 말 등에 올라타고는 순식간에 치달려 산비탈을 내려갔다가 다시 올라왔다. 그러고는 산등성이 꼭대기에 말 두 마리를 나란히 세워놓고 채찍을 들고 껄껄 웃었다. 이곳은 지금도 주마파(駐馬坡)라는 이름으로 불려지는데 이곳을 두고 후세 시인이 다음과 같은 시를 남겼다.

말을 몰아 치달리는 기개 장하고	馳驟龍駒氣槪多
둘이 말머리 나란히 하고 산하를 바라보네	二人並轡望山河
동오와 서촉 땅에서 각기 왕 패업을 이루니	東吳西蜀成吳霸
천고에 지금도 주마파 그곳에 남아 있구나	千古猶存駐馬坡

이날 손권과 유비는 말머리를 나란히 하고 감로사에서 돌아왔다. 남서의 백성들은 기쁨으로 들떠 이 성혼을 축하해 마지않았다.

유비가 숙사에서 손건과 대책을 논의하니 손건이 진언했다.

"주공께서 교국로에게 부탁하시어 빨리 혼인식을 거행하도록 하십시오. 어떤 뜻하지 않은 일을 만나기 전에 말입니다."

다음날 유비가 교국로의 저택으로 가니 문 앞에서 교국로가 몸소 나와 맞이해주었다.

유비가 먼저 말했다.

"이 고장에는 저의 목숨을 노리는 사람들이 많아서 도무지 안심할 수가 없습니다."

"그러면 제가 오 부인께 말씀 드려서 우려가 없도록 조처할 테니 염려 놓으시지요."

유비가 감사의 예를 드리고 돌아간 뒤에 교국로는 오 부인을 찾아가 유비의 말을 전했다. 그러자 오 부인이 성을 내며 말했다.

"아니, 내 사윗감을 누가 어쩌겠다는 것이오?"

오 부인은 즉시 숙사에 머물고 있던 유비를 자신의 저택 안 서원(書院)으로 옮기도록 하고 날짜를 잡아 혼인식을 올리도록 조처를 취했다. 유비는 다시 오 부인을 직접 찾아가 호소했다.

"조운 장군을 저와 떨어뜨려 놔둔 것이 마음에 걸립니다. 오백 명이나 되는 군을 저 혼자 다스리기가 여간 어려운 일이 아니기 때문에 말입니다."

오 부인은 유비의 청을 들어 조운과 수행한 군사들도 저택 안에 머무르도록 했다. 유비는 속으로 크게 기뻐하였다.

며칠이 지나 이제는 손 부인으로 불리게 될 손권의 누이동생이자 오 부인의 딸과의 혼례식이 성대히 거행되었다. 밤이 이슥하여 하객들이 돌아가자 분홍빛 등불이 두 줄로 장식되어 있는 신방으로 유비를 안내해갔다. 유비가 방으로 들어서니 그 안에 외날의 칼과 창 등의 무기가 사방 벽에 걸려 있는 것이 보였다. 또한 시녀들도 창과 칼로 무장한 채 양쪽에 정렬하고 있었다.

유비는 흠칫 놀랐다.

"아니, 이럴 수가!"

유비가 놀라서 눈을 부릅뜨고 살펴보았다. 혹시 동오 군이 시녀들을 복병 대신으로 이용하려는 음모인지도 모를 일이라고 생각하니 유비는 도저히 불안감을 떨쳐버릴 수 없었다.

첫날밤을 치를 신방에 이런 무기가 가득한 것은 도대체 어떤 영문이란 말인가?

제 55 회 동오를 탈출한 유비

현 덕 지 격 손 부 인　　공 명 이 기 주 공 근
玄德智激孫夫人　　孔明二欺周公瑾

유비는 손 부인의 기지로 탈출하고
공명은 두 번이나 주유를 속이다

손권의 계략에 넘어간 유비

유비는 놀란 나머지 걸음을 멈추었다.

신부의 시중을 들던 늙은 시녀가 말했다.

"놀라지 마십시오. 사실은 아가씨께서 어려서부터 무예에 관심을 보이시어 시녀들과도 늘 군사놀이를 즐기시곤 하셨답니다. 이 방도 그 영향 때문에 이리 되었습니다."

유비는 어이없다는 듯이 말했다.

"신부를 위해서 이것은 아무래도 어울리지 않는 것들이니 당분간은 치워두도록 하시오."

늙은 시녀가 손 부인을 찾아가 아뢰었다.

"황숙께서 방 안의 무기를 달가워하지 않으시니 일단 치우도록 하시지요."

손 부인이 웃으며 말했다.

"반생을 싸움판에서 보내시고도 무기를 싫어하시다니……."

그러면서 방 안의 무기를 모두 치우도록 했으며 시녀들이 몸에 차고 있던 칼마저도 모두 걷어 치우게 했다.

그날 밤 유비와 손 부인은 날이 새도록 첫날밤의 정을 나누었다. 유비는 시녀들에게 황금과 비단을 나누어 주어 환심을 사는 한편 손건을 형주로 보내어 그 동안의 소식을 전하게 했다. 그 뒤로는 연일 축하의 연회가 계속되었다. 또한 오 부인 역시 사위로서의 유비를 애지중지하면서 극진히 대해주었다.

한편, 손권은 시상(柴桑)에 머무르고 있는 주유에게 사람을 보내어 그간의 이야기를 서신으로 전했다.

어머니의 의견에 따라 내 누이동생이 유비의 아내가 되었소. 거짓말이 진실로 둔갑한 셈이오. 아무튼 그대는 이 일을 어떻게 처리할 작정인지 답을 주시오.

주유는 안절부절못했다. 그러다가 한 가지 계략을 생각해내어 편지로 써서 손권에게 보냈다.

제가 도모한 계략이 이렇게 역효과가 날 줄은 생각하지 못했습니다. 그러나 이 역효과를 다시 역이용하십시오. 유비는 누가 뭐라 하든지 잔인하고 용감한 영웅입니다. 거기에 용장으로 이름난 관우·장비·조운이 있고 지략이 뛰어난 제갈공명이 있는 이상, 지금은 천하가 자기 것인 듯 착각하고 있을 것입니다. 그러니 유비를 그냥 동오 땅의 경계에 머무르게 하여, 큰 저택을 지어주고 화려한 장식품과 술, 그리고 아름다운 계집들을 마구 보내주어 호화롭고 사치스러운 주색의 세계에 빠지게 하십시오. 한번 여색에 탐닉하게 되면 당연히 관우·장비·공명과도 마음이 멀어져 각기 뿔뿔이 흩어질 것입니다. 그런 허점을 노려 그때 출병하면 단번에 유비를 잡을 수 있을 것입니다. 그렇지 않고 유비를 형주로 돌려보내면 교룡(蛟龍)이 때를 만나 끝내는 못 속을 박차고 뛰어나가는 결과가 될 것이니 부디 심사숙고해 주소서.

손권은 이 서신을 장소에게 보여주었고 장소가 자신의 생각을 말했다.

"저도 주유의 의견에 찬성합니다. 유비는 가난한 환경에서 자란 몸으로 천하를 뛰어다니느라 여지껏 부귀를 누려 보지 못하고 살아왔습니다. 그러니 만약 그 재미를 알게 되는 날에는 공명이나 관우·장비 모두가 안중에 없게 될 것입니다. 결국 그렇게 되면 공명 등이 불만을 품게 되고 말 것이니 그때야말로 형주는 동오의 차지가 될 수 있습니다. 그러니 주유의 복안대로 따르도록 하시길 바랍니다."

손권은 즉시 동관의 저택을 손질하고 정원수를 심고 가구를 새로이 장만해주는 등으로 환심을 사고 누이동생 부부를 이 집에서 함께 머물도록 하였다. 또한 수십 명의 가기(家妓)와 무녀(舞女)를 상주케 하고 황금과 주옥은 물론이고 비단과 값진 보석들을 마련해주었다. 오 부인은 이 모든 것이 손권의 마음에서 우러나와서 행한 호의인 줄로만 믿고 무척이나 기뻐하였다.

과연 유비는 나날이 탐닉에 빠져 생활하였다. 형주 생각은 까

많게 잊어버리고 향락에만 깊이 몰두하며 빠져들었다. 조운과 오백 명의 군사들 역시 동관 저택의 한쪽에 주둔하면서 특별히 하는 일 없이 따분한 나날을 보내고 있었다. 그들은 고작해야 성 밖에서 활을 쏘거나 말을 달리거나 할 뿐이었다.

어느덧 그 해가 저물어가자 조운은 그제야 공명이 건넨 세 개의 비단 주머니가 생각났다.

'군사께서 비단 주머니 세 개를 주시면서 먼저 남서에 이르러서는 첫째 주머니를 열고, 연말까지 머무르게 되면 두 번째 주머니를 열고, 가장 위급한 시기가 오면 세 번째 주머니를 열어보라고 당부하시며 그 주머니들 속에는 신출귀몰(神出鬼沒)할 계략이 들어 있으니 그것으로 주공을 무사히 모셔올 수 있을 것이라고 하셨다. 지금 세모(歲暮)가 되었는데 주공께서는 세상 모르고 지내시니 찾아뵙기도 어렵구나. 그렇다면 지금이 두 번째 주머니를 열어보아야 할 때인 듯하다.'

조운은 두 번째 주머니를 열어보았다. 과연 신책(神策)이 들어 있었다.

조운은 그 길로 주공을 찾아가 면회를 요청하였다.

"긴급한 용무로 조운 장군께서 만나뵙기를 청하옵니다."

시녀가 조운의 내방을 유비에게 알렸다. 조운은 유비를 만나보고는 몹시 실망스러운 표정을 지어 보였다.

"주공께서는 참으로 안락한 생활만을 즐기시며 형주 일은 까맣게 잊어버리고 계시는군요."

유비는 못마땅한 듯이 물었다.

"그 얼굴이 뭐요? 그래, 무슨 일이라도 생겼소?"

"오늘 아침에 형주에 계시는 군사께서 연락을 취해오셨습니다. 다름 아니라 조조 놈이 적벽에서의 원한을 풀겠다며 오십만 대군을 형주로 보내어 쳐들어오고 있어 형주가 위기에 빠져 있으니 즉시 돌아와 달라는 공명의 간청이 있었습니다.”

“그러면 우선 손 부인과 의논해보겠소.”

“아니, 손 부인께서 승낙하실 리가 있겠습니까? 부디 아무 말씀 마시고 때가 늦기 전에 오늘 밤에 출발해주십시오.”

“장군은 일단 물러가 있으시오. 나에게 생각이 있으니 말이오.”

조운은 일부러 몇 번씩이나 신신당부하고는 물러갔다.

동오를 빠져나가는 유비

유비는 안방으로 들어가 손 부인을 바라보며 아무 말 없이 눈물을 글썽여 보였다.

“무슨 걱정거리라도 있으십니까?”

“이 몸은 타향을 떠돌아다니는 신세라 살아 생전에 양친 부모를 모시지도 못하였고, 조상의 제사도 지내지 못하였소. 참으로 하늘도 노할 만큼 불효막심한 죄를 저질렀단 말이오. 그런데 이렇게 다시 세모를 맞이하자니 도무지 마음이 울적해서 못 견디겠소.”

손 부인이 정색을 하고 말했다.

“무슨 말씀이십니까? 제가 훤히 다 알고 있습니다. 조금 전에 조운 장군이 와서 형주의 위급한 상황을 알리며 돌아가셔야 된다고 부탁하시기에 이런 말씀을 하시는 것이지요?”

유비가 무릎을 꿇고 사정했다.

“그러면 내 사실대로 말하리다. 나는 돌아가고 싶지 않소만 그랬다가 형주를 빼앗겨버리면 천하의 웃음거리가 되고 말 것이오. 그렇다고 돌아가자니 부인과 헤어져야 하는데 내게는 그것이 못내 괴롭소이다.”

“이 몸은 당신의 아내이옵니다. 그러니 당신을 따라 어디든지

가겠습니다."

"부인이 설사 그럴 마음이 있다고 하더라도 오 부인과 오후(吳侯)께서 허락하지 않으실 테니 부인께서 진정 나를 생각하시거든 당분간 여기 남아주시오."

유비가 어두운 표정으로 말을 하니 손 부인은 차분히 말을 꺼냈다.

"아무 염려하지 마십시오. 제가 어머님께 잘 말씀드리면 틀림없이 어머님께서 저를 보내주실 거라 믿습니다."

"장모님은 허락하실지 모르겠으나 오라버니는 도저히 승낙하지 않을 것이오."

손 부인은 한참 동안 심사숙고한 뒤에 다시 말을 꺼냈다.

"그러면 이렇게 하시지요. 설날 아침 하례 뒤에 당신께서는 강기슭으로 나가시어 멀리 강북 땅을 향해 조상님께 제사를 올리십시오. 그때 저도 같이 제사를 지낸다고 하고 나왔다가 그 길로 저와 함께 형주로 가면 어떠시겠습니까?"

유비가 감격한 목소리로 말했다.

"만약 그와 같이 해준다면 일생 은혜로 알겠소. 그런데 문제는 이 일이 절대로 밖으로 새어나가지 않도록 해야 한다는 것이오."

이렇게 둘이 굳게 서약을 하고 나자 유비는 조운을 은밀히 불러 명했다.

"정월 초하루에 군사들을 이끌고 한발 앞서 성을 나가 한길가에서 기다리시오."

조운은 회심의 미소를 지으며 물러갔다.

건안 15년, 정월의 첫날 아침에 손권은 문무백관들을 전각에 모이게 한 뒤 의식을 거행하였다. 유비 부처가 오 부인을 찾아가 배알하고 나서 손 부인은 오 부인에게 아뢨다.

"남편의 양친과 조상의 산소가 모두 탁군(涿郡)에 있다 하옵니다. 남편은 그것을 늘 마음 아파하고 있었사온데, 오늘은 강기슭에 나가 그곳을 향해 제사를 지내겠다고 하오니 허락해주십시오."

영문을 모르는 오 부인은 딸을 칭찬했다.

"사람의 길은 그러해야 하는 법이다. 너도 며느리로서의 의무로 여기고 같이 동행해서 제사에 참석하는 것이 어떻겠느냐?"

"고마우신 말씀입니다. 그럼 분부대로 하겠나이다."

손 부인은 유비와 함께 오 부인에게 감사의 예를 갖추고 그 자리를 떠났고, 손권에게는 이 일을 일체 알리지 않았다.

얼마 뒤 손 부인은 당장 필요한 생필품만 휴대하고는 수레에 올랐다. 유비 역시 말을 타고 대여섯 명의 종졸을 거느리고 성을 나섰다. 얼마를 가다가 예정대로 대기하고 있던 조운을 만났다. 오백 군사가 앞서거니 뒤서거니 하고 호위를 하며 남서 고을을 떠났다.

한편, 손권은 그날 만취하여 주위 사람들의 부축에 몸을 맡긴 채 간신히 안으로 모셔져 왔다. 그는 그대로 깊은 잠에 빠져들었고 그러는 사이에 내빈들은 모두 떠나갔다.

유비와 손 부인이 탈주한 사실이 발각된 것은 밤이 되어서였다. 측근들이 이 사실을 즉시 손권에게 보고하려 했으나 술에 인사불성이 된 그를 깨울 엄두가 나지 않았다. 그래서 새벽녘이 되어서야 겨우 알릴 수 있었다.

정월 이튿날 손권은 유비와 누이가 함께 형주로 도망쳤다는 보고를 접하자 취기가 싹 달아나고 정신이 번쩍 들어 부랴부랴 모사와 장수들을 불러 모았다.

장소가 아뢰었다.

"이대로 유비를 놓치면 앞으로 후환의 불씨가 생길 테니 반드시 따라가 붙잡아야 합니다."

손권은 장수 진무(陳武)와 반장(潘璋)에게 오백 군사를 붙여 추격케한 후 이유 여하를 불문하고 잡아오라고 엄명했다. 이에 두 장수는 용감히 달려나갔다.

손권은 너무 화가 나서 책상 위에 놓여 있던 옥벼루를 집어들어 냅다 던졌고 벼루는 산산 조각이 났다.

이 모습을 지켜보고 있던 정보가 간했다.

"아무리 성이 나셔도 참고 들으십시오. 진무나 반장으로서는 유비를 잡아오는 것이 역부족일 것으로 생각됩니다."

"진무와 반장이 내 명을 듣지 않는단 말이냐?"

"그것이 아니옵니다. 영매(令妹)께서는 그 성품이 엄정하고 굳세며 어려서부터 무예를 익혀오셨는지라 장수들도 모두 두려워들 하고 있는 것이 사실입니다. 그런 영매께서 유 황숙을 따라 떠나셨다면 그것은 진심으로 형주 땅으로 가실 작정이신 겁니다. 그러니 아무리 뒤쫓아간들 영매 앞에 나가면 모두가 꼼짝하지 못할 것이 틀림없습니다."

손권은 낮이 붉으락푸르락해지며 노기충천한 듯 패검을 뽑아 손에 들더니 장흠과 주태를 불러 명했다.

"이 검이 증표다. 이를 가지고 가서 내 누이동생과 유비의 목을 베어 오너라! 명을 어기는 자는 예외없이 참하겠다."

장흠과 주태는 명을 받들어 일천 병력을 이끌고 뒤따라 나갔다.

유비 일행은 도중에 두어 번 잠깐 쉬었을 뿐 말을 서둘러 달려 정신없이 형주(荊州)로 향했다. 이윽고 시상의 경계에 접어들자 뒤에서 흙먼지를 일으키며 추격대가 다가왔다.

유비가 조운에게 물었다.

"자, 이제 어떻게 하면 좋겠소?"

"주공께서는 어서 먼저 가십시오. 후위는 제가 맡겠습니다."

마지못해 조운을 그곳에 남겨놓고 눈앞의 산기슭을 돌아가는데 갑자기 앞을 가로막는 한 떼의 군사들과 맞닥뜨리게 되었다.

선두에 선 두 장수가 소리쳤다.

"유 황숙은 말에서 내리시오! 주유 도독님의 명으로 당신을 포박하겠소."

주유는 평소에도 유비의 탈주를 가장 우려하고 있었기에 서성(徐盛)과 정봉(丁奉) 두 장수에게 삼천 병력의 군사를 붙여서 일대의 요소를 지키게 하며 먼 곳까지 살필 수 있도록 망루에 파수병까지 배치하여 대비하고 있었던 것이다. 유비가 만약 육로로 도망친다면 필시 이 지점을 지나게 될 것이라고 미리 예상하고 있었기에 일찌감치 길가에 나와 산기슭에서 숨어 유비 일행을 기다리고 있었던 것이다.

유비는 대경실색하여 말을 멈추고 조운에게 물었다.

"앞뒤가 모두 막혔으니 이를 어쩌면 좋겠소?"

그러나 조운은 태연자약하게 말했다.

"염려하실 것 없습니다. 군사께서 세 가지 묘계를 비단 주머니에 넣어서 저에게 주셨는데 두 개는 이미 사용하여 효과를 명백히 봤습니다. 그리고 여기 셋째 주머니가 있사온데 이것은 위급할 때 열어보라고 하셨으니 이제 열어보겠습니다."

조운은 비단 주머니 속에서 하나 남은 묘책을 꺼내 유비에게 건네주었다.

유비는 그것을 유심히 읽어보더니 손 부인의 수레 앞으로 가서 호소하였다.

"이렇게 위급한 마당에 이르렀으니 여기서 내가 속에 품고 있는 본심을 모두 밝히겠소."

"무슨 말씀인지는 모르겠사오나 제발 진실 그대로를 말씀해주십시오."

유비는 일사천리로 말을 이어갔다.

"오후가 주유와 모의하여 부인을 나에게 출가시킨 것은 결코 부인인 당신을 위한 배려에서 한 일이 아니라 나를 이곳에 유폐(幽閉)시켜서 형주를 빼앗으려는 목적에서였소. 만약 형주를 빼앗았더라면 두말 할 나위도 없이 나를 살려두지 않았을 것이오. 요컨대 부인, 당신을 미끼로 해서 나를 낚으려고 했을 뿐이라오. 그런 내가 만사를 무릅쓰고 감히 동오를 찾아온 것은 부인이 남자 못지않은 분으로 반드시 나를 지켜주리라 믿었기 때문이오. 사실 이번에도 오후가 나를 죽이려고 하기에 형주의 위기를 구실로 해서 돌아가려고 했던 것인데 다행히도 부인이 예까지 동행해주었소이다. 그런데 이제 오후는 많은 군사를 동원해 추격을 해오고 있고, 주유도 앞에다 병력을 배치해놓았소. 우리는 앞뒤로 적군을 맞이한 상황이오. 이제 부인이 나서지 않는다면 이 위기를 모면할 수 없을 것이오. 만약에 부인이 거부한다면 나는 부인이 탄 이 수레 앞에서 기꺼이 죽겠소."

추격대를 꾸짖은 손 부인

손 부인은 유비의 호소를 귀담아 들으며 발끈 성을 냈다.

"오라버니가 저를 누이동생으로 여기지 않는 이상 저 역시 오라버니로 생각지 않겠습니다. 좋습니다. 제가 이 위기를 어떻게든 손써보겠습니다."

손 부인은 종졸들로 하여금 수레를 앞으로 전진시키게 했다.

그리고 발을 들어올리고 얼굴을 내밀어 앞에 버티고 선 서성과 정봉의 두 장수를 매섭게 꾸짖었다.

"당신네 두 사람은 나를 모반할 작정이오?"

그러자 두 장수는 말에서 황급히 내려와 손에 들고 있던 무기도 버리고 수레 앞에 엎드려 핑계를 대기 시작했다.

"천, 천만의 말씀이십니다. 그저 주유 도독의 명으로 출동해서 지키고 있었을 뿐입니다."

손 부인이 눈썹을 치켜올리며 또다시 꾸짖었다.

"주유는 역적이다. 너희에게 그렇게 잘 대해주었는데 이제와서 이 무슨 배은망덕한 소행이냐? 여기 유비 공은 한나라 황실의 황숙이며 내 지아비시다. 그리고 나는 어머님의 허락을 받고 형주로 가는 길인데 이것이 무슨 경우란 말이냐? 이렇게 너희 둘이 우리의 앞을 가로막은 것은 우리 부부의 재물이 탐나서 그러는 것이 아니냐?"

서성과 정봉이 이구동성으로 말했다.

"천부당만부당하신 말씀이옵니다. 저희는 전혀 아는 바가 없이 전적으로 주유 도독의 지시에 따랐을 뿐입니다."

"그렇다면 주유가 시키는 대로만 할 뿐 나는 아무래도 좋다는 것이냐? 주유가 장군들을 죽일 수 있다면 나 역시 주유를 죽일 수 있다는 것을 왜 모르느냐?"

손 부인은 주유를 크게 비난하고 나서 수레의 전진을 명했다. 서성과 정봉은 닭 쫓던 개 꼴이 되었다.

"우리는 어차피 아랫사람들이니 차마 손 부인께 대들 수 없지 않느냐?"

더욱이 살기를 띤 조운의 얼굴을 보니 어떤 다른 수를 쓰는 것이 불가능해 보였다.

하는 수 없이 군사들에게 명했다.

"그 자리에서 꼼짝하지 말아라."

그렇게 유비 일행에게 길을 비켜주고 지나가게 했다.

유비 일행이 이렇게 오륙십 리 길을 더 갔을 때 진무와 반장이 오백 명 군사들을 데리고 뒤쫓아왔다.

그들은 서성과 정봉에게 손 부인이 행한 일을 들었다.

"무슨 말이오? 통과를 시켰다니? 우리는 오후님의 명을 받고 여기까지 출동했단 말이오."

결국 네 장수가 병력을 합쳐서 추격을 계속해나갔다. 그들의 추격을 유비 일행도 머지않아 알아차렸다.

유비가 손 부인에게 알렸다.

"또 추격대가 쫓아오오."

"어서 먼저 가셔요. 저는 조운 장군과 같이 뒤따라 가겠습니다."

손 부인의 말에 유비는 삼백 병력을 이끌고 먼저 강변을 향해 질주해갔다. 조운은 손 부인의 수레 곁에 말을 타고 섰다. 그리고 군사들을 정비시켜놓고 추격대의 공격을 맞을 태세를 했다. 네 장수들이 달려왔지만 손 부인을 보고는 급히 말에서 내려 우뚝 선 자세를 취했다.

손 부인이 그들에게 물었다.

"진무와 반장 장군이시군요. 그래, 어쩐 일로 여기까지 오셨지요?"

"주공의 명령이십니다. 유 황숙과 같이 어서 돌아가십시오."

손 부인이 안색이 변하며 크게 꾸짖었다.

"우리 오라버니와 동생 사이를 이간질하려는 무리가 너희 같은 필부들이었군. 여봐라, 나는 이제 유부녀이고 오늘 이렇게 나온 것도 도망치는 것이 아니라 어머님의 권유와 남편의 말에 따라 형주로 제사를 드리러 가는 길이다. 설령 오라버니가 여기에 오신다고 하더라도 우선 예를 갖추고 만나는 것이 당연지사거늘 너희들이 무엇이라고 군사들을 이끌고 무례하게 여기까지 쫓아와 나와 남편을 해치려 하느냐?"

네 장수는 서로 우물거리다가 각자 대답을 못 하고 속으로 생각했다.

'사정이 어떻게 되어가건 간에 오후는 오라버니이고 이쪽은 그의 누이동생이다. 이것은 변함이 없는 것이고, 더구나 오 부인의 허락을 받아서 떠나왔다고 하지 않는가! 다행히 오후는 효자이니 자당의 명이었다고 한다면 그 뜻을 거스를 수 없는 사람이다. 그러니 잘못해서 사태가 악화되면 도리어 우리가 악인이요, 간사한 모반자로 몰릴지도 모르니 이쯤에서 적당히 손을 떼야겠다.'

이런 생각에 잠겨 어떤 결정도 내리지 못하고 고민하고 있는데 주위를 살펴보니 유비는 눈에 띄지 않고 그를 대신해 조운이 험악한 눈초리로 노려보고 서 있는 것이 보였다. 아무래도 위험하다고 생각한 네 장수들은 결국 송구스러워하는 얼굴로 뒷걸음치며 사라졌다. 손 부인은 서둘러 수레를 전진시켰다.

서성이 제안했다.

"자, 우리 넷이 같이 가서 주유 도독을 만나서 이 사실을 있는 대로 보고하세."

그러나 나머지 장수들이 결심을 세우지 못하고 대책을 궁리하고 있을 때 마침 회오리 바람처럼 한 떼의 군사들이 달려왔다. 장흠과 주태가 일천 병력을 이끌고 딜러온 것이었다.

장흠이 물었다.

"장군들은 유비 일행을 못 만났소?"

"이곳을 지난 지 반나절이나 되었소."

네 장수가 실토했다.

"아니 그럼, 왜 못 가게 붙잡지 않았소?"

네 장수는 번갈아가며 손 부인의 질타와 꾸짖음 앞에 꼼짝할 수가 없었다고 변명했다.

장흠이 말했다.

"실은 오후께서 그럴 경우가 발생할지도 모른다고 하면서 이

검을 증표로 내놓고 분부하셨다네. 따라오기를 거역하거든 먼저 누이의 목을 베고 유비도 베어 버리라고 명하셨네. 그리고 이 명을 듣지 않는 놈은 가차없이 차단하라는 엄명이셨네."

"그렇지만 이제는 멀리 달아났을 텐데 어쩌겠다는 거요?"

"일행은 도보 행진을 하는 중이니 그렇게 빨리 달아나진 못했을 걸세. 서성과 정봉 장군은 이제 도독을 찾아가서 쾌속선으로 뒤쫓도록 부탁드리시게. 그리고 우리 네 사람은 기슭을 따라 뒤쫓아가도록 하세. 강 위에서건 뭍에서건 따라가기만 하면 즉시 그들을 처단해버리도록 하시오."

서성과 정봉이 주유에게 급히 알리러 떠나고 장흠·주태·진무·반장은 강변을 따라 부대를 끌고 달려갔다.

기다리고 있던 공명

유비 일행은 시상에서 꽤 멀리 떨어진 유랑포(劉郎浦)까지 와서야 마음이 어느 정도 놓였다. 강변에서 도강을 위한 배를 찾았지만 눈에 띄는 것은 강물뿐이었다.

유비가 난감해하니 조운이 그를 위로하며 말했다.

"이제 호랑이 굴을 벗어나 거의 다 와갑니다. 그리고 군사께서 틀림없이 어떤 계책을 쓰고 계실 테니 염려하실 것 없습니다."

유비는 조운의 말에 동오에 머무르면서 호사스러운 나날을 보냈던 생각이 나서 시큰둥한 심정이 되었다.

유비가 조운을 시켜 배를 찾아보게 하려는데 바로 그때 뒤쪽 먼 곳에서 하늘까지 닿을 정도의 흙먼지가 일었다. 유비가 높은 곳으로 올라가 살펴보았더니 대지를 시꺼멓게 뒤덮을 듯이 어마어마한 병마가 밀어닥쳐오고 있었다.

유비가 한탄하며 속으로 중얼거렸다.

‘어쩌나 급히 달려왔던지 사람도 말도 모두 피로가 극에 달해 있는 이 상황에 저 추격부대마저 달려오다니! 낭패로군.’

유비는 조바심이 나서 견딜 수가 없었다. 그러는 동안에도 함성이 조금씩 가까이 들려오고 있었다.

그때였다. 강기슭으로 스무 척쯤의 돛배가 한일자로 다가오고 있는 광경이 눈에 들어왔다.

조운이 소리쳤다.

“배가 왔습니다. 뒷일은 나중 생각하시고 여하튼 강을 건너 저쪽 기슭까지 가시는 것이 급선무입니다. 어서 타시지요.”

유비와 손 부인이 먼저 배에 올랐다. 조운도 오백 병력과 더불어 뒤이어 올라탔다. 배 안에는 도포에 관건을 쓴 사람이 앉아 있다가 얼굴을 내밀며 입을 열었다.

“무사하시니 다행입니다. 제가 무척 기다리고 있었습니다.”

선객으로 변장하고 있는 사람들은 모두 형주의 수군 병사들이었다. 유비는 희색이 만면했다. 이윽고 동오의 네 장수가 따라왔다.

공명이 기슭에 서 있는 그들을 향해 웃으며 말했다.

“우리는 이렇게 될 줄 알고 준비를 모두 갖추고 있었다. 그러니 너희들은 돌아가 주유에게 일러라. 미인계는 이제 시대에 뒤떨어진 계략이라고 말이다.”

강기슭에서 활을 쏘았지만 그 배에 미치지 못하고 배는 점점 멀어져가고 있었다. 장흠을 비롯한 네 장수는 뜻밖의 훼방꾼에게 손 안에 들어오려던 것을 가로채인 꼴이 되었다.

정신을 잃고 쓰러진 주유

유비와 공명 일행이 배를 저어 나가 강 중간에 이르렀을 때 등쪽에서 심상치 않은 낌새가 느껴졌다. 돌아보니 한 떼의 전선 (戰船)이 다가오고 있었는데 '수(帥)'자가 씌어진 깃발 밑에 주유가 서 있었다. 주유가 수전에 익숙한 동오의 수군을 친히 이끌고 출동한 것이었다. 그의 왼쪽에는 황개가, 오른쪽에는 한당이 서 있었으며 전선들은 흡사 하늘을 나는 새처럼 빠른 속도로 접근해오고 있었다.

공명은 서둘러 배를 북쪽 기슭에 저어가 대도록 명하였다. 배가 닿자 일제히 상륙하여 수레와 말을 타고 급행했다. 주유의 수군들도 쾌속으로 저어 와서 신속히 상륙한 뒤 수군 병사들은 도보로 진격하고 지휘하는 장군들만이 말을 탔다. 주유가 맨 앞에 섰고 황개·한당·서성·정봉이 뒤따랐다.

얼마쯤 가다가 주유가 물었다.

"예가 어딘가?"

군졸 하나가 답하였다.

"이 앞쪽이 황주(黃州)의 경계입니다."

앞을 살펴보니 유비 일행이 그다지 멀지 않은 지점에 있었다. 주유가 조급한 마음에 급히 추격해가는데 갑자기 어디선가 북소리가 울리더니 좌우에서 한 떼의 군사가 뛰어나왔는데 그 부대의 대장은 관우였다. 주유는 속으로 비명을 질렀다. 그러고는 말머리를 돌려 필사적으로 달아났다. 관우가 그를 뒤쫓았다.

주유가 사력을 다해 도망치는데 왼쪽에서 황충이, 오른쪽에서 위연의 부대가 공격해왔다. 동오의 부대는 거의 전멸하고 말았다.

주유가 혼비백산하여 배에 오르자 기슭에 늘어선 형주의 군사들이 일제히 야유를 퍼부어댔다.

"얼씨구 주유 나리, 공주는 쫓아내버리고 싸움판에 나와 져서 울상이시군요."

주유는 버럭 화가 치밀어 소리쳤다.

"좋다, 모두 해치워버리겠다!"

그는 다시 상륙하려고까지 하였다. 황개와 한당이 그를 필사적으로 말렸다. 그러나 주유는 흥분을 가라앉힐 수가 없었다.

"내 계략이 완전히 실패했구나. 이제 주공을 만날 면목이 없구나."

그는 이렇게 몸부림을 치다가 치유되어 가던 상처가 터져버리고 말았다. 그는 배 안에서 쓰러져 인사불성이 되었다. 두 번의 계책을 세워 공을 이루고자 했으나 이를 이루지 못하고 수치만 당하게 되었다. 주유는 과연 살아날 것인가 아니면 끝내 죽고 말 것인가!

제 56 회 주유를 이긴 공명

조조대연동작대　공명삼기주공근
曹操大宴銅雀臺　孔明三欺周公瑾

조조는 동작대를 완성해 큰 잔치를 열고
공명은 세 번째로 주유를 속이다

회유책을 쓰는 손권

주유는 공명이 관우·황충·위연 등을 잠복시켜 대기케 한 것 때문에 패하고 진땅에 나뒹굴었다. 황개와 한당 등의 장수가 가까스로 그를 부축해서 배에 태웠는데 수군의 피해는 의외로 컸다.

멀리서 유비와 손 부인 일행이 높직한 산등성이에서 걸음을 멈추고 이쪽을 바라보고 있는 모습이 보였다. 그런데 주유가 크게 성을 내자 아물어가던 화살의 상처가 찢어지며 그만 그 자리에서 까무라치고 만 것이었다. 장수들이 황급히 그를 간호하고 서둘러 배를 저어나가게 했다.

공명은 그 뒤를 쫓지 않고 유비와 함께 형주로 돌아와 모두 기뻐하며 장수와 군사들에게 포상을 내렸다.

주유는 시상으로 돌아갔고, 장흠 등의 장수들도 남서로 돌아가 손권에게 모든 자초지종을 보고하였다. 손권은 몹시 성을 내고 정보를 도독으로 임명한 후 곧바로 형주를 점령하겠다고 별렀다.

주유도 손권에게 서신을 보내 설욕전을 펼쳐달라고 진언하니 장소가 간언했다.

"조조는 결코 적벽에서의 원한을 잊지 않고 있습니다. 그는 다만 우리와 유비의 결합을 우려해서 손을 쓰지 못하고 있을 뿐입니다. 그러니 지금 주공께서 일시적인 분노로 형주를 치시면 조조는 기다렸다는 듯이 강동으로 쳐들어올 것입니다."

고옹(顧雍)도 진언했다.

"허도에서도 조조가 물론 첩자를 우리 쪽에 보내지 않았을 리 없습니다. 그들이 주공과 유비의 사이가 벌어졌다는 정보를 허도로 보내면 조조는 반드시 유비에게 접근하려고 시도할 것이니 유비 역시 동오를 두려워하여 조조의 회유에 가담하겠지요. 그럴 경우 우리 강남 땅은 대체 어찌 되겠습니까? 사자를 허도로 보내 유비를 형주의 목으로 임명하라고 추천함이 어떨까요? 이쯤 되면 조조는 좀처럼 강남 땅에 손을 대지 않을 것이고, 유비 또한 주공을 원망하지는 않을 줄 아옵니다. 더구나 그러는 동안 반간계(反間計)를 써서 조조와 유비를 부추겨 서로 헐뜯게 하면 자연히 우리에게 좋은 기회가 와서 어부지리의 덕을 보게 될 것으로 여겨집니다."

손권은 고옹의 의견이 맘에 들었다.

"과연 좋은 의견일세. 그럼 문제는 사자를 보내는 일인데 누가 적임자라고 생각하나?"

"여기에 조조의 존경을 받는 유일한 사람이 있으니 그자가 사절로는 안성맞춤이라 생각됩니다."

그자가 누구냐고 묻자 고옹이 대답했다.

"화흠(華歆)이올시다."

손권은 기뻐하며 표문(表文:군주에게 받치는 글)을 써서 화흠에게 주고 그를 허도로 파견시켰다. 화흠이 허도로 가서 조조에게 회견을 청했으나 그는 그 자리에 없었다. 측근이 조조는 업군(鄴郡)에 건축하고 있던 동작대의 준공을 축하하기 위해 그곳에 갔다고 전하자 화흠도 그 길로 업군으로 갔다. 조조는 적벽대전의 패배 후에 줄곧 복수전을 구상하고 있었다. 그에게는 무엇보다도 손권과 유비의 협조가 두통거리였으니 섣불리 움직일 수가 없는 상황이었다.

장수들의 용맹을 시험한 조조

때는 건안 15년 봄, 드디어 동작대가 준공되었다. 조조는 문무백관을 업군에 모두 모아놓고 축하의 큰 잔치를 베풀었다.

동작대는 장하(漳河)에 면해 있었다. 중앙이 동작대, 그 왼쪽이 옥룡대(玉龍臺), 오른쪽이 금봉대(金鳳臺)로 모두 높이가 십 장(丈)이고, 두 개의 다리를 놓아 대와 대를 이은 천문만호(千門萬戶)의 집단 건축물로 금빛과 초록빛의 채색이 서로 번쩍이며 어우러져 있었다.

이날 조조는 보석을 박은 금관을 머리에 쓰고 초록빛 비단으로 지은 홑옷을 입은데다가 옥대에 주리(珠履:구슬로 만든 신)를 신고 높은 자리에 버티고 앉아 있었다. 그의 앞에는 백관들이 대 아래에 나란히 서 있었다.

조조는 이 자리에서 무장들에게 활솜씨 겨루기를 해보라고 명했다. 그러자 명산품인 촉금(蜀錦:촉나라의 특산품인 양질의 비단)으로 만든 도포 한 벌이 버드나무 가지에 걸리고 그 바로 아래에 과녁이 놓였다. 그리고 이 과녁에서 일백 걸음 떨어진 지점에 활을 쏘게 하는 칸막이를 설치하였다. 이어서 무장들을 두 패로 나누었다. 조씨 측근들은 붉은 도포를 입었고 그 이외의 무장들은 초록 도포를 입고 있었다. 이들은 저마다 조궁(雕弓)과 장전(長箭)을 들고 말 위에 올라서 호령이 내려지기를 기다렸다. 이윽고 조조가 큰소리로 선언했다.

"과녁의 한가운데 있는 붉은 동그라미를 쏘아맞힌 자에게 저기 버드나무에 걸린 금포(錦袍)를 상으로 주고 빗나간 자는 벌로 냉수 한 잔씩 마시게 하겠다."

호령이 내려지자마자 붉은 도포를 입은 진영에서 젊은 장수 하나가 뛰어나왔다. 그는 조휴(曹休)라는 장수로 말을 달려 순식간에 세 바퀴를 돈 뒤에 활시위에 긴 화살을 메겨 쏘았다. 화살은 힘껏 날아가 과녁의 중심에 정확히 맞추었다. 그러자 일제히 징과 북소리가 울리고 모여 있던 사람들은 모두 우레와 같은 갈채를 보냈다.

이를 대 위에서 지켜본 조조는 희색이 만면해지며 말했다.

"저 애야말로 우리 집안의 천리구(千里駒)로다."

그러고는 금포를 그에게 주라고 일렀다. 그때 초록 도포의 진영에서 이의를 제기했다.

"승상님, 금포는 측근이 아닌 다른 사람들에게 먼저 주시도록 해야 함이 순서인 줄 아옵니다."

그 목소리의 주인공은 문빙(文聘)이라는 장수였다.

그러자 그 자리에 있던 사람들이 입을 모아 말했다.

"문 장수의 활솜씨를 구경시켜주십시오."

그러자 문빙은 두말하지 않고 말을 달려나가 화살을 쏘았다. 화살은 그대로 날아가 보기 좋게 붉은 원에 명중되었다. 장내에는 일제히 환호성과 북소리가 울려퍼졌다.

문빙이 큰소리로 외쳤다.

"금포는 이 몸의 차지외다!"

이때를 놓칠세라 붉은 도포 진영에서 또 한 장수가 달려나오며 추상같이 항의했다.

"무슨 소리를 하느냐? 조휴가 먼저 쏘아 맞혔는데 그대는 어찌하여 금포가 자기 것이라 우기는가? 나 역시 그대들에게 내 활솜씨를 보여주겠다."

그러더니 그는 활과 화살을 집어들고 곧바로 화살을 쏘니 정확히 붉은 원에 명중했다. 파도와 같은 갈채의 함성이 일었다. 그는 바로 조홍(曹洪)이었다. 조홍이 의기양양해져서 금포를 가져가려고 하자 초록 도포 차림의 또 한 장수가 활을 흔들어대며 달려나와 외쳤다.

"세 장수들 모두 그 솜씨가 무슨 자랑거리나 되는 줄 아시오? 여기서 내 솜씨를 좀 구경하시오!"

이렇게 말한 이는 장합(張郃)이었는데 그는 날듯이 말을 달리다가 몸을 돌려 윗몸을 제치고 뒤로 화살을 날렸다. 이 또한 중심에 명중하였는데 그때 쏜 네 개의 화살이 중심에 주사위의 네 눈(정사각형 모양) 모양을 이루며 나란히 꽂혀 있었다.

"굉장한 솜씨다."

일동 모두가 탄성을 질렀다.

"이제, 금포는 내 차지렷다."

장합이 미처 말을 끝내기도 전에, 이번에는 붉은 도포의 진영에서 누군가가 뛰어나오며 외쳐댔다.

"그 정도를 가지고 뭐가 그리 진기하다고 야단들이오? 내가 신기(神技)를 보여주리다."

그는 다름 아닌 하후연(夏侯淵)이었다. 그는 말을 몰아 칸막이로 다가가더니 몸을 휙 틀며 화살을 날려보냈다. 그러자 이 화살은 이미 꽂혀 있는 네 개의 화살 한복판에 꽂혀 주사위의 다섯 개 눈 모양을 만들었다. 역시 엄청난 북소리와 징소리가 뒤섞여 울려퍼졌다.

하후연이 말을 멈추고 활을 내리며 우렁찬 목소리로 말했다.

"자, 내 솜씨가 어떤가? 금포는 이제 이 하후연의 차지렷다!"

"잠깐만 기다리시오. 그 금포의 주인은 바로 나요."

이렇게 소리 지르며 뛰어나오는 장수는 녹색 도포측의 서황(徐晃)이었다.

"무엇이라고? 자네는 어떤 재주가 있다고 그러는 건가?"

"자네들의 활솜씨가 그게 뭔가? 그저 중심을 맞추는 것은 누구라도 할 수 있는 걸세."

그는 이렇게 말하고는 화살을 시위에 물리는가 싶더니, 버드나무의 나뭇가지를 겨냥해서 그대로 쏘았다. 그 화살은 영락없이 목표물을 맞혀 나뭇가지가 부러지고 금포가 공중을 날아 땅에 떨어졌다. 그러자 서황이 재빨리 달려가 금포를 자기 몸에 걸치고는 그대로 말에 힘차게 박차를 가하여 대 앞으로 달려왔다.

"승상께 아뢰오! 이 금포는 제가 받아 가옵니다."

서황이 그대로 자기 진영으로 돌아가려고 하는 찰나 대 가까이에 있던 녹색 도포 차림의 무리 속에서 또 한 장수가 나섰다.

"여봐라, 금포를 입고서 어디로 가려는 것이냐? 자, 어서 내게 넘기지 못하겠느냐?"

그 목소리의 주인공은 허저(許褚)였다. 서황이 고분고분히 그의 말을 들을 리가 없었다.

"무슨 소리냐! 누가 쉽게 이 금포를 넘겨줄 줄 아느냐?"

허저는 눈을 가늘게 뜨고 금포를 노렸다. 두 말이 서로 가까이 접근했다. 서황이 먼저 활로 허저를 내리치려 하자 허저는 손을 들어 그 활을 막았다. 그리고서는 서황의 몸을 안장에서 떨어뜨리려 했다. 이에 서황이 활을 놓고 스스로 말에서 뛰어내리니 허저도 뛰어내려 서황과 맞붙어 격투를 벌였다. 보다 못한 조조가 주위 사람들을 시켜 싸움을 말리려 했으나 금포는 이미 갈기갈기 찢어져버린 뒤였다.

조조가 대 위에서 두 장수를 불러올렸다. 서황은 눈썹을 치켜올린 채 노기가 등등했고, 허저는 이를 갈며 흥분하였다. 조조 앞에서 그들은 또 한바탕 붙을 기세로 씩씩거리고 서 있었다.

조조가 웃으며 말했다.

"내 그대들의 용맹스러운 모습을 보고 싶었던 것이지 금포 한 장이 아까워서 그랬던 것은 아닐세."

그러고는 장수들 모두를 대 위로 불러올려서 한명 한명에게 촉금 한 필씩을 상으로 내렸다. 조조는 그들을 자리에 앉힌 뒤 풍악을 울려 자축연을 베풀고 산해진미로 향응하니 문무백관들이 축배를 들며 즐거워했다.

어부지리를 위한 계략

조조는 이번에는 문관들에게 일렀다.

"오늘 무관들이 기사(騎射)의 솜씨로 매우 용감한 모습을 보여주었는데 경들은 글을 많이 배운 분들이니 어디 훌륭한 문장으로 오늘의 이 성대한 잔치를 표현해보시지 않겠소?"

일동이 황송스럽게 고개를 조아리며 응했다. 그들 가운데에는 왕랑(王朗)·종요(鍾繇)·왕찬(王粲)·진림(陳琳)과 같은 유명인사들도 있었다. 이들은 모두 자작시를 조조 앞에 바쳤는데 어느 시나 모두 조조의 크고 높은 인덕을 찬양하며 그가 황제가 되실 분이라고 높이는 내용들이었다.

조조는 그 시들을 하나하나 읽어보고는 웃으며 말했다.

"공들은 이 사람을 지나치게 높이 보았소. 나는 본디 재간이 없는 사람으로 운이 좋아 효렴(孝廉:초급 문관 시험) 벼슬은 땄소만 얼마 안 가서 천하에 대란이 일어나 초군(譙郡)에서 동쪽으로 오십 리 떨어진 곳에 정사(精舍)를 짓고서, 봄과 가을에는 책을 읽고 가을과 겨울에는 사냥을 하며 난리가 진정되기를 기다렸다소. 그런데 갑자기 조정에서 나를 전군교위(典軍校尉:군의 장관)로 임명한 것이오. 그래서 나도 생각을 바꾸고 나라를 위해 역적을 토벌하기로 결심했소. 그렇게 나라를 위해 싸우다가 죽더라도 내 무덤의 비석에 '한나라의 전 정서장군 조조의 무덤[漢故征西將軍曹操之墓]'이라고 새겨준다면 더 바랄 것이 없다고 여겼소. 그리하여 그 뒤에 동탁을 치고 황건적을 토벌하고, 원술·여포·원소·유표를 차례대로 처치하여 끝내 천하를 평정했소. 이제 재상의 자리에 올라 여러 신하들에게서 최고의 예우를 받으니 내가 무엇을 더 바라겠소. 만일 나마저 없었던들 별별 사람들이 자칭 황제나 국왕이 되려고 했을지 모르는 일이오. 재상이라는 중대한 자리에 있다고 해서 사람들 가운데는 내가 더욱 큰 야심이라도 품은 줄로 의심하는 무리들도 있겠지만 이는 모두 그릇된 생각에 지나지 않는다오. 나는 주나라 문왕이 지닌 지상의 덕을 찬양한 공자의 문왕지덕(文王之德)이라는 말을 지금까지 한 번도 잊은 적이 없소. 나는 다만 내 스스로 병권(兵權)을 포기하고 내게 주어진 무평후(武平侯)의 봉국(封國)에 있을 수가 없다는 것이오. 내가 일단 병권을 손에서 놓아버리는 날에는 순식간에 내 목숨이 위태로워질 것이고 내가 죽으면 나라마저 위태로워지기 때문이지 다른 뜻은 없소. 이렇게 내가 허명(虛名)의 권력에 의지함은 실질적인 재난을 피하기 위함이라는 나의 깊은 본심을 그대들은 이해하지 못할 것이오."

조조의 말을 들은 일동은 기립하여 이구동성으로 한 마디씩 입에 올렸다.

"옛날의 성인 이윤(伊尹:은나라 초기의 명재상으로 탕왕을 도와 하나라 걸왕을 토멸하여 천하를 평정하였다)과 주공(周公)*도 승상의 오른쪽 자리에 앉지는 못할 것이옵니다."

조조는 몇 순배의 술잔이 오간 뒤 거나하게 취기가 돌자 지필묵을 가져오라고 일렀다. 동작대에 대해 직접 읊어보려는 것이었다.

그가 붓에 먹을 묻혀 막 쓰려는 순간 급한 보고가 들어왔다.

"동오의 화흠이라는 사자가 상주코자 왔다 하온데, 손권은 그의 누이동생을 유비에게 출가시켰고 형주 땅 아홉 군의 태반은 유비가 다스리고 있다고 하옵니다."

조조는 이 말에 노기가 등등해지며 붓을 땅바닥에 내동댕이쳤다.

정욱이 조조를 위로했다.

"만군(萬軍)의 적지 한복판, 쏟아지는 화살 사이에서도 태연자약하시던 승상께서 왜 이리 흥분하십니까?"

조조가 간신히 마음을 가라앉히며 말했다.

"이를테면 유비는 용(龍)과 같은 자란 말일세. 다만 그 용이 오랫동안 물을 만나지 못해서 자복(雌伏:새의 암컷이 수컷에게 복종하듯 장래를 위하여 남 밑에서 복종하고 있는 것)하고 있었는데 드디어 그가 오늘날 형주 땅을 손에 넣었으니 이는 용이 큰 바다를 만

---

* 주공(周公):은(殷)나라와 주(周)나라 초의 정치가. 성은 희(姬), 이름은 단(旦). 문왕(文王)의 아들이며 무왕(武王)의 동생. 무왕을 도와 은나라를 멸하고, 무왕의 아들 성왕(成王)을 도와 주나라의 제도, 문물을 정하여 주왕조의 기반을 구축했다.

난 꼴이니 내가 어찌 흥분하지 않겠는가?”

“하오나 승상께서는 화흠이 찾아온 진정한 뜻을 아직 모르시지 않습니까?”

“그게 무슨 소리인가?”

정욱이 천천히 설명했다.

“손권에게는 유비가 눈엣가시 같은 존재입니다. 할 수만 있다면 그를 쳐서 쓰러뜨리고 싶겠지만 그럴 경우 승상께서 허를 찔러 공격하지는 않을까 두려워서 화흠을 보내어 유비를 추천하려는 것이 분명합니다. 그렇게 해서 유비를 안심시키고 승상이 적벽대전에서 패하신 분함도 누그러뜨리려는 계략이옵니다.”

조조가 정욱의 말에 고개를 끄덕였다.

“과연 그렇구나.”

정욱은 계속 이어서 말했다.

“어떻습니까? 이 기회에 손권과 유비를 서로 싸우도록 부추기고 불화를 일으키도록 계략을 세우는 것이 말입니다.”

조조가 귀가 솔깃해져서 물었다.

“그래, 그럼 그에 대한 계략은 세워져 있소?”

“동오는 사실 주유에게 모든 것을 의지하고 있습니다. 그러니 주유를 남군(南郡:형주)의 태수로 추천하시고, 정보를 강하(江夏)의 태수로, 화흠은 이 고장에 머무르게 하여 조정에서 중용하도록 하십시오. 이렇게 하면 주유는 유비와는 어쨌든 간에 적대관계에 놓이게 될 것입니다. 그리하면 그들이 서로 상처를 주고받게 될 것이니 그 사이에 우리가 그 틈을 노려 역습하면 되는 것입니다.”

“음, 좋은 방안을 진언해주었구려.”

조조가 정욱의 계략에 전적으로 동의하고, 그 길로 화흠을 동작대의 연회석에 불러다놓고 후하게 대접했다.

이윽고 연회가 끝나자 조조는 백관들을 거느리고 허도로 돌아가 황제께 상주하여 주유를 남군의 태수로, 정보를 강하의 태수로 각기 임명케 하였다. 또한 화흠은 그대로 허도에 남겨놓고 대리소경(大理少卿:재판관)의 벼슬을 주었다. 그리고 즉시 이 결정을 전달하기 위해 사자를 동오로 보내었다.

남군의 태수가 된 주유는 유비에 대해 더욱더 깊은 적대감을 품고 손권에게 의견서를 제출하기로 하고 노숙을 보내어 형주의 반환을 독촉하라는 의견을 보냈다.

이에 손권은 노숙을 불러 일렀다.

"유비에게 형주를 위임할 당시의 증인은 귀공이었소. 그런데 유비는 지금도 형주 땅을 좀처럼 돌려줄 기색조차 갖고 있지 않는 것 같소. 도대체 언제가 되면 해결이 날 것 같소?"

"서천 땅을 탈취하면 반환하겠노라고 증서에 명기되어 있지 않습니까?"

그러자 손권은 성을 내며 그를 꾸짖었다.

"서천을 빼앗는다고 하지만 언제 출병을 시킬 예정이란 말이오? 이렇게 앉아서 마냥 기다릴 수만은 없는 일 아니오?"

"황송하옵니다. 제가 곧 가서 담판을 짓겠습니다."

결국 노숙은 배를 타고 형주로 향하는 수밖에 없었다.

주유와 공명의 계략

한편 형주 땅에서는 유비와 공명이 군비를 재정비하기 위해 눈코 뜰 새 없이 바삐 움직이고 있었다. 인마를 조련하기 위해서 집중적으로 힘썼으며 각처에서 모여든 사람들을 군사로 양성하는 일에 열중하고 있었다.

유비는 노숙이 찾아왔다는 보고를 접하고 먼저 공명을 찾아가 물었다.

"무슨 일로 나를 찾아왔겠소?"

"얼마 전에 손권이 주공을 형주의 태수로 추천함으로 해서 조조를 위협한 일이 있습니다. 그리고 조조는 주유를 남군의 태수로 임명하였는데 이는 고의적으로 우리와 동오를 서로 이간시켜 싸우게 하려는 고약한 계략이옵니다. 자기 혼자 이익을 얻겠다는 얕은 속셈이지요. 노숙이 이렇게 찾아온 것도 주유가 형주의 태수로 임명된 이 기회에 형주의 문제를 해결하기 위함일 것입니다."

"그러면 어떻게 응대해야 하겠소?"

"노숙의 입에서 형주의 문제가 나오거든 덮어놓고 크게 소리를 내어 우십시오. 그러면 그때 제가 나타나서 주공께서 우는 이유를 설명하겠습니다."

이렇게 서로 의견을 교환하고 난 후 유비는 노숙을 맞아들였다.

노숙을 상좌에 앉히려 하자 겸손히 사양하며 말했다.

"황숙께서는 동오의 사위가 되는 몸이십니다. 그러니 당연히 저에게도 주인댁 어른이 되시는데 제가 어찌 황숙과 나란히 자리에 앉을 수 있겠사옵니까?"

유비가 웃으며 말했다.

"귀공은 이 사람과 오랜 지기인데 무슨 구애를 받을 것이 있겠소?"

그러자 노숙은 비로소 자리에 앉아 말문을 열었다.

"오후(吳侯)의 분부에 따라 형주 땅의 문제를 의논 드리러 왔습니다. 황숙께서는 이곳에 오래도록 머무르시면서도 전혀 돌려주실 생각을 하지 않으신 것으로 보입니다. 이제 양가는 인척 사이가 되었으니 부디 그런 친분을 염두에 두시어 시급히 돌려주십사 하고 청하는 바입니다."

노숙의 말이 채 끝나기도 전에 유비는 느닷없이 두 손으로 얼굴을 가리고 울음을 터뜨렸다.

노숙이 놀라서 물었다.

"아니, 왜 그러십니까?"

그러나 유비는 대답도 하지 않고 어린아이처럼 울어대기만 했다.

이때 병풍 뒤에서 공명이 모습을 나타내며 말했다.

"노숙, 미안하오. 제가 여기에서 두 분이 나누는 말씀을 들었소이다. 여쭙건대 노숙께서는 우리 주공께서 우시는 연유를 아십니까?"

"글쎄요. 도무지 모르겠습니다."

"정녕 모르시겠다는 말씀이오? 그러면 제가 말씀드리겠소이다. 당초에 우리 주공께서 서천을 차지하시면 형주를 돌려드리겠다고 약속드렸소이다만 곰곰이 생각해본즉 익주(益州) 곧 서천의 유장(劉璋)은 우리 주공께는 아우님뻘이자 같은 한나라 황실의 핏줄이십니다. 그러니 만약 유장을 쓰러뜨리고 그 봉토를 빼앗으신다면 세상에서 주공을 무엇이라고 비난하겠소이까! 그렇다고 서천을 차지하지도 않고 그냥 형주를 돌려드린다면 갈 곳 없는 처지가 될 것이고 또 돌려드리지 못하면 처남 되시는 오후를 만나볼 면목이 없을 것 아니오. 그러니 이럴 수도 저럴 수도 없는 처지가 서글퍼 무심결에 이렇게 울음을 터뜨리신 줄로 압니다."

이렇게 공명의 능수능란한 말솜씨는 노숙으로 하여금 이의를 제기할 여지도 주지 않고 청산유수처럼 흘러나왔고, 그 곁에서 유비는 더더욱 슬픈 듯이 가슴을 치고 발까지 구르며 우는 연기를 더해 효과를 높였다.

노숙이 당황하여 유비를 달래었다.

"황숙이시여! 부디 그렇게 슬퍼하지 마시고 고정하십시오. 제가 공명과 기탄없이 숙의하여 타개할 방안을 모색하겠습니다."

공명이 노숙을 설득했다.

"수고스럽겠지만, 노숙께서 돌아가셔서 오후께 우리 주공의 고충을 전해주시어 시기를 연기해주시도록 중재해주실 수 없겠소이까?"

노숙이 걱정스러운 듯이 물었다.

"하오나 만일에 오후께서 들어주지 않으신다면 어찌 하시겠습니까?"

"오후께서는 자신의 누이가 황숙의 부인이 되신 사실을 간과해서는 안 되십니다. 두말할 나위 없이 들어주시리라 믿습니다만 어쨌든 귀공께서 한 번 더 수고해주시면 감사하겠습니다."

노숙은 호인이었다. 결국 그는 유비의 통곡에 그만 감동되어 버렸다.

그가 시상으로 돌아가 먼저 주유에게 교섭을 벌인 결과를 보고하니 이야기를 다 듣고난 주유가 노발대발하며 말했다.

"여보시오! 노숙, 왜 그렇게 당신은 공명에게 농락만 당하는 거요! 유비는 본디 유표에게 몸을 의탁한 그때부터 처마를 빌린 김에 안채까지 차지하겠다는 저의가 있었던 것을 왜 모르신다는 말이오. 그러니 서천의 유장에게 거리낄 것이 있을 리 없지요. 이대로 끌려가다가는 귀공께서 혹시 누명을 쓰고 어려움을 받는 일이 생기지나 않을까 걱정이오. 그래서 내가 이것에 대비해 한 가지 착안해둔 생각이 있소. 공명을 꼼짝 못 하게 만드는 일이지요. 그러니 다시 한 번 귀공께서 수고롭지만 형주에 다녀와주시오."

"그것이 어떤 계략입니까?"

"이번에 오후께 돌아갈 생각은 마시고 이 길로 형주로 돌아가서 유비와 담판하시오. 손씨와 유씨의 두 집안은 이미 핏줄이 이어진 사이이니, 만일 그쪽에서 서천을 빼앗기가 거북한 처지라면 우리 동오가 직접 나서서 서천을 점거하겠다고 하시오. 그래서 그 서천을 점거하면 이번 혼인에 대한 축하의 뜻으로 그쪽에 드릴 테니 형주와 맞바꾸자고 제의를 하시오."

"그렇지만 서천까지는 먼 거리입니다. 우리 동오가 그곳까지 출병하기는 어렵다고 봅니다."

주유는 노숙의 말에 미소를 머금으며 말했다.

"참, 귀공은 태평스러우시오. 아니, 우리가 진정으로 서천을 빼앗아서 유비에게 넘겨줄 줄 아시오? 이것은 입으로만 하는 명분이오. 요컨대, 형주를 되돌려 받는 것이 우리의 최종 목표인 것을 잊지 마시오. 그러니까 서천을 치러 간다고 말해서 그들을 감쪽같이 속여놓고 출병할 때는 형주를 통과하면서 군비와 식량을 제공하라고 요구하는 것이오. 그러면 유비는 우리의 원정군을 마중하기 위해 반드시 성 밖으로 나올 것이고 그때 기회를 놓치지 않고 유비를 처치하여 형주를 점거하는 것이오. 그렇게 앙갚음을 하여 귀공의 무거운 짐을 덜어드리겠소이다. 자, 이것이 대충 말한 책략의 내용이외다."

공명이 던진 계략

노숙은 주유의 훌륭한 계책을 듣고는 날듯이 기뻐하며 가벼운 마음으로 형주로 향했다.

한편, 유비는 노숙이 다시 왔다는 보고를 받았을 때도 미리 공명과 상의하고 있었다.

공명이 그 자리에서 상황을 분석하고 명쾌하게 대답했다.

"노숙은 분명히 오후를 만나지도 않고 시상에서 주유와 담합하고 어떤 계략을 세워가지고 다시 여기에 온 것이 분명합니다. 그러니 주공께서는 제가 고개를 끄덕일 때마다 그가 뭐라고 떠들든지 간에 좋다고만 대답해주십시오."

이윽고 노숙이 들어와서 유비에게 아뢰었다.

"오후께서는 황숙에 대해 경복(敬服)을 금치 못하셨습니다. 그리하여 여러 장수와 모사들을 모아놓고 협의하신 끝에 곤란하신 황숙을 대신해서 우리 동오가 서천으로 출병하기로 결정하였습니다. 그래서 서천 땅이 손에 들어오면 혼인을 축하하는 뜻으로 형주 땅과 교환하기로 하였습니다. 다만 동오의 군사가 형주 땅을 지날 때 군비와 양식을 원조해주십사 하고 오후께서 부탁하셨습니다."

유비는 곁에서 살며시 눈짓을 보내는 공명의 신호에 따라 연달아 고개를 끄덕여보였다. 그러자 공명이 입을 열었다.

"그것 참 고맙고도 다행스러운 일이외다."

그러자 유비 역시 정중하게 노숙에게 사의를 표했다.

"이 모두가 귀공의 수고 덕분이외다."

공명이 다시 덧붙였다.

"그러면 동오 군이 출병하여 이곳을 지나갈 때에 서로 위문하여 돕기로 하지요."

이 말에 노숙은 심중에 회심의 미소를 지었다. 이윽고 자신을 위한 잔치가 끝나자 노숙은 부리나케 동오로 향하였다.

유비는 궁금해하며 공명에게 물었다.

"대체 어쩌자는 것이오?"

공명은 배를 움켜쥐고 한바탕 웃은 뒤에 말했다.

"주유는 머지않아 명이 다할 것이옵니다. 이런 얕은 모략 가지고는 어린애도 속이지 못하는 일입니다."

"그 까닭이 무엇이오?"

"이는 곧 '가도멸괵(假道滅虢)'이라는 계략으로, 남의 나라 길을 빌려쓰다가 결국에는 그 나라를 멸한다는 낡은 방식이옵니다. 즉, 입으로는 서천을 친다고 하면서 사실은 형주를 빼앗자는 꿍꿍이 속이지요. 서천으로 출병한다며 통과하는 그들을 위문하기 위해 주공께서 성 밖으로 나서시면 맨 먼저 주공님을 기습해 잡아놓고 단김에 성을 급습해서 차지할 작정이지요. 그러나 염려하실 것 없습니다. 호랑이에는 와궁(窩弓:숨겨놓은 활, 곧 함정 올가미의 뜻)이요, 물고기에는 향이(香餌:향기로운 미끼 곧 먹이)를 쓰라는 대책이 있습니다. 이것으로 주유가 오면 비록 죽지는 않더라도 거의 미쳐버릴 지경이 될 것입니다."

이렇게 말한 뒤 공명은 먼저 조운을 불러 은밀히 지시하였다.

노숙은 돌아가서 주유에게 공명과 유비를 만난 이야기를 자세히 보고하였다.

"유비와 공명 모두 매우 마음에 들어하는 기색이었습니다. 그들은 성에서 나와 원군을 도와주기로 하겠답니다."

주유는 희색이 만면해지며 말했다.

"자, 이번에야말로 내 계략으로 그들을 해치우겠소."

주유는 노숙을 손권에게 보내 이 사실을 알리고 또한 정보에게 원군을 모집해 출정준비를 하라고 명했다.

이때는 화살 맞은 주유의 상처가 어느 정도 아물어서 회복단계에 있었으므로 그는 출병을 앞두고 먼저 장수를 배치하였다. 감녕을 선두로 세우고, 주유 자신은 서성·정봉과 함께 본대를 이끌기로 하고 여몽은 후군을 거느리게 하여 수륙 양면으로 오만 대군을 준비시켜 만반의 대세를 갖추게 하였다.

드디어 형주를 향해 출격했다. 주유는 군선에서 무엇인가를 생

각하고는 혼자서 계속 싱글거렸다. 공명에게 일격을 가했다는 쾌
감에서였다.

이윽고 배가 하구까지 왔을 때 주유가 측근에게 물어보았다.

"형주에서 아무도 마중나오지 않았나?"

"유 황숙이 보낸 사자 미축(糜竺)이 나와 있사옵니다."

주유가 미축을 불러들여 환영과 위문의 준비가 얼마만큼 진행
되었는지를 물어보았다.

미축이 대답했다.

"완벽하게 준비되어 있습니다."

"그래, 그럼 황숙께서는 어디 계시는가?"

"도독께 술잔을 드리겠다고 하시면서 형주 성의 성문에서 기다
리고 계시옵니다."

주유는 흐뭇해하며 한 마디 덧붙였다.

"우리의 이번 원정은 전적으로 자네들을 대신해서 하는 싸움일
세. 그러니 우리 원정군에 대한 위문을 게을리하지 말도록 주의
해주시게."

미축은 쩔쩔매며 그렇게 하겠다고 대답하며 돌아갔다.

주유 휘하의 배들은 줄을 지어서 차례로 강을 따라 전진하여
공안(公安)까지 이르렀지만 예상과는 달리 배 한 척은커녕 강가
에 군사 한 명도 마중나와 있지 않았다. 주유는 이상스럽다고 여
기면서도 계속 전진시키도록 명했다. 드디어 형주까지 앞으로 십
여 리 남았다는 곳까지 이르렀지만 여전히 강 위에는 사람 그림
자조차 보이지 않고 고요만 감돌았다.

이때 염탐꾼이 돌아와 보고했다.

"형주 성벽에 두 개의 백기가 꽂혀 있을 뿐 그 밖에 사람은커
녕 개미새끼 한 마리도 눈에 띄지 않습니다."

주유는 고개를 갸웃거리다가 이내 배를 기슭에 대게 하고 곧

상륙하여 말에 옮겨 탔다. 그리고 감녕·서성·정봉과 더불어 삼천 병력을 이끌고 형주성을 향했다. 마침내 일행이 성 밑에 이르러 주위를 둘러보았지만 아무런 인기척도 느껴지지 않고 고요만 감돌았다.

주유가 말을 멈추고 병사에게 소리치도록 명하였다.

"성문을 열어라!"

그러자 성벽 위에서 묻는 소리가 들렸다.

"누구냐?"

"동오의 주 도독께서 친히 여기 오셨다!"

순간 '딱' 하고 딱딱이를 치는 소리가 나더니 성벽 위로 일제히 군사들의 모습이 나타났는데 그들은 모두 창과 칼을 들고 있었다.

이때 망루 위에 조운이 모습을 드러내며 물었다.

"도독께서 무슨 일로 여기까지 오셨소이까?"

주유가 대답했다.

"그대들의 주인인 유비 대신 서천을 토벌하러 왔는데 아직 그 사실을 모르고 있소?"

"하지만 우리 군사(軍師)께서는 그것이 가도멸괵의 계략이라는 것을 이미 알고 계시오. 그래서 나 조운이 이곳을 지키고 있는 것이외다. 우리 주공께서 말씀하시기를, '나와 서천의 유장은 한나라 황실의 핏줄을 잇고 있는데 그런 관계를 무시하면서까지 서천을 빼앗을 수는 없는 일이다. 그러니 동오가 이번에 서천을 침범하면 나는 신의를 저버리지 않는다는 증표로 머리를 풀어 흐트러뜨리고 산 속에 들어가 있을 작정이다'라고 하셨소."

이 말을 들은 주유가 말을 후퇴시키려 하니 '영(令)'자의 기를 든 군사 하나가 앞으로 달려나와 보고하였다.

"지금 네 곳에서 적군이 공격해오고 있다고 하는데 강릉 쪽에

서는 관우, 자귀(秭歸) 쪽에서는 장비, 공안 쪽에서는 황충, 잔릉
(屛陵) 쪽의 산길에서는 위연이 각각 군사들을 거느리고 진격해
오고 있다 합니다. 더구나 각 부대의 병력이 어느 정도인지는 알
수 없사오나 그들의 함성이 백 리 밖까지 울리며 '주유를 잡아
라! 주유를 어서 잡아라' 하고 소리 지르고 있다 합니다."

주유가 말 위에서 외마디 신음 소리를 내는 순간 화살의 상처
가 또다시 터졌다. 그는 신음 소리와 동시에 말에서 떨어져 땅바
닥에 나뒹굴었다.

계략을 세우고 또 세워 진행시키려고 했지만 결국 더 뛰어난
계략에 걸린 셈이었다. 주유는 또다시 공명이 준비한 쓴잔을 마
시게 되었다.

과연 이번에도 주유가 회생할 수 있을 것인가!

제 57 회 주유의 죽음

시상구와룡조상　　뇌양현봉추이사
柴桑口臥龍弔喪　　耒陽縣鳳雛理事

공명이 시상으로 가 주유의 죽음을 애도하고
봉추는 뇌양현에 부임하여 술에 빠져 지내다

주유의 죽음

주유가 주위의 부축을 받으며 배에 오르자 다시 한 군사가 보고했다.

"저쪽 산 위에서 지금 유비와 공명 일행이 술을 마시며 자축하고 있습니다."

주유는 이 말에 이를 바드득 갈면서 말했다.

"내가 서천을 빼앗지 못한다고 업신여기는구나. 좋다, 내 오기로라도 빼앗고 말 테다."

주유는 화가 머리끝까지 치밀어올라 자리에서 벌떡 일어났다. 이때 손권이 보낸 손권의 사촌뻘 되는 손유(孫瑜)가 도착했다는 보고가 들어왔다.

주유가 그에게 왜 왔는지를 물었다.

"오후의 명을 받들어 도와드리려고 왔소이다."

그리하여 주유는 군사들을 다시 진격시켰다.

얼마 뒤 이들 병력이 파구(巴丘)까지 거슬러올라갔을 때 유봉(劉封)과 관평(關平)이 장강 상류의 수로를 차단하고 기다리고 있다는 정보가 전해졌다. 주유와 손유가 이 소식에 다시 화가 치밀어올라서 어쩔 줄 몰라 하는데 거기에 공명의 편지가 전해졌다.

한나라의 군사인 중랑장 제갈량(공명의 본명)이 동오의 대도독 공근(公瑾:주유의 호)께 고하오이다. 우리가 시상에서 헤어진 뒤로 저는 늘 그리운 추억에 잠겨 있소이다. 듣자하니 귀하는 서천을 정벌하신다는데 이 몸은 이것이 참으로 마땅치 않은 일로 여겨지오. 익주 곧 서천 땅은 주민들이 강건하고 산세가 험하오이다. 또한 유장은 그래뵈도 스스로 영지를 지킴에는 부족함이 없는 인물입니다. 귀하께서 만 리 밖 먼 곳까지 출병하시어 싸움에 이기기를 기대하셨겠지만 옛날의 뛰어난 병학자인 손자(孫子)와 오자(吳子)라 할지라도 승산이 어려운 모험이라고 여겨지오. 조조는 적벽 싸움에서 패하였으니 꿈에라도 복수를 잊을 리 없소이다. 이렇게 귀하께서 먼 정도(征途)에 오르시면 조조는 반드시 일어나 강남 땅을 잿더미의 폐허로 만들어버릴 것이오. 귀하를 생각하는 마음에 차마 보고 있을 수만은 없어서 이같이 충고를 드리니 이 점을 생각해주시면 다행이겠소이다.

주유는 편지를 읽고 긴 한숨을 내쉬더니 종이를 꺼내 붓을 들

어 손권 앞으로 보내는 글을 쓰고는 휘하 장수들을 불러놓고 말
했다.

"이 몸에게는 위대한 꿈이 있었소이다만 내 운이 이제는 다했
나 보오. 그대들은 부디 이 몸을 갈음하여 오후와 더불어 그대들
의 천하를 이루시오."

주유는 이렇게 꺼져가는 소리로 말을 하다가 순간 정신을 잃
더니만 한참 후에 간신히 눈을 뜨더니 하늘을 우러러 탄식했다.

"내 어찌 제갈량과 때를 같이하여 태어났단 말인가!"

그는 이렇게 중얼거리고는 숨이 넘어갔다. 이때 그의 나이 겨
우 서른여섯 살이었다.

후세 시인이 주유의 죽음을 시로 읊어 애도했다.

적벽 싸움에서 공훈을 세우고	赤壁遺雄烈
젊은 시절엔 영재라고 불리운 사람	靑年有駿聲
거문고와 노랫가락의 아취를 알았고	絃歌知雅意
좋은 벗을 술잔으로 맞이했었네	盃酒謝良朋
쌀 삼천 석으로 굶는 자도 구하였고	曾謁三千斛
항상 십만 군사를 거느렸네	常驅十萬兵
파구에서 명을 끝내게 될 줄이야	巴丘終命處
조문하는 자의 눈물도 이제는 헛되도다	憑弔欲傷情

주유의 유해는 일단 파구에 안치되었고 손권에게 보낸 그의
유서 아닌 유서가 그의 부음과 함께 전해졌다. 손권이 방성통곡
하며 그 유서를 뜯어보니 주유가 노숙을 자신의 후임으로 천거
한다는 내용이었다.

평범한 재주밖에 지니지 않은 몸이었사오나 주공의 각별한 대

우를 받았사옵고, 병마의 대권도 제게 맡게 해주셨습니다. 신은 분골쇄신하여 은혜에 보답해야 마땅하였으나 사람의 살고 죽음은 정해져 있지 않음을 어찌하오리까? 이 몸은 뜻을 이루지 못한 채 죽어가니 참으로 유감스럽기 그지없나이다. 지금 조조가 북쪽에서 기회를 엿보고 있사오니 촌각도 방심하지 마십시오. 유비 또한 그대로 두었다가는 범을 키우는 것과 같음을 아뢰옵니다. 천하는 내일에라도 바뀌리라 여겨지니 곧 오늘의 이때야말로 신하된 몸들은 국방에 힘쓰고 어른 되신 오후께서는 생각을 깊이 하셔야 할 때이옵니다. 노숙은 믿을 만하고 충직한 신하이니 만약 일을 당하더라도 역할을 다할 것이라 여겨집니다. 죽어가는 사람은 그 말이 바르다고 하였사온즉 부디 저의 청을 들어주시기를 간절히 앙청하오며, 주공께서 베풀어주신 은혜는 죽어도 잊지 못할 것이옵니다.

손권은 유서를 다 읽은 후 눈물을 흘리면서 말했다.

"주유는 왕좌에 오를 만한 재능을 가진 사람이었네. 그런 주유가 단명했으니 내 앞으로 누구를 의지할 것인가? 그의 추천대로 노숙을 후임자로 기용하리라."

당일 손권은 노숙을 도독으로 임명하여 군을 일임하였고, 주유의 유해도 시상으로 옮기도록 하였다.

조문하러 간 공명

한편 형주에서는 공명이 밤마다 천문을 관찰하고 있었는데 그러던 어느 날 갑자기 장성(將星:하괴성, 대장의 상이 있다는 별)이 땅으로 떨어지는 것을 보고는 빙긋이 웃었다.

"끝내 주유가 명을 달리했구나."

공명은 날이 밝기를 기다렸다가 유비에게 보고하였다. 유비가 첩자를 보내어 적진을 살피게 하니 과연 주유가 죽었다고 알려왔다.

유비가 공명에게 의논했다.

"주유의 후계자는 노숙일 줄로 압니다. 천문을 살펴보니 장성이 동녘으로 모이고 있습니다. 이제 제가 조문을 구실로 강동 땅에 한 번 다녀올까 합니다. 그리고 그곳에서 우리를 도와줄 현인을 찾아보도록 하겠습니다."

"혹시 동오 군들이 군사를 해치지는 않겠소?"

"주유가 살아 있을 때도 무사했는데 주유가 죽은 이 마당에 무슨 일이야 생기겠습니까?"

공명은 조운으로 하여금 오백 병력을 거느리게 하고 제사에 바칠 제물들을 마련하여 군선에 올라 일단 파구로 향하였다. 도중에 노숙이 주유의 후임자가 된 일과 주유의 관 역시 이미 시상으로 옮겨졌다는 소문을 들었다.

공명이 배를 시상으로 돌려 도착하니 노숙이 공손히 그를 맞이했다. 주유의 부하들은 모두 공명을 죽이려고 살기등등했지만 검을 차고 버티고 있는 조운을 보고는 감히 덤벼들 엄두를 내지 못했다. 공명은 장만해온 제물들을 정성스럽게 영전에 바쳐 분향하고는 두세 번 절을 하고 조사를 읽어내려갔다.

아아! 공근이시여, 불행히도 요절하시다니. 사람의 목숨은 천명이라고 하지만 이 얼마나 슬픈 일입니까? 이에 한 잔 술을 바치오니 그대 만약 넋이라도 있거든 내 조의를 받아주시오. 그대는 젊어서 손책과 사귀어 정의를 제일 중히 여기며 재물을 멀리한 몸이시더니 약관의 나이에는 만 리 하늘을 날듯이 치달려 패업을 이루어 강남 땅을 할거한 몸이시오. 또한 장년에는 멀리

파구까지 진압하고 유표를 회유해서 손견의 근심 거리를 모면케 했소. 무릇 그대에게는 착한 아내 소교(小喬)가 있었고 한나라 신하의 사위로서 부끄럽지 않았소. 볼모를 허도로 넣는 데 반대하여 감연히 날개짓을 한 것도 그대였고, 그대가 파양(鄱陽)에 머무를 때 장간이 와서 설득해도 마음이 흐트러지지 않고 오히려 아량과 높은 뜻을 표한 것 또한 기억하오. 그대의 재간은 문무를 겸비하였고, 적벽에서의 화공법은 강자를 약자로 변신케 하였소. 살아 생전에 참으로 웅자(雄姿)스럽고 재기가 뛰어났을 뿐만 아니라 현명하셨던 그대가 피눈물을 흘리며 요절하시다니! 그대의 의로운 마음과 영특한 기개 모두 서른여섯 살의 나이로 끝났지만 그대 이름은 백세가 흐르도록 길이길이 청사에 드리우리다.

공명은 낭독을 마치고 땅에 엎드려 호곡했다. 끊임없이 눈물을 흘리며 참으로 애달프고 애절하게 흐느꼈다.

이 모습을 보고 동오의 신하들이 서로 속삭였다.

"주유와 공명은 앙숙 사이라고 들었는데 실상은 그렇지도 않은 것 같구려."

노숙 또한 공명의 이러한 모습에 깊이 감동했다.

'공명은 인정이 많지만 그에 비해 공근은 너무나 도량이 좁은 인물이었으니 결국 스스로 제 목숨을 줄인 것이다.'

봉추 선생 방통

노숙은 공명을 위해 연회를 베풀었다. 흐뭇한 연회가 끝난 뒤 공명이 돌아가려고 배에 오르려 하는데 강기슭에서 도사(道士:도교)의 복장에 대나무로 엮은 관을 쓴 사나이가 앞을 가로막았다.

허리에는 검은 띠를 둘렀고 아무 장식도 없는 신발을 신고 있는 그는 공명의 어깨를 잡고 방약무인(傍若無人)한 태도로 웃음을 터뜨리고는 천천히 말했다.

"주유를 분사(憤死)시켜놓고는 시치미를 떼고 감히 조문하러 오다니, 동오 사람들을 장님으로 여겨 우습게 아는가?"

공명이 급히 몸을 돌려 쳐다보았더니 그는 뜻밖에도 봉추 선생(鳳雛先生) 곧 방통(龐統)이었다. 공명도 그를 알아보고는 껄껄 웃어댔다.

두 사람은 나란히 선실로 들어가 피차간에 마음을 터놓고 한담을 나누었다. 공명은 편지 한 통을 그에게 건네주면서 말했다.

"손권은 귀공을 중용하지 못할 인물입니다. 만약 그렇게 되거든 우리 형주 땅으로 건너오시오. 유비는 관인(寬仁)하고 후덕한 인품이니 반드시 귀공을 소중히 대해 드릴 것이오."

방통이 그렇게 하겠다고 고개를 끄덕이고 헤어진 뒤 공명은 형주로 돌아갔다.

한편 노숙이 주유의 주검을 장송하여 무호(蕪湖)로 운반하니 손권이 그곳에 마중나와서 장례를 치르고 주유의 향리에 묻도록 했다.

주유에게는 두 아들과 여식 하나가 있었다. 장남을 순(循)이라 하였고, 차남을 윤(胤)이라고 하였는데 손권은 이들을 잘 보살펴 주었다. 어느 날 노숙이 손권에게 아뢰었다.

"이 몸은 평범한 일꾼에 지나지 않습니다. 돌아가신 주유 장군께서 저를 추천하였사오나 저는 그럴 만한 자격이 없습니다. 그래서 한 사람을 추천하고 싶사온데 그는 지금 강동 땅에 머물고 있는 사람으로 천문과 지리는 물론이요, 모략에 관해서도 상고시대의 대가, 이를테면 관중(管仲)·악의(樂毅)·손자·오자 등에도 뒤지지 않아 주유도 그의 의견을 듣기도 하였거니와 공명도 그의 지혜에 경탄하고 있사옵니다. 그러니 부디 그 인물을 쓰심이 어떠시겠습니까?"

손권이 기뻐하며 그의 이름을 물었다.

"양양 사람으로 성은 방이요, 이름은 통이고 자는 사원(土元), 도호(道号:도사로서의 이름)는 봉추 선생이라 하옵니다."

손권이 즉시 대답했다.

"그 이름은 나도 전부터 들어서 알고 있네. 이 고장에 와 있다니 즉시 만나보겠네."

이리하여 노숙은 방통을 손권 앞으로 데리고 왔다. 손권이 그를 유심히 살펴보았다. 숯덩이처럼 짙은 눈썹과 들창코에 피부는 검고 수염이 짧아 평범하지 않은 괴이한 용모였다.

손권은 그의 첫인상이 마음에 들지 않았지만 참고 물어보았다.

"주로 어떤 방면에 조예가 깊으시오?"

"그저 특별히 관심을 갖고 있다기보다 임기응변식으로 해왔소이다."

"그렇다면 귀공의 재주와 학문이 주유에 비겨 어떠하오?"

"나의 재능과 학문을 주유의 것과 비교하다니요. 그것은 차원이 다르오."

방통이 일소에 붙여버렸다. 이에 손권은 주유를 만능의 재사로 믿고 있었는데 그런 주유를 이렇게 경시하는 것을 보자 마음이 언짢아졌다.

"오늘은 일단 물러가시오. 앞으로 부탁할 일이 있을 때, 그때 만나 이야기하겠소."

결국 손권은 방통을 단번에 거절하였고, 방통은 길게 탄식을 하며 돌아갔다. 노숙이 손권에게 물었다.

"왜 방통을 거절하셨습니까?"

"저놈은 미치광이일세. 그러니 어찌 저런 놈을 쓸 수가 있겠소?"

"하오나 그는 적벽의 싸움에서 연환계를 발안하여 크게 성공을 거두게 하였다는 것을 주공께서도 잘 알고 계시지 않습니까?"

"그때는 조조가 스스로 배와 배를 못질해서 생긴 결과이니 반드시 방통의 공만은 아니라고 생각하오. 어떻든 나는 저자를 등용하지 않겠소."

노숙은 방통에게 손권의 결심을 전할 수밖에 없었다.

"모처럼 귀공을 천거했습니다만 성사되지 못했소. 그러니 조금 더 참고 기다려주십시오."

방통은 시무룩한 표정만 짓고 아무 말이 없었다.

"혹시 우리 동오에 절망하신 것은 아닙니까?"

그러나 이번에도 방통은 대꾸를 하지 않자 노숙이 다시 물었다.

"귀공과 같이 세상을 구제할 큰 재주를 지니셨다면 어디를 가시든지 그 뜻을 펴실 수 있을 것입니다. 장차 어디로 가시려고 하십니까?"

"조조를 찾아갈까 하오."

"그것은 돼지에게 진주를 주는 격이니 아예 형주로 가심이 어떠신지요? 유 황숙 같으면 틀림없이 중용하실 것이외다."

"실은 그럴 작정이오. 조조에게 간다고 한 말은 그냥 해본 말이오. 내 어찌 조조를 찾아가겠소이까?"

"그러시다면 제가 유 황숙 앞으로 천거하는 글을 써드리겠으니 부디 유 황숙을 도와주십시오. 그래서 손과 유씨 양가가 협력하여 조조에 대항할 수 있도록 힘써주십시오."

"내 뜻도 바로 그것이었소이다."

이리하여 방통은 노숙이 써준 천거장을 가지고 형주를 향해 떠났다.

부군사가 된 방통

때마침 공명은 네 군을 순시하러 나가 있었는데 그 사이 강남의 명사 방통이 내방했다고 문지기가 보고하자 유비는 만사 제쳐두고 즉시 그를 모셔들이라고 일렀다. 그도 방통의 이름은 익히 들어서 알고 있었기 때문이었다.

방통은 유비 앞에서 그대로 선 채 두 손을 쥐고 고개를 수그린 장읍불배(長揖不拜)를 하였다. 유비는 방통의 생김새와 옷차림을 보고 기이한 생각이 들었지만 우선 예를 갖추어 말을 꺼냈다.

"먼길을 오시느라고 수고하셨습니다."

방통은 노숙의 천거장이나 공명이 했던 말을 꺼내지는 않고 그저 유비의 말에 대답을 할 뿐이었다.

"인재를 모으신다는 소리를 듣고 찾아왔소이다."

이 말에 유비가 제안해보았다.

"이곳 형주도 이제는 제법 안정이 이루어져서 관리들은 어지간히 등용되어 있습니다. 그런데 마침 여기서 동북 쪽으로 일백삼십 리쯤 떨어진 뇌양현(耒陽縣)에 현령 자리가 비어 있습니다. 우선 그곳에 부임하는 것이 어떻겠습니까? 장차 다른 자리가 생기는 대로 바로 중용하겠습니다."

봉추는 유비의 이같은 냉대를 받고는 여기서 자기 재주와 학문을 보여줌으로써 자기에 대한 선입견을 바꿔줄까 하는 생각이 들었지만 마침 공명도 없으니 그래봤자 별다른 수가 있을 것 같지 않아서 결국은 보잘것없는 그 자리를 허락하고 나왔다.

이렇게 봉추는 뇌양현의 현령으로 부임하기는 했지만 정무는 전혀 돌보지 않고 오직 술 마시는 일을 낙으로 삼으며 지냈다. 고을 백성들의 경제나 애로사항은 전혀 듣지도 않고 처리하지도 않았다. 그때 누군가가 '방통의 부임 이후에 뇌양현의 행정이 엉망으로 흐트러졌다'는 사실을 유비에게 보고했다.

이에 유비는 크게 노하여 장비를 불러 엄명을 내렸다.

"괘씸하구나! 자네는 형주 남쪽의 각 현들을 순찰하여 부정을 범한 자가 있으면 엄중히 문초를 하고 일에 소홀함이 생기지 않도록 손건과 동행하도록 하게."

이렇게 해서 장비가 손건과 더불어 뇌양현으로 들어서니 관·군·민 등이 성 밖으로 마중하러 나왔으나 유독 현령의 얼굴만 눈에 띄지 않았다.

장비가 물었다.

"현령은 무엇 하느냐?"

관리의 우두머리 하나가 답했다.

"무엇을 하기는요. 방통은 부임 후로 일백 일이 지났건만 정무는커녕 날마다 술타령이옵지요. 오늘도 술에 취해 아직도 자리에서 일어나지 못하여 자고 있습니다."

이 말에 장비가 만면에 노기를 띠고 그를 당장 잡아들이라고 하자 손건이 가까스로 말렸다.

"방통쯤 되는 명사를 그렇게 대해서는 안 됩니다. 일단은 현청에 들어가 자초지종을 알아낸 후에 그를 처리해도 늦지는 않을 것이오."

장비는 손건의 권고에 따라 우선 현청으로 들어가 현령을 불러내었다. 그러자 방통이 관을 비뚤게 쓰고 의관도 제대로 갖추지 않은 차림으로 휘청거리며 걸어나왔다. 그 모습에 장비가 화가 나서 큰소리로 말했다.

"우리 형님께서는 그래도 자네를 사람으로 보고 모처럼 현령의 벼슬을 내리셨는데 지금 그 모습이 무엇인가?"

방통이 너털웃음을 웃더니 대꾸했다.

"무엇이라니? 그 무엇이 무슨 소리요, 장군?"

"여기 뇌양현에 현령으로 부임한 지 일백 일이 지나도록 술만 퍼마시고 정무를 돌보지 않으니 이것이 곧 나라 일을 그르치는 것이 아니냔 말이오?"

"여보시오, 장군. 이까짓 새끼손가락 끝만도 못한 조그마한 현에서 행정이니 정무니 할 것이 뭐 있겠소? 자, 거기 앉아서 내가 처리하는 일이나 구경하고 계시오."

방통은 장비 앞에서 이렇게 겁도 없이 큰소리를 치고는 관리의 우두머리를 시켜 그 동안 밀려 있던 민원을 가져오라 명하였다. 그러자 관리들이 잔뜩 쌓인 민원 서류를 줄줄이 들고 나왔다.

방통은 소송이나 민원을 올린 사람들을 현청 앞으로 불러 모아 앉혔다. 그러고는 주필(朱筆)을 들어 문서에다 일일이 판결문을 적어내려갔는데 곡직(曲直)을 판가름해 선언하는 그 지령이 어찌나 명쾌하고 분명한지 사람들은 아무 대꾸도 하지 못하고 그저 수긍하며 따를 뿐 잘잘못이 모두 드러나 한 치의 착오도 없었다.

현민들이 모두 놀라고 장비와 손건도 눈이 휘둥그레졌다. 이렇게 민첩하게 처리하니 두세 시간 만에 일백여 일 동안의 정무가 일순간에 일소되고 말았다.

일을 다 마친 방통이 장비에게 일렀다.

"자, 이래도 내가 정무를 그르친다고 하겠소? 나는 조조나 손권의 일 모두를 훤히 들여다보듯 하는데 이런 조그만 현에서의 일에 어찌 내가 만족하겠소이까?"

장비는 깜짝 놀라 사죄했다.

"제가 선생의 비범한 재주를 몰라보고 무례를 범했습니다. 돌아가서 형님께 즉각 선생을 천거하도록 노력하겠습니다."

방통은 이때야 비로소 노숙이 써준 천거장을 내놓았다. 그것을 받아든 장비가 의아해하며 물었다.

"왜 이것을 처음부터 우리 형님께 보여드리지 않았습니까?"

"먼저 유비 공께서 사람을 알아보신다기에 한번 시험해보고 싶었고 또, 천거장에 의지할 정도의 사람이 되고 싶지는 않았기 때문이오."

장비는 손건에게 감사했다.

"참으로 다행이오. 공이 한 마디 도움말을 주지 않았더라면 방통 같은 큰 인물을 죄인으로 만들 뻔했소."

장비와 손건은 이렇게 임무를 수행하고 형주로 돌아와 유비에게 자초지종을 낱낱이 보고했다. 그러자 유비가 크게 놀라서 말했다.

"내가 큰 실수를 저질렀구나."

이에 장비가 노숙의 천거장을 내놓았는데 그 내용은 이러했다.

방통은 일개 고을을 맡을 인물이 아닌 천재이니 주(州)의 최고 고문관으로라도 기용하신다면 크게 빛을 발할 줄 아옵니다. 만약 그의 외모에 구애되어 경멸하셨다가는 그를 다른 곳으로 빼앗기게 될 것이니 부디 잘 고찰하시어 등용하십시오.

유비는 이 글을 읽고 자신의 눈이 어두웠음을 탄식했다. 그때 공명이 돌아와 물었다.

"방통은 요즘 잘 계신가요?"

"뇌양현의 현령 자리를 맡겼더니 낮이고 밤이고 술독에 빠져 지냈다 하오."

이 말에 공명이 크게 웃고는 천천히 말했다.

"방통은 큰 인물입니다. 그 정도의 조그만 현을 다스릴 인물이 아니지요. 그의 학문의 깊이로 본다면 그보다 열 곱이나 중요한

자리에 있어야 마땅합니다. 그리고 제가 추천장을 써주었는데 받
아보셨는지요?"

"아니, 아직 못 받았소. 단지 오늘에야 노숙의 천거장을 받아보
았을 뿐이오."

공명은 무릎을 치며 고개를 끄덕이고는 말했다.

"큰 인물을 큰 인물로 보아 주지 않으면 술에 취해서 자기의
지위나 재능을 감추게 마련입니다. 방통에게 행정사무를 맡기시
다니 천부당만부당한 처사입니다."

유비는 그제서야 비로소 눈을 뜬 듯했다.

"장비의 보고가 없었더라면 내가 큰 실수를 범할 뻔했소."

유비는 장비를 다시 뇌양현으로 보내어 방통을 모셔오게 했다.
그제서야 방통은 공명의 추천장을 꺼내놓았다. 방통이 형주에 도
착하여 찾아오거든 즉시 중용시키라는 내용이었다. 유비는 흠칫
놀라며 깨달은 바가 있었다.

"그 옛날 수경 선생(水鏡先生) 곧 사마휘(司馬徽)가 내게 말하기
를 복룡(伏龍)과 봉추(鳳雛)* 두 사람 중에 하나를 얻는다면 천하
를 평정할 수 있을 것이라 했었네. 그런데 이제 나는 그 두 사람
을 모두 얻었으니 한나라를 반느시 부흥시길 수 있을 것이다."

이에 유비는 방통을 부군사(副軍師)이자 중랑장으로 임명하고는
공명과 더불어 정치적으로 가장 중요한 일에 참여케 하는 한편,
군의 운영과 원정 활동을 전담하게 하였다.

---

* 복룡·봉추(伏龍鳳雛):연못 속 깊이 숨어있는 용과 봉화의 새끼라는 뜻인데, 기회
가 있으면 크게 실력을 발휘할 수 있는 영웅을 이르는 말. 수경 선생 사마휘(司馬
徽)가 제갈량(諸葛亮)과 방통(龐統)에게 붙인 호이다. 복룡은 와룡(臥龍)이라고도 함.

들통난 마등의 계략

이 일이 허도에 있는 조조의 귀에까지 들어갔다. 유비가 공명과 방추의 도움을 받으며 군비에 만전을 기하고 난 후 동오와 손잡고서 머지않아 북벌을 도모할 것이 틀림없다는 소문이 나돌았다. 이에 조조는 남정을 획책하며 회의를 소집하였다. 순유(荀攸)가 나서서 진언했다.

"주유의 장례를 치른 지 얼마 안 되니 우선 손권을 치고 다음에 유비를 공격하는 것이 좋을 것 같습니다."

조조가 염려스러운 얼굴로 말했다.

"내가 원정에 나서면 마등(馬騰)이 허도를 침공할 것일세. 실제로 적벽 싸움 때에도 서량 방면이 위태롭다는 풍문이 돌았지. 그러니 우선 이 방면의 방비를 철저히 하도록 하시오."

"그렇다면 마등을 정남장군(征南將軍)으로 천거해서 황제의 이름으로 손권을 치라고 명하십시오. 그래서 그자가 허도로 나오면 그때 목을 쳐서 남정에 후고(後顧)의 우려를 없애는 것이 좋겠습니다."

조조는 즉시 서량의 마등에게 사자를 급파시켰다.

마등의 자는 수성(壽成)으로 한나라의 명장 복파장군(伏波將軍) 마원(馬援)의 후예였다. 그의 부친인 숙(肅)은 자를 자석(子碩)이라 하는 환제(桓帝) 때 천수난간현(天水蘭干顯)의 관리였는데 실직하여 유랑하는 신세로 있을 때 농서(隴西)의 강인(羌人:티벳 계의 탕구트 족)들과 어울려 지내다가 그들의 여자를 아내로 삼고 등(騰)을 낳은 것이었다.

마등은 키가 여덟 척의 거한이었으나 성격이 아주 온순해서 많은 사람들이 그를 따랐다. 영제(靈帝) 말년에는 강인들이 자주 반란을 일으켰는데 마등은 민병을 모집해서 그들을 진압시켰고 초평(初平) 연대의 말엽에는 그런 토벌의 공적으로 정서장군(征西將軍)으로 임명되어 진서장군(鎭西將軍)인 한수(韓遂)와 의형제를 맺기까지 했다.

조조의 사자가 도착한 바로 그날, 마등은 장남 마초(馬超)를 불러놓고 의논하였다.

"예전에 동승(董承)을 통해 밀조(密詔)를 전달받은 뒤로 나는 유비와 손을 잡고 조조를 칠 생각으로 있었는데 동승은 잡혀서 참형을 당하고 유비는 연달아 싸움에 지고만 있었다. 그래서 나는 이 구석진 서량 땅에 머물러 있으면서 어쩔 방법을 구하지 못했는데 근자에 듣자 하니 유비가 형주 땅을 손에 넣었다고 하는구나. 그래서 나도 조조를 물리치려는 염원을 이룰까 하는데 하필이면 이때 조조가 나를 초청했으니 이를 어찌하면 좋단 말이냐?"

마초가 대답했다.

"조조는 황제의 어명을 구실로 아버님을 초청한 것이오니 만일 이를 거절하면 모반이니 반역이니 하고 트집을 잡고 물고 늘어질 것입니다. 그러니 차라리 조소가 부르는 것을 기화로 허도에 들어가서 조조를 덮쳐 공격하시면 어떻겠습니까?"

이때 마등의 조카 마대(馬岱)가 간언하며 말렸다.

"조조는 비범한 놈이니 숙부께서 그곳에 함부로 나가셨다 무슨 일을 당할지 모르는 일이옵니다."

그러자 마초가 제의했다.

"그러면 제가 서량의 병력 전체를 이끌고 아버님을 수행하여 허도로 쳐들어가서 천하의 국적 조조를 제거해버리겠습니다."

마등이 아들을 저지하며 말했다.

"너는 강인의 군사를 거느리고 이 서량 땅을 지켜주기 바란다.

나는 둘째 마휴(馬休)와 셋째 마철(馬鐵) 그리고 조카 마대를 데리고 가겠다. 그래서 네가 서량에 남아 있고 한수의 도움을 받는다는 것을 알게 되면 조조는 내게 도전해오지 못할 것이다.”

마초가 말했다.

“아버님, 도착하시는 대로 허도의 성 안으로 곧장 들어가지 마시고 동정을 살피고 조처를 취한 후에 들어가십시오.”

마등은 걱정하지 말라면서 말했다.

“내 나름대로 생각이 있으니 너무 신경쓰지 말아라.”

이리하여 마등은 서량의 오천 군병을 동원하여 진군하였는데 전위는 마휴와 마철이 맡아 지휘하였고 후위는 마대가 맡았다. 이들은 허도를 향해 충실히 진군하여 성 밖 이십 리 지점에 진을 쳤다.

조조는 문하시랑(門下侍郎:문하성의 차관쯤 되는 자리)인 황규(黃奎)를 불러들여 일렀다.

“마등이 남정길에 나섰다고 하오. 그래서 이에 그대를 행군참모로 임명하니 우선 마등의 진지로 찾아가서 위문하고, 마등에게 이렇게 전하도록 하시오. 서량은 머나먼 곳으로 식량을 보급받기 어려울 것이니 쓸데없이 병력을 낭비하지 말고 대신 내가 대군을 내어줄 테니 같이 가도록 하라고 말이오. 그러면 내일 내가 그를 입성케 하여 황제를 배알케 한 후 그때 식량과 말에게 먹일 풀 등을 공급해주도록 조처를 취하겠소.”

황규는 지령대로 마등의 진지로 그를 찾아갔다. 마등은 술자리를 베풀어 환대하였고, 이에 응한 황규가 자리를 함께 하여 거나하게 술기운이 올랐을 때쯤 입을 열었다.

“나는 나의 아버님 황완(黃琬)께서 이각(李催)과 곽사(郭汜)의 난으로 돌아가신 것을 지금까지도 한으로 여기고 있소이다. 그런

이 사람이 어찌된 일인지 황제를 기만하는 국적 놈 밑에서 부림을 당하고 있소이다.”

“아니, 그 국적이란 누구를 가리키는 것이오?”

“그야 물론 조조지요. 귀공께서 그것을 모르실 리 없는데 어찌 딴전을 피우십니까?”

마등은 황규가 조조의 앞잡이가 되어 자신을 떠보는 것은 아닐까 하는 의심이 들어 얼른 그의 입을 막으려 하였다.

“남이 듣겠소. 어찌 그런 말을 함부로 말하시오?”

황규가 말했다.

“귀공은 동승을 통해 받은 밀조를 잊으셨단 말이오?”

마침내 마등은 황규의 진의를 알게 되어 자기의 본마음을 그에게 털어놓았다. 그러자 황규도 사실을 털어놓았다.

“조조는 귀공의 입성을 요구하면서 황제께 배알하도록 한다지만 거기에는 어떤 수작이 있으니 주의하십시오. 내일 성 아래에 병력을 늘어놓고 있다가 조조가 성에서 나와 열병식을 거행할 때 그를 치면 거사를 단번에 성공시킬 수 있을 것입니다.”

두 사람은 의기가 투합되어 계속 이야기를 나누다가 헤어졌다. 그리하여 황규는 흥분을 억제하지 못하고 있었는네 이를 본 부인이 왜 그러느냐고 물어도 그는 대답하지 않았다.

이즈음에 황규의 애첩 이춘향(李春香)은 황규의 처남, 곧 정실부인의 남동생인 묘택(苗澤)과 남몰래 정을 통하고 있는 사이였다. 묘택은 춘향을 완전히 자기 여자로 차지하고 싶었지만 별다른 방도가 없어서 고민하고 있는 처지였다.

이날 춘향이 황규의 흥분 상태를 목격하고 묘택에게 일렀다.

“오늘 황 시랑이 마등을 만나고 온 후로 왠지 흥분한 상태로 있는데 그 이유를 모르겠습니다.”

“그러면 매형에게 ‘유 황숙은 인덕으로 소문이 나 있고, 조조는 천하의 간인으로 소문이 자자한데 왜 그런지 아십니까?’ 하고 물어 그의 의중을 한번 알아보구려.”

그날 밤 황규는 춘향의 방에 머물렀다. 춘향은 묘택이 일러준 대로 술상을 차려놓고 갖은 교태를 부려가며 황규의 의중을 떠보았는데 결국 황규는 술에 취해서 횡설수설하기 시작하였다.

“너는 일개 계집의 몸이지만 그래도 무엇이 옳고 무엇이 그른지는 판단할 수 있을 테지. 그러니 하물며 남자인 내가 그것을 모르겠느냐? 너무나 잘 알고 있단 말이다. 나는 조조에게 한이 맺힌 사람이니 기필코 그를 죽일 작정이다.”

그러자 애첩 춘향은 더욱더 몸이 달아 그에게 바짝 붙어 물었다.

“죽이다니요? 어떻게 조조를 죽인단 말입니까?”

“이미 마등 장군과 다 협의해놓았다. 내일 조조가 성 밖에서 열병식을 사열할 때 죽이기로 되어 있다.”

앞뒤 생각 없이 의중을 털어놓은 황규의 말을 춘향이 묘택에게 안 알렸을 리 없었다. 묘택은 그 길로 조조에게 이 사실을 알렸고 조조는 조용히 조홍과 허저를 불러들여서 이렇게저렇게 하라고 밀령을 내렸다. 그리고 하후연과 서황도 불러들여 그들에게도 다른 밀령을 내렸다. 네 장수는 각기 고개를 끄덕이고 물러갔으며 조조는 곧 황규와 그 일가를 모조리 잡아들이라고 명했다.

마등의 죽음

이튿날 마등은 황규가 당한 일은 까마득히 모른 채 서량의 군병을 성 아래로 바짝 접근시켰다. 그러자 홍기들이 보이고 승상의 깃발도 그 안에서 펄럭이고 있는 것이 보였다. 마등은 조조가 열병식에 참석한 줄로 알고 부리나케 말머리를 돌려 진격하려

했다. 그런데 순간 화전(火箭)이 날아와 터졌고 적진의 홍기가 좌우로 벌어지더니 그 사이로 화살이 빗발치듯이 날아왔다. 그 부대의 선두에 한 장수가 섰는데 자세히 살펴보니 그는 조조가 아니라 조홍이었다.

마등은 깜짝 놀라 형세가 불리함을 깨닫고 달아나려 했지만 사방에서 함성이 울려퍼지고 왼쪽에서는 허저가, 오른쪽에서는 하후연이, 뒤에서는 서황이 군사들을 이끌고 진격해와 정신을 차릴 수가 없었다. 이렇게 조조는 서량의 군부대를 양단하고 마등 부자를 포위했다.

마등은 죽을 힘을 다해 정신없이 싸워 포위망을 뚫으려 했고 아들 마철은 정신없이 날아온 화전에 맞아 쓰러졌다. 마휴는 마등을 호위하며 좌우로 베고 찌르고 휘둘렀지만 돌파하기에는 역부족이었다. 마침내 그들도 부상을 당하고 말도 화살에 맞아 쓰러져 사로잡히고 말았다.

조조는 황규와 마등 부자에게 오라를 지게 한 후 눈앞으로 끌고 나오게 하였다.

그들을 대질시키려 하자 황규가 소리쳤다.

"대체 내게 무슨 죄가 있다고 이러시오?"

그러자 조조는 묘택을 불러내 그와 대면케 하였다. 황규는 분통이 터졌지만 어쩔 수가 없었다.

"이 어리석은 놈! 네 놈 때문에 모든 일이 엉망이 되었구나. 내가 국적을 처단하지 못함은 이 또한 천(天)이요, 명(命) 때문이로다."

마등이 이렇게 절규를 했지만 조조는 눈 하나 깜짝하지 않고 그를 앞으로 끌어내라고 명했으며 마등은 목이 달아나는 그 순간까지도 조조에 대한 욕설을 그치지 않았다. 결국 마등은 마휴·황규와 더불어 참형에 처해졌다.

한편 묘택은 조조에게 자기 공을 물리면서 아뢰었다.

"저는 포상 같은 것은 사양하옵니다. 오직 춘향을 저에게 주시기만 하면 그것으로 만족하옵니다."

그러나 조조는 이렇게 말했다.

"일개 계집에 미쳐 자형의 집안을 망치게 한 극악무도한 네 놈이 어찌 살기를 바라느냐?"

결국 묘택과 이춘향을 비롯하여 황규 일가는 모두 고을 한복판의 형장에서 참살당하고 말았다. 구경꾼들이 이를 보고 한탄하지 않은 이가 없었다.

처형을 끝낸 조조는 서량의 군사들에게 가서 그들을 달래고 회유시켰다.

"마등 일당의 모반에 너희들은 관계가 없는 것으로 알고 있으니 마음 놓고 군무에 충실하도록 하라."

그러는 한편, 요소요소에 병력을 배치하여 마대를 잡으려고 손을 썼다.

이때 마대는 후위를 맡고 있었기 때문에 훨씬 늦게 도착했는데 패주하는 전위와 본대의 병사들을 만나 사실을 알게 되고는 깜짝 놀라지 않을 수 없었다. 결국 마대는 이끌고 온 일천 병력을 내버리고 행상 차림으로 변장하여 밤의 어둠 속으로 달아나 버렸다.

마등을 처형한 조조는 남정할 계획을 세웠는데 그때 염탐꾼이 돌아와 보고하였다.

"유비가 군을 정비해서 서천을 향해 출격 준비를 하고 있습니다."

이 말에 조조는 가슴이 뜨끔했다. 유비가 서천을 차지하게 되면 자신에겐 매우 불리해지므로 이 일을 어찌해야 좋을지 모르고 있는데 장수 하나가 나서며 말했다.

"저에게 계략이 하나 있습니다. 유비와 손권을 이간질시켜 강남과 서천을 승상의 것으로 만들어 보이겠습니다."

이는 서량의 호걸이 육(戮:죽음)을 당한 마당에 남국의 영웅이 앙(殃:재앙)을 받으려 하는 형세였다. 과연 이 계략을 제의한 자는 누구란 말인가!

제 58 회 마초의 계략에 걸린 조조

마 맹 기 흥 병 설 한　　조 아 만 할 수 기 포
馬孟起興兵雪恨　　曹阿瞞割鬚棄袍

마초가 기병하여 원한을 풀려 하고
조조는 홍포를 버리고 수염이 깎이다

마초와 유비의 결탁

조조에게 계략을 제안한 사람은 치서시어사(治書侍御史)인 진군(陳群)으로 자는 장문(長文)이라고 하였다. 조조가 눈을 동그랗게 뜨고 그에게 물었다.

"그래, 어떤 계책인가?"

"지금 유비와 손권은 연합한 상태에 있습니다. 그런 상황에서 유비가 만약 진심으로 서천 땅을 노린다면 승상께서 휘하 장수를 출병케 하여 합비(合淝)의 부대와 함께 강남을 공격해보십시오. 그러면 손권은 당연히 유비에게 구원을 청하겠지만 유비가 서천에 욕심을 갖고 있다면 손권을 도와주러 나설 리가 없습니다. 그럴 경우 손권 혼자의 힘으로 강동을 지키는 것은 역부족이오니 결국 강동 땅은 승상의 차지가 될 것입니다. 강동이 그리 되면 형주 땅 역시 언제라도 손아귀에 넣을 수 있게 됩니다. 형주를 그렇게 차지하신 뒤에 서서히 서천을 처리하시면 천하가 원활히 평정될 것입니다.”

“나 역시 그럴 생각이었소.”

조조는 곧바로 삼십만 대군을 강남으로 보내기로 하고, 합비의 장료(張遼)로 하여금 군량을 준비시켜놓도록 명했다.

오래지 않아 이 정보는 손권의 귀에까지 들어가게 되었으므로 손권이 여러 장수들을 모아 협의하였다. 이에 장소가 건의했다.

“노숙으로 하여금 편지를 쓰게 해서 형주로 보내심이 어떨까요? 우리와 함께 조조의 공격을 막자고 제의하는 것이지요. 유비는 노숙의 은혜를 입은 바도 있으니 싫다고 거부하지는 못할 것입니다. 또한 지금은 우리 동오의 사위이기도 하니 결코 이 제의를 뿌리치지 못할 것이고, 이렇게 유비의 원조가 있으면 우리 강남 땅은 안전을 유지할 수 있을 것이옵니다.”

손권은 장소의 말에 따라 노숙에게 사신을 보내어 유비에게 연락을 취하도록 명하였다. 노숙은 즉시 유비에게 서신을 써서 사자를 급히 보내었다.

유비는 노숙의 서신을 받아보고 우선 사자를 숙사에서 묵게 한 뒤 남군 쪽에 가 있는 공명을 급히 불렀다. 이윽고 형주에 돌아온 공명이 노숙의 편지를 읽어보고 말했다.

“강남이고 형주고 할 것 없이 군사 하나 움직일 필요가 없습니다. 제게 조조를 꼼짝 못 하게 할 방법이 있습니다.”

그리하여 유비는 노숙의 사자에게는 조조의 군사가 침공하면 황숙께서 힘을 합쳐 반드시 격퇴시킬 것이니 염려하지 말라는 회신을 써주어 돌려보냈다. 그런 뒤에 공명에게 물어보았다.

"조조는 삼십만 대군에다 합비의 병력까지 합쳐 단숨에 쳐들어오겠다고 하는데 군사께서는 과연 어떤 묘계로 격퇴시키려 하시오?"

이에 공명이 진언하였다.

"조조로서는 전부터 서량의 군대가 두통거리였습니다. 그런데 최근에 조조가 마등을 죽였으므로 서량에 있는 마등의 아들 마초는 틀림없이 조조를 죽이기 위해 벼르고 있을 것입니다. 그러니 이제 주공께서 편지를 쓰시어 마초에게 함께 손을 잡고 조조군을 치자고 설득하여 그의 병력을 중원 땅으로 진출케 한다면 조조로서는 강남으로 한눈을 팔 처지가 못 될 것입니다."

유비는 즉석에서 편지를 써서 심복에게 주며 서량으로 보냈다.

한편, 양주 땅의 서쪽에 있었던 마초는 자신이 눈 속에 누워 자고 있다가 호랑이 떼에 쫓기는 꿈을 꾸고 놀라서 깨어났다. 불길한 생각에 장수들을 모아놓고 꿈 이야기를 했더니 그들 가운데 한 장수가 꿈풀이를 하였다.

"이는 불길한 꿈입니다."

이렇게 말한 이는 마초가 가장 신뢰하는 부하 방덕(龐德)으로 자는 영명(令明)이었다.

"왜 불길하오?"

"눈 속에서 범을 만났으니 이는 대흉(大凶)입니다. 혹시 아버님이 허도에서 어찌되신 것은 아닐까 합니다."

그때 마대가 피투성이가 되어 뛰어들어왔다.

"숙부님과 마휴, 마철도 모두 돌아가셨소! 숙부께서는 시랑인 황규와 함께 조조의 암살을 기도하시다가 그만 그 비밀이 새어나가 참형에 처해졌습니다. 또한 마휴와 마철도 같이 죽음을 당

했는데 저만이 후위로 뒤따라가다가 간신히 도망쳐나와 나그네
차림으로 눈을 피해 가까스로 돌아온 것입니다.”
　이렇게 말한 마대가 옆으로 쓰러져 눈물을 흘리니 장수들이
그를 일으켜 앉히며 위로하였다. 마초가 분해하며 이를 갈고 부
친과 아우들의 죽음을 애도하고 있는데 유비의 편지가 날아들었
다.

　　한나라 황실의 행복은 보이지 않고 조조의 횡포만이 세상에
가득하니 백성들은 참으로 가련한 처지에 놓여 있소. 이 몸은
옛날 귀하의 엄친과 더불어 황제의 밀조를 받자옵고 맹세코 조
조를 타도하고자 한 바 있었는데 그 엄친께서 이제 조조의 손에
해를 입고 마셨소. 하여 이제 귀하에게 조조는 불구대천(不俱戴
天:하늘을 같이 이고 살 수 없음)의 원수임에 다름이 없사오니 서
량의 병력으로 조조의 측면을 공격하신다면 이 사람 또한 형주
의 병력으로 그의 정면을 찌르겠소. 이렇게 해서 그가 잡히고
그의 당파가 멸망하면 귀하에게는 다시없는 복수가 되는 것이고
한나라 황실도 다시 부흥하게 될 것이오. 글로는 도무지 그 뜻
을 다 알릴 수 없으니 부디 자상히 살피어 신속히 회답을 주기
바라오.

　유비의 글을 읽은 마초는 흐르는 눈물을 닦으며 회신을 적어
형주의 사자 편에 보내고 곧바로 병력 배치에 착수하였다. 그때
서량의 태수 한수(韓遂)가 급히 부르기에 올라가보니 조조에게서
온 한 통의 편지를 꺼내 보였다.

　　마초를 포박해서 허도로 압송해오면 그대를 서량후(西凉侯)로
봉하리라.

마초는 태수 한수 앞에 엎드려 하소연하였다.

"태수께 폐를 끼칠 수 없사오니 차라리 저를 포박하여 허도로 보내주십시오."

한수는 마초를 일으켜 세우며 말했다.

"내 그대의 선친과는 의형제를 맺은 사이였는데 어찌 자네를 박대할 수 있겠는가? 자네가 정작 싸움을 벌인다면 나 역시 기꺼이 그대를 지원해주겠네."

마초는 엎드려 감사의 예를 드렸다. 한수는 조조의 사자를 베어 죽임으로써 조조에 대한 대답으로 갈음하고 즉시 여덟 부대를 동원하기로 조처하였다.

후선(侯選)·정은(程銀)·이감(李堪)·장횡(張橫)·양흥(梁興)·성의(成宜)·마완(馬玩)·양추(楊秋)의 여덟 장수가 각 부대의 선봉장이 되었고 이들은 한수와 함께 출진하여 마초의 부하인 방덕과 마대가 합류해서 총 이십만 대군이 장안으로 향하였다.

장안성을 함락한 마초

장안의 군수 종요(鍾繇)는 조조에게 서량의 이십만 군사가 쳐들어온다는 사실을 긴급히 보고하고 재빨리 방어 준비를 갖추었다. 서량 군은 먼저 선봉인 마대가 일만오천 병력으로 산과 들에 군사들을 가득 풀어 마치 벌떼가 일시에 공격하듯 밀어닥쳐 왔다.

장안 군에서는 대장 종요가 말을 달려 뛰어나갔다. 마대 역시 달려나와 칼로 맞서자 종요가 당해내지 못하고 달아나기 시작했다. 마대는 칼을 빼든 채 말을 달려 그를 추격하였다. 마초와 한수의 대군도 곧 도착하여 장안성을 포위하니 종요는 성 안으로 들어가서 방어에 모든 힘을 다하였다.

본래 장안은 서한(西漢:한나라를 둘로 나누어 앞이 되는 전한(前漢)을 서한이라 하고, 뒤가 되는 후한(後漢)을 동한(東漢)이라고 한다)의 수도였던 성으로 성곽이 견고하고 해자(垓字)도 깊어서 쉽게 함락시킬 수 없었다. 서량의 군사들은 열흘 동안이나 포위하여 공격했으나 성은 끄떡도 하지 않았다.

그러자 방덕이 계책을 말했다.

"알아보니 성 안은 땅이 단단하게 굳어 있고 물도 소금기가 있어서 마시지 못하며, 나무가 자라지 않아 땔감도 부족하다 합니다. 그 동안 열흘이나 포위해왔으니 군과 백성 모두 지쳐 있을 것이고 바로 그 약점을 노려 우리가 일단 철수하는 척하고 포위망을 풀어주어 여차여차하면 틀림없이 장안성을 함락시킬 수 있을 것입니다."

마초가 고개를 끄덕이며 말했다.

"그럴듯한 생각이오."

마초는 즉시 각 부대에 '영(令)'자의 기를 돌려 후퇴하도록 명했다. 마초는 친히 후위를 이끌고 철수작전을 통제하여 전군이 완전히 성 밖으로 멀리 떠났는가를 확인하였다.

이튿날 종요는 성벽 위에 올라가보고 포위망이 풀린 사실을 알게 되었다. 혹시 계략이 있는 것은 아닐까 하는 의심에 염탐꾼을 내보내 살펴보도록 하였으나 적군의 철수는 분명했다. 종요는 비로소 안심이 되어 성 안의 군사와 백성들에게 성 밖으로의 출입을 허용하여 물을 긷고 식량과 땔감을 구해오도록 하였다.

그렇게 닷새째가 되는 날 어디서부터 시작되었는지 알 수 없는 가운데 서량 군이 다시 쳐들어온다는 소문이 돌았다. 종요는 다시 성문을 잠그고 방어태세로 들어갔고, 종요의 아우 종진(鍾進)은 성곽의 서문을 지키고 있었다.

그날 한밤중에 서문 안에서 불길이 솟아올랐다. 깜짝 놀란 종

진이 급히 달려갔더니 어둠 속에서 어떤 사람이 칼을 휘두르며
외쳐대었다.

"나는 서량 군의 방덕이다!"

방덕은 땔감을 구하고 물을 길러 나갔다 돌아오는 사람들 틈
에 섞여 몰래 잠입한 것이었다. 종진은 방덕이 휘두르는 칼 앞에
손 한 번 제대로 쓰지 못하고 그 자리에서 장작처럼 두 동강이
나고 말았다. 방덕은 그 여세를 몰아 서문의 수비병들을 무찔러
버리고 성문을 열었다. 마초와 한수 부대가 물밀듯이 입성하였다.
종요는 동문으로 빠져나가 자취를 감추었다. 마초와 한수는 이렇
게 장안성을 점령하여 휘하 장졸들의 공로를 치하하고 잔치를
베풀어 그들을 후하게 위무해주었다.

달아난 종요는 동관(潼關)에 진을 치고 조조에게 급보를 띄웠
다. 장안성이 함락되었다는 소식을 접한 조조는 이러한 판국에
남쪽을 정벌할 생각도 못하고 조홍과 서황을 불러놓고 일렀다.

"너희는 일만 병력을 이끌고 가서 종요 대신 동관을 지키도록
하라. 만일 열흘도 못 가서 동관마저 함락된다면 너희는 참수형
을 면치 못할 것이고, 열흘 동안만 버티게 되면 너희는 책임을
면하게 될 것이다. 내가 곧 대군을 거느리고 그곳으로 갈 것이다."

조홍과 서황은 동관을 향해 급히 떠났다. 그들이 떠난 뒤에 조
인이 조조에게 아뢰었다.

"조홍은 성미가 워낙 급해서 일을 그르칠 것 같습니다."

그러나 조조는 그의 말을 무시하고 명했다.

"너는 군량미와 양초를 넉넉히 준비한 뒤 내 부대의 뒤를 따라
오너라."

한편 조홍과 서황이 동관에 이르러 종요 대신 관문을 지키며
병사들에게는 절대로 관문 밖으로 나가서 싸우는 일이 없도록
주의를 시켰다.

마초는 관문 바로 앞까지 접근하여 갖은 욕설을 퍼부으며 싸움을 걸어왔다. 그는 조조는 물론이고 그의 부친과 조부 등에 대해서도 마구 욕설을 해대고 매도했다. 이를 듣다 못한 조홍이 나가서 싸우겠다고 악을 쓰자 서황이 그를 붙들어 말렸다.

"마초가 저러는 것은 장군을 유인하려는 모략이니 상대해서는 안 되오. 조금만 더 참고 계시면 승상의 대군이 와서 저절로 해결될 것이오."

마초는 밤낮을 가리지 않고 장졸들을 내보내어 욕설을 퍼붓게 했다. 그럴 때마다 조홍이 뛰어나가려는 것을 서황이 말리느라고 쩔쩔매곤 하였다.

구 일째 되는 날 조홍이 관문 위에서 아래를 내려다보니 서량의 군사들이 지친 듯한 얼굴로 말에서 내려 풀밭에 눕는 것이 보였다. 그러자 조홍이 재빨리 기마 삼천 병력을 이끌고 급습했고 엉겁결에 기습을 받은 서량 군사들은 당황해서 말에 탈 겨를도 없이 뿔뿔이 흩어져 창칼을 내버리고 줄행랑을 놓기 바빴다. 조홍은 신바람이 나서 그들을 추격해갔다.

때마침 서황은 군량을 점검하고 있었는데 조홍이 관문 밖으로 출격했다는 소식을 듣고 깜짝 놀라 부리나케 뒤쫓아가며 되돌아오라고 소리쳤으나 조홍은 들은 체도 하지 않고 계속해서 서량의 군사들을 뒤쫓았다.

이때 갑자기 뒤쪽에서 터질 듯한 함성이 울리더니 마대의 부대가 산기슭에서 쏟아져나왔다. 조홍과 서황이 혼비백산하여 퇴각하는데 또다시 산 너머 저쪽에서 북소리가 울리면서 두 부대가 나타나 앞을 가로막았다. 왼쪽은 마초의 부대였고 오른쪽은 방덕의 부대였다.

순식간에 일대 혼전이 벌어졌지만 조홍은 서량 군사들을 당해낼 수가 없었다. 결국 조홍과 서황은 태반의 병력을 잃었다. 조홍은 겹겹의 포위망을 간신히 뚫고 달아나 관문 위를 향해 치달렸으나 서량 군이 그 뒤를 바짝 추격해왔다.

끝내 조홍과 서황은 관문을 포기할 수밖에 없었다. 방덕은 그 승세를 타고 동관을 차지한 뒤에도 추적의 고삐를 늦추지 않았다. 그때 조홍은 다행스럽게도 조인의 부대를 만나 구제되었다. 방덕은 마초의 지원 부대 덕분에 힘을 합쳐 동관을 완전히 점령해버렸다.

조홍이 동관을 잃고 돌아오자 조조가 힐문하였다.

"열흘 동안만 잘 지키고 있으라 했거늘 어찌하여 아흐레 만에 이 꼴이 되었느냐?"

조홍이 변명하였다.

"적군이 어찌나 무례하게 욕설을 퍼붓던지 괘씸하게 생각하던 차에 놈들이 녹초가 된 듯이 보이기에 기회라고 생각하고 뛰어나가 뒤쫓은 것이 큰 실수였습니다."

조조는 이번에는 서황을 돌아보며 힐책하였다.

"조홍이 아직 나이도 어린데다가 성미가 급하고 거친 점을 염려해서 장군을 딸려보냈거늘 사리판단에 틀림없는 장군이 어찌하여 이런 실수를 범하였소?"

서황은 이실직고하는 수밖에 없었다.

"몇 번이나 뛰어나가려는 것을 말렸습니다만 하필 제가 군량을 점검하고 있을 때 군사를 거느리고 성문 밖으로 나갔습니다. 뒤늦게 이 사실을 알게 되어 부랴부랴 뒤따라가며 되돌아오라고 했습니다만 이미 때는 늦어 적군의 계략에 빠져든 뒤었습니다."

조조는 버럭 성을 내며 당장 조홍을 참형에 처하라고 노발대발하였으나 간신히 주위에서 중재에 나서서 그를 진정시켰다. 조홍은 사색이 되어 물러갔다.

도망치는 조조

드디어 조조가 동관으로 출병하게 되자 조인이 제안했다.

"먼저 이쪽 산채를 든든히 해놓은 후에 동관을 공격해도 늦지 않을 것입니다."

조조는 이 제안을 받아들여 군사들로 하여금 나무를 베어다가 목책을 둘러치게 하였다. 세 개의 성채가 완성되어 왼쪽에는 조인이, 오른쪽에는 하후연이, 가운데에는 조조가 직접 머물렀다.

이튿날, 조조가 세 개의 성채에 주둔했던 병력을 이끌고 동관 앞으로 나가니 서량군도 이에 질세라 대진하였다.

조조가 진두에 서서 바라보니 서량 군사들은 하나같이 모두 씩씩하고 든든한 전사들이었다.

또 젊은 장수 마초의 얼굴은 분칠이라도 한 듯이 희고, 입술은 새빨갛고, 허리는 가늘며 떡 벌어진 어깨에 힘있는 목소리, 기운이 넘쳐나는 듯한 몸집으로 전포 위에 은갑옷으로 무장한 차림새로 손에 장창을 들고 말 위에 의젓하게 올라 진두에 서 있었다.

그리고 조조는 마초를 관찰하고 참으로 훌륭한 장수라고 속으로 탄복했다. 마초의 뒤쪽에는 방덕이, 앞쪽에는 마대가 서 있는 것이 눈에 띄었다.

조조는 천천히 말을 앞으로 몰아 나오면서 마초를 향해 소리쳤다.

"마초 장군은 듣게. 그대는 한나라 명장의 후손인데 어찌하여 조정을 배반할 생각을 하는가?"

이 말에 마초가 이를 갈면서 소리쳤다.

"황제를 속이려드는 이 악독한 놈! 네 놈은 내 부친과 형제의

원수가 되는 놈이니 내가 네 놈을 기필코 사로잡아 네 몸뚱이를 잘근잘근 씹어 먹을 테다.”

마초는 말을 마치자마자 조조를 향해 장창을 겨누었다. 조조의 등뒤에서 우금이 달려나가 마초와 일진일퇴를 했으나 당해내지 못하고 도망쳐 돌아왔다. 다시 우금 대신 장합이 나가 맞섰으나 그 역시 몇십 번의 접전 끝에 칼과 창으로 불꽃만 튀기다가 되돌아왔다. 이번에는 이통(李通)이 달려나갔으나 그 역시 마초의 큰 호통 소리에 기가 죽어 도망치다가 그가 던진 창에 가슴을 맞고 즉사했다. 마초가 이통의 몸에서 창을 뽑아 높이 들어 서량 군사들에게 신호하니 그들이 일제히 돌진해왔다.

조조 군의 대패였다. 서량 군의 공격이 어찌나 강하고 날카로운지 그 자리에 머물러 있을 수도 없었다. 마초는 그 여세를 몰아 방덕·마대와 더불어 일백 기마병을 거느리고 조조의 본대를 습격하여 조조를 생포하려 들었다.

조조가 그 혼란 속에서 갈팡질팡하고 있으려니 서량 군사들이 합창이라도 하듯이 외쳐댔다.

“홍포를 입은 자가 조조다!”

말 위의 조조가 흠칫 놀라서 홍포를 얼른 벗어던졌더니 서량 군사들이 다시 외쳤다.

“수염 긴 놈이 조조다.”

조조는 낭패하여 부리나케 칼을 빼들어 제 수염을 잘라버렸다. 그런데 그 광경을 목격한 서량 군사 하나가 마초에게 보고하자 마초가 빙그레 웃더니 군사들로 하여금 다시 소리치게 하였다.

“수염 짧은 놈이 조조다.”

조조는 그만 혼비백산하여 부랴부랴 군기를 찢어 자기 몸을 감싸고는 줄행랑을 쳤다.

조조가 미친 듯이 달아나는데 누군가가 뒤쫓아왔다. 돌아보니 마초였다. 조조는 가슴이 철렁 내려앉았다. 조조와 같이 달아나던 장졸들도 마초가 쫓아오는 것을 보고는 저마다 살기 바빠서 누구 하나도 조조를 돌아보려 하지 않았다.

"조조, 게 섰거라!"

마초가 소리를 지르는 것에 놀라 조조는 손에 들고 있던 채찍을 떨어뜨렸다. 더욱 바짝 쫓아온 마초는 사정권 안에 들었다고 생각하자 조조를 향해 창을 겨누었다. 조조가 보니 저만치에 굵직굵직한 나무들이 우거진 숲이 있어 재빨리 그곳으로 몸을 피했다. 끝내 마초의 창은 아슬아슬하게 조조를 피하여 나무 밑둥에 꽂혔다.

마초가 서둘러 창을 빼내는 동안 조조는 간신히 먼 곳까지 달아날 수 있었다. 마초는 그를 결코 놓칠 수 없다는 기세로 계속 추격해나갔다.

마초가 다시 조조를 추격하여 거리가 좁아졌을 때 산 위 고갯길에서 장수 하나가 뛰어내려 오며 소리쳤다.

"이놈, 우리 승상께 무슨 짓이냐? 나 조홍이 여기 있다. 덤벼라!"

그는 외날칼을 휘둘러댔고 그 틈에 조조는 달아나 위기를 면할 수 있었다.

조홍은 마초와 맞서 사오십 차례쯤 접전을 벌이는 동안 지쳐서 칼을 제대로 휘두를 수가 없었고, 숨도 차서 헐떡거렸다. 그때 하후연이 수십 명의 기마병을 이끌고 달려왔다. 혼자서 대적하고 있었던 마초는 전세가 불리해지자 말머리를 돌려 그곳을 떠났고 하후연도 구태여 그를 추격하지는 않았다.

조조는 성채로 돌아오니 조인이 목책을 둘러치고 사수해준 덕분에 패전 중에서도 희생이 많지 않았다.

조조는 본진으로 들어가서 심중을 토로하였다.

"전에 만약 조홍을 처형했더라면 오늘 나는 마초의 칼에 살아남지 못했을 것이다."

조조는 조홍을 불러 후하게 상을 내렸다. 그리고 패잔병을 모아 성채를 지키게 하고 도랑을 깊이 파서 보루를 높여 군사들이 나가서 싸우지 못하도록 하였다.

마초는 날마다 군사들을 조조 앞으로 데리고 나와서 심한 욕설을 퍼부었다. 조조는 못 들은 척하며 군사들에게 쓸데없이 상대하여 나가서 싸우는 자는 목을 베겠다고 으름장을 놓았다.

"서량 군사들은 장창을 쓰고 있으니 우리는 활로 상대하는 것이 좋을 것 같습니다."

여러 장수들이 이렇게 건의했지만 조조는 고집을 꺾지 않고 말했다.

"싸우고 안 싸우는 것은 우리 손에 달려 있는 것이지 저들의 손에 달려 있는 게 아니오. 아무리 저들이 장창을 잘 쓴다고 하더라도 맞서서 대적하지 않으면 그것은 한낱 긴 장대에 지나지 않는 법이니 장군들은 어디까지나 수비를 철저히 하고 지켜보기만 하시오. 그러면 적군들은 지쳐서 스스로 물러갈 것이오."

장수들은 서로 소곤거렸다.

"승상은 싸움 때마다 으레 앞장서서 나가 싸우시더니 이번에 마초에게 한 번 당하시고 나서는 어쩐지 약해지신 것 같네그려."

"누가 아니래나."

며칠이 지나자 마초의 진영을 살피고 온 염탐꾼이 돌아와 보고하였다.

"마초의 진영에 이만 명의 병력이 새로 도착했습니다. 그들은 모두 강인(羌人)의 장졸들이라고 합니다."

조조가 이 소식을 듣고 기뻐하자 위의 장수들이 어리둥절해하며 물었다.

"마초의 병력이 증대되었다는데 승상께서는 오히려 기뻐하시니 어찌된 일입니까?"

"그럴 만한 까닭이 있소. 이기고 나서 들려주겠소."

조조는 태연히 대답했다.

다시 사흘 뒤에 동관에 또다시 증원 병력이 들어갔다는 보고가 들어왔다. 그러나 조조는 이번에도 초조해하기는커녕 싱글벙글하였다. 그는 본진에 연회를 베풀어 자축하는 분위기까지 만들었다. 장수들이 계속 씁쓰레한 표정을 지었더니 조조가 타이르며 말했다.

"장군들은 내가 마초를 격파할 방도가 없다고 비웃나본데 그렇다면 그대들에게 어떤 비책이라도 있는가?"

서황이 나서서 말했다.

"승상께서는 지금 여기에 대군을 주둔해놓고 계시고 적군 또한 관문 위에 전 병력을 집결해놓고 있습니다. 그러므로 이곳으로부터 위수를 따라 서쪽으로 가는 길은 텅 비어 있을 것으로 추정되옵니다. 그러니 우리 병력 일부를 포판진(蒲阪津)으로 보내어 그곳의 건널목을 건너가 적군의 퇴로를 차단해놓은 뒤에 승상께서 위수의 북쪽 기슭으로 치고 나가시면 적군은 앞뒤가 끊겨 무너질 것입니다."

"좋소! 그것이 바로 내 생각이었소."

조조는 서황에게 사천 명의 병력을 거느리고 즉시 주령(朱靈)과 함께 위수 서쪽으로 가서 산 속에 잠복해 있다가 이쪽에서 행동을 개시하면 즉각 호응하도록 지령하였다.

한편 조홍에게는 포판진 포구에 배와 뗏목을 마련해놓도록 지시하였다. 그리고 성채에는 조인을 남겨 수비하도록 하고 조조 자신이 위수를 건널 작정을 했다. 마초는 조조 군의 그 같은 작전을 일찌감치 탐지하였다.

"조조 놈이 동관(潼關)을 공격하지 않고 배와 뗏목을 마련해 위수 북녘으로 나가려고 하는 눈치인데 이것은 보나마나 우리 후방을 차단하려는 의도가 분명하다. 그러니 우리 쪽에서 한 부대를 북쪽 기슭으로 급파시켜 그곳을 점거하고 있으면 놈들은 강을 건널 수 없으니 스무 날도 지나기 전에 본진에서 식량이 떨어졌다고 야단이 날 것이다."

마초는 그런 호기를 놓치지 않고 계속 염탐꾼을 보내어 조조가 언제 위수를 건너는가를 탐지케 하였다.

조조를 구한 허저와 정비

그 무렵 조조는 군을 완전히 정비해놓고 출정에 임해서는 부대를 셋으로 나누어 밤길을 이용해 위수로 향하였다. 이윽고 강기슭에 도착하였을 때 날이 밝아오며 해가 떠올랐다. 우선 조조는 정예부대를 맨 먼저 건너게 하여 북쪽 기슭에 진지를 구축하도록 하였다. 조조는 일백 명의 호위대를 거느리고 남쪽 기슭에 버티고 서서 강을 건너는 군사들의 진행을 지켜보고 있었다.

그때 급보가 들어왔다.

"뒤에서 흰 전포를 걸친 장군이 달려옵니다!"

백포를 두른 장군이라면 마초였다. 그것을 안 장수와 군사 모두가 앞다투어 배를 타고 건너려고 법석을 떨어 엄청난 혼란이 시작되었다.

그런데도 조조는 그 자리에 앉은 채 꼼짝하지 않고 검을 잡고는 태연히 군사들의 모습을 지켜볼 뿐이었다.

"떠들지 마라."

이윽고 말을 탄 군사들이 몰려오는 소리가 들리면서 마초 부대가 모습을 나타냈다. 배를 탄 장수와 군사들 가운데서 장수 하나가 벌떡 일어나서 소리쳤다.

"승상께서는 어서 승선하십시오. 적군이 바로 눈앞에 다가왔습니다."

허저가 이렇게 말했지만 조조는 태연했다.

"적군이 온다고 한들 겁날 게 뭐냐?"

그러나 문득 뒤돌아보니 불과 일백 보 앞에 마초가 다가와 있지 않은가! 허저가 조조의 몸을 끌다시피해서 기슭으로 나아갔을 때는 이미 배가 강으로 떠가고 있는 중이었다.

허저는 조조를 업고 강물로 뛰어들어 간신히 배에 올랐다.

뒤따라온 군사들과 장수들이 모두 물 속으로 뛰어들어와서 배 위로 올라오려고 필사적으로 다툼을 하는 바람에 배가 기우뚱거려서 뒤집힐 것 같았다. 그러자 허저가 칼을 뽑아 들고 뱃전에 걸친 손들을 쳐서 물 속에 떨어뜨린 뒤에 배를 저어 가게 하였다. 허저 자신도 뱃머리에서 노를 저었다. 조조는 허저의 발 밑에 납작하게 엎드려 꼼짝도 하지 않았다.

마초가 강기슭에 도착했을 때는 이미 배가 강 중류까지 도망치고 있었다. 느닷없이 마초는 활을 뽑아 들고 화살을 메겨 배를 향해 쏘아대고는 부하들에게도 명했다.

"활을 쏘아라!"

화살이 빗발치듯이 날아가자 허저는 조조를 염려하여 왼손으로 말안장을 들어 그것을 방패로 삼아 조조의 앞을 막아주었다.

마초의 활솜씨는 정확했다. 그가 활을 당길 때마다 병사들이 하나씩 배에서 고꾸라지면서 강물 속으로 빠졌다. 끝내는 배를 젓던 수십 명이 모두 쓰러져 노를 더 이상 저을 수 없을 정도가 되었다. 사공을 잃은 배가 급류에 휩쓸려서 빙글빙글 돌 뿐이었다. 허저 혼자서 죽을 힘을 다해 무릎으로 키를 잡고 한 손으로 노를 저어 배를 전진시키고 한 손으로는 안장을 쥐어 조조의 몸을 지켰다.

이때 위남(渭南)의 현령인 정비(丁斐)라는 사람이 남쪽 산에서 조조가 마초에게 쫓기고 있는 상황을 지켜보고 있었다. 그는 조조가 매우 위급한 상태임을 파악하고 자신이 키우고 있던 소와 말을 몽땅 풀어서 내보냈다. 갇혀 있던 소와 말들이 제 세상을 만난 듯이 이리 뛰고 저리 뛰니 서량 군사와 장수들은 지금까지의 싸움은 제쳐두고서 말과 소들을 뒤쫓기에 바빴다. 이 틈에 조조는 목숨을 건져 배가 북쪽 기슭에 닿자마자 배와 뗏목에 구멍을 내어 가라앉혀버렸다.

여러 장수들이 조조가 강 한복판에서 위기에 빠졌다는 소식을 듣고 달려왔으나 조조는 이미 강기슭에 올라와 있었다. 허저는 무겁고 큰 갑옷을 입고 있었는데 거기에 화살이 수두룩하게 꽂혀 있었다.

장수들은 조조를 야영의 진지로 부축해가서 옮긴 다음 일동 모두 땅에 엎드려 절하며 아뢰었다.

"승상께서는 무사하시옵니까?"

"오늘 하마터면 저 애송이 녀석에게 죽음을 당할 뻔했소."

조조가 코웃음을 치며 말하자 곁에 있던 허저가 말했다.

"말과 소들을 풀어놓아서 적군을 유인하여 혼란에 빠뜨린 사람이 있었습니다. 그 사람이 없었더라면 적군은 끝까지 강물을 건너왔을 것입니다."

조조가 놀라서 물어보았다.

"그가 누구인가?"

"위남의 현령인 정비이옵니다."

이윽고 정비가 조조를 만나러 오자 조조가 그를 치하하였다.

"귀공의 기지 덕분에 내가 살아남았소."

조조는 그를 전군교위(典軍校尉)로 임명하였으나 정비가 사의를 표하고 난 후 진언하였다.

"적군이 일단 철수하였지만 내일 틀림없이 다시 공격해올 것입니다. 그러니 미리 준비를 단단히 하고 계셔야 하옵니다."

"나도 그에 대한 준비를 하고 있다."

조조는 여러 장수들을 모아들여 각자에게 강을 따라 둑을 급히 쌓고, 그것을 진지의 경계로 삼도록 명했다. 그래서 적군이 밀어닥쳐오면 그 둑길의 바깥쪽에 병력을 배치하고 안쪽에 군기를 꽂아 마치 그곳에 군사들이 숨어 있는 것처럼 위장하도록 했다. 또한 강기슭에 함정을 길게 파놓고 살짝 가려놓아 적군을 유인한 뒤 함정에 빠뜨려 죽이거나 생포하도록 명했다.

마초와 한수의 계책

마초는 진지로 돌아가 한수에게 보고하였다.

"조조 놈을 드디어 잡으려는 순간 갑자기 장수 하나가 뛰어가 조조를 등에 업고 물을 헤엄쳐 배에 올라 도망쳤습니다. 도대체 그 장수가 누구인지 모르겠습니다."

한수가 말했다.

"조조는 발군의 역사(力士)만을 골라서 자신의 호위병으로 삼고 호위군이라 일컫고 있네. 또 그 호위군의 대장은 전위와 허저 두 장수에게 맡기고 있네. 두 사람은 모두 대단히 거칠고 날렵한 자들인데 전위는 이미 죽었으니 오늘 조조를 구해간 자는 아마 틀림없이 허저일 것일세. 아무튼 허저라는 자는 괴력의 호치(虎痴)라는 별명이 붙은 괴물 같은 놈이니 그를 만나면 경계해야 할 것일세."

마초가 생각난 듯이 말했다.

"저도 그 이름을 예전에 들었던 것 같습니다."

"아무튼 조조는 간괴한 자일세. 놈이 위수를 건넌 이상 우리 후방을 공격할 것은 불 보듯 뻔하지. 그러니 우리가 미리 그들이 진지를 구축하지 못하도록 함이 어떤가? 그가 진지를 구축하게 되면 그때는 우리가 공격을 할 수 없게 될 걸세."

"제 생각입니다만 아무래도 역시 우리가 북쪽 강기슭으로 밀고 나가는 것이 상책이 아닐까 합니다."

"아닐세. 자네는 성채를 수비하도록 하게. 이번에는 내가 나서서 기슭을 따라 나아가며 조조 군과 싸워보겠네."

"그러시다면 부디 방덕을 선봉장으로 세워서 데리고 나가십시오."

이렇게 하여 한수와 방덕은 오만 병력을 거느리고 하남으로 진격했고, 조조는 기다렸다는 듯이 이들을 둑길 쪽으로 유인하였다. 방덕이 먼저 철기병력 일천 명을 이끌고 뒤따라가는데 어디선가 아우성 소리가 들리면서 어떻게 해볼 도리도 없이 말과 군사들이 함정에 빠지고 말았다. 방덕 역시 함정에 빠졌으나 몸을 솟구쳐 구덩이 밖으로 튀어나와 순식간에 조조 군의 군사 서너 명을 베어 죽였다. 미처 말을 꺼내지 못한 방덕은 칼을 휘두르며 겹겹의 포위망을 간신히 돌파하여 나왔으나 한수가 포위망 한복판에 갇혀 어쩔 줄 몰라하고 있었다.

이를 본 방덕이 뛰어가 한수를 구하려 하자 조인의 부하 조영(曹永)이 맞서서 나왔다. 방덕은 칼을 휘둘러 그를 말에서 떨어뜨린 후 그 말을 집어타고는 가까스로 한수를 구하여 동남 쪽으로 도망쳤다. 조조 군이 이들을 추격했으나 마초가 구원병을 이끌고 나타나서 그들을 물리치고 아군들을 구출해내었다.

싸움은 해질녘까지 계속되었다. 마초가 간신히 군대를 이끌고 성채로 돌아가 점검해보니 부하 정은(程銀)과 장횡(張橫)이 전사하고 함정에 빠져 죽은 군사들도 이백 명이나 되었다. 마초는 다시 한수와 상의하였다.

"이렇게 시간을 끌게 되면 그 동안 위수의 북쪽에 있는 조조의 진지가 완성되어 우리에게 불리해질 것입니다. 그러니 오늘 밤에 경기병들을 출전시켜 적군의 진지를 습격하는 것이 어떻겠습니까?"

"좋은 생각일세. 그러면 부대를 앞뒤로 나누어 서로 연락하도록 하게."

마초가 선봉대를 이끌고 방덕과 마대가 후군을 맡도록 하여 그날 밤에 일제히 성채를 나섰다.

위수의 북쪽에 주둔하고 있던 조조는 여러 장수들을 불러놓고 새 명령을 내렸다.

"적군은 우리가 진지를 구축하기 전에 반드시 오늘 밤 우리 진지를 치러올 것으로 생각되니 먼저 복병을 사방으로 배치하고 본진을 비워놓게. 그리고 적병들이 나타나면 화전을 쏘아 신호를 알릴 것이니 그때 일제히 덤벼들어 포획하도록 하라."

장수들은 명령대로 배치를 완료하였다. 바로 이날 밤에 그런 줄도 모른 채 마초의 서량 군사들이 성채를 나선 것이었다. 마초는 우선 성의(成宜)에게 서른 명의 기마병을 붙여 정찰병으로 내보냈다. 성의는 그 일대가 텅 비어 있는 것을 보고 무심결에 본진까지 들어가보았다.

이때 조조는 서량 군의 내습인 줄로 속단하고는 화전으로 신호를 보냈다. 그러자 부근 일대에서 복병들이 벌떼처럼 뛰어나와 포위했으나 막상 포위해보니 적은 고작 서른 명밖에 되지 않았다. 성의는 하후연의 칼에 단번에 쓰러지고 말았다. 마초가 방덕·마대와 더불어 세 부대로 나뉘어 성난 벌떼처럼 밀어닥친

것은 그 순간이었다. 복병들은 감쪽같이 잠복해서 적들을 기다릴
수는 있어도 빗발치는 화살 앞에서는 대항할 수 없는 법이다.
  과연 이 싸움은 어떻게 판가름이 날 것인지……

제 59 회 쫓기는 마초

허 저 나 의 투 마 초　　조 조 말 서 간 한 수
許褚裸衣鬪馬超　　曹操抹書間韓遂

허저는 벌거벗은 채 마초와 싸우고
조조는 한수에게 편지를 쓰다

누자백의 계략

그날 밤은 새벽녘까지 혼전이 벌어졌지만 끝내 승패가 나지 않아 싸움을 일단 중지하였다. 마초는 위구(渭口)에 주둔하여 밤낮으로 번갈아가며 출병시켜 공격하도록 했다.

조조는 배와 뗏목으로 세 개의 부교(浮橋)를 만들어 북쪽과 남쪽의 해안 사이를 연결하도록 했다. 그리고 조인에게는 위수를 사이에 두고 초소를 설치하도록 했으며 식량을 운반하는 수레를 늘어놓아 초소를 둘러싸도록 명했다.

조조의 이러한 준비를 알게 된 마초는 군사들에게 한 다발씩의 말먹이를 들게 하고 따로 불씨를 준비시켰다. 그리고 한수와 같이 그들을 이끌고 조인이 만든 초소로 접근해서 말먹이를 쌓아놓고 불을 지르도록 했다. 갑작스런 불길에 조조 군도 이 화공을 견디지 못하고 초소를 버린 채 수레와 부교를 불태우고 달아났다. 결국 서량 군이 대승하여 위수를 장악해버리고 말았다.

한편, 조조는 진지를 구축할 수 없어서 안달이 나 있었다. 그때 순유가 옆에서 제안했다.

"위수의 강물 밑에 있는 모래와 흙으로 토성을 쌓는 것도 한 방법이 될 듯 싶사옵니다."

조조는 이 방안을 채택하여 삼만 병력으로 하여금 강물 밑의 모래와 흙을 건져 올리게 해서 그것으로 토성을 쌓게 하였다. 이 소식을 전해들은 마초는 다시 방덕과 마대로 하여금 각각 기병 오백 명씩을 거느리고 가서 무너뜨리게 하였다.

토성을 쌓는 재료가 모래와 흙이라 아무리 쌓고 쌓아도 자꾸 공격당해 쉽게 무너졌다. 결국 조조는 토성을 쌓겠다는 생각을 버리고 말았다.

어느덧 시간이 흘러 구월로 접어들자 날씨가 갑자기 추워지더니 하늘이 온통 구름으로 덮이고 연일 햇빛을 볼 수가 없게 되었다. 조조는 계속 진지에 머무르면서 하루하루를 우울하게 보내고 있었는데 누군가가 들어와 보고했다.

"웬 늙은이 하나가 승상을 만나뵈옵고 방책을 의논드리겠다고 하옵니다."

조조가 그를 불러들여 만나보니 그 노인은 용모가 단아하여 마치 신선과 같은 인상을 주었다. 그는 경조(京兆) 출신으로 종남산(終南山)에서 은신하며 살고 있는 누자백(婁子伯)이라는 사람이었으며 도호를 몽매거사(夢梅居士)라고 하였다.

조조가 그를 예우하여 극진하게 대접하니 자백이 먼저 입을 열었다.

"승상께서는 위수를 건너 진지를 차지할 작정이신 것 같사온데 그렇다면 어찌하여 지금 이때를 이용하지 않으십니까?"

"모래와 흙으로는 누벽을 쌓을 수가 없는 처지인데 귀공께서 명안이 있으시거든 부디 교시해주시오."

"세상이 승상을 가리켜 병(兵)을 쓰는 데 귀신 같은 분이라고 하는데 어찌 승상께서는 하늘의 때를 모르시옵니까? 연일 날씨가 이렇게 흐려 있으니 여기에 삭풍(朔風:북풍)이 불기만 하면 천지가 일시에 꽁꽁 얼어붙을 것입니다. 그러니 바람을 살피시어 빠른 시일 내에 군사들로 하여금 모래와 흙으로 진영을 구축하게 하고 물을 뿌려놓는다면 새벽녘에는 훌륭한 토성이 될 것이옵니다."

조조는 그제야 깨닫고 자백에게 후한 상을 내리려 하였으나 그는 아무것도 받지 않고 어디론가 떠나버렸다. 아니나 다를까 그날 밤은 북풍이 세차게 불었으므로 조조는 군사들을 한 명도 남김없이 모두 동원하여 흙과 모래를 날라오게 하고 그것을 쌓아 거기에 물을 뿌리게 하였다. 물을 나를 그릇이 모자라 비단으로 자루를 만들어 물통으로 대용하기도 했다.

이리하여 흙과 모래를 쌓아 토성을 만들고 물을 뿌렸더니 새벽녘이 되어서는 꽁꽁 얼어붙어서 단단한 토성이 되었다.

마초 군의 염탐꾼이 이 사실을 알아내어 보고하자 마초가 직접 나가 성이 든든히 구축된 것을 확인하고는 조조가 알지 못하는 하늘의 도움을 받았다고 생각했다.

이튿날, 마초가 대군을 이끌고 공격하러 진격하니 조조가 말을 타고 맞서 나왔는데 조조 곁에는 한 장수만 수행하고 있었다.

조조가 채찍을 휘두르며 소리쳤다.

"나는 혼자다. 그러니 그쪽에서도 마초 혼자 나오너라."

마초가 그에 응하여 앞으로 뛰어나오자 다시 조조가 마초를 향해 소리쳤다.

"이 성채를 보아라! 네 놈들은 설마 우리가 다시 성을 쌓을 수 있겠느냐 하고 우습게 여겼을 테지만 우리는 하룻밤 사이에 이렇게 튼튼한 성채를 지었다. 그러니 너희들은 항복하거라."

이 말에 크게 성이 난 마초는 모두 죽여버리겠다고 성급하게 응전하려 하다가 조조의 뒤에서 큰 눈을 번뜩이는 장수를 발견했다. 그는 날이 넓적한 칼을 들고 말고삐를 단단히 잡고 있었는데 그 위세가 대단했다.

마초와 허저의 혈투

마초는 그 장수가 허저임에 틀림이 없다고 생각하고 채찍을 휘두르며 크게 소리쳤다.

"네 놈이 허저로구나! 너희 진중에 호공(虎公)이라는 놈이 있다고 하던데 지금 어디 있느냐?"

그러자 허저가 재빨리 응수하였다.

"바로 내가 초군 출신의 허저님이시다."

허저의 눈은 번개가 치듯 번쩍거렸으며 기세가 대단했다. 마초는 감히 허저에게 맞서지 못하고 한동안 그를 노려보다가 말머리를 뒤로 돌렸다.

조조도 허저와 같이 철수하였다. 두 진영에서 이 광경을 바라보고 있던 군사 모두가 이 모습에 혀를 내두르며 감탄했다. 조조가 휘하 장수들에게 일렀다.

"적군도 호공을 알고 있더군."

이후로는 누구나가 허저를 호공이라 부르게 되었다. 허저가 조조에게 말했다.

"내일 제가 분명히 마초를 잡아오겠습니다."

조조가 충고했다.

"마초를 너무 얕보지 말게. 그는 보통사람이 아니니 조심하도록 하게."

허저는 으쓱거리며 호언장담하였다.

"끝내 제가 해치워 보이겠습니다."

허저는 마초에게 도전장을 보냈다.

마초는 듣거라. 내일 이 공이 홀로 나가니 일대 일로 싸워 결판을 내자.

허저의 도전장을 받은 마초는 노기충천하여 당장에 허저를 잡아 죽이겠노라는 답신을 보냈다.

다음날 마초는 좌측을 방덕에게, 우측을 마대에게, 본대를 한수에게 맡기고 자신은 직접 창을 들고 말을 달려 앞으로 나아가며 소리쳤다.

"호공아, 나오너라!"

조조가 진두에 서 있다가 장수들을 돌아보며 말했다.

"마초의 용기는 여포에 못지않구나."

허저가 말을 몰아 치달려 나갔다. 그는 마초 가까이까지 이르러서 외칼을 휘둘렀다. 그러자 마초도 가만히 있지 않겠다는 듯이 창을 찔러대며 맞섰다. 둘은 일백여 차례나 맞서 싸웠으나 승패가 판가름 나지 않았다. 말들이 먼저 지쳐 쓰러질 지경이었다. 하는 수 없이 쌍방은 일단 물러나와 다른 말로 바꿔 타고 다시 맞붙어 싸웠는데 이번에도 일백여 차례나 치고 찌르고 하였지만 여전히 결판이 나지 않았다.

조바심이 난 허저가 못 참고 자기 진영으로 돌아와 투구와 갑옷을 벗어던지고 벌거숭이인 채로 다시 나왔다. 우람한 근육질을 드러낸 허저가 말을 몰아 다시 마초에게로 덤벼들자 이 모습에 양 진영이 모두 놀라 쳐다볼 뿐이었다.

이번에도 삼십여 차례의 접전 끝에 허저가 칼을 들고 마초를 내리쳤다. 마초가 아슬아슬하게 칼을 피하자마자 창으로 허저의 심장을 노려 찌르려는 순간 허저는 들고 있던 칼을 버리고 손을 뻗어 마초의 창자루를 거머쥐었다. 말 위에서 창 빼앗기가 벌어졌다. 허저는 워낙 힘이 센지라 그의 손아귀에서 창자루가 뚝 하고 부러져버리니 두 장수는 부러진 창을 한 토막씩 들고 서로 때리고 찌르고 하였다.

멀리서 이를 지켜보던 조조가 허저를 염려하여 하후연과 조홍을 내보내 도우려 하였다. 방덕과 마대도 그 광경을 보자 철갑으로 무장한 좌우의 기마병들을 일제히 내보냈다. 이 바람에 조조 군은 대열이 흐트러졌고 허저의 팔에도 두 개의 화살이 꽂혔다.

하는 수 없이 조조 군사들은 달아나 토성으로 들어가고 마초는 그들을 강기슭까지 추격하였다. 조조 군은 태반이 부상을 당하여 더 이상 맞서 싸울 수가 없자 토성의 문을 굳게 잠귀버렸다.

마초도 별수 없이 위구로 철수한 뒤 한수에게 말했다.

"오늘 허저와 대결하였는데 그렇게 뚝심이 센 놈은 처음 봤습니다. 정말이지 괴력의 호랑이 같더군요."

조조는 어떤 특별한 계략이 없이는 마초를 격파하기 어렵다고 판단하고는 서황과 주령에게 비밀 명령을 내려 위수의 서쪽에 잠행하고 있다가 협공작전을 펴 기습적으로 공격하라고 일렀다.

어느 날 조조가 토성 위에서 바라보니 마초가 수백의 기마병들을 거느리고 토성 바로 가까이까지 접근시키는 훈련을 하고 있는 것이 보였다. 그들은 아주 민첩한 동작으로 움직이고 있었다.

조조는 한참 동안이나 그들의 움직임을 살펴보더니 갑자기 투구를 벗어서 땅바닥에 내던졌다.

"마초가 죽지 않는 한 나 역시 죽을 수 없다."

옆에서 조조의 신음을 듣고 있던 하후연 역시 심중에 울화가 치밀어올라 한마디 내뱉었다.

"제 목숨을 걸고 저놈을 반드시 때려잡겠습니다."

하후연은 일천여 명의 부대를 이끌고 토성 문을 열자마자 쏜 살같이 달려나갔다.

조조는 이미 그를 막을 수 없었다. 도리어 하후연이 실패하면 안 된다는 생각이 들어 자신도 말을 타고 그를 지원하러 나갔다. 마초는 조조 군이 출전한 것을 보고 앞에 가던 부대를 뒤로 돌리고 뒤에 있던 부대를 앞으로 내보내 선봉에 서게 하여 한일자로 길게 진영을 만들도록 했다.

조조 군 사이에서 하후연이 날듯이 달려나와 마초에게 덤비자 마초 역시 그와 접전을 벌였다. 그러다가 멀리 조조의 모습이 눈에 띄자 하후연을 그냥 내버려두고 조조를 향해 질풍과 같이 돌진해갔다. 조조는 깜짝 놀라 달아나기 시작했고, 그 바람에 조조 군 전체가 아수라장이 되어 뿔뿔이 흩어져갔다. 마초가 기를 쓰고 조조를 추격해가는데 한 병사로부터 조조 군의 한 부대가 위수 서쪽에 진지를 구축했다는 긴급 보고를 받았다.

마초는 놀라서 추격을 중단하고 진지로 돌아와 병력을 정비시키고는 한수에게 보고하였다.

"적군이 서쪽에 진지를 구축했다고 하니 우리 군이 앞뒤로 그들을 협공하는 것이 어떻겠습니까?"

그러자 부하 이감(李堪)이 제언했다.

"차라리 여기서 조약을 맺어 싸움을 중단하는 것이 어떻겠습니까? 그러다가 겨울을 넘기고 봄이 되면 다시 계책을 세워보는 것입니다."

한수도 이감의 말에 동의하였다.

"그것이 가장 좋은 방법인 것 같으니 그렇게 하세."

마초가 결정을 못 내리고 망설이고 있으려니까 양추(楊秋)와 후선(侯選)까지도 조약을 주장하였으므로 별수 없었다. 결국 한수가 조약의 글을 써서 양추 편에 보내어 조조에게 전달하였으나 이를 읽은 조조는 반기어 동의를 하지 않았다.

"일단 돌아가거라. 내일 이쪽에서 사람을 보내어 회답을 하겠다."

이간질하는 조조

양추가 맥없이 돌아가자 가후가 들어와서 조조에게 물었다.

"승상께서는 어쩌시렵니까?"

"공의 생각은 어떻소?"

"싸움은 속임수 여하에 달려 있습니다. 응낙한 체하고 그 동안 반간계(反間計)를 써서 한수와 마초 사이를 갈라놓으면 단숨에 그들을 쳐부술 수 있을 것입니다."

조조가 손뼉을 치면서 기뻐하였다.

"천하의 묘책이란 대부분 비슷한 법, 공의 생각이 곧 내 생각이었소."

그러고는 곧바로 답신을 보냈다.

우리는 서서히 병력을 철수하여 위수의 서쪽 지역을 그쪽에게 반환하겠소.

이렇게 답신을 보내고 조조는 군사들에게 부교를 거두어 짐짓 병력이 철수를 시작한 것처럼 보이도록 명하였다.

한편 마초는 이 답신을 접하고 한수에게 의견을 내보였다.

"조조가 화의에는 응하였습니다만 어지간한 간웅이 아니니 결코 방심해서는 안 됩니다. 그의 속마음을 알 수 없는 이상 우리는 서로 교대로 밤낮없이 병력을 내보내어 경계를 게을리하지 않도록 해야 합니다. 오늘 태수께서 조조를 맡으시고 제가 서황을 상대하고 내일은 제가 조조를 상대하고 태수께서 서황을 맡으시는 식의 방법으로 하면 어떻겠습니까?"

한수가 이 말에 찬성하여 즉시 실행하기로 하였다. 이 사실을 재빨리 입수한 조조는 빙긋이 웃으며 가후에게 속삭였다.

"우리 뜻대로 잘 되어 가는군. 그래, 내일은 어느 쪽이 나를 상대한다구?"

"한수입니다."

이튿날, 조조가 토성 밖으로 나가자 장수들도 그 뒤를 따랐다. 조조는 일부러 자신이 눈에 띄도록 일동의 한가운데에 우뚝 섰다.

적진의 한수 부하들은 아직도 조조의 생김새나 차림새를 자세히 알지 못하는 상태였기 때문에 앞을 다투어 그를 보기 위해 뛰어나왔다. 그 모습을 본 조조가 야유하듯이 크게 소리쳤다.

"그렇게도 조조가 보고 싶으냐? 자, 똑똑히들 보아두거라. 내가 조조다. 나는 남들과 다른 곳이라곤 없다. 눈이 네 개도 아니요, 입이 둘 있는 것도 아니고 다만 네 놈들보다 지혜가 뛰어나다는 점이 다를 뿐이다."

서량 군사들은 조조의 위풍당당한 풍채와 언변에 눌려 얼어붙은 듯이 위축되었다. 조조는 군사 하나를 한수에게 보내 말을 전했다.

"승상께서 직접 한 장군을 만나 의견을 나눌 일이 있다고 하십니다."

한수가 이에 응하여 나가보니 조조는 전혀 무장을 하지 않은 평상복 차림으로 말을 타고 나왔다. 말머리가 서로 닿을 만큼 가까이 선 두 사람은 서로 살펴보다가 이윽고 조조가 먼저 말을 꺼냈다.

"나는 귀공의 선친과 같은 때에 효렴(孝廉) 벼슬에 올라 친근히 지내기도 하였소. 또한 나는 귀공과도 함께 관직에 올랐었는데 어느 결에 세월이 많이 흘러버렸소이다. 그래 춘추가 어떻게 되었소?"

"마흔이 되었소이다."

한수가 대답하자 조조가 말을 계속 이었다.

"뒤돌아보니 도성에 머무르던 그때는 우리 모두 청청한 젊은이였는데 어느새 중년의 나이에 접어들었구려. 빨리 천하가 평정이 되어 태평연월을 함께 즐기고 싶소이다."

조조는 계속 회고만 입에 올릴 뿐 전혀 군사에 관해서는 언급이 없었다. 둘은 한참 동안이나 지난날의 그리움에 젖어 담소를 나누다가 각기 헤어져 자기 진영으로 돌아왔나.

한수가 돌아오자 마초가 부리나케 만나러 와서 물었다.

"조조와 어떤 말씀을 나누셨는지요?"

"젊은 시절의 옛 이야기였네."

"군사 문제에 대해서는 한 마디도 나누지 않으셨습니까?"

"저쪽에서 아무 말도 하지 않기에 나도 꺼낼 말이 없었네."

마초는 한수의 대답을 이해할 수 없었다. 오히려 의심스러워 고개를 갸우뚱거리며 물러갔다.

한편, 조조는 돌아가서 가후에게 물었다.

"귀공은 내가 왜 진지 앞에 나가서 한수와 이야기를 나누었는지 알겠소?”

가후는 흔쾌히 대답했다.

“알고 말고요. 그러나 아직 두 사람 사이를 갈라놓기에는 미흡합니다. 저에게 묘안이 있으니 그자들이 혈투를 벌이는 모습을 구경이나 하십시오.”

조조가 그 묘안을 물어보았더니 가후가 자세히 대답하였다.

“마초는 과연 용맹스러운 장수인 것은 분명하지만 상황 판단이 약하다는 단점을 갖고 있습니다. 이제 승상께서 한수 앞으로 서신 한 통을 써주십시오. 그리고 그 내용 군데군데에 문구를 애매모호하게 하고 또 중요한 대목은 지우기도 하고 고쳐쓴 듯이 하여 한수에게 보냅니다. 그리고 그 서신을 보낼 때에는 일부러 마초에게도 살짝 알려지게 하십시오. 그러면 마초는 틀림없이 한수에게 그 서신을 보여달라고 할 것이고 그렇게 해서 지우고 고쳐쓰고 한 대목을 보게 되면 한수가 어떤 기밀 사항을 자기에게 알리고 싶지 않아서 일부러 지워버렸거나 고쳐 썼을 것이라고 생각할 것입니다. 그러면 마초는 한수가 승상과 나누었다는 대화마저 의심하게 될 것이고 십중팔구 마초는 성이 나서 어찌할 줄 모르게 될 것입니다. 그럴 때 몰래 한수의 부하를 부추겨 한수와 마초 사이를 이간질시켜놓는 것입니다. 그러면 그 뒤는 어떻게 될 것인지 쉽게 짐작할 수 있을 것입니다.”

“과연, 아주 좋은 생각이오.”

조조는 탄복하고는 당장 붓을 들고 써내려가다가 군데군데를 시꺼멓게 칠하고, 지우기도 해서 굳게 봉하여 일부러 많은 인원을 사절단으로 동원해서 편지를 전달하고 돌아오게 하였다.

예측했던 대로 한수가 조조의 편지를 받은 사실을 알게 된 마초는 더더욱 한수를 의심하게 되었다. 마초는 그 길로 한수를 찾아가 무슨 서신이냐며 그것을 보여달라고 하였다. 한수가 건네준 서신을 읽어내려간 마초는 군데군데 시꺼멓게 칠해진 곳과 지워진 곳을 발견하고 한수에게 다그치듯이 물었다.

"이것이 어찌된 서신입니까?"

"글쎄 말일세. 서신이 원래 그런 상태로 왔다네."

"설마 초벌로 잡은 글을 보낼 리는 없을 것입니다. 혹시 태수께서 제게 무엇인가 숨기고 계시는 것은 아니옵니까? 그러기에 이렇게 먹칠을 해서 남이 읽을 수 없도록 만드신 것은 아닌지요?"

"그런 말 말게. 혹시 조조가 초벌의 글을 잘못 보낸 것은 아닐까 생각되네."

"그럴 리가 없습니다. 조조는 치밀한 두뇌의 소유자이옵니다. 그러니 그런 실수를 할 인물이 아니지요. 섭섭합니다. 모처럼 같이 토벌전도 벌이고 잘 지내왔는데 이제 와서 어찌하여 마음이 변하셨는지요?"

"좋네. 정 그렇게 그대가 나를 못미더워한다면 내일 내가 조조를 불러내 이야기를 건네보겠네. 그때 그대가 뛰어나와 조조를 창으로 찌르면 어떻겠나?"

"그렇게만 해주신다면 태수님의 말을 믿어드리겠습니다."

두 사람 사이에 서먹서먹한 약속이 이루어졌다.

이튿날, 한수는 후선·이감·양홍·마완·양추 등 다섯 장수를 거느리고 진지 앞으로 나아갔고 마초는 진문의 그늘에 몸을 숨겨 동정을 살폈다.

한수는 전령을 조조 군의 진지에 보내어 소리치게 했다.

"한수 장군께서 승상과 나눌 말씀이 있다고 합니다."

그러자 조조가 조홍을 비롯한 수십 명의 기마병과 더불어 진지 앞으로 나왔다. 이쪽 진지와 저쪽 진지 사이가 대여섯 걸음밖에 되지 않은 지점에 이르자 조홍이 말 위에서 예를 갖추고 입을 열었다.

"간밤에 승상과 말씀이 계셨던 그 일은 반드시 이행시켜 주시기 바랍니다."

이렇게 한 마디 내뱉고는 말머리를 휙하고 돌려 일행을 이끌고는 자기 진지로 돌아가버렸다.

멀찍이서 이를 지켜보고 있던 마초는 그 한 마디에 모든 것을 알았다는 듯이 고개를 끄덕이고는 한수를 향해 창을 들고 달려왔다. 한수를 막 찌르려고 하는 순간 주위의 다섯 장수들이 두 사람 사이에 끼어들며 간신히 진정시키고는 진지로 돌아왔다.

한수가 말을 꺼냈다.

"나를 의심하지 말게나. 나는 결단코 딴마음을 가진 일이 없네."

그러나 한수의 이 말이 마초의 귀에 들릴 리가 없었다. 마초는 노기가 등등하여 그 자리를 떴다. 한수는 어이가 없어하면서 장수들과 의논해보았다.

"이 상황을 어떻게 해결해야 하겠소?"

그러자 양추가 진언하였다.

"마초는 평소에도 자기의 용무(勇武)를 자랑하는 나머지 장군께도 겸양을 모르는 불손한 태도로 대해오고 있었습니다. 이 시기에 만약 조조를 쳐서 이긴다고 해도 그의 건방진 태도는 변하지 않을 것이니 이 기회에 승상께 비밀리에 투항하신다면 몸도 보존하시고 봉후(封侯)의 지위도 얻을 수 있을 것입니다."

그러나 한수가 선뜻 결정하지 못하였다.

"나는 마등과 의형제 사이였으니 차마 그럴 수는 없는 일일세."

"하오나 이미 사태가 걷잡을 수 없는 지경에까지 이르렀으니 당면한 문제를 해결하기 위해서는 어쩔 수가 없습니다."

“글쎄, 배를 등과 바꿀 수는 없다지만 이런 곤란한 때가 어디 있소? 그래, 조조에게 사람을 보낸다면 누구를 보내는 것이 적합하겠소?”

“제가 떠나겠습니다.”

양추가 결연히 나섰다. 한수는 할 수 없이 밀서를 써서 양추에게 건네주었다.

조조는 유쾌한 웃음을 지었다. 그 자리에서 한수를 서량후로 임명하고, 양추는 서량의 태수로 삼았으며 그 밖의 장수들에게도 벼슬을 준다고 명했다. 그리고 불길이 솟구치는 것을 신호로 안팎에서 마초를 치자는 계획에도 합의하였다.

양추는 진지로 돌아가서 한수에게 낱낱이 보고하였다.

“오늘 밤 이쪽에서 올리는 것이 신호입니다.”

한수는 기뻐하며 군사들에게 명하여 본진 뒤에 장작을 쌓아놓도록 하였다. 다섯 장수는 무장을 튼튼히 하고 전투에 대비할 태세를 갖추었다. 한편으로는 연회를 베풀어 마초를 초대한 후에 해치워버리면 어떻겠느냐는 의견이 나왔으나 좀처럼 결정이 나지 않았다.

마초와 한수의 결투

그런데 이런 사실들이 뜻밖에도 재빨리 마초의 귀에 들어갔다. 마초는 측근 서넛을 거느리고 칼을 차고 앞으로 나서며 방덕과 마대에게 뒤를 따라오라고 이르고는 한수의 막사로 몰래 잠입해서 안의 동정을 살펴보았다. 안에서는 한수와 다섯 장수가 서로 모여 밀담을 나누고 있었다.

양추가 주장하였다.

“이제 머뭇거릴 시간이 없습니다. 즉각 해치우셔야 합니다.”

그 순간 마초가 쌍날검을 휘두르면서 뛰어들어가 소리쳤다.

"이놈들아, 내가 너희들 손에 호락호락 죽을 것 같으냐?"

일동은 그 소리에 모두 깜짝 놀라 바라보았다. 마초는 주저함 없이 한수를 향해 돌진하더니 크게 칼을 휘둘러댔다. 한수는 엉겁결에 팔을 올리며 몸을 피했지만 이미 그의 왼팔이 잘려서 땅에 뚝 떨어졌다. 그러자 그 순간 다섯 장수가 단칼에 마초를 베어 버리겠다며 일시에 덤벼들었다. 마초는 순식간에 막사 밖으로 뛰어나왔다. 다섯 장수가 곧 뒤따라나와 그를 둘러쌌고 결투가 시작되었다. 한 명이 다섯을 상대해야 했다. 팽팽한 대립이 한동안 지속되었다. 그런 한순간 마초의 쌍날검이 번쩍이고 곧이어 시뻘건 피가 물보라처럼 내뿜어졌다. 이어 마완과 양흥이 땅에 나뒹굴었다. 이를 지켜본 세 장수가 기겁을 하며 달아나버렸다.

마초가 다시 막사로 뛰어들어갔으나 한수는 이미 주위 사람들의 도움으로 어디론가 몸을 감춘 뒤였다. 이때 막사 뒤에서 불길이 솟구치고 성채 안의 군사들의 움직임이 분주해졌다. 마초가 이상한 낌새를 느끼고 말을 집어타는 순간 방덕과 마대가 군사들을 이끌고 달려와 한수의 군사들과 접전을 벌였다. 마초가 자기 군사를 이끌고 그 틈을 빠져나오려 하는데 뜻밖에도 이번에는 조조 군들이 사방에서 나타나 꼼짝없이 포위를 당하게 되었다. 앞에는 허저, 뒤에는 서황, 왼쪽에는 하후연, 오른쪽에는 조홍이 휘하에 병력을 이끌고 서 있었다.

이 난전 속에서 서량 군사들은 자기 편끼리 싸우는 촌극을 벌였다. 그 난리에 방덕과 마대를 잃어버린 마초는 일백여 기병을 거느리고 위교(渭橋) 위에 버티고 서 있었다.

이즈음에 날이 훤하게 밝아왔다. 그 어스름 속을 살펴보니 자기를 배반한 이감의 부대가 다리 밑을 지나가는 것이 보였다. 마초가 그 뒤를 쫓아갔더니 이감은 창을 질질 끌며 부랴부랴 도망

쳤다. 그때 우금(于禁)이 나타나 마초를 향해 활을 겨누었다. 마초가 등뒤에서 들리는 활시위 소리를 듣고 순간적으로 몸을 트는 순간 화살이 그의 몸을 아슬아슬하게 스치고 날아가더니 앞에 도망가는 이감을 맞혔다. 이에 이감은 한 마디도 못 하고 말에서 떨어져 죽었다.

마초는 말머리를 돌려 우금과 맞서려 했으나 우금은 말에 채찍질을 가하여 어디론가 자취를 감춰버리고 말았다. 마초가 다시 다리 위로 돌아가서 버티고 서니 조조 군이 앞뒤로 밀어닥쳤다. 호위군을 선두로 달려오는 적군들은 마초에게 집중하여 활을 겨누었다. 마초가 창을 들어 화살을 막아버리니 많은 화살들이 땅으로 떨어졌다. 마초는 휘하의 장수와 군사들에게 혈전을 명하였지만 워낙 조조 군의 포위망이 겹겹으로 되어 있어 쉽게 돌파할 수가 없었다. 마초는 또다시 다리 위에 우뚝 서서 크게 호령하고는 그대로 강북 쪽의 적군 속으로 돌진해들어갔다. 뒤따르는 군사들과의 거리가 점점 멀어져갔다. 마초가 그것도 아랑곳하지 않고 자신의 혈기에 내맡기며 이렇게 고군분투할 때 그가 타고 있던 말이 화살에 맞아 쓰러져버렸다. 다음 순간 마초의 몸이 땅 위로 내동댕이쳐졌다. 그러자 순식간에 조조의 군사들이 앞다투어 우르르 몰려들어 마초의 목을 치려고 아우성이었다.

위기 일발의 순간에 홀연히 서북 쪽에서 한 떼의 기마병들이 질풍과 같이 치달려왔다. 방덕과 마대의 부대였다. 그들이 마초를 구출해내고 적군의 말 하나를 빼앗아 그에게 건네주었다. 마초는 그 말을 타고 포위망을 뚫고는 서북쪽으로 도망쳤다.

조조는 이를 그냥 넘기지 않고 휘하의 모든 장수들에게 일렀다.

"마초를 놓칠 수는 없다. 낮이고 밤이고 가릴 것 없이 놈의 뒤를 쫓아 반드시 그의 목을 베어 오너라. 그러면 천금의 상을 주고 만호후(萬戶侯)로 삼을 것이며 그리고 그놈을 사로잡아오면 대장군에 임명하리라.”

장수들은 저마다 자기가 잡겠다고 용기백배하여 말을 달려 추적하기 시작하였다.

쫓기는 마초와 그 일행은 피로에 지쳐 있었으나 정신없이 달려야 했다. 따라오던 부하가 하나씩하나씩 낙오되었고 마침내 동행하여 도망치던 기마는 서른여 기로 줄어들었다. 마초는 방덕·마대와 더불어 농서 땅 임조를 향하고 있었다.

조조가 누린 특전

조조는 자기 자신도 추격전에 나서 안정(安定)까지 따라갔으나 마초가 이미 멀리 도망친 사실을 알고는 장안으로 철수하여 그곳에서 여러 장수들을 다시 모았다.

한수는 왼팔이 없는 불구가 되었으므로 조조는 그를 장안에 머물게 하여 서량후로 임명하였고 양추와 후선 등에게도 열후(列侯) 벼슬을 주어 위구의 수비를 맡게 하였다.

이윽고 조조는 군대를 허도로 철수시키기로 방침을 굳혔다. 그때 양주의 참모인 양부(楊阜)라는 자가 장안에 있던 조조를 만나 뵙기를 청했다.

조조를 만난 양부가 그에게 충언하였다.

“마초의 용맹스러움은 여포를 능가할 만하며 강인들 사이에서는 절대적으로 인기가 높습니다. 그러니 현재 이 승세를 타고 그를 완전히 섬멸해버리지 않으면 뒷날에 그가 군세를 회복하여 공격해올 때 농상의 여러 고을들이 모두 그의 차지가 되리라는 것은 불을 보듯이 뻔합니다. 그러니 지금 여기서 토벌전을 중단하신다는 것은 있을 수 없는 일이라고 생각합니다.”

조조는 고개를 끄덕이며 그의 말을 귀담아 듣고 있었으나 실상은 다른 말이 나왔다.

"나도 본래 그럴 생각이었으나 중원 땅에 처리할 일도 많고 또, 남방 땅도 아직 평정되지 않고 있는 실정이라 언제까지나 이 고장에 오래 머물러 마초를 대적할 수는 없는 실정이라오. 귀공이 나를 대신하여 이곳을 잘 수비해주시오."

양부는 이 임무를 맡으며 위강(韋康)을 양주의 자사로 천거하고 자기와 함께 병력을 기성(冀城)에 주둔시켜 마초의 공격에 대비하기로 하였다.

양부는 부임하며 조조에게 부탁하였다.

"우리 양주의 방패가 되는 이곳 장안에 대군을 주둔시켜 주십시오."

"이미 계획을 세워놓았으니 그대는 안심하시오."

조조의 말에 양부는 안심한 듯 흔쾌히 임지로 떠났다. 장수 일동은 그를 배웅하고 나서 조조에게 물어보았다.

"처음에 마초가 동관을 점거했을 때 위수 북쪽은 텅 비어 있었사온데 어찌하여 승상께서는 그 당시 하동(河東) 땅에서 풍익(馮翊)으로 나가지 않고 동관에 머무르셨다가 시일이 꽤 지난 뒤에야 북으로 건너가 진을 치고 계셨는지요?"

조조가 빙그레 웃으며 답하였다.

"처음에 마초가 동관을 지키고 있었을 당시 내가 만약 곧바로 하동 땅으로 나갔다면 적군은 반드시 모든 나루터를 봉쇄하여 우리가 서쪽으로 갈 수 없도록 하였을 것이오. 그래서 병력을 동관 바로 앞에 모아놓고 적군으로 하여금 위수 남쪽을 지키게 하고 서쪽을 텅 비워두어 서황과 주령이 건널 수 있도록 했던 것이오. 나는 그 뒤에 위수 북쪽으로 건너가서 진지를 빼앗고, 둑을 만들고 모래와 흙으로 토성을 구축했소. 이는 적군에게는 이쪽의 군사력이 허약한 듯 보이게 해서 방심하게 만든 후 마초와 한수에게 이간책을 쓰고, 그 동안에 아군의 군사들이 쉴 수 있도록 하였다가 일거에 격파한 것으로, 이것이 바로 격렬한 천둥에는 귀를 막을 겨를도 없다는 말과 통하는 것이오. 전쟁에서의 병법은 변화가 무궁한 것이라오."

"그렇긴 하오나 적군의 병력이 늘어날 때마다 승상께서 기뻐하신 까닭은 무엇이었습니까?"

"관중(關中) 지방은 중원 땅에서는 먼 곳이오. 적군이 험한 지형을 이용하여 모여 있었으므로 한두 해 안에는 그들을 처치할 수가 없었으나 한편으로는 한 곳에 많은 인원이 집결해 있어서 숫자는 많아도 마음들은 십인십색(十人十色)이 되게 마련이라 쉽게 이간질시킬 수가 있었고 단번에 공격해서 그들을 처치할 수가 있었다오. 그래서 내가 기뻐한 거요."

장수 일동은 입을 모아 말했다.

"도저히 저희들로서는 생각이 미치지 못한 일이었습니다."

조조는 여러 문무백관들에게 상을 내리고 하후연을 장안에 머물러 있게 하고 생포한 적군 병사들은 각 부대에 나누어 배속시켰다. 하후연은 풍익 땅 고릉 사람 장기(張旣)를 천거하여 장안의 지사격인 경조윤(京兆尹)으로 앉히고 장안을 맡기기로 하였다.

이렇게 한 뒤 조조는 허도로 돌아갔다. 헌제(獻帝)는 성 밖까지 직접 나와서 그를 성대하게 맞이해주었다. 이후부터 조조는 황제를 배알할 때 자기 성명을 스스로 말하지 않아도 되고 조정에 나갈 때 허리를 굽혀 황공해하지 않아도 되었으며 또, 칼을 차고 신발을 신은 채 어전에 나가도 무방하다는 특별 자격을 부여받았다. 이는 한나라 왕조의 최고 원훈(元勳)이었던 승상 소하(蕭何) 이후 처음 있는 일로써 조조의 권위는 최고의 절정에 이르게 되었다.

장로와 오미교

이상과 같은 조조의 소식이 한중(漢中:섬서성 서남부, 한강의 상류 지방) 땅에까지 전해졌는데 깜짝 놀란 이는 한녕(漢寧)의 태수 장로(張魯)였다. 장로는 패국(沛國)의 풍(豊) 지방 사람이었다. 그의 조부 장릉(張陵)은 서천의 곡명산(鵠鳴山)에 들어가서 도교에 관한 책을 저술하고 민중을 유혹하여 그들의 신임을 한몸에 모은 일이 있었다. 장릉이 죽자 그의 아들 장형(張衡)이 제 이대 교주가 되어 신자들로부터 다섯 말씩의 쌀을 의무적으로 거두어들였으므로 세상에서는 그를 미적(米賊)이라고 불렀다. 그 후 장형이 죽고 제 삼대 교주를 계승한 것이 장로였다.

장로는 한중에 머물면서 스스로를 사군(師君)이라고 일컫고 신자들은 귀졸(鬼卒)이라고 불렀다. 귀졸들의 우두머리를 ‘좨주(祭酒)’라고 일컬으며 특히 수많은 귀졸을 거느린 좨주를 치두대좨주(治頭大祭酒)라고 불렀다. 이들은 성실을 도의 근본으로 삼고 남을 속이는 짓을 절대로 허용하지 않는 것을 중심으로 삼았다. 또 병자가 생기면 먼저 기도단을 마련하여 환자를 조용한 방 안에 들여보내 자신이 저지른 죄악을 고백하게 해서 참회시킨 뒤에 기도를 해주었는데 이 기도사를 간령좨주(姦令祭酒)라고 불렀다. 기도하는 방법은 우선 종이에 병자의 성명을 쓴 뒤에 참회하려는 주된 내용을 글로 적어 세 통으로 만들게 하였다. 이를 일컬어 삼관수서(三官手書)라 하였고 그 중 한 통은 하늘에 바치기 위해 산꼭대기에 갖다놓으며, 또 한 통은 땅에 바치는 의미로 땅속에 묻는다. 나머지 한 통은 수신(水神)에게 바치는 뜻으로 물속에 던졌다. 이렇게 해서 병이 나으면 사례의 표시로 쌀 다섯 말을 헌납하도록 하였다. 그들은 또 의사(義舍)라는 시설을 가지고 있었다. 의사 안에는 항상 쌀·고기·땔감 등을 마련해놓고 지나가는 나그네마다 필요한 만큼만 밥을 지어먹도록 하였는데 욕심을 내어 필요 이상 많이 먹으면 천벌이 내린다고 경고하였다.

한편 영내의 주민으로서 법을 어기는 죄인이 생기면 세 번까지는 타일러서 기회를 주지만 그렇게 하고도 못된 버릇을 고치지 못하면 형벌을 내렸다. 영내에는 한 명의 관리도 없이 모든 행정을 좨주가 맡아서 처리하였다.

장로는 서른 해 동안 한중 땅에서 이와 같은 별천지를 지속적으로 유지시켜 왔는데 한중이 워낙 외진 곳이라 한나라 조정에서는 쉽게 손을 댈 수가 없었다. 그래서 조정은 장로를 진남중랑장(鎭南中郞將) 겸 한녕 태수로 임명하여 조공(租貢)만을 바치게 할 뿐 간섭을 하지 않고 있었다.

이런 때 조조가 서량 군을 무너뜨렸으니 장로가 무척이나 놀란 것이었다. 그는 측근의 간부들을 불러모아 말했다.

"서량의 마등이 죽음을 당했고 아들 마초가 도전하였으나 지고 말았소. 그러니 이제 조조는 반드시 우리 한중을 침범할 것이오. 그래서 내가 한녕왕(漢寧王)이 되어 병력을 동원해 조조에게 대항하고자 하는데 여러 장수들의 생각은 어떠한지 말해보시오."

염포(閻圃)가 말했다.

"한중은 인구가 십만여 호나 되고 재력도 풍부하며 식량도 풍족하고 지형 또한 험난합니다. 지금은 마초가 패하여 서량(西涼) 군사들이 자오곡(子午谷)으로부터 수만 명씩 한중으로 몰래 들어오고 있는 실정이옵니다. 그러니 저의 생각으로는 우선 익주의 유장(劉璋)이 약하니 먼저 그자의 사천 땅 마흔한 개 주를 빼앗아 우리의 근거지로 삼고 왕이 되시는 것이 좋을 듯합니다."

장로는 염포의 말에 크게 기뻐하며 그의 아우 장위(張衛)와 함께 서천을 공략할 계획을 세웠다.

익주의 목으로 있는 유장은 자를 계옥(季玉)이라 하는데 그는 유언(劉焉)의 아들로 한나라 왕조 노공왕(魯恭王)의 핏줄을 잇고 있었다. 그는 장제(章帝)의 원화(元和) 연간에 경릉(竟陵)으로 봉토가 옮겨져 그 뒤로 이곳에 자손들이 정착하게 되었다. 그 후 유언은 익주의 목(牧)으로 임명되었으나 흥평(興平) 원년에 악성 종양을 앓다가 죽었다. 이때 주의 거물이었던 조위(趙韙) 등이 그의 아들 유장을 옹립해서 익주목으로 추대한 것이었다.

유장은 전에 장로의 모친과 아우를 살해한 일이 있어서 둘 사이에는 골이 깊은 원한이 얽혀 있었다. 그러기에 유장은 장로에 대한 유화책으로 방희(龐羲)를 파서(巴西)의 태수로 임명했던 것이다. 방희는 장로가 서천으로 출병할 것이라는 정보를 알아내자 유장에게 급히 보고하였다. 그런데 유장은 본디 겁이 많은 자였으므로 이 소식에 낯이 창백하게 변해 급히 모든 장수들을 모아 놓고 자문하였다.

그 자리에서 씩씩한 기개로 의연히 제언하는 장수가 하나 있었다.

"부디 너무 걱정하지 마십시오. 제가 세 치의 짧은 혀로 장로 놈으로 하여금 서천을 넘볼 수 없도록 하겠습니다."

이렇게 장담을 하고 나선 모신은 과연 누구일까?

제 60 회   서촉 공략을 주장한 장송

장영년반난양수　　방사원의취서촉
張永年反難楊修　　龐士元議取西蜀

조조는 장송의 가치를 모르고
방통은 서천의 탈취를 도모하다

삼촌불란설을 내세운 장송

세 치밖에 안 되는 짧은 혀, 즉 '삼촌불란설(三寸不爛舌)'을 들고
나온 사람은 익주의 별가(別駕:보좌관)였던 장송(張松)이란 인물로
자를 영년(永年)이라 하는 자였다. 그는 태어날 때부터 머리가 뾰
족했고 이마가 툭 튀어나온 짱구였으며 코도 납작하고 이도 심
하게 튀어나온 뻐드렁니인데다가 키가 다섯 척도 안 되는 단신
에 목소리도 종을 치는 듯한 쇳소리가 났다.

유장이 그에게 말했다.

"그 방책을 좀 말해보시오."

"들리는 소문에 의하면 조조는 이미 중원 땅을 소탕하고, 여포를 쓰러뜨리고, 원술·원소를 멸하고 바로 얼마 전에는 서량의 마초까지 격파하여 바야흐로 천하무적의 기세에 있다고 합니다. 그러하오니 주공께서 조조에게 바칠 갖가지 헌납품을 준비하여 주신다면 제가 그것을 가지고 허도로 찾아가 조조를 만나겠습니다. 그래서 조조를 설득하여 한중으로 군사를 보내 장로를 치도록 하겠습니다. 그렇게 한다면 조조 군을 대적하기에 정신이 없는 장로가 어찌 서천 땅을 엿볼 수 있겠습니까?"

유장은 장송의 방책을 받아들여 즉시 금·진주·비단 등의 진상품을 주어 장송으로 하여금 가지고 가도록 하였다. 장송은 아무도 모르게 서천 땅의 지도 한 장을 진상품 속에 넣은 후 서너 명의 종졸을 데리고 허도로 향하였다.

이 같은 정보가 재빠르게 형주까지 전해지자 공명은 허도로 첩자를 보내어 장송의 동정을 살피게 하였다.

장송은 허도에 이르러 숙사에 여장을 풀고 그 다음날 승상부를 찾아가 조조와의 면회를 요청하였다. 이때 조조는 우월감에 스스로 도취되어 오만의 절정에 이르고 있었는데 날마다 술과 여인들에 빠져 연회를 열었고, 특별한 일이 없는 한 좀처럼 밖으로 나가지도 않고 승상부 안에 머물러 있을 뿐 국정은 손도 대지 않고 승상부가 대신 처리하도록 하고 있었다.

장송은 사흘이나 기다린 끝에 조조의 측근 신하에게 먼저 뇌물을 주고 겨우 조조와 면회를 할 수 있었다.

그를 만나러 가니 조조는 객실에 혼자 앉아 있다가 장송이 조조에게 큰절을 올려 예를 갖추었더니 느닷없이 큰소리로 호통치듯 물었다.

"너의 주인인 유장은 몇 년 동안 공물을 바치지 않고 있는데 그 이유가 무엇이냐?”

“그것은 공물을 수송하는 데 문제가 있어서입니다. 형세가 험한데다가 떼도둑들이 득실거려서 함부로 짐꾼들에게 맡길 수가 없기 때문입지요.”

“거짓말 마라! 내가 이미 중원 땅을 모두 평정하였는데 도둑놈 따위가 어디 있단 말이냐?”

장송은 태연하게 받아넘겼다.

“남쪽에는 손권이 있고 북쪽에는 장로가 있으며 서쪽에는 유비가 있지 않습니까? 이들은 가장 적은 경우도 십만 병력을 거느리고 있으니 이래서야 어찌 태평스러운 세상이라고 할 수 있겠습니까?”

조조가 이렇게 말하는 장송의 모습을 바라보니 괴상하게 생긴 몰골에 좋은 인상을 가질 수가 없었다. 거기에 이런 논박을 받고 보니 괘씸한 생각마저 들어서 옷소매를 털고 일어나더니 불쾌한 표정으로 들어가버렸다.

주위의 모사들도 장송을 꾸짖었다.

“당신은 사자의 몸으로 와서 어찌 그렇게 예도 모르는 말버릇으로 승상을 대한단 말이요? 다행히 승상께서 먼 길을 왔다 하여 더 이상 추궁하지 않으신 것이니 빨리 돌아가도록 하시오!”

장송이 이에 엷은 웃음을 띠며 말했다.

“우리 서천에는 아첨하는 자는 없소이다.”

때마침 객실 밖에서 이 말을 듣고 소리치는 자가 있었다.

“서천에는 아첨꾼이 없고 우리 중원에는 아첨하는 자만 있다는 말이오?”

장송이 누군가 하고 바라보니 그는 눈썹이 엷고 눈은 가느다란 모양에 얼굴이 희어서 기품이 있어 보이는 인물이었다. 장송이 누구냐고 물었더니 자신은 태위인 양표의 아들로 자는 덕조

(德祖)라 하고 이름은 양수(楊修)라고 하였다. 그는 지금 승상부 안에서 장고주부(掌庫主簿:창고관리 책임자)의 자리에 있는데 사람됨됨이가 좋고 학문과 언변이 뛰어나며 남달리 빼어난 지식의 소유자였다.

장송은 건방져 보이는 양수의 코를 납작하게 만들어주려는 생각이 들었고 양수 또한 자기의 재간을 과신하며 천하의 인재들을 낮추어 보고 교만해 있던 터라 장송이 빗대어 한 말을 꼬투리 삼아 그냥 넘기려 하지 않았다.

그는 장송을 승상부의 바깥 서원으로 불러낸 후 먼저 말을 꺼냈다.

"촉(蜀)에서 여기까지는 지형이 험난한데 용케도 오셨습니다."

장송도 예를 갖추어 말하였다.

"저희 주공의 명이시니 물불인들 어찌 마다하겠습니까!"

"허, 그렇군요. 그런데 촉나라 땅의 풍토에 대해 좀 알고 싶습니다."

"촉은 서쪽에 있는 땅으로 옛날에는 익주라고 불렀으며 금강(錦江)이 있고 산세가 험하기로 유명합니다. 이백여덟 개의 역참이 연달아 있고 넓이는 삼만여 리나 되며 마을과 마을이 끊이지 않고 이어져 있습니다. 가는 곳마다 닭 울음소리와 개 짖는 소리가 들리며, 땅은 기름지고 논마다 곡식들이 넘쳐납니다. 또한 물이 넘쳐 물난리가 나는 일도 없고 가뭄도 없으니 나라는 갈수록 부강해지고 백성들은 근심걱정이 없습니다. 그리고 생산물은 산더미같이 쌓여 있으니 그토록 혜택받은 땅이 천하에 어디 있겠습니까?"

"흐흠, 그렇군요. 그러면 촉 땅의 인물로는 누가 있습니까?"

"문호(文豪)로는 사마상여(司馬相如)가 있고, 무장(武將)으로는 복파장군(伏波將軍)이 있으며 의학에는 장중경(張仲景), 점술에는 엄군평(嚴君平) 등등 어느 분야에나 빼어난 인물이 숱하게 배출되었습니다.”

“그러면 유장 밑에는 현재 귀공과 같은 분이 또 몇 분이나 계시는지요?”

“글쎄요. 문·무·지·용을 아울러 갖춘 비분강개(悲憤慷慨)한 지사만도 일백 명이 넘습니다. 그에 비하면 저는 아무것도 아닙니다.”

“그럼 귀공께서는 현재 어떤 지위에 계시는지요?”

“별로 쓸모도 없는 몸이 별가의 벼슬에 올라 있습니다. 그러면 귀공은 조정의 어떤 관직에 계시는지요?”

“승상부의 주부 자리에 있습니다.”

이번에는 장송이 되물었다.

“귀공께서는 당당한 명문 출신이시온데 조정에서 황제를 보좌하시지도 않고 어찌하여 승상부에 속한 말단 관리직을 구차스럽게 감수하고 계십니까?”

양수는 낯이 벌개졌으나 그래도 내색은 하지 않고 말을 받아넘겼다.

“비록 말단의 관직이지만 승상께서는 저에게 군정·경리·식량 등에 관한 일을 맡기고 계십니다. 그러니 언젠가는 승상께서 저를 기억하시고 발탁해주셔서 중대한 일을 주시리라 믿고 이 일에 불만없이 종사하고 있습니다.”

장송이 웃으며 말하였다.

“듣자하니 승상께서는 공맹(孔孟)의 가르침에도 밝지 못하시고 손자와 오자의 병법에도 어두우면서 승상이라는 높은 지위에 올라 계시다고 들었는데, 그러고도 어떻게 바른 사람을 기용할 수 있겠습니까?”

양수가 이 말에 발끈해서 반박하였다.

"귀공은 서쪽의 구석진 곳에 계시니 승상의 대재(大才)를 알 까닭이 없지요. 제가 여기서 귀공에게 보여드릴 것이 있습니다."

양수는 측근을 시켜 손궤에서 한 권의 책을 꺼내오게 하여 장송에게 건네주었다. 받아보니 《맹덕신서(孟德新書)》라는 제목의 책이었는데 '맹덕'은 조조의 별호였다.

장송이 단숨에 읽어보니 모두 열세 편으로 구성된 병법서였다. 그는 양수에게 물었다.

"귀공은 이 병서가 어떻다고 내게 보여주시는 것입니까?"

"이 책은 승상께서 온고지신(溫故知新:옛것을 익히고 그것을 미루어서 새것을 앎)의 정신으로 손자의 병법 열세 편을 본떠서 지으신 것입니다. 귀공은 우리 승상께서 재주가 없다고 하셨습니다만 어떻습니까? 이만한 책이라면 훌륭히 후세에까지 전해지지 않겠습니까?"

장송이 큰 웃음을 터뜨리며 말하였다.

"이 책이라면 서천 땅에서는 세 살짜리 어린애도 줄줄 외우고 있는 것이오. 이것이 무슨 신서입니까? 이는 전국시대에 어느 무명씨의 작품으로 조 승상이 이를 표절한 것인데 귀공은 어떤 근거로 무작정 조 승상을 과대평가하고 계시는 것입니까?"

양수가 변명을 늘어놓았다.

"천만의 말씀이외다. 승상께서 비장해오신 저작물로 아직 세상에 발표되지도 않은 책을 서천의 세 살짜리 어린아이가 어떻게 알 수 있단 말입니까?"

"공은 제 말이 거짓이라고 하는데 그럼 여기서 제가 한 번 외워보겠소이다."

장송은 《맹덕신서》의 전편을 한 자, 한 구도 틀리지 않게 낭송해보였다. 양수는 깜짝 놀라며 말하였다.

"아니, 눈으로 한 번 훑어보고 그렇게 암송하시다니 과연 귀공은 천하의 기재이십니다. 제가 정말 탄복했습니다.”

서천에 머문 장송

장송이 작별을 고하자 양수가 말하였다.

“숙사에 좀더 머물러 계시면 제가 승상께 말씀드려서 다시 한 번 만나시도록 주선하겠습니다.”

그러나 장송은 그것을 마다하고 승상부를 뒤로 하였다. 그를 떠나보낸 뒤 양수는 조조를 만나러 가서 따지듯이 물었다.

“장송을 왜 그리 냉대하셨습니까?”

“그자는 말하는 투가 건방지고 돼먹지 못했소.”

“하오나 승상께서는 일찍이 예형과 같은 무례한 인물도 중용하셨으면서 어찌하여 장송은 그렇게 혐오하셨습니까?”

“예형은 문장으로 세상에 알려진 인물이었기에 차마 죽일 수가 없었지만 장송에게 무슨 재능이 있겠소?”

“그 사람의 말재주는 차치하고서라도 기억력은 아주 비상합니다. 실은 제가 승상께서 지으신 《맹덕신서》를 그에게 보여주었더니 눈으로 한 번 훑어보더니 그 전체를 고스란히 외워 보였습니다. 박람강기(博覽强記:여러 가지의 책을 많이 읽고 기억을 잘함)도 아마 그런 정도는 없을 것이옵니다. 더구나 장송이 ‘이 책은 전국시대의 무명씨가 지은 작품으로 서천에서는 세 살짜리 어린아이도 알고 있다’고 말하는 것이었습니다.”

조조가 멋쩍어하며 말하였다.

“내 글과 옛 사람의 글이 우연히 일치한 모양이오.”

이렇게 궁색한 대답을 한 조조는 끝내 그 책을 불태우도록 하였다. 양수가 다시 말하였다.

“그자에게 우리의 위세를 확실히 보여주심이 어떻겠습니까?”

"좋소. 내일 내가 서쪽 연병장에서 군을 사열할 때 그자를 데리고 와서 우리의 군용을 참관토록 하고 그가 서천으로 돌아가서는 내가 강남 땅을 치고 다음에는 서천 땅을 칠 것이라고 소문을 퍼뜨리도록 하시오."

이튿날 양수는 장송을 서쪽 연병장으로 데리고 나갔다. 조조는 호위군 오만 명을 모아놓고 열병식을 거행하였다. 장졸들의 투구와 갑옷은 선명한 빛깔이었고, 몸에 걸친 전포도 화려하기 이를 데 없었다. 금고(金鼓:징과 북 모양의 종) 치는 소리는 하늘에 울려 퍼지고 창과 방패는 햇빛을 받아 번쩍이고 대오를 지어 서 있는 사방팔방에서는 오색의 군기가 펄럭이며 말과 군사들은 마치 하늘을 나는 듯하였다. 장송은 이 모든 것을 곁눈으로 바라보고 있었다.

한참 뒤에 조조가 그를 불러서 물었다.

"서천에도 이만한 전사들이 있는가?"

"서천에서는 군사를 이렇게 다스리지 않고 인의(仁義)로써 사람들을 다스립니다."

조조는 안색을 달리하며 장송을 노려보았지만 장송은 전혀 겁먹지 않고 오히려 태연했다. 양수는 조마조마해서 장송에게 눈짓을 해보았지만 장송은 아랑곳하지 않았다.

조조가 장송에게 말하였다.

"나는 천하의 내로라 하는 인물들을 하나같이 잡초로밖에 여기지 않는다. 내가 병력을 이끌고 나가면 이기고 공격하면 반드시 빼앗아버린다. 나를 따르는 자는 살려주지만 내 명을 거스르고 맞서는 자는 죽여버린다. 자네는 이 사실을 알고 있는가?"

"잘 알고 있사옵니다. 복양에서는 여포를, 완성에서는 장수를 치셨고, 적벽에서는 주유를, 화용에서는 관우를 만나셨습니다. 또 동관에서는 수염을 깎으시고 전포를 벗어던지셨으며 위수에서는 화살을 피하고자 배를 타고 도망치셨지요. 이 모든 것이 승상께서 말씀하시는 천하무적의 경우입니다."

조조가 노기등등하여 말하였다.

"이놈, 괘씸하고 보잘것없는 놈이 감히 나를 빗대어 빈정거리다니……."

조조는 장송을 당장에 베어 버리라고 호통을 쳤지만 양수가 필사적으로 막으면서 말하였다.

"장송을 참살하는 일쯤은 아무것도 아니지만 서천에서 여기까지 공물을 가지고 온 사자입니다. 그런 장송이 참살되면 서천 사람들이 무엇이라고 생각하겠습니까?"

이렇게 간언하였지만 조조는 좀처럼 분이 풀리지 않았다. 이어서 순욱이 옆에서 간곡히 간하자 참살은 거두고 죽도록 곤장을 쳐서 쫓아보내도록 하였다.

초죽음이 될 정도로 곤장을 맞은 장송은 즉시 허도를 떠나 서천으로 돌아가면서 곰곰이 생각해보았다.

'사실 나는 서천의 주·군을 조조에게 넘겨줄 작정을 하고 여기 온 것이었는데 조조가 그토록 방약무인하고 되지 못한 인간인 줄은 미처 몰랐다. 내가 서천을 떠날 때 유장 앞에서 그토록 큰소리를 쳤는데 이제 아무런 소득도 없이 돌아간다면 큰 웃음거리가 될 게 분명하니 이왕 이렇게 된 바에는 형주 땅의 유비를 찾아가보자. 그는 매우 인의가 돈독한 사람이라고 들었으니 유비가 어떤 인물인지 면밀히 관찰해보고 서천으로 갈 것인지 형주에 머무를 것인지 결정해야겠다.'

이리하여 장송은 몇몇 종자를 데리고 형주 땅으로 말머리를 향하였다. 이윽고 며칠 만에 영주(郢州)의 어귀에 이르렀더니 오백여 기마의 부대가 장송 일행을 보고 기다렸다는 듯이 이쪽을 향하여 달려왔다. 장송이 의아히 여기고 있으려니 선두에서 몸이

날렵해 보이는 장수가 말을 건네었다.

"혹시 귀공은 별가 장송이 아니십니까?"

"그렇소이다만."

장송이 이렇게 답하자 그 대장이 급히 말에서 내려 공손히 허리를 굽혀 절을 한 뒤에 말하였다.

"저는 조운이라 하옵니다. 여기에서 공을 기다리고 있은 지 오래이옵니다."

장송 역시 부리나케 말에서 내려 공손히 답례를 하고 물었다.

"그러시다면 상산의 조운이십니까?"

"그렇습니다. 제가 그 사람입니다. 우리 주공께서 나를 보내시며 귀공께서 먼 나그네 길에 피곤하실 터이니 위로하라고 하시어 이렇게 술과 안주를 마련해가지고 왔습니다."

이렇게 인사를 나누는 동안에 벌써 술상이 준비되었다. 조운이 장송에게 권하였다.

"자, 한 잔 드시지요."

장송이 속으로 중얼거렸다.

'유비가 손님에게 극진히 대접한다는 말은 들은 바 있었지만 과연 빈틈이 없구나.'

장송은 조운과 대작하여 술을 몇 잔 기울이고서 얼마 후에 말머리를 나란히 하고 형주 땅으로 향하였다.

형주의 경계에 이르러 날이 이미 저물어서 객사에서 묵고 가기로 하였다. 일행이 객사에 들어서려 하니 문 밖에 모여 있던 일백여 명의 무리들이 갑자기 요란스럽게 북을 치며 환영하였다. 그들 사이에서 한 장수가 앞으로 나오며 말하였다.

"먼 길을 오시느라고 고단하셨겠습니다. 실인즉 우리 장형인 유 황숙의 분부로 여로에 노고가 많으실 귀공을 위하여 저 관우가 이렇게 쉴 곳에 먼저 와 깨끗이 정돈하고 기다리고 있던 참입니다."

장송은 말에서 내려 관우에게 답례한 뒤 조운과 더불어 객사로 들어가 술자리를 벌이다가 밤이 이슥해져서야 잠자리에 들었다.

이튿날 일행은 조반을 마치자 말을 타고 떠났다. 사오 리쯤의 길을 가는데 저만치 앞에 또 한 무리의 사람들이 기다리고 있다가 반가이 맞이하여 주었다. 유비가 공명과 방통을 거느리고 나와 있다가 멀리 장송이 눈에 띄자 얼른 말에서 내렸고 이를 본 장송도 급히 말에서 내렸다.

유비가 먼저 인사말을 건넸다.

"고명하신 귀공의 소식은 진작에 듣고 있었지만 워낙 먼 곳에 계시니 인사도 제대로 드리지 못했습니다. 이번에 서천으로 돌아가신다는 말을 듣고 한번 만나뵈었으면 하고 기다리고 있었습니다. 사정이 괜찮으시어 이 고장에 잠시나마 머물러주신다면 여간 기쁘지 않겠습니다. 불초한 이 사람의 간절한 소원입니다."

장송은 매우 흐뭇해하며 그들과 함께 성 안으로 들어갔다. 청사에 들어가니 곧 환영 연회가 베풀어졌다. 술자리에서 장송과 유비가 술잔을 나누었는데 유비는 서천 땅에 대해서는 한 마디도 언급하지 않고 한담만 늘어놓았다.

장송이 시험 삼아 유비의 속마음을 떠보았다.

"황숙께서는 형주 외에 몇 개의 군을 더 가지고 계시는지요?"

공명이 유비의 말을 대신하여 대답하였다.

"형주는 잠시 동안만 동오에게서 빌린 것인데 어서 돌려달라는 재촉을 자주 받고 계십니다. 우리 주공께서는 손권의 매제이자 동오에 사위가 되는 위치라 당분간 이 고장에 머무를 뿐이옵니다."

"동오는 여섯 군에 여든한 주를 거느린 대국인데 아직도 더 땅을 갖기에 욕심을 내고 있다는 말입니까?"

이번에는 방통이 대답하였다.

"우리 주공께서는 한나라의 황숙이시면서도 땅 한 조각 갖고 있지 않은데 한나라의 국적 놈들이 도리어 많은 땅을 빼앗아 나누어 갖고 있으니 이를 안타깝게 여기는 사람들은 그저 한탄만 하고 있을 뿐입니다."

유비가 말을 가로막았다.

"그 이야기는 그만 하시지요. 이 사람에게는 그런 땅을 차지할 만한 덕이 없습니다."

장송이 다시 말을 가로막았다.

"아니, 그렇지 않습니다. 귀공께서는 한나라 종실의 혈족이시며 인자하시고 인의가 두터우시다는 것도 세상에 널리 알려져 있습니다. 그러니 주와 군을 가지시는 일은 물론이고 한나라 종실의 정통성에 갈음하여 황숙께서 황제의 자리에 오르시는 것도 욕심에 넘치는 일이 아니라 그 신분에 맞게 자연스럽게 상승한 일일 뿐입니다."

유비가 이 말에 겸양스럽게 대답하였다.

"과찬의 말씀이십니다. 저에게는 그럴 만한 자격이 없습니다."

유비를 도운 장송

장송은 결국 사흘 동안 머무르면서 날마다 융숭한 대접을 받았으나 유비는 끝까지 서천 땅에 관한 화제는 입에 올리지 않았다.

출발하는 날에 유비가 성 밖 십 리까지 배웅하러 나와 송별의 조촐한 연석을 마련하였다.

"이제는 작별이라 생각하니 언제 다시 또 만나 뵙고 가르침을 받을 날이 있을지 애석할 따름입니다.”

유비는 그만 눈물을 쏟고 말았다. 장송은 이 모습을 보고 속으로 생각하였다.

‘유비는 선비를 대할 줄 아는 기특한 됨됨이를 지닌 인물이다. 이런 사람을 버리고 떠나는 법은 없으니 서천 땅이 남의 손에 들어갈 바에야 이 사람을 도와 서천을 취하도록 해보리라.’

장송이 마지막 작별 인사로 말문을 열었다.

“저 역시 이별이 안타깝습니다. 황숙 옆에서 아침저녁으로 모시고 싶사오나 그럴 수는 없는 처지이옵니다. 제 생각에 이 형주 땅은 동쪽으로는 손권이 노리고 있고 북쪽으로는 조조 또한 호시탐탐 넘보고 있으니 여기는 오랫동안 머무를 곳이 못 되옵니다.”

유비가 그 말에 수긍하였다.

“전부터 이미 알고 있지만 그렇다고 이렇다 할 땅이 있는 것도 아니고 해서 그냥 머물러 있는 실정입니다.”

“땅이라면 익주라는 곳이 있습니다. 지형이 험하고 견고한 곳으로 옥야가 일천 리요, 백성의 생활도 풍족하고 땅도 역시 부유합니다. 또한 유식한 인사들과 선비들이 오래 전부터 황숙의 인의를 흠모해왔습니다. 그러니 일단 형주의 군사들을 동원하여 서진(西進)하시어 패업을 이루신다면 한나라 종실을 부흥시키실 수 있을 것입니다.”

“저로서는 도저히 할 수 없습니다. 유장은 저와 마찬가지로 한나라 왕실의 혈통이며 서천 땅에서 오랫동안 인정을 베풀어 왔던 사람입니다. 그런데 어찌 제가 그 땅을 점거할 수 있겠습니까?”

“이 몸은 제 주인을 팔아서 자기의 영화를 추구하는 그런 인간은 아니옵니다. 오직 이번에 유 황숙과 같은 명군을 만나 뵙고

보니 처음으로 본심을 토로하고 싶은 충정이 우러나와서 말씀드리는 것이옵니다. 유장은 익주를 다스리고 있지만 천성이 어리석고 허약한 사람이라 사람을 부리는 데 어둡고 제대로 쓸 줄 모르는데다가 한중의 장로가 익주를 호시탐탐 노리고 있어 언제 갑자기 쳐들어올지도 모르는 위험을 안고 있습니다. 그런 까닭으로 안심을 하지 못하는 유장은 평소에 훌륭한 통치자를 받들어 모시겠다고 말해왔습니다. 이에 이 몸이 조조를 만나 익주를 구하려고 했던 것인데 막상 그 조조란 자를 만나보니 사람을 사람답게 대해주지도 않는 방자한 자였습니다. 그래서 돌아가는 길에 일부러 이쪽에 들러 황숙을 만나보았던 것입니다. 황숙께서 먼저 서천 땅을 차지하시어 그곳을 발판 기지로 삼으시고 이어 북으로는 한중을 손에 넣으시고 나아가서 중원 땅을 평정하시어 조정을 훌륭하게 다시 일으켜 세우신다면 이는 곧 청사에 길이길이 남는 대업을 성취하시는 결과가 되옵니다. 황숙께서 그럴 뜻이 있으시다면 이 몸도 기꺼이 협력하겠습니다. 어찌 생각하시는지요?"

"후의에는 깊이 감사드립니다. 그렇지만 유장과 저는 한 동족인데 그런 유장을 공격한다면 천하 사람들이 저에게 뭐라 하겠습니까?"

"남아 대장부로서 세상에 몸을 두고 있는 이상 공을 세우는 일이 최고의 일입니다. 중요한 것은 남보다 먼저 착수하는 것이니 지금 서천을 차지하지 않고 그냥 남의 손에 넘어가게 한다면 그 뒤로는 아무리 후회하셔도 무익한 일이 되고 말 것입니다."

용기를 얻은 유비가 물었다.

"제가 듣기에 촉 땅은 지형이 험하고 산과 강이 많아 수레나 말이 다니기 어렵다고 하던데 어찌 그 땅을 취할 수 있겠습니까?"

그러자 장송이 옷소매 속에서 한 장의 지도를 꺼내어 유비에

게 보여주었다.

"황숙의 인품에 탄복하여 이 지도를 헌정하고자 합니다. 이 지도를 보면 촉 땅의 모든 지형 사정을 알아볼 수 있을 것입니다."

유비는 지도를 받아 펼쳐보았다. 윗부분에는 거리가 적혀 있었고 도로의 멀고 가까움이 표시되어 있었으며 산천의 지세가 자세히 그려져 있어 방어하기에 유리한지 불리한지의 여부를 분명히 알 수 있으며 토지와 군량의 숫자까지 적혀 있었다.

장송이 재촉하였다.

"어서 속히 결정을 내리시고 일을 추진하십시오. 저에게는 믿고 따르는 벗이 둘 있는데 그들은 법정(法正)과 맹달(孟達)로 황숙을 도와드릴 것이니 이들이 형주를 찾아오거든 부디 마음을 터놓고 숙의해 주시기를 부탁드립니다."

유비는 장송에게 감사의 뜻을 표하였다.

"산천에 변함이 없듯이 저 또한 마음을 바꾸지는 않습니다. 제가 성공하는 날에는 반드시 후하게 보답하겠습니다."

장송은 고개를 흔들며 말했다.

"이 몸은 명군을 만나뵈었기에 저의 본심을 알린 것이지 결코 무언가를 받을 생각에서 한 말은 아닙니다."

장송이 자리에서 일어나자 공명이 관우로 하여금 수십 리 밖까지 배웅하도록 명하였다.

법정과 맹달

장송은 익주로 돌아와 맨 먼저 절친한 벗 법정을 만났다. 자를 효직(孝直)이라고 하는 법정은 고부풍군(古扶風郡) 출신으로 현인 소리를 들었던 법진(法眞)의 아들이었다.

장송은 그간의 자초지종을 모두 들려주었다.

“조조는 오만하기 그지없고 버르장머리 없는 위인일세. 더불어 염려할 수는 있어도 즐거워할 수는 없는 인물일세. 그래서 내 생각으로는 유 황숙에게 익주를 양도하는 것이 어떨까 하는데 자네의 생각은 어떠한가?”

법정이 답하였다.

“내 생각에도 유장은 유약한 사람이라 벌써부터 유 황숙에게 희망을 걸고 있었다네. 자네와 내가 뜻을 같이 하는 바에야 의논이랄 것도 없지 뭔가.”

이때 맹달이 찾아왔다. 그는 자를 자경(子慶)이라 하며 법정과는 같은 고향 출신이었다.

그는 법정과 장송의 밀담을 눈치 채고 말하였다.

“무슨 이야기를 나누고 있었는지 알 만하네. 익주를 남의 손에 넘겨주려는 의도로군.”

장송이 시치미를 떼고 말했다.

“바로 그것을 의논하고 있었는데 자네 생각에는 익주를 누구에게 넘겨주어야 가장 타당할 것 같은가?”

“그야 두말할 나위 없이 유비이지. 달리 누가 또 있단 말인가?”

세 사람은 손뼉을 치며 웃음을 터뜨렸다. 법정이 장송에게 물어보았다.

“내일 유장을 만나면 뭐라고 할 작정인가?”

“자네 두 사람은 사절단으로 해서 형주로 보내시라고 유장에게 권할 작정일세.”

두 사람은 이 제의에 찬동하여 응락하였다.

이튿날 장송이 유장을 찾아가니 유장이 궁금히 여기며 물었다.

“조조에게 갔던 일은 어찌 되었소?”

“조조는 한나라의 역적이옵니다. 천하를 넘보는 건방진 놈이라 도무지 어떤 이야기도 성립되지 않았습니다. 더구나 놈은 벌써 서천 땅을 손아귀에 넣은 듯한 기세로 거만하게 굴었습니다.”

장송의 말에 유장이 물었다.

“그렇다면 어찌해야 한단 말인가?”

“저에게 장로나 조조가 서천 땅에 얼씬도 하지 못하게 할 방안이 하나 있사옵니다.”

“도대체 그것이 어떤 방안이오?”

“형주의 유 황숙은 주공과는 같은 종족이시며 더욱이 그 풍채와 품격이 훌륭하신 인물입니다. 조조 놈도 적벽 싸움 이후로는 유비에게 완전히 겁을 먹고 있습니다. 그러니 장로 따위가 어디 감히 적대할 엄두를 내겠습니까? 이에 유비와 손을 잡으시어 그를 우리 편으로 삼으시면 조조나 장로가 우리를 업신여기거나 넘보지 못할 것입니다.”

유장이 흔쾌히 답하였다.

“사실 나도 전부터 그럴 생각이 있었다네. 그래, 그렇다면 형주에 보낼 사자로는 누가 적당하겠나?”

“법정과 맹달이 적격자라고 생각합니다.”

유장이 즉시 이 두 사람을 불러들여 편지를 써서 먼저 법정으로 하여금 지참케 하여 우호 관계를 맺도록 하고 그 뒤에 맹달에게 오천 병력을 이끌고 가서 유비를 서천으로 모셔들이도록 하였다.

유장의 충신들

이때 누군가가 밖에서 땀을 뻘뻘 흘리면서 뛰어 들어오더니 크게 소리쳐 아뢰었다.

“주공께 아뢰오! 장송의 진언을 그대로 들었다가는 서천의 마흔한 개의 주와 군이 모두 남의 것이 될 것입니다.”

장송이 놀라서 돌아보니 그는 황권(黃權)이라는 자로 서랑(西閬)의 중파(中巴) 출신이며 자를 공형(公衡)이라 하고 유장의 공관에서 주부라는 벼슬을 하고 있는 인물이었다.

유장이 황권을 꾸짖었다.

"유비는 나와 같은 종족의 인물이기에 그의 힘을 의지하여 땅을 지키려고 하는데 자네가 어찌하여 그런 말을 함부로 하는가?"

"저 역시 유비의 사람됨이 관대하고 자애롭고 친절하다는 것을 알고 있습니다. 외유내강(外柔內剛)한 영웅으로, 가까운 곳에서부터 먼 곳까지 인심을 얻어 모든 이들의 공경을 한몸에 모으고 있습니다. 거기에 더하여 공명·방통의 지모와 관우·장비·조운·황충·위연의 용맹과 무용을 양날개로 사용하고 있습니다. 그와 같은 유비를 이곳으로 불러들여 우리의 지시를 따르도록 할 때 유비가 결코 고분고분하게 따르지 않으리라는 것은 불을 보듯 뻔합니다. 그렇다고 그를 국빈으로 대우하면 한 나라에 두 주인이 있는 격이 됩니다. 그러므로 제가 지금부터 말씀드리려는 의견을 따르신다면 서천은 무사할 것이지만 만약 제 의견을 무시해버리신다면 주공께서는 누란(累卵)의 위기에 처하게 되실 것입니다. 장송은 돌아오는 길에 유비를 만나 그와 공모를 하고 왔음에 틀림없을 것입니다. 원하옵건대 먼저 장송을 처형해주십시오. 그런 다음, 유비가 이곳에 손을 대지 못하도록 한다면 우리 서천 땅은 안전하게 될 것입니다."

"그렇다면 조조와 장로의 공격을 어떻게 막는단 말이오?"

"국경을 봉쇄하고 성을 굳게 닫아버리고 나서 사태가 가라앉기를 기다리는 것입니다."

"만일 적군이 들이닥쳐온다면 한시가 급할 텐데 사태가 가라앉기를 기다린다니 그런 어리석은 생각이 어디 있단 말이오?"

유장은 끝내 황권의 의견을 무시해버리고 법정을 사자로 보내려고 하였다. 그러자 이번에도 반대하고 나서는 자가 있었다. 그는 유장의 직속에서 종사관(從事官)의 벼슬을 하고 있는 왕루(王累)였다.

그가 고개를 수그리고 아뢰었다.

"단연코 아니됩니다. 주공이시여, 장송의 의견은 절대적으로 위험천만한 것이옵니다."

"내가 유비와 손을 잡는 일은 곧 장로를 격퇴하기 위함인데 위험할 것이 어디 있소?"

"장로의 침략은 이를테면 살갗에 난 종기 같은 것이지만 유비를 서천으로 불러들이는 것은 불치의 병을 만드는 일이 되고 맙니다. 유비는 보통 인물이 아닙니다. 처음에는 조조를 섬기다가 그를 쓰러뜨리려 하였고, 다음에는 손권과 손을 잡는 것 같더니 곧 형주를 가로채고 말았습니다. 유비는 그런 인간이옵니다. 더불어 살 수는 없는 인물이지요. 그러니 일단 유비를 불러들이게 되면 우리 서천은 그로써 끝장이 날 것입니다."

"잔소리 하지 마시오! 유비는 나와 같은 종족인데 어찌 그런 사람이 내 서천에 손을 대겠소?"

유장은 왕루를 꾸짖고 황권처럼 쫓아버렸다. 그리고 법정을 형주로 출발시켰다.

법정은 익주를 떠나 형주로 들어가 유비를 찾아 뵙고 유장의 편지를 바쳤다. 유비는 그것을 개봉해 읽어내려갔는데 내용은 이러했다.

족제(族弟) 유장이 동종(同宗) 유비에게 이 글을 올리옵니다. 오래 전부터 만나뵙기를 원하였는데 촉땅의 형세가 험하여 존의(尊意)에 보응하지 못한 점 황송하게 생각합니다. 친구 사이에 길흉은 더불어 나누고 환난은 더불어 돕는다고 하였사온데 하물며 같은 종족 사이에야 더 말하여 무엇하겠습니까? 바야흐로 지금 북녘에서 장로가 우리 국경을 침범하려 하니 그것이 불안스러워서 인편에 이 글을 보냅니다. 원하옵건대 한시라도 빨리 군사들을 보내시어 이 적들을 타도해주시고 우리 서천과 형주가 오랫동안 동맹관계를 유지할 수 있기를 바랍니다. 글로는 이내 본심을 상세하게 전할 수 없사와 이만 줄이며 출진해주시는 날을 손꼽아 고대하겠습니다.

유장의 글을 다 읽은 유비는 무척 흐뭇해하며 법정을 위해 환영 연회를 베풀었다. 연회를 베푸는 가운데 유비는 주위 사람들을 모두 물리치고 법정에게 은밀히 말하였다.

"실은 공을 진심으로 기다리고 있었습니다. 장송을 통해 그대에 관해서 여러 모로 들은 바가 있었는데 이렇게 대면하게 되니 기쁘기 한량없습니다."

"이 몸은 서천의 말단 관리에 지나지 않는 별로 대단치 않은 사람이옵니다. 하온데 말은 자기를 알아보는 명인을 만났을 때 소리 내어 울고, 사람은 자기를 알아주는 이를 위해 죽는다는 말이 있습니다. 예전에 장송이 말씀드린 그 문제를 잊고 계시지는 않으셨을 줄 압니다."

법정의 말에 유비는 차근차근히 말하였다.

"나는 뿌리 없는 부평초 같은 신세를 한탄하지 않은 때가 없었습니다. 하늘을 나는 조그만 새들도 머물러 휴식을 취할 수 있는 나뭇가지가 필요한 법이고 산과 들을 뛰어다니는 토끼도 보금자리로 삼을 굴을 찾는 법인데, 인간으로서 제가 기거할 땅이 탐나지 않을 리가 있겠습니까? 그래서 물자가 풍족한 서천 땅을 취하고 싶기는 하지만 그렇다고 동족인 유장과 싸울 수는 없는 일이 아닙니까?"

법정이 답하였다.

"익주는 하늘이 땅에 남겨놓은 보고입니다. 이는 어떠한 난리라도 다스릴 수 있는 능력을 갖춘 장수가 아니고서는 그 땅에 군림할 수 없습니다. 그러니 오늘날 유장의 힘으로는 도저히 지탱하지 못하고 어차피 남의 손에 넘어갈 것이 뻔합니다. 그래서 유장이 오늘 황숙께 이와 같은 편지를 보내 도움을 청하고 있는데 어찌하여 이 기회를 놓치려 하십니까? 먼저 시작한 사람이 이긴다는 속담도 있습니다. 황숙께서 결심만 서신다면 제가 죽음을 무릅쓰고라도 무슨 일이든 도와드리겠습니다."

유비가 법정에게 감사를 표시하며 말했다.

"한번 생각해보겠습니다."

유비의 결단

이윽고 연회가 끝나자 공명이 친히 법정을 숙사까지 배웅하였다. 유비가 골똘히 생각에 잠겨 있으려니까 옆에서 방통이 아뢰었다.

"결단해야 할 때 결단을 내리지 못함은 어리석은 사람들의 짓이옵니다. 식견이 높고 사리가 밝으신 주공께서 이에 이르러 어찌 망설이십니까?"

유비가 물었다.

"부군사이신 귀공의 생각은 어떠신지요?"

"형주는 동쪽으로는 손권이 있고 북쪽으로는 조조가 버티고 있으니 대업을 성취하기는 어려운 고장입니다. 그러나 익주라면 다릅니다. 인구가 일백만이요, 땅은 넓고 물자가 풍족하니 천하에 패자가 될 인물이 기지로 삼을 만한 자격이 있는 곳입니다. 장송이나 법정의 협조는 이야말로 하늘이 우리에게 주신 절호의 기회입니다. 그러니 이런저런 걱정을 할 필요가 전혀 없다고 여겨집니다."

"지금 여러 면에서 조조는 나와 상극으로, 그 사람은 성급하고 나는 느긋하며, 그 사람은 난폭하고 나는 잘 참으며, 그 사람은 간사한 속임수를 쓰는 대신 나는 충으로 모든 것을 대하고 있소이다. 이렇게 모든 점이 정반대이므로 내가 인의에 어긋나지 않게 처신하여야 모든 일들을 성취시킬 수가 있소. 그러니 작은 이익에 눈이 어두워져서 천하에 신의를 잃어버리는 일은 나로서는 할 수 없는 일이오."

방통은 웃음 지으며 말하였다.

"주공의 말씀은 하늘의 이치에 합당하지만 지금 세상은 전란의 때이옵니다. 전쟁의 길은 하나로 고정되어 있는 것이 아니며, 만약 상리(常理)에만 구애되면 아무것도 할 수 없을 것입니다. 요컨대 계책과 변화를 요합니다. 약한 것을 살피고 어리석은 자를 치고 도리를 지키면서 공격하는 것은 타당한 일로 이것이 고대의 성제(聖帝)인 탕왕(湯王)*과 무왕(武王)**의 행동방식이었습니다. 일단 일이 성공한 뒤에 의로써 보답해주면 이는 결코 신의를 등지는 행위가 아닙니다. 이제 익주를 차지하지 않으면 딴 사람이 차지하고 말 것이니 심사숙고하셔서 결정하십시오."

이에 유비는 무엇인가를 결심한 듯한 비장한 얼굴로 즉각 공명을 부르더니 서천을 공격할 의논을 하였다.

---

* 탕왕(湯王):은(殷)나라 상(商)의 초대 왕. 성탕(成湯)이라고도 함. 성은 자(子), 이름은 이(履), 묘호(廟号)는 천을(天乙). 설(契)의 자손으로 제곡(帝嚳)의 아들. 인덕(仁德)이 두텁고 기원전 18세기 때 명신 이윤(伊尹)으로 하여금 하(夏)나라 걸왕(桀王)을 멸하고 황제가 되어 박(亳:하남성)에 도읍을 하고 국호를 상(商)이라 하고 재위 30년을 이어감.

** 무왕(武王):주무왕(周武王). 주나라 초대 황제. 성은 희(姬), 이름은 발(發). 문왕의 아들로, 주공(周公:旦)의 형. 은나라 폭군 주왕(紂王)을 치고 제위에 올라 호경(鎬京:섬서성 서안시의 서남쪽)에 도읍을 하고 국호를 주(周)라고 함.

"형주는 중요한 땅이니 병력을 남겨놓고 수비하여야 합니다."

공명이 이렇게 말하자 유비가 자신의 의사를 밝혔다.

"내가 방통·황충·위연을 데리고 서천으로 갈 테니 군사께서는 관우·장비·조운 등과 더불어 이곳에 남아 형주를 지켜주시오."

유비는 자신의 구상을 말하고 공명에게 형주 땅을 통틀어 일임시켰다. 공명은 관우를 양양의 요충지에 배치하여 청니(靑泥)라는 좁은 길을 수비케 하였다. 장비에게는 네 군의 수비를 명하여 장강을 경계하도록 하였고 조운에게는 강릉에 주둔하여 공안(公安)을 수비토록 하였다.

유비는 황충을 전위에, 위연을 후위에, 자신은 유봉·관평과 같이 본대를 이끌고 가기로 하였으며 방통을 군사로 임명하였다. 보병·기병을 합하니 오만의 병력이 되었다. 드디어 서쪽으로 향하려 하는데 요화(廖化)가 한 부대를 거느리고 귀순해왔다. 유비는 그를 관우 휘하로 배속하여 조조의 공격에 대비하도록 하였다.

유장을 말리는 신하들

바야흐로 계절은 겨울이었다. 서천을 향하는 유비의 오만 군사는 몇 날이고 쉬지 않고 전진하고 또 전진하였다. 역참을 몇 번이나 거쳐서 진군을 계속하던 어느 날, 맹달의 부대와 만났다. 맹달은 유장의 명에 따라 오천 병력을 이끌고 마중나왔다고 하며 일행을 환영하였다. 유비가 즉시 익주로 사자를 보내어 유장에게 연락을 취하니 유장은 유비의 일행이 지나가는 주변의 주와 군에 명하여 그들에게 식량 공급 등의 편의를 제공하도록 명령을 하였다.

이윽고 유비 일행이 익주 성에 가까이 도착하게 되자 유장은 직접 성도(成都)에서 나가 부성(涪城)까지 가서 유비를 마중하려는 생각으로 수레와 만막(幔幕:모임 때 둘레에 치는 장막), 기치·갑옷·투구 등등의 모든 장식물을 화려하게 준비시키라고 명하였다.

이때 주부 황권이 간하였다.

"주공께서 마중을 나가시면 틀림없이 유비의 손에 목숨을 잃으시게 될 것이니 나가지 마십시오. 수년 동안 봉록을 먹고 일해온 저로서는 차마 잠자코 있을 수가 없어서 간하는 것이오니 부디 재고해 주시기 바랍니다."

그러자 장송이 곁에서 황권을 꾸짖었다.

"그런 허튼 소리는 한 종족을 이간질시켜 놓고 국적 조조 놈을 우쭐하게 만드는 소리로 주공께는 이로울 것이 하나도 없네."

유장도 황권을 준엄하게 질책하였다.

"내 마음은 이미 정해져 있는데 네 놈이 감히 거역을 하는 것이냐?"

그러자 황권은 무릎을 꿇고 엎드린 채 이마를 땅바닥에 짓이겼다. 그는 피가 나오도록 세차게 머리를 부딪치며 애소하더니 마침내는 유장의 옷자락을 물고 늘어져 필사적으로 간언하였다.

유장은 버럭 성을 내며 잡힌 옷자락을 낚아채려 했으나 황권이 그럴수록 굳게 잡고 놓지 않는 바람에 끝내는 앞이빨 두 개가 부러졌다. 그런데도 황권을 무자비하게 밖으로 내쫓으려 하였으므로 그는 눈물을 흘리며 물러날 수밖에 없었다.

유장이 다시 유비를 맞이하려고 떠날 채비를 하자 또 계단 앞에 엎드려 울면서 간절히 호소하는 신하가 있었다.

"주공이시여! 주공께서는 어찌하여 황권의 충언을 받아들이시지 않고 스스로 죽음을 맞이하러 나가시는 것입니까?"

그는 건녕의 유원(兪元) 출신으로 이회(李恢)라는 사람이었는데 필사적으로 간언하였다.

"말씀 올리옵건대, 임금에게는 간하는 충신이 있어야 하고, 아비에게는 아비의 잘못을 바른 말로 간하는 아들이 있어야 한다는 말이 있습니다. 장송은 정녕 간신이옵니다. 유비를 서천 땅으로 맞아들이시다니 그야말로 이는 범을 집안으로 끌어들이는 것과 같습니다."

"나와 한 종족인 유비가 설마 범이겠느냐? 두 번 다시 그런 말을 하면 참형에 처하리라."

유장은 이회도 내쫓아버렸다. 옆에서 장송이 한 마디 말을 덧붙였다.

"지금 서천의 문관들은 제 처자식만 생각할 뿐 주공을 위한 생각은 전혀 하고 있지 않으며 무관들 역시 자신의 공훈만 자랑하며 저마다 딴마음을 품고 있습니다. 이러한 때에 유 황숙께서 여기로 왕림해주시지 않으면 나라는 외적(外賊)과 내적(內賊)으로 인하여 혼란스러워질 수밖에 없을 것입니다."

청산유수와 같은 장송의 말에 유장이 감격하며 말하였다.

"자네야말로 진심으로 나를 생각해주는구려."

이튿날, 유장이 성의 유교문(楡橋門)을 내려가려 하는데 누군가가 급히 보고하였다.

"지금 종사관 왕루가 자기 몸을 밧줄로 묶어 성문 위에 매달려 있습니다. 한 손에는 간언하는 글을 쥐고 다른 한 손에는 칼을 빼어들고 말하기를 자기의 간언을 받아들이지 않으면 칼로 밧줄을 끊어 땅바닥에 떨어져 죽겠다고 하고 있습니다."

이에 유장이 그의 간언서를 가져오라고 해서 읽어보았다.

익주에 사는 종사관 왕루가 피눈물로 울며 간곡히 간언드리나이다. '속담에 좋은 약은 입에 쓰고 충언은 귀에 거슬린다'고 하였나이다. 옛날 초나라의 회왕(懷王)은 굴원(屈原)의 충언을 받아들이지 않고 무관에서 회맹(會盟)에 참석하였다가 진나라의 포로가 되었나이다. 지금 주공께서 유비를 맞이하기 위해 경솔하게 도성을 떠나 부성(涪城)까지 가신다고 하오나 한 번 나가신 뒤에 다시 돌아오지 못하실까 두렵사옵니다. 이에 원하옵건대 장송을 형장에서 참형에 처하시고 유비와의 약속을 없었던 것으로 하고 관계를 끊도록 하셔야만 서천의 백성들은 행복을 누릴 수 있고 나아가서는 주공이 다스리는 나라의 행복을 찾을 수 있을 것이옵니다.

간언서를 읽은 유장은 화가 머리끝까지 치밀어올라 크게 소리쳤다.

"나는 지금 인의의 군자와 만나는 것이요, 친애하는 형제와 만나는 격인데 이게 무엇이란 말이냐? 나에게 이런 모욕을 주다니 참을 수가 없다."

왕루는 유장의 이런 말을 듣자마자 외마디 소리를 지르고는 들고 있던 칼로 자기 몸을 옭아맨 밧줄을 끊고 땅바닥에 떨어져 죽었다.

마침내 유장은 삼만 명의 인원을 이끌고 부성으로 향하였다. 그 부대 뒤에는 식량과 갖은 물자를 실은 일천여 량의 수레가 뒤따랐다.

유비의 전위부대는 이미 점강(墊江)에 이르러 있었다. 오는 도중에 우선 서천으로부터의 보급이 원활하였고, 유비가 휘하 장졸들에게 민가에서 쌀 한 톨도 빼앗지 못하도록 엄명을 내렸으므로 조그만 물의도 일으킨 자가 없었다.

연도에 늘어선 백성들은 어린아이나 늙은이 할 것 없이 기뻐하며 맞아주었고, 향을 피우며 고개를 조아리는 자들도 많았는데 유비는 그들에게 일일이 위문의 말을 건네면서 행군하였다.

한편 법정은 군사 방통에게 은밀히 보고하였다.

"사실 장송의 밀서를 받았는데 부성에서 유장과 회견할 때 즉시 손을 씀으로써 기회를 놓치지 말라는 내용이었습니다."

방통이 말하였다.

"그 일은 일단 우리 둘만 알고 있도록 합시다."

"우선 회견을 한 뒤에 신중히 행하여야 합니다. 만일 미리 말이 새어 나가면 크게 낭패를 볼 것입니다."

법정은 다시 한 번 당부하며 이 일을 완전히 비밀로 간직한 채 부성으로 입성하였다.

부성은 서천의 도읍에서 삼백육십 리나 떨어진 곳에 자리하고 있었는데 유장은 이곳에 도착하자마자 사람을 보내어 유비를 예로 맞아하였다. 그 결과 서천과 형주의 군사는 부강의 기슭에서 마주치게 되었다.

유비는 그 길로 입성하여 유장을 만나 동족지간의 돈독한 친근감을 표시하며 환담을 나누었다. 환영의 연회가 끝나자 각기 자기 진영으로 돌아가 여독을 풀었다.

유장은 부하 관원들을 모아놓고 말하였다.

"황권이나 왕루 모두 유 황숙의 마음도 모르고 시기질투에 눈이 멀어 의심하는 암귀(暗鬼:망상에서 오는 공포)에 사로잡혀 있었으니 얼마나 어리석은 놈들이란 말인가! 내가 오늘 첫 대면한 유 황숙의 인상은 참으로 인의에 투철한 분이라는 점이다. 이로써 우리는 조조나 장로도 두려워할 것이 없게 되었다. 이 모든 일은 장송이 없었다면 성취되지 못할 일이었다."

유장은 몸에 걸친 초록색 도포를 벗어 거기에 오백 냥의 황금을 담아서 사자를 성도로 보내어 장송에게 하사하도록 하였다.

그 자리에는 유괴(劉璝)·냉포(泠苞)·장임(張任)·등현(鄧賢) 등의 문신과 무신들이 모여 있었는데 그들이 이구동성으로 말하였다.

"주공이시여, 너무 기뻐하실 일이 아닌 줄로 아뢰옵니다. 유 황숙은 겉으로는 아주 부드러운 인상이지만 속으로는 굳센 기상을 가진 사람이오니 부디 끝까지 경계를 늦추지 마셔야 될 줄로 아뢰옵니다."

이렇게 간하였지만 유장이 여유있는 목소리로 말하였다.

"지레 짐작의 기우는 이제 그만들 두게나. 유 황숙께서 어찌 두 마음이 있겠느냐?"

일동은 걱정의 빛을 띠고 물러갔지만 유장은 전혀 아랑곳하지 않았다.

한편 유비가 본진으로 돌아오자 방통이 들어와 물었다.

"유장의 사람됨이 어떠하던가요?"

"매우 성실한 사람이오."

"유장은 괜찮지만 가신인 유괴나 장임 등은 저마다 뱃속에 구렁이 몇 마리씩은 들어 있음직한 인물들이니 성급히 판단하여서는 안 될 줄 아옵니다. 제 생각으로는 내일 유장 일행을 이곳으로 초대하여 미리 일백 명의 도부수를 숨겨놓고 기다리고 있다가 황숙께서 술잔을 던지시는 신호에 따라 유장을 찔러 죽이고 단번에 서천성까지 쳐들어가는 것이 어떨까 합니다. 그렇게 하면 칼이나 활을 쓰지 않고 쉽게 해결이 날 것이 아니겠습니까?"

"안 될 말씀이오. 유장은 나와 한 종족인데다가 더욱이 그는 성의를 다하여 우리를 맞이하고 있지 않소이까? 우리가 서천에 들어온 지 얼마 되지 아니하여 다른 일이 일어나기 전에 그런 짓을 하면 위로는 하늘에 벌을 받고, 아래로는 백성들에게 외면당할 것이니 군사께서는 지나치게 독이 든 모략을 생각하지 마시오."

이에 방통이 이 모략의 출처를 밝혔다.

"이것은 제가 발상한 계략이 아니라 법정이 장송에게서 은밀히 밀서를 받고 저에게 말한 것이옵니다. 늦어서는 안 된다며 서둘러서 거사를 해야 한다고 하였습니다."

이때 법정이 들어와 유비에게 아뢰었다.

"저희 자신을 계산에 넣고 착안한 생각이 결코 아니며 오로지 때의 흐름을 좇는 것일 뿐입니다."

그러나 여전히 유비는 망설이기만 하였다.

"그래도, 같은 종족의 처지이니 차마 죽일 수는 없는 일이오."

법정이 나서며 말하였다.

"바로 그 점이 문제입니다. 과연 그런 생각이 합당한 것이옵니까? 무릇 유장이 살아 있는 이상 장로는 모친의 복수를 위해 반드시 쳐들어올 것이옵니다. 황숙께서는 모처럼 험한 산을 넘고 들을 지나고 물을 건너 여기까지 군사를 이끌고 오셨으니 진·퇴의 두 가지 가운데 진을 선택하실 수밖에 없을 줄로 아뢰옵니다. 더욱이 이런 계략이 혹시라도 밖으로 새어나간다면 자칫 이 약점을 남이 이용하려들지도 모르고 끝내 큰 화를 당할지도 모르는 일이옵니다. 필경, 하늘의 뜻과 백성들의 소망이 주공께 달려 있는 지금이 단호히 결심하셔야 할 때인 줄로 아뢰옵니다."

유비는 몇 번씩이나 인의를 생각하고 망설이건만 재신(才臣)들은 한결같이 묘책을 진언해 마지않으니 유비의 마음은 결국 어떻게 움직일 것인가!

부 록

■《三國志》의 인간관계학

《三國志》의 인간 관계학

조조(曹操)와 유비(劉備), 손권(孫權)과 원소(袁紹),
저수(沮授)와 순욱(荀彧), 제갈량(諸葛亮)과
사마의(司馬懿) 등의 인간 관계를 고찰한다.

■ 영웅 호걸이 활약하는 대 드라마

중국의 처절한 권력 투쟁을 말할 때 흔히 '그야 삼국지의 나라니까'라든가 '삼국지를 떠올리게 하는 처절함'이라는 말이 자주 쓰인다. 그것은 《삼국지》의 시대가 권력 투쟁이나 권모술수와 연관지어 상상되기 때문일 것이다. 그러나 생각을 달리해 보면 좀 이상한 느낌이 든다. 왜냐하면 권력 투쟁이나 권모술수는 삼국시대에 한정된 것만이 아니라 다른 시대에도 삼국시대에 못지않게 치열한 상황으로 존재했기 때문이다.

사실 정치감각이 뛰어난 중국인은 3천년 전부터 정치의 장에서 권모술수를 능사로 벌여 왔으며 권력 투쟁으로 나날을 보냈다. 그러나 그것은 결코 삼국시대 특유의 현상만은 아니다.

한마디로 말해서 삼국시대는 유동의 시대였다. 옛 권위는 붕괴되었으나 새로운 권위는 아직 형성되지 않았고, 사회 규범도 가치관도

원소(袁紹)(右上)와 제후(諸侯)들
《그림 통속 삼국지》

혼란스러운 상태하에 있었다. 그러나 달리 생각해 보면 이러한 시대
만큼 재미있는 때도 없었다. 특히 능력이 뛰어나고 의욕적인 사람에
게는 다시 없는 호기의 시대였음에 틀림없다. 운만 좋으면 일개 필
부에서 왕후 장상은 물론이고 황제의 자리까지 넘볼 수 있었던 것
이다.

이러한 시대에는 계급간의 유동이 심하였다. 체제가 다져진 태평
시대에는 사회의 밑바닥에서 이름없이 평생을 마쳐야 했을 사람들
이 역사의 표면에 튀어나와서 거침없이 행동을 했다.

유비(劉備)를 둘러싼 일단의 무리들이 바로 그 전형이었는데 조조
(曹操)를 둘러싼 그룹이나 손권(孫權)의 집단도 사정은 비슷했다. 그
런 그들이 엮어내는 인간 드라마가 《삼국지》의 최대의 재미라 해도
과언이 아니다.

■ 영웅은 영웅을 안다 ― 조조와 유비

《삼국지》라고 하면 우선 떠오르는 것이 조조와 유비인데 이 두 사람은 극히 대조적인 개성을 갖고 있었다. 조조가 '권모에 능한' 사람이라면 유비는 '의리의 사람'이라고 할 수 있다. 조조는 타고난 권모를 부리면서 난세를 활보하고 다녔으며 빈손에서 출발하여 비교적 단기간에 황하 유역을 제패하였다. 그의 성공은 권모에 뛰어나다는 개인적인 재능에 힘입은 바가 크다.

이에 대해서 유비는 언제나 조조보다 한발 늦는 불운의 연속이었다. 그것은 의리를 존중한 그의 성격의 소산이라고밖에는 말할 수 없다. 그러한 성격은 유동의 시대 즉 난세에 있어서는 스스로의 행동을 구속하는 족쇄가 되기 쉽다. 그 예로 다음과 같은 일화가 있다.

서기 208년(建安 13년), 조조가 대군을 이끌고 남쪽을 정벌하려 했을 때 유비는 형주(荊州)에 있는 유표(劉表)의 식객으로서 번성(樊城)에 주둔하고 있었다. 그때 마침 유표가 사망하여 그의 아들 유종(劉琮)이 그 뒤를 이었는데, 유종은 조조의 대군에 기가 죽어 그만 항복해버렸다. 작은 번성으로서는 조조의 대군에 대항할 수 없다고 판단한 유비는 부득이 번성을 버리고 강릉으로 철수하여 태세를 갖추려 했다. 그러던 중 유종을 미워하는 민중들이 속속 유비의 군에 합류하기 시작했고 그 수는 무려 10만 여명으로 늘어났으며 수레도 수천 량에 이르게 되었다. 이렇게 되고 보니 철수하는 속도도 느려질 수밖에 없었다. 그런데다 뒤에서는 조조의 군사들이 물밀듯이 추격해 왔다. 유비의 참모들은 마음이 다급해졌다.

그때 그의 한 참모가 이렇게 진언했다.

"빨리 가서 강릉을 확보해야 합니다. 지금 민중은 많이 따른다고

유비(劉備)

조조(曹操)

해도 무사는 적습니다. 만약 조공(曹公)이 추격해 온다면 무엇으로 대항하겠습니까?"

그러자 유비는 이렇게 대답했다고 한다.

"무릇 큰일이란 사람이 하는 것이다. 지금 민중들이 나를 따르고 있으니 뭐 그리 서두를 필요가 있겠는가?"

결국 유비의 본진은 조조의 경기병에게 대패하여 유비 자신도 처자를 버린 채 달아날 수밖에 없었다. 이것이 유비가 조조와 달리 고난의 인생 코스를 걸을 수밖에 없었던 최대의 이유이다.

그러나 때로는 이러한 장점이 단점으로, 단점이 장점으로 뒤바뀌기도 했다. 조조의 '권모술수'가 전쟁이나 정치투쟁의 아수라장에서는 그 힘을 발휘했지만 사람의 마음을 사로잡을 수는 없었다. 그러나 유비의 '의리'는 전략전술을 결정할 때는 마이너스 효과를 가져올지는 모르겠으나 사람의 마음을 휘어잡으려 할 때는 큰 위력을 발휘했다. 사실 그는 '유비는 전술을 모른다'(曹操의 評)라는 혹평을 들으면서도 부하의 마음은 확실히 파악하고 있었다. 관우(關羽), 장비(張飛), 그리고 공명(孔明) 등이 그를 위해 분골쇄신한 이유가 거기에 있었다. 여기서는 오히려 유비의 '의리'가 장점으로 바뀌고 있다.

그러면 조조와 유비를 '인간의 그릇'이란 면에서 비교해 보면 어떠할까?

여기에 대해서도 재미있는 이야기가 있다.

조조가 본거지로 삼고 있던 곳에 후한 왕조의 헌제(獻帝)를 맞아들이고 황하 유역에 확고한 지반을 구축했을 때 유비는 아직 자기의 세력을 구축하지 못한 채 식객으로서 조조의 곁에 몸을 의탁하고 있었다. 그 무렵 조조의 전횡을 미워하던 조정 고관들이 조조의 암살 계획을 세우고 유비를 그 계획의 책임자로 추대했다. 유비가 고관들의 뜻을 받아들여서 실행할 기회를 노리고 있던 어느 날 조조로부터 식사 초대를 받았다. 유비는 시치미를 떼고 찾아갔더니 조조는 태연한 태도로 이렇게 말했다.

"지금 천하의 영웅은 오직 그대와 나 조조뿐, 본초(本初; 袁紹)의 무리는 별것이 아니오."

이 말을 듣고 유비는 자기도 모르게 젓가락을 떨어뜨렸다. 그 순간 귀를 찢을 듯한 천둥 소리가 났다.

"제가 그만 실수를 했습니다……. '요란한 천둥과 폭풍은 반드시 바뀌어진다'고 옛 성인도 말했지만 정말 저는 천둥 소리가 질색입니다. 추태를 보여서 죄송합니다."

이렇게 말하면서 그 자리를 피했다고 한다.

조조가 느긋한 태도로 상대방이 어떻게 나오는지 눈치를 살피는데 반하여 유비는 하지 않는 것만 못한 변명까지 했다. 이 일화에 관한 한 조조가 훨씬 더 의젓한 생각마저 든다.

유비는 '권모'라는 점에서는 조조에 감히 미칠 수가 없었다. 또한

‘인간의 그릇’이란 점에서도 조조에 미치지 못했다. 그러나 조조는 그런 유비를 자기 진영으로 끌어들이려 하는 한편 경계도 게을리하지 않았다.

이런 이야기도 있다.

유비가 여포(呂布)에게 쫓기어 조조에게 의지하려 찾아왔을 때 조조의 모신(謀臣) 정욱(程昱)이,

“유비를 보니 웅재(雄才)를 겸비했고 민중의 마음을 끌어들일 상입니다. 결국은 남의 밑에서 있을 사람이 아니니 일찌감치 처치해버리는 것이 좋겠습니다.”

라고 진언했을 때 조조는,

“지금은 영웅을 끌어모을 때이다. 한 사람을 죽여서 천하의 인심을 잃을 수는 없다.”

라고 말하면서 정욱의 진언을 뿌리치고 정중한 태도로 유비를 대했다고 한다. 가능하다면 자기 편으로 끌어들이고 싶은 것이 조조의 본심이었다.

조조의 식객으로 있던 유비가 조조의 암살 계획에 휩쓸리게 되었다는 것은 앞에서도 말했지만 암살 계획이 탄로나 연루자가 모두 살해당했을 때 유비는 이미 조조의 명을 받아 서주(徐州) 방면의 평정에 나섰다. 용케도 위험을 면한 유비는 결국 서주에서 조조에게 반기를 들었다. 어제의 동지가 오늘의 적이 된 것이다.

그 소식을 들은 조조는 즉각 유비를 토벌하기 위해서 군사를 일으키기로 했다. 그러나 여기에는 휘하의 장수들이 모두 반대했다.

“전하와 천하를 겨루는 것은 원소가 아닙니까? 그 원소가 언제 쳐들어올지도 모르는데 그것을 방치하고 유비를 치다니…… . 원소에게 배후를 찔리면 어쩌시렵니까?”

그 무렵 원소는 황하 이북에 대세력을 이루어 황하 이남에 있는 조조와 대치하고 있었다. 신흥 세력인 조조로서는 그들이 최대의 난

적이라 생각했다. 모든 장수들의 진언은 당연한 것이라고 생각하면서도 조조는 판단을 달리 했다. 그는,
　"그것은 유비가 인걸(人傑)이기 때문이다. 지금 그를 치지 않으면 반드시 후한이 남게 될 것이다. 원소는 큰 뜻을 갖고 있다고는 하나 사리 판단이 늦다. 그는 움직이지 않을 것이다."
라고 말하면서 자신이 직접 대군을 이끌고 나가 유비를 쳤다. 결국 싸움에 패한 유비는 이번에는 원소에게로 달아날 수밖에 없었다.
　자기 편으로 끌어들일 수 없다면 당장 경쟁자가 다시 기사회생해서 움트는 것을 잘라버려야 한다는 것이 조조의 생각이었다. 즉 조조는 그만큼 유비를 높이 평가하여 그 동향을 깊이 경계하고 있었던 것이다.
　왜 조조는 그토록 유비를 경계했을까.
　유비가 갖고 있던 '의리'는 바꾸어 말하면 인간적인 매력이라고 해도 좋을 것이다. 《삼국지》의 저자 진수(陳壽)는 유비를,
　"홍의관후(弘毅寬厚)하고 사람을 알고 지사(志士)를 기다린다."
라고 평하고 있는데, 말하자면 마음에 드는 인물에게는 너그러운 포용력을 가지고 대했던 모양이다. 그것은 마음의 중심에 '정과 의리'가 있어야 생길 수 있는 것이며, 이것이야말로 유비가 갖고 있던 인간적 매력의 원천이기도 했다.
　유비는 이러한 매력 때문에 사람들로부터 지지를 받았으며 부하의 신뢰를 얻어낼 수 있었다. 그리고 동시에 그것은 조조에게는 결정적으로 결여되어 있는 요소이기도 했다. 조조가 유비에 대해서 깊은 경계심을 갖게 된 최대의 이유는 이것이었다. 영웅은 영웅을 알아보는 법이다.

조조나 유비 다음으로 손권의 이름도 빼놓을 수 없다. 《삼국지》는 위나라의 조조, 촉나라의 유비, 오나라의 손권에 의한 삼파전을 축으로 하여 전개되고 있기 때문이다. 그러나 손권은 조조나 유비에 비하면 어딘가 뒤떨어지고 인물로서도 ‘조연급’에 지나지 않았다. 영웅은 영웅이라도 이류급 영웅인 것이다.

조조와 유비는 그 뜻이나 방법은 다르더라도 자기의 손으로 직접 천하를 통일하고 싶다는 야망을 갖고 있었으나 손권에게는 그러한 강한 의지가 거의 없었다. 그는 빗발치는 불똥을 피하려고 필사적으로 노력은 했지만 적극적으로 천하를 살피고 위나라와 촉나라의 싸움에 끼어들려고 하지는 않았다.

손권은 변화하는 정세에 따라서 때로는 촉나라와 손을 잡고, 또 어떤 때는 위나라와 동맹을 맺기도 했다. 보기에 따라서는 정세에 대응하는 유연한 정치 자세가 대단했다.

그러나 그렇다고 해서 위나라와 촉나라의 틈바구니에서 어부지리를 노리려고 했던 것도 아니었다. 손권은 다만 정치전략의 모든 면에서 수동적인 자세가 강했던 것이다.

그것은 어째서였을까. 오나라 손권이 있던 강남(江南)은 예로부터 산물(産物)이 풍부한 땅이었으며 그곳만 확고하게 차지하고 있으면 충분히 자립할 수 있는 곳이었다. 따라서 손권이 지방 정권에 만족하여 천하 쟁취의 기백에 약했던 것은 그러한 이유일 것이다.

이것은 어떤 의미에서는 현명한 선택이었다고 할 수 있을지도 모른다. 왜냐하면 오나라는 삼국 항쟁(抗爭) 시대를 살아 남았으며 위나라나 촉나라보다도 오래 동안 명맥을 유지했기 때문이다.

말하자면 손권이 선택한 것은 자세를 낮게 하여 방어를 튼튼히 하는 ‘살아남기’ 전략이었다. 따라서 이 전략은 별 재미는 없는 반면에 수성(守成)시대의 오늘날에 있어서는 조조나 유비보다도 그에게서 배울 점이 더 많았을는지도 모른다.

손권의 장점은 지금 말한 바와 같이 유연한 외교 전략으로 국가의 존속을 도모하고 그것을 성공시켰다는 점인데, 여기에 또 하나 덧붙인다면 인재등용의 묘일 것이다. 그의 휘하에는 주유(周瑜), 노숙(魯肅), 여몽(呂蒙), 제갈근(諸葛瑾), 육손(陸孫) 등 어디에 내놓아도 뒤지지 않을 쟁쟁한 인재를 배출하고 있었다. 손권이 강동(江東) 땅에서 요지부동의 지위를 구축하고 위나라, 촉나라에 능히 대항할 수 있었던 또 하나의 이유가 이것이었다.

그런데 조연급 인물 중 또 한 사람인 원소(袁紹)의 존재도 잊어서는 안 된다.

원소는 황제가 될 뻔했던 사나이었다. 황하 이북의 광대한 지역을 영유하고 있으면서 서기 200년, 중국 북부의 패권을 놓고 조조와 ‘관도(官渡)의 싸움’에서 패하여 황제의 자리를 눈앞에 둔 채 자멸하고 말았는데 패한 이유가 ‘조연급 인간’답다.

‘관도의 싸움’에서 처음에는 원소 측이 압도적으로 우세했었다. 병력을 비교해 보더라도 5대 1 또는 그 이상의 차이가 있었다고 한다. 조조의 군사는 압박을 받으면서 수세에 밀리고 있었다. 그러나 결국 조조의 압승으로 원소는 더 이상 재기할 수 없을 만큼 치명적인 타격을 받고 말았다.

원소가 패한 원인은 무엇이었던가. 물론 전술전략이 미숙했다거나, 우세를 과신한 것도 무시할 수는 없을 것이다. 그러나 그 이상으로 중요한 원인은 성격상의 약점을 지적하지 않으면 안 된다.

원소는 명문 출신이었다. 아버지의 대까지 4대에 걸쳐서 ‘삼공(三公)’(조정의 중신)의 자리에 있었으니 최고의 가문이 아닐 수 없다. 가

원소(袁紹)

손권(孫權)

문으로 비교해 보자면 조조는 환관 집안 출신이었으며, 유비는 가난한 농민 출신인 데다 손권은 지방의 호족(豪族) 출신이었음을 볼 때 감히 원소의 가문에는 미치지 못했다.

가문이 좋다는 것은 태평시대라면 그것만으로도 큰 재산이 되겠지만 삼국시대 같은 난세에서는 그 효과가 별로 없으며 오히려 약점이 되기도 했다. 원소의 경우도 그러했다.

원소는 명문 출신으로서 위엄있는 풍모를 지니고 있었으며 휘하에 인재 모으기를 좋아했다고 한다. 그러나 그 뒤가 좋지 않았다. 그는 최상의 위치에 있으면서도 결격 조건을 두 가지 갖고 있었다.

'모의하기는 좋아했으나 결실이 없다'(《삼국지》袁紹傳)

라고 평했듯이 결단력이 부족했다는 것과 또 하나는,

'재능은 있으나 활용할 능력이 없고 선한 것을 들어도 받아들일 능력이 없다.'(《삼국지》袁紹傳)

라고 했듯이 명문 집안에서 귀여움을 온몸에 받고 자란 귀공자는 먹느냐 먹히느냐의 난세에서는 치명적인 약점이 되었다. 원소가 결정적인 장면에서 조조에게 대패하여 '멸망의 미학(美學)'을 노래하면서 멸망해간 최대의 이유는 바로 이것이었다.

■ 비극의 보좌역 ─ 저수와 순욱

《삼국지》의 재미를 더욱 고조시키는 또 하나의 요소는 보좌역(참모, 모신(謀臣))들의 역할이다.

'비상한 재능'을 가진 보좌역들이 자기의 재능을 발휘하려면 훌륭한 상사를 만나야만 하는데 그 만남이 단순한 우연에 의한 경우(沮授의 경우), 스스로의 선택에 의한 경우(荀彧의 경우), 상대방의 간청에 의한 경우(諸葛亮, 司馬懿의 경우) 등 각양각색이지만 일단 군신 관계가 맺어지면 보좌역들의 인생은 자기가 모시는 군주의 조건에 따라서 복종을 강요당하게 되며 거기에서 갖가지 드라마가 태어나게 된다. 그러한 의미에서 보좌역은 역시 보람있는 일이기는 하지만 한편으로는 비극적인 위치이기도 하다. 이것은 현대에서도 마찬가지일 것이다.

여기서는 우선 비극적 종말을 맞게 된 저수와 순욱의 예를 들어보기로 한다. 저수는 원소를 섬겼고, 순욱은 조조를 섬기면서 거의 같은 시기에 그들의 참모로 활약했던 인물들이다.

저수가 원소를 섬기게 된 것은 거의 우연이었던 것으로 추측된다. 수도에서 탈출한 원소가 기주(冀州)에 본거지를 두고 있을 때 이 주의 관리 중에 저수라는 인물이 있었다. 그러나 주의 관리는 저수 이외에도 많았다. 그 중에서 그가 원소의 눈에 띄어 중용된 것은 원소의 물음에 대하여 진언한 '천하평정(天下平定)'의 방책이 원소의 마

순욱(荀彧)

저수(沮授)

음에 들었기 때문이다.

저수는,

'젊지만 대지(大志)가 있고 권략(權略)이 많다.'

라고 평가되고 있듯이 본래가 참모형 인물이었다. 명문 출신에다 당당한 풍모를 갖추고 있는 원소를 보좌함으로써 천하평정의 뜻을 실현해 보려고 생각했던 것 같다. 그러나 저수는 자기의 생각이 잘못되었다는 것을 알았을 때는 별로 시간이 걸리지 않았다.

앞에서도 말했듯이 원소는 인재를 끌어모으기는 좋아했으나 남의 진언에는 귀를 잘 기울이지 않는 결점을 가지고 있었다.

이러고 보니 아무리 유능한 인재를 모아놓았다 하더라도 땅 속에 묻힌 보석이나 다를 바 없었다. 이러한 결점은 저수에게도 그대로 나타났다. 그 대표적인 예가 바로 '관도의 싸움'이었다. 저수는 이 싸움에서도 자주 전략 방침을 진언했으나 매번 각하되고 말았다.

한 예를 들어보자.

싸움이 서전에서 중반전으로 접어들 무렵 저수는 원소에게 이렇게 진언했다.

"우리 군은 적보다 숫자적으로는 우세하나 적보다 용감하지 못하고 적은 군량이 모자라니 물량 작전을 쓰면 우리 편을 당해내지 못합니다. 따라서 적에게는 단기결전이 유리합니다. 그러니 우리는 느긋하게 수비하면서 소모전을 펴야 될 것입니다."

그러나 원소는 이 말을 듣지 않고 단기전을 벌이다가 대패했다. 이것은 결과론이지만 원소에게는 이처럼 '만약 그때 그렇게 했더라면……'하는 경우가 너무 많았다. 이렇듯 부하의 진언에 귀기울이지 않았던 것이 바로 '관도(官渡)의 싸움'에서 패한 원인이었다.

저수는 자기의 군사들이 패했을 때 생포되었으나 그 후 탈주하다가 피살되었다고 한다. 섬길 상대를 잘못 택했으므로 저수의 비극이 있었다고 할 수 있다.

또 한 사람, 순욱(荀彧)도 저수 못지않았던 준걸(俊傑)로서 젊은 시절부터 '뛰어난 재주'를 지닌 사람으로 알려져 있었다. 그도 처음에는 원소를 섬겼었다. 명문의 귀공자 스타일은 그만큼 사람을 끌어당기는 매력이 있는 모양이다.

이처럼 순욱은 처음에 원소를 모셨으나 일찌감치 원소의 곁을 떠나 앞으로 어떻게 될지 모르는 신흥 세력 조조의 휘하에 들어갔다.

조조는,

"그는 나의 자방(子房 ; 張良)이다."라고 기뻐하면서 즉각 자기의 참모로 삼았다고 한다.

그 후 순욱은 조조의 모신(謀臣)으로 활약하게 되었다.

조조의 천하제패는 순욱의 전략 구상이 없었더라면 불가능했다고 해도 과언이 아니다. 그만큼 순욱의 역할은 컸다. 이에 대한 두 가지 예를 들어보자.

조조는 연주(兗州) 일각에 자기의 세력을 구축한 단계에서 재빨리 군사를 이끌고 서주(徐州)의 공략에 나서려 했다. 이러한 적극 전략도 지나치다 보면 물거품이 되고 말 위험이 있다. 그것을 간파하여 간한 것이 순욱이었다. 그는 본거지의 경영을 태만히 하다가 자멸해 버린 항우(項羽)의 고사(故事)를 인용하면서 한동안 연주(兗州)의 경영에 전념하여 연주가 안정된 연후에 서주를 공략해도 늦지 않겠다고 진언했다. 그리고 조조는 이 진언에 따랐다고 한다.

또 당시의 헌제(獻帝)를 조조의 본거지로 맞아들이도록 진언한 것도 순욱이었다. 조조는 이렇게 하여 황제를 모시고 제후를 호령할 수 있는 유리한 정치적 입장을 구축하는 데 성공했던 것이다.

조조는 어느 쪽이냐 하면 진두지휘형 장수였다. 이런 타입의 장수는 항우가 그러했던 것처럼 왕왕 부하의 진언에 귀를 기울이지 않는 일이 많다. 그러나 조조는 부하의 진언에 귀를 잘 기울였다. 이 점이 원소와는 결정적으로 다른 점이었는데 이것이 조조의 뛰어난 점이라고 하겠다.

이런 점에서는 순욱이 저수보다는 행운아였으나 조조 ― 순욱의 콤비도 뒤끝이 좋지 않았다. 순욱은 만년에 참모의 핵심에서 떨어져 나가 병사(病死)했다. 일설에 의하면 조조에 의해서 자살을 상요당했다고도 한다.

어찌하여 두 사람의 관계가 급냉하게 되었을까. 그 원인은 두 사람의 최종적인 정치적 목표에 차이가 있었던 것 같다.

조조로서는 자기 세력의 확대가 최대의 관심사였기 때문에 한왕조(漢王朝)는 그 방패막이에 지나지 않았으나 순욱은 쇠망한 한왕조의 재흥이 최종 목표였으며 조조에게 협력하는 것은 그 목표를 실현하기 위한 수단에 지나지 않았었다. 따라서 조조에게는 한왕조가 이용 가치가 없어지자 순욱은 막강한 참모역에서 자기의 앞길을 가로막는 장애물이 되고 말았던 것이다. 두 사람의 관계에 파탄이 생

긴 것은 이 때문일 것이다. 이 또한 참모역의 비극이라 해도 좋을
것이다.

■ 호적수의 대결 — 제갈량과 사마의

　제갈량(諸葛亮)의 자는 공명(孔明)이고 사마의(司馬懿)의 자는 중달
(仲達)이다. 이 두 참모역의 대결이 《삼국지》 후반의 클라이맥스를
이루고 있다.
　《삼국지연의》에 의하면 중달은 공명의 교묘한 전략전술 앞에 놀
아나는 무능하거나 또는 거기에 가까운 무장으로 보이지만 실제의
사마의는 결코 그런 인물은 아니었다. 공명이 오장원(五丈原) 싸움에
서 전사하고 촉한(蜀漢)군이 퇴각한 다음, 그 진영의 자리를 관찰하
던 중달은,
　“천하의 기재(奇才)로다!”
라고 말하며 감탄해 했다고 한다. 적장을 기재(奇才)라고 인정한 그
또한 평범한 장수는 아니었다고 보아야 할 것이다.
　공명은 주지하는 바와 같이 ‘삼고(三顧)의 예’를 갖추어 유비의 참
모로 영입되었으며, 이후에도 ‘수어지교(水魚之交)’의 사이로 지냈다.
또 유비는 임종시에 그를 전폭적으로 신뢰하여 후사를 맡겼다. 유비
의 뒤를 이은 유선(劉禪)은 아버지와는 달리 명청한 편이었으나 아
버지의 유지를 받들어 국정을 공명에게 맡긴 것은 그의 유일한 업
적이라고 해도 좋다.
　따라서 공명의 경우에는 상사의 신뢰라는 점에서 저수나 순욱과
는 달리 훨씬 더 재량권을 크게 발휘할 수 있는 환경에 있었다고
할 수 있지만, 그만큼 더 무거운 책임을 져야 했다. 명목은 보좌역
이라도 실질적으로는 최고의 책임자나 마찬가지였다.

한편 중달(사마의)도 조조의 간절한 요청으로 그의 휘하로 들어간 준재였다. 처음에는 조조의 초청을 거절했으나 인재의 초치에 열심인 조조는 한 번쯤 거절당한 것으로 물러서지 않고 두 번째로 사자를 보낼 때는,

"만약 이번에도 응하지 않거든 강제로 붙잡아서라도 데려오라."
라고 했다고 한다.

이렇게 해서 중달은 조조의 휘하로 들어가게 되었으나 처음에는 상당히 경계했던 것 같다. 왜냐하면 중달은 '안으로는 근실하고 밖으로는 관용하며 남을 시기하고 권력욕이 많다'라고 평가되고 있기 때문이다.

중달은 조조와 마찬가지로 '권모'에 뛰어났다. 구태여 두 사람의 다른 점을 들어본다면 똑같은 권모가라도 조조는 양성(陽性), 중달은 음성(陰性)이었다고 할 수 있을 것이다.

그러한 차이를 갖고 있으면서도 두 사람 모두 '권모'를 장기로 쓰고 있었다면 동형(同型)의 인간이었다고 할 수밖에 없다. 중달에 대한 조조의 경계심은 권모가가 권모가에 대해서 품고 있는 일종의 시기심 같은 것이었을 것이다.

중달의 장점은 그러한 가운데서도 조조를 깍듯이 모셨고 주어진 업무를 열심히 해냄으로써 서서히 조조의 자기에 대한 경계심을 풀 수 있었으며 마침내 전폭적인 신뢰를 얻기에 이른 것이다. 이런 것만 보아도 그는 결코 평범하거나 무능하지 않았다.

중달은 조조의 사후에도 문제(文帝)와 명제(明帝) 2대를 모셨으며 위나라 왕조의 중진(重鎭)으로 확고한 지위를 확립했다.

이러한 중달이 공명의 군사를 맞아 싸울 위나라 군사의 총사령관으로 기용된 것은, 전임자가 병으로 쓰러진 데 따른 후임 인사이기는 했지만, 이 무렵 이미 위나라의 중추적인 존재로 성장해 있었다. 그러한 의미에서는 공명과의 대결에서 중달은 결코 져서는 안 될 한판 싸움이었다.

공명도 중달도 져서는 안 될 싸움이라면 이 싸움은 자연히 신중한 싸움이 될 수밖에 없었다.

공명으로서 불행했던 것은 그가 구상하고 있던 동서에서 위군을 협공한다는 전략 구상이 처음부터 무너져버렸다는 점이다. 우선 관우(關羽)의 부주의로 인해서 형주(荊州)를 빼앗긴 것이다. 이로써 촉나라는 동부전선의 반격 거점을 잃고 말았다. 하지만 공명은 상용(上庸)에 거점을 둔 맹달(孟達)을 끌어들여 새로이 제2전선을 펴려 했으나 이것 또한 중달의 전광석화 같은 작전으로 수포로 돌아가고 말았다. 여기에 더하여 동맹국인 오나라의 움직임도 시원치 않았다. 그 결과 공명은 거의 단독으로 위나라의 대군을 대적하지 않으면 안 되었다.

공명에게 불리한 점은 또 있었다. 촉나라와 위나라의 국력을 비교해 보면 아무리 적게 잡아도 6 : 1의 격차가 있었다. 게다가 촉나라에서 다른 나라를 치러 가려면 험준한 산을 넘어야 했으며 물자나 식량의 운반이 매우 곤란했다. 이러한 조건을 감안할 때 이번 싸움은 공명이 승리하기란 거의 불가능한 일이었다고 할 수 있다.

그런 상황에서 공명이 채용한 것은 건곤일척(乾坤一擲), 승부를 결판내는 작전이 아니라 신중하고 안전한 승리를 노리는 작전이었다. 물론 이기는 것이 최상이겠지만, 최악의 경우에라도 지는 싸움만은 하지 않겠다는 것이었을 것이다. 이것은 공명이 처해 있는 입장에서 보자면 당연한 선택이었다.

이와는 달리 중달의 입장은 훨씬 좋은 조건이었다. 왜냐하면 그로서는 꼭 이겨야 할 필요는 없었으며 지지만 않으면 되었고 상대편 군사가 물러가기만 하면 되었기 때문이다. 사실 중달은 철저하게 전투를 피하며 지구전을 펴면서 상대편의 철수를 기다리는 작전으로 나갔다. 이 또한 현명한 선택이었다고 하지 않을 수 없었다.

이 호적수끼리의 대결은 공명의 전사로 막을 내리고 싸움다운 싸움도 없이 양군의 철수로 끝났다. 명인(名人)의 대결이란 어느 시대에나 이런 것일지도 모른다.

한 무 희 박사

성균관대학교 중어중문학과 및 동대학원 졸업
성신여자대학교 한문학 박사
성대 · 이대 · 연대 · 고대 · 숙대 강사 역임
현재·· 단국대학교 중어중문학과 교수
　　　단국대학교 퇴계 기념 중앙도서관장
　　　한국 중어중문학 회장, 중국 현대문학 연구회 회장
저서·· 《고문진보》, 《당송팔대가 문선》, 《노신문집》, 《노신 평전》, 《손자병법4》,
　　　《중국문학사》, 《중국사상의 근원》, 《중국역대산문선》, 《중국예술정신》,
　　　《신편 기초 중국어》
논문·· <시경의 형성고찰과 문학적 가치>, <한 · 중 저항문학의 양상>,
　　　<노신의 문학관>, <굴원의 사상과 예술>, <중국문학 혁명운동의 연구>,
　　　<삼국지의 형성고찰과 문학적 가치>, <중국 현대산문의 형성배경과 그 특징>,
　　　<장자 산문의 연구>

우 주 형

<여성 생활>지 · 주간 춘추 · 삼중당 소설계 편집장, 자유문학사 초대 편집주간 역임
시사 일본어 연구 편집위원, 동서문화사 백과사전 팀장, 도서출판 예지사 주간
사단법인 대한체육회 편수 (기관지 · 출판물 전담), 황해도민 월남 50년 편집위원
역서·· 《게으름뱅이 정신분석 (上 · 下)》(깊은샘), 우신사 문고판 다수 번역
　　　이외 약 50여 권 번역

三國志 4

발　행·· 1998년 1월 10일
저　자·· 나　관　중
교　열·· 한　무　희
편　역·· 우　주　형
발행자·· 남　　용
발행소·· 일신서적출판사

주　소·· 서울 마포구 신수동 177-3(121-110)
등　록·· 1969.12. NO.10-70
전　화·· 영업부 703-3001~5　FAX 703-3009
　　　　편집부 703-3006~8　FAX 703-3008
　　　　대체구좌 012245-31-2133577

❶ 값 8,000원